WITHDRAWN

MYSTERY WRITERS OF AMERICA

i

HARLAN COBEN

przedstawiają
19 opowiadań sensacyjnych
o miłości, pożądaniu i zbrodni

JEFF ABBOTT

LEE CHILD

HARLAN COBEN

BRENDON DuBOIS

LAURA LIPPMAN

RIDLEY PEARSON

R.L. STINE

i

INNI

Harlan
COBEN

JEFF ABBOTT LEE CHILD I INNI

Aż śmierć nas rozłączy

POD REDAKCJĄ HARLANA COBENA

Z angielskiego przełożył
LECH Z. ŻOŁĘDZIOWSKI

Tytuł oryginału:
DEATH DO US PART

Compilation © Mystery Writers of America Inc. 2006
Introduction © Harlan Coben 2006
All rights reserved
Copyright © for the Polish edition
by Wydawnictwo Albatros A. Kuryłowicz 2007

Copyright © for the Polish translation by Lech Z. Żołędziowski 2007

Redakcja: Jacek Ring

Ilustracja na okładce: Jacek Kopalski

Projekt graficzny okładki i serii: Andrzej Kuryłowicz

ISBN 978-83-7359-501-9

Dystrybucja
Firma Księgarska Jacek Olesiejuk
Poznańska 91, 05-850 Ożarów Maz.
t./f. 022-535-0557, 022-721-3011/7007/7009
www.olesiejuk.pl

Sprzedaż wysyłkowa – księgarnie internetowe
www.merlin.pl
www.empik.com
www.ksiazki.wp.pl

WYDAWNICTWO ALBATROS
ANDRZEJ KURYŁOWICZ
Wiktorii Wiedeńskiej 7/24, 02-954 Warszawa

Wydanie II
Skład: Laguna
Druk: B.M. Abedik S.A., Poznań

SPIS TREŚCI

WSTĘP

Właśnie mam zamiar wyjawić zakończenie.

Zbrodnie dla pieniędzy niezbyt mnie interesują. Przyznaję jednak, ich autorzy często nieźle gmatwają intrygę. Skoro o tym mowa, to niewykluczone, że moja następna opowieść będzie właśnie taka — w ten sposób wywiodę was w pole. Ale jeśli mam być szczery, tego typu historie do mnie nie przemawiają.

Nie jestem też zwolennikiem opowieści o seryjnych zabójcach, którzy bez żadnego powodu zarzynają kolejne ofiary, ani o intrygach, które swymi mackami sięgają aż do Białego Domu. Niektórzy pisarze są w tym dobrzy. Ale powiedzmy sobie szczerze, za serce nas tym nie chwytają, prawda?

Wy oczekujecie czegoś więcej, czegoś bardziej złożonego, lepiej skonstruowanego. Czegoś, co wam trafi do przekonania. Chcecie czytać o zbrodni, którą prawie, no prawie sami moglibyście popełnić. Interesuje was opowieść o czymś tak małym, że zmieści się w dłoni, i tak wielkim jak wszechświat. Lubicie historie dziejące się w miejscach, które dobrze znacie, ale które mogą przed wami odsłonić jakąś tajemnicę.

Krótko mówiąc, chcecie czytać opowieści płynące prosto z serca.

Chcecie, by trącały osobistą strunę, by dotyczyły was i tego kogoś specjalnego, kto obok was leży. Przecież tego kogoś kochacie, prawda? Gdy tak spokojnie śpi obok was albo gdy przewraca się z boku na bok. Moglibyście w tę osobę wpatrywać się przez całą noc.

Może jednak...?

Właśnie z myślą o was i tym, co lubicie, dobieraliśmy opowiadania, które znalazły się w tej antologii. Wspólnie z Mystery Writers of America selekcjonowaliśmy dziewiętnaście nowelek napisanych przez najwybitniejszych współczesnych pisarzy sensacyjnych, wśród których są zarówno uznani autorzy bestsellerów, jak i zupełnie nowi ludzie. Stworzyli pełne suspensu opowiadania, które pozwalają zajrzeć w głąb ludzkich serc, gdzie gnieździ się podłość lub — co gorsza — szlachetność. Myślę, że nadadzą one nowy sens powiedzeniu „aż śmierć nas rozłączy".

Żebyście nie pomyśleli, że wszyscy pisarze sensacyjni to cyniczni ponuracy, znalazło się tu też kilka opowiadań, z których bije siła związków opartych na miłości, a które ocierają się o zbrodnię i karę (co nie jest niemożliwe). Przynajmniej połowa z nich kończy się źle dla jednego lub obojga małżonków. Nawiasem mówiąc, ze statystyk wynika, że w realnym życiu też mniej więcej tyle małżeństw źle się kończy, choć może nie w aż tak nieodwracalny sposób.

Ucałujcie więc serdecznie swoją drugą połowę i zabierzcie się do czytania historii o kłótniach i urazach zdarzających się w małżeństwach (jeśli jesteście singlami, nie macie się czym martwić, chyba że po przeczytaniu tego wstępu zapragniecie lepiej przyjrzeć się osobie obok was, tylko że wtedy będzie to już zupełnie inna historia), które prowadzą do zbrodni popełnianych z nakazu serca, o jakich opowiada *Aż śmierć nas rozłączy*.

Harlan Coben

QUEENY

RIDLEY PEARSON

Queeny © 2006 by Ridley Pearson

Ostatni raz widzieliśmy się przy śniadaniu.

Pracuję samotnie w pokoju nad garażem, o którym pewien cieśla powiedział kiedyś, że jego podłoga pochodzi jeszcze sprzed rewolucji amerykańskiej. Potrafił to poznać po gęstości słojów i dzięki znajomości historii całego budynku. Ludzie znają się na takich rzeczach. Jeden z moich znajomych, zajmujący się produkcją gitar, kiedyś na wystawie branżowej natknął się na gitarę i od razu poznał, że wykonano ją z tego samego kawałka afrykańskiego mahoniu, z którego on zrobił swoją. Wdał się w rozmowę z lutnikiem i okazało się, że miał rację: ten sam kawałek drewna. Ludzie często wiedzą najdziwniejsze rzeczy.

Wspomniała o sprawie mimochodem, kiedy w porannym pędzie smażyłem placki dla jednej z naszych córek i jajecznicę dla drugiej (dla żony i dla mnie owsianka). Właściwie tylko przy tej okazji rozpieszczam nasze córki: dostają na śniadanie wszystko, co im się zamarzy. We wszystkich innych sprawach bywam nieugięty. Ale stosunki między nami są dobre, ponieważ granice są jasno określone. Panuje

9

wśród nas miłość i szacunek, nie ma kłótni i wojny podjazdowej o postawienie na swoim. Istnieje prawdziwa harmonia, a w naszej rodzinie to artykuł pierwszej potrzeby.

— Jakiś facet przyplątał się do mnie w Queeny Park. Wybiegł z boku, dołączył do mnie i jakiś czas biegliśmy razem.

— Naprawdę?

— Mhm.

Pomyślałem, że mówi to, by mi zaimponować. Dać do zrozumienia, że dziewięć lat po naszym ślubie wciąż się nią interesują mężczyźni. Zupełnie mnie to nie zaskoczyło. Wiedziałem, że tak jest, ale zdawałem sobie też sprawę, że to jeden z tych momentów w małżeństwie, kiedy człowiek nie chce palnąć głupstwa. Tylko że tym razem nie chodziło o jej nową fryzurę.

— Coś do ciebie mówił? — spytałem

— Tak, rozmawialiśmy. Pytał, jak często biegam i takie tam.

— Rozmawiałaś z nim?

Nie chciałem, żeby odebrała to jak wyrzut, ale niepokój przeważył, toteż mimowolnie trochę podniosłem głos.

— A co, nie wolno mi z nikim porozmawiać?

Ponownie zajęła się zmywaniem, a ja przypalającym się plackiem. Przerzuciłem go na drugą stronę. Wyglądał jak kawek podeszwy.

Nalała płynu do zmywania i odkręciła wodę, ale zrobiła to trochę zbyt głośno i ostentacyjnie.

— Wcale nie o to mi chodzi — wtrąciłem, korzystając z chwili ciszy.

— Nie, wcale — odrzekła.

— To znaczy... Nie próbuję mówić, co ci wolno, a czego

nie. Ale dla takiego faceta jesteś samotną kobietą, w każdym razie kobietą samotnie biegającą po parku.

— Za bardzo się przejmujesz tymi swoimi książkami.

Często obwinia mój zawód o to, że każdego traktuję jak potencjalnego przestępcę. I oczywiście ma rację. Wie, że wytaczając ten argument, może wygrać każdą naszą sprzeczkę, tym razem też.

Mija dzień czy dwa i znów jest pora śniadania. Tym razem robię naleśniki, a dla młodszej córki jajka na miękko. W naszym rodzinnym żargonie mówimy na nie „rybki w strumyku". Nie mam pojęcia dlaczego. Zwykłe jajka na miękko w salaterce z pokruszonym chlebem. Żadnego strumyka. Żadnych rybek. Ale obie dziewczynki to uwielbiają i wylizują salaterkę do czysta.

— Znów się przyplątał. Wczoraj. Tym razem biegł w tym samym kierunku. Dogonił mnie i... znowu biegliśmy razem.

— Wybacz, ale nic miłego nie mogę na ten temat powiedzieć.

Bo nie mogłem. Nie drażniło mnie, że nawiązuje z kimś znajomość albo że się nią ktoś interesuje. Bóg mi świadkiem, że coś takiego wszystkim nam dobrze robi. Mnie też się zdarza. W czasie tury promocyjnej nowej książki słyszę pochlebstwa i widzę spojrzenia, w których jest coś więcej niż zwykła ciekawość. Nie reaguję i wiem, że moja żona też tego nie robi. Toteż nie to mnie niepokoi. Bo jeśli nawet zareaguje, będę wiedział, co zrobić. W mojej reakcji nie ma ani odrobiny zazdrości. U jej podstaw leży czysty niepokój, który próbuję tak zakamuflować, żeby jej nie przestraszyć. Bo w straszeniu jestem dobry. Od lat straszę miliony swoich czytelników. Wiem, jaki miewam wpływ na ludzi, nawet jeśli tego nie chcę. Dlatego bardzo uważam, żeby nie straszyć własnej rodziny, a już zwłaszcza dzieci.

— To bardzo ponury park — mówię spokojnie. — Długie alejki wśród gęstwiny drzew. Zupełne pustkowie, z dala od ludzi. Gdyby ktoś cię zaczepił na ulicy, to przynajmniej mogłabyś krzyczeć. Ale jak spróbujesz krzyknąć w Queeny Park, to najwyżej wystraszysz kilka ptaków.

W swoich słowach zawarłem pewien podtekst, ale nie wiem, czy to do niej dotarło. Trochę ponad rok temu na jakieś pięć miesięcy przerwała bieganie. Zrobiła to po tym, jak o piątej rano przyczepili się do niej jacyś ludzie w samochodzie. Strasznie się wtedy przeraziła. Samochód zwolnił i jechał równo z nią, a było jeszcze przed wschodem słońca i wszyscy wokół jeszcze spali. Gdy schowała się za drzewo, facet po stronie pasażera wychylił się i rzucił w nią puszką, prawie trafiając. Zgłosiliśmy to na policję. Akurat rozmyślałem wtedy nad początkiem *Mystic Rivev*, a na nią czekało pranie. Gliniarz okazał się sympatyczny i rzeczywiście się przejął. Tak bardzo, że pewnie po wyjściu od nas musiał wstąpić do piekarni za rogiem i łyknąć coś ciepłego, i dopiero wrócić do swoich spraw. Rezultat: koniec z bieganiem. Na całe pięć miesięcy.

Teraz znów do niego wróciła. Tym razem intruz biega, ale ona nie widzi żadnego podobieństwa.

— A gdyby siedział w samochodzie i w ten sposób „biegł" z tobą, to co byś powiedziała?

— To nie to samo — ona na to.

— Jak ma na imię?

— Nie wiem.

— A gdzie mieszka?

— Nie wiem.

— A czym jeździ?

Wraca do zmywania, bo pewnie już słyszy, jak mówię: „To dokładnie to samo".

— A co wie o tobie? — pytam.

Potrząsa tylko głową. Czuję, że się wygłupiła na tej parkowej ścieżce i sama zdaje sobie z tego sprawę, tylko nie wie, co powiedzieć.

Oglądaliśmy kiedyś film na HBO, w którym mąż był zazdrosny i upierdliwy, wykorzystuję go więc teraz jako punkt odniesienia.

— Nie próbuję być jak ten palant z filmu. Przecież wiesz, prawda? Chcesz biegać? Biegaj. Chcesz rozmawiać? Rozmawiaj. Ale może biegaj z jakąś przyjaciółką, żeby było dwie na jednego. Albo znajdź inny park, żeby nie był tak ciemny i pusty. Bo dla samotnie biegającej kobiety Queeny Park to najgorsze miejsce pod słońcem. Najgorsze. Przecież wiesz o tym, prawda?

Wzrusza ramionami.

Znam to jej wzruszanie ramionami i nauczyłem się go nienawidzić. Oznacza „daj mi spokój". Omówiliśmy sprawę i obstaję przy swoim zdaniu. Irytuje mnie to.

Mija znów kilka dni. Może ze trzy. Wraca do domu na lunch i wylicza przyjaciółki, z którymi biegała dziś rano. I nie robi tego tak, żeby mi dokuczyć. Mogłaby, ale tego nie robi, i za to ją kocham.

— Dzięki — mówię między kęsami.

Parę dni później znów to samo: Laurel i Tracy, sześciokilometrowa runda po Queeny, potem kawa w Starbucks i babskie ploty. I ani słowa o nim.

Dlatego kiedy dzwonią ze szkoły, moją pierwszą reakcją jest złość. Naszej starszej, siedmioletniej córki, nie ma dziś w szkole. Nie wsiadła do szkolnego autobusu i nie dojechała. A nie wsiadła dlatego, że mama jej powiedziała, by nie wsiadała. To akurat ma sens, bo dziś jest czwartek i mała ma lekcję baletu. Jestem już w drodze, gdy odzywa się mój blackberry. Dzwonią z prywatnej szkoły: młodszej nie było dziś na przystanku.

W tym momencie po raz pierwszy jestem zaniepokojony. Zachowuję się jak ktoś cierpiący na zespół Tourette'a: wyrzucam z siebie głośną wiązankę przekleństw, potem ciemnieje mi przed oczyma i nie mogę opanować dygotu, który ogarnia wszystkie komórki mojego ciała. Moja siedmiolatka rozrabia na tylnym siedzeniu. Wysmyknęła się z pasa i to też mnie irytuje. Ostatnio często to robi. To niebezpieczne i ona o tym wie. Ostro hamuję i dość gwałtownie się zatrzymuję, co nagrodzone zostaje chórem klaksonów z tyłu.

— ZAŁÓŻ PAS, MŁODA DAMO, ALE JUŻ! — Jest najłatwiejszym celem, więc wygarniam do niej z obu luf. W głowie mam mętlik i zastanawiam się, ile w tym moim zachowaniu jest z pisarza, a ile z męża. Widzę już wszystko oczami wyobraźni, ale od razu wymazuję ten obraz. Nie jedź tam — mówię sobie w duchu. Opanuj się!

♦ ♦ ♦

Mija sześć dni, ale nie następuje coś takiego, jak pogodzenie się. Ile razy dzwoni telefon, zrywam się jak oparzony. Słyszę samochody za oknem i za każdym razem myślę, że to ona podjeżdża pod dom. Ale wiem, że jej samochód stoi na policyjnym parkingu. Znaleźli go w Queeny Park. Był zamknięty na klucz i stał w miejscu, w którym według Laurel i Tracy zawsze parkowała. Żadna z nich nie widziała tego mężczyzny. Nawet im o nim nie wspomniała. Może się krępowała. Albo chciała mieć tajemnicę. Albo po trosze jedno i drugie.

Brak śladów. Psy. Ekipa kryminalistyczna. I nic. W telewizji same bzdury. Kiedy wszyscy odchodzą, nic po nich nie zostaje. Po prostu się wynoszą, niczego nie znajdując. Ani jednego włoska, ani jednego włókienka. Nawet żadnego zapachu.

◆ ◆ ◆

Dziesiątego dnia do mojego gabinetu nad garażem wkracza ekipa złożona z pięciu mężczyzn i jednej kobiety. Mają nakaz rewizji. Ich pojawienie się jest jak cios pięścią w brzuch. Zabierają mi komputer, wszystkie papiery, palmtop i samochód.

Nie mogę się skupić na pytaniach, jakie zadają, bo robią to bardzo agresywnie. Nie mam co do tego wątpliwości. Ich ton jest wyraźnie oskarżycielski. Jestem kompletnie oszołomiony. Denerwuje mnie to, jak się obchodzą z moim sprzętem. Mam do niego taki sentyment, jakim większość ludzi obdarza zwierzęta domowe. Znoszą komputer po schodach, wlokąc za nim kable. Wszystko to doprowadza mnie do wściekłości. Sama myśl, że mają czelność tak mnie traktować... Opisywałem takie sceny w swoich książkach. Konsultacji w tych sprawach udzielali mi gliniarze dwa razy ważniejsi od tej szóstki, więc wiem, że gdy wszystko inne zawodzi, bierze się w obroty męża.

No i teraz ja znajduję się na celowniku.

◆ ◆ ◆

Połowa dziesiątego dnia. Moja adwokat ma mózg większy od Teksasu. Znam ją dopiero od pięciu minut, ale poleciła mi ją moja nowojorska prawniczka od show-biznesu i pani adwokat okazała się tak świetnie ustosunkowana, że zanim ją zobaczyłem, już wiedziałem, że to właściwy wybór. A gdy ją ujrzałem, jeszcze bardziej mi się spodobała.

15

Siedzimy we czwórkę w małej sali. Gliniarz sprawia wrażenie zmęczonego, ale sądzę, że tylko udaje. Wymyślane przeze mnie postacie policjantów biją go na głowę. Jest jak towar z K-Martu w porównaniu z moim od Bergdorfa. Ale nie daję mu tego odczuć. Nie mam zamiaru się stawiać ani popisywać policyjną wiedzą. Resztki zdrowego rozsądku, jakie się we mnie ostały, podpowiadają mi, żeby tego nie robić. Postanawiam ograniczyć się do słuchania. Od mówienia jest moja adwokat.

— No to o co tu chodzi? — odzywam się zaskoczony, że moje usta mogą być tak nieposłuszne mózgowi.

Głowa pani mecenas obraca się w moją stronę jak u sowy. Wiem, że mogłaby mnie teraz schrupać na śniadanie.

— Kiedy był pan ostatni raz w Queeny Park? — pyta gliniarz.

Spoglądam na adwokat, a ona skłania przyzwalająco głowę.

— Razem z wami — mówię.

— Przedtem — rzuca gliniarz. — Ostatni raz przedtem.

Już widzę, do czego to wszystko zmierza, i zamieram. Kiwam głową.

— Okej — mówię. — Okej. Już widzę, do czego to wszystko zmierza.

— Proszę odpowiedzieć na pytanie.

Pochylam się ku mojej mecenas. Ładnie pachnie. Szepcę jej do ucha odpowiedź.

Wlepia wzrok w policjanta.

— Następne pytanie, proszę — mówi.

Gliniarz groźnie marszczy brwi. Jest wściekły. Wcale mu się nie dziwię.

Pewnie ktoś zauważył mój samochód. Pojechałem tam raz rano. Tylko raz. Chciałem zobaczyć tego faceta, sprawdzić, do jakiego samochodu wsiądzie, dowiedzieć się czegoś więcej. Nie powinienem tego robić. Niczego się nie dowiedziałem, a teraz proszę. Nic im o tym nie powiedziałem, bo uznałem, że to strasznie głupio zabrzmi. I niekorzystnie dla mnie. A teraz stało się. Odmowa odpowiedzi.

— Może pan nam opowiedzieć o *Magic Movies*?

Czuję, jak twarz mi pąsowieje. Adres internetowy z krótkimi filmami. Dla takich, co lubią podglądać. I całkiem dorosłych. Amatorskie filmiki, na ogół soft porno. Niektóre dość ostre. Wykorzystają to teraz, żeby zasugerować niezadowalające pożycie seksualne — a to nieprawda. Wykorzystają, żeby sugerować, że coś nam się nie układało — a to nieprawda. Zaczną się w nich doszukiwać pochwały brutalności, a nigdy niczego takiego nie było. Najwyraźniej chcą mnie oskarżyć. Ale od tego są. Wyprzedaż w K-Marcie. Bannery: Dziś same superokazje!

◆ ◆ ◆

Dzień dziewięćdziesiąty piąty. Ława przysięgłych złożona z takich jak ja. Nie, chyba jednak nie. Muszą pomieścić swe obłe kształty w prostokątnym pudle. Dwanaścioro kretynów w pudle kiwa głowami i gapi się na mnie, jakbym był Mansonem. Nadal przepełnia mnie żal, nadal nie mogę spać, nadal nie mogę spokojnie myśleć o tym, jak ona zmywa, a ja smażę naleśniki i nie staram się wydobyć z niej choćby strzępu konkretnej informacji. Moja jedyna, podjęta w trosce o nią próba dowiedzenia się czegoś dyskretnie jest teraz wykorzystywana przeciwko mnie, i to z powodzeniem. Co mnie szczególnie gnębi, to spojrzenia rzucane w moją stronę przez Laurel i Tracy. Straciły do mnie zaufanie, bo uwierzyły w tę historię. A skoro uwierzyły one, to czego można się spodziewać po dwunastce kretynów? Mówię do mojej adwokat, że to prawdziwy dublet. Nie tylko dopadł ją, ale przy okazji załatwił też mnie. I gdzieś się teraz kręci, gotów znów to powtórzyć. Mnie wykończą w jego zastępstwie. Głównie dlatego, że piszę o takich sprawach. Ludzie wyczuwają odmieńców. A ze mnie jeden z największych. Ich tok rozumowania wciąż biegnie tym torem. Bo któż potrafiłby obmyślić coś takiego lepiej niż ja? No i skoro zdecydowałem się to zrobić, czy można się spodziewać, że zostawię po sobie jakieś ślady? Jasne, że nie. I któż lepiej ode mnie wymyśliłby historyjkę o tamtym facecie? Oczywiście, że nikt. Tyle że oni mnie nie znają.

Wyrok skazujący.

Oczywiście, że ja.

Zaczyna się odliczanie.

♦ ♦ ♦

Dzień sześćset dziewięćdziesiąty siódmy. Blok więzienny C. Moje córki mają teraz dziewięć i siedem lat. Przez ostatnie dwa lata widuję je raz w miesiącu. Zachowują się, jakby nadal chciały mnie kochać, ale nie bardzo wiedzą jak.

Znaleźli ciało. Sto kilometrów od miasta, zakopane na poboczu szosy. W promieniu pięćdziesięciu metrów jeszcze dwa inne. Na szczątkach ślady spermy. Badanie DNA. Dzień osiemset siedemdziesiąty czwarty, przesłuchanie i puszczają mnie wolno. DNA nie było moje. Próbowałem im to wytłumaczyć. Mówią teraz, że zwracają mi życie, a to nieprawda.

Dziewczynki nie chcą ze mną mieszkać pod jednym dachem. Mieszkają u babci. Ludzie mi mówią, że okres przejściowy będzie trudny. To pewne.

Wracam do domu, siadam i zabieram się do pisania.

Nic innego nie umiem robić.

W następną sobotę robię naleśniki i „rybki w strumyku". Obie patrzą na mnie znad pustych talerzy pozbawionym wyrazu wzrokiem. Okazuje się, że wstrzymuję oddech. Parskam śmiechem, ale one wciąż tylko patrzą.

Chyba się mnie boją.

BEZ WIĘKSZEGO RYZYKA

LEE CHILD

Safe Enough © 2006 by Lee Child

Wolfe był typowym dzieckiem miasta. Od urodzenia jego świat składał się z żelaza i betonu. Najpierw jeden kwartał ulic, potem dwa, potem cztery, jeszcze później osiem. Drzewa można było dojrzeć tylko z dachu jego kamienicy, ale daleko, aż za East River, nierealne jak w bajce. Jedynym miejscem ze skoszoną trawą, jakie znał do dwudziestego ósmego roku życia, była płyta boiska stadionu Jankesów. Nie wyczuwał smaku chloru w miejskiej wodzie, jazgot ruchu ulicznego był dla niego kojącą ciszą.

I teraz nagle znalazł się na wsi.

Każdy poza nim rozpoznałby w tej okolicy typowe tereny podmiejskie, ale zabudowania dzieliła tak duża odległość, że nie sposób było zgadnąć, co twój najbliższy sąsiad gotuje na obiad... chyba że cię na niego zaprosił. Na podwórkach roiło się od robactwa, w pobliżu przemykały jelenie, w piwnicach lęgły się myszy, jesienią wiatr roznosił sterty zeschłych liści, prąd płynął drutami wiszącymi na słupach, wodę czerpało się z własnych studni.

Dla Wolfe'a była to wieś.

Dzikie ostępy.

Koniec długiej i krętej drogi.

Drogi, która zaczęła się dwadzieścia trzy lata temu w publicznej szkole podstawowej w Bronksie. Były to czasy, kiedy chłopak wcześnie wyrabiał sobie etykietę: chuligan, nicpoń, rzemieślnik, geniusz. Nadawano ją bez ceregieli i praktycznie raz na zawsze. Wolfe był w miarę wychowany, nieźle radził sobie z arytmetyką i zajęciami w warsztacie, przyczepiono mu więc etykietę rzemieślnika, co pozwalało liczyć, że wyrośnie z niego hydraulik, elektryk albo monter klimatyzacji. Zakładano, że znajdzie sobie sponsora w miejscowym oddziale jednego ze związków branżowych, który wyśle go na kurs czeladniczy, po czym następne czterdzieści pięć lat przepracuje w zawodzie. I właśnie tak się toczyły jego losy. Wybrał zawód elektryka i gdy to się stało, miał już za sobą pierwsze dziesięć z wyznaczonych czterdziestu pięciu lat.

A stało się to, że boom budowlany na terenach podmiejskich ostatecznie wyczerpał możliwości miejscowych rodzinnych firm elektrycznych, tradycyjnie złożonych z ojca i syna. Żadnych innych w okolicy nie było. Same małe, rodzinne firemki z jednym pick-upem i matką, która w domu prowadziła całą robotę papierkową. To samo dotyczyło innych branż: dekarzy, hydraulików, murarzy... Wszędzie popyt przerastał podaż. Ale deweloperzy chcieli wykorzystać koniunkturę i nie mogli pozwolić sobie na opóźnienia. Przełknięto więc lokalny patriotyzm, rozesłano wici po miejskich oddziałach związków i wkrótce podwykonawcy wyruszyli furgonetkami po pracowników: wyjazd siódma rano, powrót wieczorem na kolację. Ich oferta okazała się atrakcyjna, bo budżety miejskie były jak zwykle bardzo napięte.

Wolfe nie był pierwszym, który się załapał, ale i nie ostatnim. Co dzień o siódmej rano wsiadał do dodge'a caravana pełnego rupieci zostawionych przez dzieci któregoś z miejscowych majstrów. Wraz z nim wsiadała grupka paru chłopaków z miasta. Wszyscy w uporczywym milczeniu odbywali godzinną podróż, choć widać było, że z ciekawością zerkają na przesuwające się za oknami widoki. Niektórzy wysiadali wcześniej, przy domach na niewielkich wymuskanych działkach, inni jechali dalej na północ wśród coraz gęstszej zieleni.

Wolfe trafił do ekipy, która wysiadała na samym końcu trasy.

Każdy mający nieco więcej pojęcia o przyrodzie wiedziałby bez trudu, że wokół ciągnie się lekko pofalowany teren ze stuletnim lasem, porozrzucanymi tu i ówdzie głazami polodowcowymi, niewielkimi strumykami i małymi jeziorkami. Dla Wolfe'a były to Góry Skaliste. Wszystko wydawało mu się tu niezwykle egzotyczne. Ptaki śpiewały, wiewiórki buszowały w gałęziach drzew, głazy porastał zielony mech, a wszystko pokrywała gęstwina pnączy.

Miejscem pracy był drewniany dom z bali, który budowano na dziewięcioakrowej działce. Wszystko tu było inne niż w mieście. Brodziło się w gęstym błocie, a prąd doprowadzony był grubym jak ręka kablem, który rozgałęział się od przewodu rozciągniętego między nasmołowanymi słupami przy drodze. Kabel podłączono do tablicy ze sklejki z licznikiem i skrzynką z bezpiecznikami, która stała wkopana bezpośrednio w ziemię, jak płyta nagrobkowa. Dopływał do niej prąd o natężeniu dwustu amperów. Od tablicy pociągnięto podziemny kabel, który ułożono w wysypanym żwirem rowie, biegnącym wzdłuż przyszłego podjazdu do domu. Podjazd swą długością przypominał Wolfe'owi prostą na torze wyścigów konnych. Potem kabel przechodził przez zatkany deskami otwór w betonowym fundamencie domu i kończył się w pomieszczeniu przyszłej piwnicy.

Od tego miejsca zaczynało się królestwo Wolfe'a. Najczęściej pracował w samotności. Budowlańców było niewielu i nikt go nie popędzał podczas montowania instalacji. Dopiero po wszystkim zjawiała się ekipa, która okładała ściany płytami gipsowymi i wracała do poprzednich zajęć. Jego zadanie było tylko małym trybikiem w złożonej maszynerii i to mu bardzo odpowiadało. Robota było łatwa i całkiem przyjemna. Podobał mu się zapach świeżego drewna. Podobało mu się, że łatwo wierci otwory w drewnie, było to o wiele przyjemniejsze od kucia muru z cegieł czy betonu. Podobało mu się, że przez większość czasu mógł pracować wyprostowany i nie musiał się czołgać. Oraz to, że wszędzie jest tak czysto, bo wcześniej nieraz musiał chodzić po szczurzych odchodach.

Podobała mu się nawet okolica.

Co dzień przywoził z sobą drugie śniadanie, które przed wyjazdem kupował w miejscowym sklepie. Początkowo zjadał je przycupnięty na desce w przyszłym garażu. Potem zaczął się wymykać na zewnątrz i siadał na jednym z głazów. Później wyszukał sobie fajniejszy głaz, tuż nad strumykiem. Wreszcie po drugiej stronie strumyka zauważył dwa leżące obok siebie kamienie, z których jeden posłużył mu za stół, drugi za miejsce do siedzenia.

A jeszcze później zobaczył tę kobietę.

Przemierzała szybkim krokiem las, a pędy dzikiego wina smagały ją po nogach. Zauważył ją, ale ona jego nie. Była wyraźnie czymś zaabsorbowana. Zła albo zmartwiona. Wyglądała jak jakiś duch, jak leśna boginka. Była wysoka i trzymała się prosto, włosy miała rozpuszczone, a na twarzy nie dostrzegł ani śladu makijażu. Taką posturę magazyny nazywają kościstą. Miała niebieskie oczy i białe, delikatne dłonie.

Potem dowiedział się od majstra, że działka, na której pracują, wcześniej należała do niej, ale że ze swych trzydziestu akrów odsprzedała dziewięć pod budowę. Później Wolfe dowiedział się, że jej małżeństwo przeżywa kryzys, a wśród miejscowych panowała opinia, że jej mąż to straszny kutas. Pracował na Wall Street i codziennie dojeżdżał do pracy. Nigdy go nie było w domu, a kiedy się wreszcie zjawiał, zaczynał ją dręczyć. Mówiono też, że sprzeciwiał się sprzedaży tych dziewięciu akrów, ale ziemia należała do niej. Opowiadano, że wciąż się kłócą, ale w taki kulturalny, skrywany sposób, tak jak to robią ludzie dbający o opinię. Podobno ktoś jednak słyszał, jak mówił do niej: „Kurwa ja, cię zabiję". Podobno ona była bardziej opanowana, ale też nie pozostała mu dłużna.

Podmiejska plotka potrafi zataczać szerokie kręgi. W środowisku Wolfe'a nikt nie plotkował. Wszystko i tak było słychać przez ściany.

Za pracę w soboty płacili mu półtorej dniówki i jeszcze dostawał do ręki premię za położenie kabli i montaż instalacji telefonicznej. Jako członek związku elektryków nie powinien był tego robić, ale w domu miały być modemy, oddzielny pokój telewizyjny i trzy linie telefoniczne poprowadzone do pięciu sypialni. Oprócz tego faks i możliwość podłączenia DSL. Inkasował więc pieniądze i robił, co mu kazali.

Kobietę widywał niemal codziennie.

Ona jego wcale.

Zdążył nawet poznać jej zwyczaje. Miała zielone volvo kombi i widział, jak przejeżdża obok budowy w drodze do sklepu. Gdy któregoś dnia zauważył, że przejechała, odłożył narzędzia i poszedł przez las w stronę jej domu. Wszedł na teren posiadłości i ruszył tą samą ścieżką, na której ją widywał. Las był w tym miejscu gęsty, ale po jakichś dwudziestu metrach ujrzał ogromny trawnik i stojący na jego końcu dom. Za pierwszym razem dotarł tylko do brzegu lasu i zawrócił.

Za drugim zapuścił się nieco dalej.

W trakcie pięciu wizyt zdążył zwiedzić całą posiadłość i wszystko obejrzeć. Drzwi wejściowe okazały się niezamknięte, więc zdjął buty i obszedł całą kuchnię. Nikt w tych stronach nie zamykał drzwi i był to nawet swoisty powód do dumy. „Nigdy tu nie zamykamy drzwi", mawiali mieszkańcy, lekko się uśmiechając.

Głupota.

Wolfe skończył instalację pieca w piwnicy i przeniósł się na parter. Co dzień jadał drugie śniadanie po drugiej stronie strumyka. Którejś soboty pierwszy raz zobaczył kobietę razem z mężem. Szli po trawniku, zawzięcie się kłócąc. Walczyli z sobą, choć tylko na słowa. Krążyli tam i z powrotem w upalnym słońcu i Wolfe przyglądał im się przez gałęzie drzewa, jak parze na scenie znajdującej się w blasku reflektorów. Albo w dyskotece oświetlonej lampami stroboskopowymi. Obserwował ich złość i agresję. Facet rzeczywiście wyglądał na palanta, i to chyba nieźle walniętego. A im bardziej się na nią wydzierał, tym ona piękniej wyglądała. Zupełnie jak męczennica na kościelnym witrażu. Zraniona, bezbronna, szlachetna.

A potem ten kutas ją uderzył.

Tyle że tak to się okładają szarpiące się baby. Jakby tak uderzyć kogoś w dzielnicy Wolfe'a, to zaatakowany najpierw parsknąłby śmiechem, a później stłukłby napastnika na kwaśne jabłko. Ale na tę kobietę to starczyło. Mężczyzna był wysoki i zwalisty, i musiał włożyć w cios sporo siły, bo kobieta aż pofrunęła do tyłu i upadła plecami na trawę. Usiadła oszołomiona i z niedowierzaniem potrząsnęła głową. Na jej policzku widniał krwistoczerwony ślad. Zaczęła płakać. Nie były to łzy bólu ani nawet złości. To były łzy żalu płynące wprost ze złamanego serca. Płakała nad tym, że chociaż życie tyle jej obiecywało, to teraz siedzi na własnym trawniku i twarz piecze ją od uderzenia.

Jakiś czas potem zaczął się długi weekend z okazji Czwartego Lipca i Wolfe przez cztery dni nie jeździł do pracy.

◆ ◆ ◆

Dojeżdżając po przerwie na miejsce, zobaczył sunące z naprzeciwka radiowozy miejscowej policji. Wyglądało, że wracają z domu kobiety. Jechały wolno, bez migających świateł. Popatrzył przez chwilę za nimi i ruszył do pracy. Trzy obwody oświetleniowe na pierwszym piętrze, ponadto gniazdka ścienne z wyłącznikami i punkty na suficie. Kinkiety ścienne w łazienkach. Widać musiała usłyszeć gwizd jego wiertarki, bo ruszyła ku domowi. Po raz pierwszy dotarło do niej, że istnieje. Przynajmniej tak mu się zdawało. Nigdy wcześniej z sobą nie rozmawiali.

Kroki zachrzęściły na żwirze i jej głowa ukazała się w otworze zasłoniętym arkuszem dykty, który zastępował drzwi wejściowe.

— Halo? — zawołała.

Usłyszał jej głos mimo hałasu wiertarki i zbiegł po schodach. Zdążyła już wejść do środka. Promienie słońca wpadające przez otwór układały się w świetlistą aureolę wokół jej głowy. Miała na sobie stare dżinsy i T-shirt. Wyglądała fantastycznie.

— Przepraszam, że przeszkadzam — zaczęła.

Jej głos brzmiał jak anielski śpiew.

— Nic nie szkodzi.

— Mój mąż zniknął.

— Zniknął? — powtórzył Wolfe.

— Nie było go w domu przez weekend, a dziś nie zjawił się w pracy.

Wolfe milczał.

— Przyjedzie do pana w tej sprawie policja — powiedziała kobieta. — Chciałam z góry przeprosić za kłopot. I to właściwie wszystko.

Ale Wolfe czuł, że to nieprawda.

— A co policja może chcieć ode mnie? — zapytał.

— Myślę, że muszą popytać. Chyba zawsze tak robią. Pewnie będą chcieli spytać, czy pan czegoś nie widział. Albo nie słyszał... jakichś hałasów.

„Hałasów" powiedziała tak, jakby sama o nie pytała, a nie tylko uprzedzała, o co może pytać policja. Zupełnie, jakby chciała powiedzieć: „Słyszał pan jakieś hałasy? No, słyszał pan? Czy nic pan nie słyszał?".

— Nazywam się Wolfe — powiedział Wolfe. — Miło panią poznać.

— Mary. Mary Lovell.

Lovell. Zupełnie jak *love*, tylko z dwoma „l".

— No to słyszał pan coś, panie Wolfe?

— Nie, nic. Ja tu tylko pracuję. I sam trochę hałasuję.

— Bo widzi pan, policja jest jakby trochę... naburmuszona. Wiem, że jak znika żona, to zawsze pierwszym podejrzanym jest mąż. Do chwili aż się sprawa wyjaśni. Pewnie w drugą stronę też to tak działa.

Wolfe milczał.

— Zwłaszcza jeżeli towarzyszą temu jakieś hałasy.

— Nic nie słyszałem — powiedział Wolfe

— Szczególnie jeśli żona nie wygląda na zbyt przejętą.

— A pani nie jest przejęta.

— Troszkę mi przykro. Przykro mi, że tak się cieszę.

◆ ◆ ◆

Policja rzeczywiście zjawiła się jakieś dwie godziny później. Przyjechało dwóch funkcjonariuszy w mundurach miejskiej policji. Wolfe pomyślał, że pewnie miejscowy komisariat jest za mały na sekcję śledczą z własnymi detektywami. Policjanci zachowywali się uprzejmie i zaczęli od opowiedzenia mu rozwlekłej historii, która z grubsza potwierdzała wcześniej słyszane plotki. Mąż i żona w stanie wojny, wdający się w wieczne awantury, o których wie cała okolica. Oświadczyli też od razu i bez ogródek, że gdy znika żona, męża pierwszego bierze się na spytki. Sytuacja odwrotna jest dość nietypowa, ale nie jest czymś nieznanym, a prawdę powiedziawszy, okolica aż huczy od plotek. I dlatego — zakończyli — chcieliby spytać, czy pan Wolfe mógłby im w czymś pomóc.

Pan Wolfe ich zapewnił, że nie może.

— Nigdy ich pan nie widział? — zapytał pierwszy z gliniarzy.

— Ją chyba widziałem — rzekł Wolfe. — Czasem w samochodzie. Znaczy, tak mi się zdaje, że to była ona. Kierunek się zgadzał.

— Zielone volvo?

— Zgadza się.

— A jego nigdy? — upewnił się drugi z gliniarzy.

— Nigdy. — Wolfe potrząsnął głową. — Ja tu tylko pracuję.

— A coś pan może słyszał?

— Znaczy co?

— Kłótnie, awantury.

— Nie, nigdy.

— Bo ten facet podobno wypiął się na wielką karierę w city — powiedział pierwszy gliniarz. — Ludzie tak nie postępują. Po prostu biorą prawników.

— Cóż ja mogę powiedzieć?

— Tak tylko mówimy.

— Że co?

— Że jak się położy tylne oparcia, to przestrzeń bagażowa w tym volvie ma ponad dwa metry długości.

— I co z tego?

— To, że chcielibyśmy wiedzieć, czy na przykład nie wyjrzał pan przez okno i nie zauważył, jak to volvo wiezie coś długiego, tak z metr osiemdziesiąt pięć, owiniętego na przykład w dywan albo folię.

— Nie zauważyłem.

— Bo wiemy, że mu groziła. On jej zresztą też. Mówię panu. Gdyby to ona zaginęła, to na pewno byśmy się nim zajęli.

Wolfe nie odpowiedział.

— Ale teraz musimy zająć się nią — dodał policjant. — Trzeba dbać o równe prawa. Tego od nas wymagają.

Gliniarz raz jeszcze wlepił wzrok w Wolfe'a. Jak jeden członek klasy pracującej w drugiego, który liczy na poczucie solidarności klasowej w nadziei, że coś dzięki temu wskóra.

Wolfe obojętnie wzruszył ramionami.

— Ja tu tylko pracuję. Nic nie widzę.

◆ ◆ ◆

Przez resztę dnia Wolfe widział jeżdżące po drodze radiowozy. Tego wieczoru nie wrócił do domu. Pozwolił, by dodge caravan odjechał bez niego, sam poszedł do domu Mary Lovell.

— Przyszedłem zapytać, co u pani — powiedział.

— Oni myślą, że go zabiłam.

Zaprowadziła go do kuchni, którą poznał już wcześniej.

— Mają świadków, którzy zeznali, że słyszeli, jak mu groziłam. Ale to były groźby bez pokrycia. Puste słowa rzucane podczas kłótni.

— Każdemu się zdarza — potwierdził Wolfe.

— Ale głównie chodzi im o jego pracę. Uważają, że nikt nie porzuca takiej pracy. I tu mają rację. Ale gdyby nawet, to użyłby karty kredytowej, żeby zapłacić za bilet lotniczy albo hotel. A on tego nie zrobił. Więc co? Płaci gotówką za jakiś zapchlony motel? Dlaczego miałby to robić? I tego się uczepili.

Wolfe milczał.

— Po prostu zniknął. I nie ma na to żadnego wytłumaczenia — ciągnęła Mary Lovell.

Wolfe milczał.

— Na ich miejscu sama bym się podejrzewała. Poważnie.

— Jest w domu jakaś broń? — spytał Wolfe.

— Nie ma — odrzekła Mary.

— Nie brakuje żadnych noży kuchennych?

— Nie.

— To jak to niby pani zrobiła, ich zdaniem?

— Nie powiedzieli.

— Nic na panią nie mają — rzekł Wolfe z przekonaniem. A potem zamilkł.

— O co chodzi? — spytała Mary.

— Widziałem, jak panią uderzył.

— Kiedy?

— Przed świętami. Byłem w lesie, staliście na trawniku.

— Podglądał nas pan?

— Widziałem was. A to różnica.

— Powiedział pan policji?

— Nie.

— Dlaczego?

— Bo najpierw chciałem z panią porozmawiać.

— O czym?

— Chciałem panią zapytać.

— O co zapytać?

— Czy to pani go zabiła?

Zrobiła króciutką, niemal niezauważalną pauzę, nim odpowiedziała:

— Nie.

◆ ◆ ◆

Zaczęło się od razu tej samej nocy. Oboje czuli się jak spiskowcy. Mary Lovell należała do tych awangardowych pań z towarzystwa, które tak łatwo nie wypuszczają z rąk elektryków z Bronksu. A Wolfe nie miał nic przeciwko paniom z towarzystwa. Nic a nic.

Nie wrócił już do domu. Ich pierwsze trzy miesiące były trudne. Sprawienie sobie nowego kochanka ledwie pięć dni po zniknięciu męża jeszcze pogorszyło sytuację Mary Lovell. To zrozumiałe. Tryby plotkarskiego magla zaczęły się kręcić ze zdwojoną siłą, a policja nie dawała jej spokoju. Ale jakoś sobie z tym radziła. A nocami u boku Wolfe'a było już całkiem dobrze. Czuła, że on też żywi pewne wątpliwości i to ją jeszcze mocniej z nim wiązało. Nigdy o tym nie mówił i był wobec niej bezwzględnie lojalny, ona zaś czuła się wobec niego w jakiś sposób zobowiązana. Jak księżniczka, którą zaraz po urodzeniu komuś przyrzeczono. A że się jej podobał, przychodziło jej to bez trudu.

Po trzech miesiącach gliniarze zaczęli tracić zapał i akta męża Lovell zaczęły z wolna pokrywać się kurzem na półce z niewyjaśnionymi sprawami. Plotkarski magiel też zaczynał tracić parę. Po roku sprawa zupełnie przyschła i w życiu Mary i Wolfe'a zapanował spokój. Było im ze sobą dobrze. Wolfe otworzył jednoosobową firmę i podjął współpracę z miejscowymi deweloperami. Do pracy dojeżdżał pick-upem zakupionym przez Mary. Ona zajmowała się papierkową robotą.

◆ ◆ ◆

Zaczęło się psuć krótko przed ich trzecim wspólnym Bożym Narodzeniem. Mary musiała w końcu przyznać w duchu, że atrakcyjność ich niekonwencjonalnego związku zaczyna ustępować miejsca poczuciu, iż życie u boku elektryka z Bronksu zaczyna ją po prostu trochę... nudzić. Brakowało mu elementarnej wiedzy, jego rodzina przypominała stado dzikich zwierząt, a okazywanie uległości z racji jego wątpliwości przestało ją bawić i przerodziło się w żywą niechęć. Miała wrażenie, że ze spiskujących konspiratorów przemienili się w więźniów, którzy wspólnie odsiadują wyrok w więzieniu zbudowanym przez jej dawno zapomnianego męża.

Wolfe'a też coraz więcej w niej drażniło. Tak się strasznie wymądrzała na każdy temat. I była tak cholernie pewna siebie i wszystkowiedząca. Powiedziała, że nie znosi baseballu, ale że gdyby nawet go lubiła, to i tak by nie kibicowała Jankesom. Bo oni wszystko sobie kupują. Tak jakby ona tego nie robiła.

Zaczynał po cichu współczuć jej dawno zapomnianemu mężowi. Kiedyś odtworzył sobie w myślach ich awanturę na trawniku i zobaczył, jak facet brał zamach. Wyobraził sobie podmuch powietrza na swojej dłoni i lekkie pieczenie po jej zetknięciu się z policzkiem.

Może jednak sobie zasłużyła.

Któregoś razu w kuchni machinalnie wykonał taki sam ruch ręką i zatrzymał ją ledwie centymetr od jej głowy. Mary niczego nie zauważyła. Może właśnie myślała o uderzeniu jego. Wyglądało na to, że to tylko kwestia czasu.

Wszystko ostatecznie posypało się przy trzecim Bożym Narodzeniu. A ściślej mówiąc tuż po świętach. Same święta przeszły nawet nieźle. Jako tako. Ale zaraz po nich znów się nabzdyczyła. Jak zwykle. W Bronksie na święta było wesoło, ale zaraz potem wyrzucało się choinkę na ulicę. Ona zawsze trzymała choinkę do szóstego stycznia, potem sadziła ją koło domu.

— Szkoda marnować coś żywego — tłumaczyła.

Bo choinki, które kazała mu kupować, miały korzenie. Nigdy przedtem nie widział choinek z korzeniami. Jego zdaniem nie miało to sensu. Miało niby świadczyć o umiejętności planowania i troszczenia się o przyszłość. Było czymś w rodzaju zamazywania własnego poczucia winy. Jakby człowiek miał prawo się zabawić pod warunkiem, że zaraz potem się pokaja. W świecie Wolfe'a tak nie było. Tu zabawa była zabawą. I nic przed ani nic po.

Dla niej sadzenie choinki stanowiło całą ceremonię. Dla niego oznaczało godzinę ciężkiej harówy na mrozie.

Oczywiście się pokłócili. Awantura była długa, głośna i zażarta, i już po paru sekundach dotyczyła jego braku klasy, wychowania i kultury. Obrzucali się obelgami i atmosfera aż zgęstniała od wzajemnej niechęci. Przestali dopiero, gdy poczuli wręcz fizyczne zmęczenie. Wolfe cały aż chodził. Jej słowa dotknęły go do żywego. Uraziły go do głębi. *Żadnej kobiecie nie wolno tak mówić do mężczyzny*. Zdawał sobie sprawę, że takie podejście to prymitywny męski szowinizm. Wiedział, że nie powinien tak myśleć, że to nienowoczesne i prostackie.

Ale taki już był.

Popatrzył na nią i w tym momencie uzmysłowił sobie, że jej nienawidzi.

Wyjął rękawice, opatulił się kurtką, chwycił choinkę i wyrzucił ją z domu przez tylne drzwi. Zajrzał do garażu i wyciągnął szpadel. Potem pociągnął drzewko za gałąź na samą krawędź trawnika i wybrał miejsce tuż pod ogromnym klonem, gdzie warstwa śniegu była cieńsza i gdzie cholerna choinka na pewno uschnie z braku wilgoci. Odgarnął warstwę śniegu i zeschłych liści i wbił szpadel w zamarzniętą ziemię. Z pasją odrzucał grudy między drzewa i zdecydowanymi pchnięciami szpadla dziabał korzenie klonu. Po dziesięciu minutach poczuł spływające mu po plecach krople potu. Po piętnastu dziura miała ponad pół metra głębokości.

Po dwudziestu natknął się na pierwszą kość.

Klęknął na kolana i dłońmi rozgarnął ziemię. Kość była brudnobiała i długa, taka, jakie rzuca się psom na filmach rysunkowych. Widać na niej było suche sznurkowate ścięgna i strzępy zbutwiałej tkaniny.

Wolfe wyprostował się, odwrócił i spojrzał w stronę domu, potem wolnym krokiem ruszył. Wszedł do kuchni i otworzył usta.

— Przyszedłeś mnie przeprosić? — odezwała się Mary.

Wykręcił 911.

♦ ♦ ♦

Gliniarze z miejscowego komisariatu zawiadomili policję stanową. Mary trzymano w areszcie domowym w kuchni aż do chwili wykopania wszystkich szczątków. Zjawił się porucznik policji stanowej z nakazem rewizji. Jeden z jego ludzi odsunął starą szafę w garażu i znalazł za nią młotek. Ciesielski. Plamy zaschniętej krwi i kilka włosów były na nim wciąż wyraźnie widoczne. Włożono go do torebki plastikowej i wyniesiono na podwórze. Kształt i wielkość główki idealnie pasowały do dziury w czaszce denata.

W tym momencie Mary Lovell została formalnie aresztowana pod zarzutem zamordowania męża.

♦ ♦ ♦

Potem sprawą zajęli się kryminalistycy. Stan uzębienia, grupa krwi i badanie DNA dowiodły, że znalezione szczątki należały do męża oskarżonej. Nie było co do tego cienia wątpliwości. Krew i włosy na młotku też były jego. Na rękojeści młotka znaleziono odciski palców. Wyróżniono dwadzieścia trzy cechy identyczne z odciskami Mary — aż za dużo jak na potrzeby policji miejskiej, stanowej i FBI razem wziętych.

♦ ♦ ♦

Później sprawą zajęli się prawnicy. Prokurator okręgowy był zachwycony. Uważał, że wsadzenie białej kobiety z klasy średniej dowiedzie jego równego traktowania wszystkich. Mary wynajęła adwokata, znajomego jej znajomego. Był dobry, ale czuł się stłamszony. Nie przez prokuratora, tylko przez ciężar zebranych dowodów winy. Mary chciała się upierać przy swojej niewinności, ale adwokat ją namówił, żeby się przyznała do zabójstwa w afekcie. Dała się ponieść emocjom, na chwilę straciła nad sobą panowanie, potem już tylko czuła nieustający żal i wyrzuty sumienia. I tak oto któregoś wiosennego poranka Wolfe usiadł na sali sądowej, by być świadkiem skazania jej na dziesięć lat więzienia. W czasie całej rozprawy tylko raz na niego spojrzała. Potem Wolfe pojechał do jej domu.

◆ ◆ ◆

Wiele następnych lat mieszkał w nim samotnie. Nadal prowadził swą jednoosobową firmę i już sam zajmował się rachunkami. Szczerze pokochał swoją samotność i otaczającą go ciszę. Czasem jeździł na stadion, ale gdy cenę za parkowanie podniesiono do dwudziestu dolarów, doszedł do wniosku, że jego związki z Bronksem dobiegły końca. Kupił telewizor z wielkim ekranem i oczywiście sam podłączył kablówkę. Teraz mógł oglądać mecze, nie wychodząc z domu. Czasem po meczu wyłączał telewizor i siedział po ciemku, dumając o tym, co się wydarzyło. O gliniarzach i prawnikach, którzy wspólnie wykonali całkiem niezłą robotę.

Tyle że przegapili dwie kluczowe sprawy.

Po pierwsze: W jaki sposób Mary Lovell, która miała bardzo delikatne dłonie, poradziła sobie z ciężkim młotkiem i szpadlem? Dlaczego miejscowa policja nie znalazła na jej dłoniach żadnych odcisków ani pęcherzy?

Po drugie: Skąd Wolfe wiedział, gdzie zacząć kopać dziurę pod tę cholerną choinkę? I to akurat tuż po kłótni. Przecież podobno gliniarze nie wierzą w żadne zbiegi okoliczności.

Ale w sumie wszystko obyło się bez większego ryzyka.

NA TYŁACH

CHARLES ARDAI

Podjechałem na stację, zdusiłem w popielniczce papierosa i poczekałem na chłopaka w kombinezonie, który brudną szmatą rozprowadzał smar na wałku zębatym. Patrząc na jego posturę, trudno było zgadnąć, dlaczego zwolniono go od służby. Może z powodu platfusa. Miał koło dwudziestki, był wielki jak goryl i aż dziw brał, że tymi swoimi potężnymi łapami nalewa benzynę, zamiast z bagnetem w dłoni gonić nazistów.

Nacisnąłem klakson.

— Hej, ty tam! Max Baer!*.

Chłopak uniósł głowę i lekko się uśmiechnął. Odłożył wałek na półkę i podszedł.

Pokazałem mu kartkę na benzynę typu A.

— Nalej mi, synu, cztery galony. Mam czym zapłacić.

Stał, wycierając dłonie szmatą. Wycierał i wycierał, a im dłużej to robił, tym bardziej jego dłonie były umorusane.

---

* Max Baer — naprawdę Maximilian Adelbert Baer Cussen (1909—1959), bokser, mistrz świata wagi ciężkiej.

— Obniżyli przydział — powiedział. — Na A należy się tylko dwa galony.

— Myślisz, że nie wiem? — Podałem mu kartkę przez okno. — Nalej mi cztery. Mam dość forsy, żeby ci zapłacić.

— Ma pan drugą taką?

— Nie.

— No to czterech pan nie dostanie. — Chłopak wetknął szmatę za pasek i wzruszył ramionami. Jakby chciał powiedzieć: „A co ja na to poradzę? Nie miej pan pretensji do mnie. Z pretensjami to do Hitlera".

— Zapłacę ci podwójnie — powiedziałem.

— Niechby nawet potrójnie. Benzyny nie ma.

— To co jest w tych pompach? Piasek?

— Powietrze. I dwa galony benzyny, jeśli pan sobie życzy.

— Chcę cztery.

— Dwa galony i ani kropli...

— Już to mówiłeś. — Wyciągnąłem z kieszeni banknot pięciodolarowy i wystawiłem przez okno. — Płacę po dolarze za galon.

Oczy chłopaka zrobiły się wielkie jak talerze.

— To kupa forsy.

— No. Owszem.

— Mam trochę, co mi się... Pan tu poczeka. — Puścił się pędem za budynek warsztatu.

Po chwili wyłonił się z dwoma metalowymi kanistrami w rękach. Otworzył jeden i przelał zawartość do zbiornika. Potem to samo zrobił z drugim.

Schowałem banknot do portfela.

— Cztery galony — oświadczył chłopak, podchodząc do okna. — Będzie razem cztery dolary, proszę pana. — Powiedział to całkiem normalnie, jakby transakcja była legalna.

Otworzyłem portfel i pokazałem mu odznakę, na której widniał napis „Biuro Kontroli Cen". Zbyt krótko, żeby go zdążył przeczytać, ale pewnie nie musiał. Wiedział, co ta odznaka znaczy.

— Zaraz — jęknął. — Ale pan mnie prosił...
— A ty się zgodziłeś.
— Proszę pana... moja rodzina...
— Trzeba było wcześniej o niej pomyśleć — burknąłem. — Wsiadaj.

♦ ♦ ♦

Benzynę wolno mi było zatrzymać. Wszyscy stali w kolejkach, żeby kupić akurat tyle benzyny, by starczyło na dojazd do następnej kolejki. Może nie zawsze jadałem trzy razy dziennie, ale Bóg mi świadkiem, że jeździć mogłem ile dusza zapragnie.

Praca jak praca — po prostu zajęcie jak inne wymuszone przez wojnę. Zdarzały się lepsze i gorsze. Kiedy BKC ogłosiło nabór pracowników, do ich biura przy Times Square zgłosiło się tylu różnych meneli, że człowiek nawet nie wiedział, że tak wielu się uchowało. Wszystkich zwabiła ta praca. Pan Bowles osobiście wtedy powyrzucał z kolejki wszystkich łachmaniarzy, resztę cywilbandy przemianował na agentów federalnych.

Potem nam uświadomił, o co chodzi. Że nas nie angażują do roboty w fabryce, więc nie będą nam też płacić jak w fabryce, ale za to pozwolą zatrzymać część towarów, które zarekwirujemy. A benzynę mogliśmy zatrzymywać w całości, pod warunkiem że nie więcej niż pięć galonów.

Gdy tylko Bowles to powiedział, stojący obok łysy, spocony cwaniak nazwiskiem Tom Doyle nachylił się ku mnie i tak, żeby go nikt nie usłyszał, szepnął mi do ucha:

„Znaczy się trzeba zawsze prosić o cztery". Chyba Doyle był ze wszystkich najgorszy, ale reszta też ciągle próbowała kantować.

Można by pomyśleć, że nie będziemy mieć dużego pola do popisu w walce z czarnym rynkiem. Trwała przecież wojna i wszędzie wisiały wielkie afisze przypominające, że każda czarnorynkowa kromka chleba i każdy galon nielegalnej benzyny zostały ukradzione z talerzy naszych żołnierzy i ze zbiorników naszych samolotów. Jednak okazało się, że roboty było mnóstwo. Tak dużo, że starczyło jej dla trzech tysięcy przymierających głodem prywatnych detektywów w całym kraju. Co krok natykaliśmy się na kogoś handlującego czymś nielegalnie: mięsem, butami, nylonami, cheddarem — wszystkim, czym się dało. I na ogół byli to ci sami patrioci, którzy na schodkach pożarowych w domach zakładali ogródki zwycięstwa na cześć Wuja Sama.

Na drugim końcu byli hochsztaplerzy w rodzaju Doyle'a, którzy brali od rządu pensję za walkę ze spekulantami, a od spekulantów łapówki za odwracanie głowy w inną stronę. A już najwredniejsze było to, że taki Doyle tydzień w tydzień przyjmował pod stołem brudne pieniądze, a potem, żeby się wykazać, i tak na nich donosił.

Sam też nie byłem czysty jak łza. Jeździłem na lewej benzynie i kiedy się tylko dało, jadłem steki z lewego mięsa. Jednak między spekulantami i takimi jak my była różnica: oni oszukiwali własny kraj, my mu służyliśmy. Może to nic takiego, ale wystarczyło, bym to ja teraz siedział za kierownicą, a chłopak obok mnie był skuty kajdankami, a nie na odwrót.

Nazywał się Matt Kelly i odpowiednio do tego wyglądał, bo irlandzkość aż mu wyłaziła uszami. Miał włosy w kolorze marchewki, masywną irlandzką szczękę, a gdy mówił, jego chrapliwym „r" można było plecy drapać. Po drodze opowiedział mi historię swojego życia. W trzydziestym ósmym przyjechał tu z matką i zaczął pracować w warsztacie samochodowym wuja, tę wlaną mi benzynę oszczędzał dla siebie i nigdy nie miał zamiaru sprzedawać jej na czarnym rynku, tylko dał się skusić mojej ofercie.

— Mówiąc to, jeszcze bardziej się pogrążasz, Kelly — ostrzegłem go. — Bo wynika z tego, że nie sprzedałbyś jej, gdybym ci aż tyle nie zaproponował.

— Pan to wszystko przekręca, proszę pana. Mówię, że w ogóle nie chciałem jej sprzedawać, tylko że pan tak prosił...

— Ale nie musiałeś się godzić. Nie groziłem ci spluwą. Pokazałem ci tylko zasraną piątkę, a tyś się na nią rzucił.

— Wie pan, jak jest teraz ciężko. Tyle forsy starczyłoby na miesiąc jedzenia dla mamy i wujka.

— Chcesz powiedzieć, że miałeś zamiar kupować za to żywność na czarnym rynku? — parsknąłem. — Ależ z ciebie gagatek.

— Niech się pan zlituje, proszę pana.

— Mam się nad tobą litować? — Wdepnąłem hamulec i zatrzymałem samochód na środku drogi, ale silnika nie zgasiłem. Niech się ta jego benzyna wypala bezużytecznie. — Nie giniesz na froncie, nie zestrzeliwują cię w samolocie, nie ryzykujesz życia za kraj. Kawał chłopa z ciebie, mógłbyś walczyć jak inni, ale nie, ty siedzisz w domu i słuchasz o wojnie przez radio. I kiedy inni giną za twoją wolność, ty się tylko martwisz, jak zdobyć rostbef na obiad. I ja mam się nad tobą litować?

Ruszyłem. Wcisnąłem gaz do dechy i skręciłem kierownicę. Czułem narastającą we mnie wściekłość.

— I coś jeszcze ci powiem...

Ale już nie zdążyłem mu powiedzieć.

Wszedłem w zakręt sześćdziesiątką i zderzyłem się czołowo z samochodem jadącym z naprzeciwka niewłaściwym pasem. Maska mojego samochodu złożyła się w harmonijkę, a Kelly — któremu kajdanki na rękach uniemożliwiły przytrzymanie się — wypadł przez przednią szybę i grzmotnął w maskę tamtego samochodu. Zdążyłem zakryć twarz rękami, przez co kierownica wgniotła mi się w klatkę piersiową, ale uszedłem z życiem.

Kelly był mocno poharatany, zakrwawiony i wrzeszczał wniebogłosy. Poleciał głową do przodu i twarz miał zalaną krwią. Kierowca tamtego samochodu, starszy siwy mężczyzna w okularach, miał chyba złamany kark. Dowodziło tego dziwaczne ułożenie głowy w stosunku do reszty tułowia. Leżał oparty na kierownicy i jego klakson wył jak syrena.

Miałem połamane żebra, bo gdy gramoliłem się zza kierownicy, czułem, że coś mi w środku chrzęści. Pchnąłem ramieniem drzwi i wypadłem na jezdnię.

Nie wiem, który samochód zapalił się pierwszy, ale w ciągu paru sekund oba wraki i dwa ludzkie ciała ogarnęło morze ognia. Kelly zakończył życie chwilę po pierwszej eksplozji. Wiem dokładnie, w którym momencie, ponieważ jego krzyk nagle ustał. Przestał też wyć klakson tamtego samochodu, bowiem siła wybuchu odrzuciła ciało kierowcy.

Leżałem rozpłaszczony na jezdni, czekając, aż fala piekielnego żaru przetoczy się nade mną. Potem usiadłem i patrzyłem, jak te cholerne cztery galony idą z dymem.

♦ ♦ ♦

Trwała wojna, a ja byłem agentem federalnym. Policja miejska w ogóle się mną nie zainteresowała, a federalni mieli ważniejsze sprawy na głowie niż śmierć czarnorynkowego handlarza, który doprowadził do wypadku, próbując przejąć kierownicę, bo taką wersję im przedstawiłem.

Zawieźli mnie do lekarza krótkowidza, który mnie obandażował, ale zrobił to tak podle, że przy każdym ruchu przeszywał mnie ból. A potem po cichu i bez uprzedzenia wypłacili mi tygodniówkę, oddali papiery i kazali się zmywać. Nie ujęli tego wprost, ale o to im chodziło. Moje nazwisko i podobizna trafiły do gazet, więc przestałem być im przydatny.

Na pytanie, co mam z sobą zrobić, odpowiedzieli, żebym się zaciągnął do armii. Nie miałem samochodu, agencja rządowa nie chciała już o mnie słyszeć, a moja prywatna praktyka — która wcześnie też nie kwitła — po czternastu miesiącach przerwy zupełnie podupadła.

Przesiadywałem w biurze w nadziei, że telefon w końcu zadzwoni, ale on uparcie milczał. Miałem dużo czasu, by w ciszy czekać na zrośnięcie się żeber i wsłuchiwać się w skrzypienie schodów pod stopami pacjentów lekarza okulisty, którego gabinet był piętro wyżej. Myślałem też o Kellym. Bardzo dużo o nim myślałem. Przypominałem sobie, z jakim trudem udało mi się założyć kajdanki na jego grube przeguby. Pamiętałem jego minę, z jaką opowiadał o mamie i wujku. Próbował utrzymać rodzinę. Złamał prawo, ale nigdzie nie było napisane, że za podwędzenie dwóch kanistrów benzyny płaci się życiem.

Nie widziałem jego twarzy w chwili śmierci, ale nawiedzała mnie teraz w snach. Była twarzą chłopca ginącego w najstraszliwszych męczarniach, jakie można sobie wyobrazić. I wspominałem też święte oburzenie, które mnie ogarnęło, swoją niewzruszoną pewność siebie, patrzenie na świat przez pryzmat bieli, czerwieni i błękitu. Nie zginiesz na froncie, zarzuciłem mu wtedy i nie pomyliłem się. Nie zginął na froncie za swój kraj. Zginął na tyłach za nic.

Pod koniec miesiąca na moim koncie bankowym były pustki, a w lodówce stało tylko parę butelek piwa, toteż bez żalu powitałem decyzję o odcięciu mi linii telefonicznej, bo i tak nie pamiętałem, kiedy ostatni raz korzystałem z telefonu. Przestałem się też rano golić po tym, jak pokaleczyłem się, ponieważ za mocno docisnąłem brzytwę.

Broda rosła coraz dłuższa, umowa najmu wygasała, więc w dniu, gdy moje zasoby finansowe spadły do jednocyfrowej kwoty, wziąłem długi prysznic, wytarłem się do sucha, spakowałem rzeczy do torby podróżnej i wyszedłem. Nie miałem zamiaru tu wracać, dlatego zabrałem wszystko, co miałem — łącznie z mokrym ręcznikiem.

Ruszyłem piechotą Broadwayem i jakieś czterdzieści kwartałów dalej przekroczyłem granice miasta. Szedłem poboczem drogi wśród pól i lasów, póki nogi nie odmówiły mi posłuszeństwa. Usiadłem wtedy pod drzewem, zdjąłem buty i tak długo masowałem sobie stopy, aż ból trochę ustąpił. Zarzuciłem torbę na ramię i ruszyłem w dalszą drogę.

W kieszeni miałem pięć dolarów i trochę drobnych, na ręku zegarek, który mogłem ewentualnie zastawić, przy spodniach ręcznie szyty skórzany pasek, który w ostateczności mógłbym spróbować sprzedać. Bolały mnie nogi i żebra, które jeszcze mi się dobrze nie zrosły, i nie miałem pojęcia, dokąd idę. Mijałem domy mieszkalne i przydrożne zajazdy; mnie mijały samochody. Parę razy byłem bliski poproszenia o podwiezienie, ale w ostatniej chwili duma brała górę i opuszczałem rękę, zanim jakiś kierowca zdążył ją zauważyć.

Kiedy słońce przetoczyło się po niebie i poczęło razić z prawej strony, zacząłem dumać, co zrobić z nadchodzącą nocą. Było ciepło, więc nocleg pod gołym niebem nie wydawał się taki zły, ale pod warunkiem że mnie nie zamkną za włóczęgostwo. Minąłem restaurację reklamującą pokoje gościnne, ale szkoda mi było resztki pieniędzy na wynajęcie pokoju. Przeszedłem obok domu z otwartymi na oścież oknami, przez które widać było rodzinę siedzącą przy stole. Pomyślałem, że mógłbym się zatrzymać, zadzwonić do drzwi i poprosić o nocleg, ale nie potrafiłem się na to zdobyć.

A potem dotarłem do stacji benzynowej, którą właśnie zamykano na noc. Jakaś kobieta mocowała się z bramą warsztatu. Coś się zacięło i kobieta z całej siły szarpała ją w dół. Mimo iż szedłem powoli, gdy dotarłem w pobliże stacji, brama wciąż jeszcze była w połowie otwarta, a drelichową koszulę kobiety pokrywały plamy potu. Mokry był też jeden jej rękaw od cierania czoła. Włosy miała związane do tyłu, a jej dłonie aż poczerwieniały z wysiłku.

Dom, do którego przylegał warsztat, był o wiele za duży jak na jedną osobę, przyszło mi więc do głowy, że może znalazłoby się dla mnie miejsce na nocleg. Ale nie dlatego zwróciłem na nią uwagę, wcale nie. Po prostu żal mi było patrzyć, jak się siłuje z tą bramą.

Skręciłem na stację, zsunąłem z ramienia torbę i podszedłem do warsztatu. Kobieta cofnęła się, ja uczepiłem się krawędzi bramy i całym ciężarem pociągnąłem ją w dół. Brama ze zgrzytem się zamknęła, waląc z hukiem w ziemię. Złapałem się za piersi i parę razy głęboko odetchnąłem. Bolało jak diabli, moje żebra ostro protestowały.

— Nic się panu nie stało? — spytała.

— To tylko stara kontuzja. Od czasu do czasu się odzywa.

— Dzięki za pomoc. Domyślam się, że zauważył pan ogłoszenie.

— Ogłoszenie?

Wskazała ręką pompę, do której przyczepiony był kawałek kartonu z odręcznym napisem: POTRZEBNY POMOCNIK DO WARSZTATU. ZAPEWNIONE WYŻYWIENIE I ZAKWATEROWANIE.

— Nie, nie zauważyłem — odparłem.

— To tym bardziej jestem wdzięczna.

Schyliła się, by założyć na bramę kłódkę.

Podniosłem z ziemi torbę i zaczekałem, aż się wyprostuje.

— No bo...

— Tak?

— Bo ogłoszenia rzeczywiście nie zauważyłem, to prawda — ciągnąłem — ale miałem zamiar spytać, czy nie mógłbym tu przenocować. — Czułem na sobie jej spojrzenie i spuściłem wzrok. — Bo tak sobie myślę... że pewnie potrzebny pani ktoś młodszy, i ja to rozumiem. Ale byłbym wdzięczny, gdyby dała mi pani tę pracę do czasu, aż trafi się ktoś lepszy. Nawet jeśli tylko na jeden dzień, to dla mnie będzie to jeden dzień wyżywienia i zakwaterowania.

Wpatrywała się we mnie jeszcze przez chwilę, potem wytarła dłonie o fartuch, rozwiązała tasiemkę z tyłu i zdjęła go przez głowę.

— A po co mi ktoś młodszy? — powiedziała, wyciągając go ku mnie — Z bramą pan sobie poradził. Niech pan go włoży i proszę ze mną. Zdąży się pan umyć przed kolacją.

Wziąłem od niej fartuch, ale jej ręka pozostała wyciągnięta.

— Moira Kelly — przedstawiła się.

Jej słowa zawisły między nami i chwilę trwało, zanim do mnie dotarły. Patrzyłem na jej wyciągniętą rękę, na pompy i stojący w głębi dom, na jej rude włosy i zmęczone oczy, i dopiero wtedy pojąłem, gdzie jestem. Gdzie mnie przyniosły nogi i komu przed chwilą pomogłem. Zacząłem płakać. Kobieta uznała, że pewnie płaczę z wdzięczności, co jeszcze pogorszyło sprawę.

Przyglądając się jej, dostrzegałem nawet podobieństwo ich rysów twarzy — w jej silnie zarysowanej szczęce, w skręconych lokach na głowie. Nawet w jej posturze: była o pół głowy ode mnie wyższa i miała barczyste ramiona. W głowie czułem gonitwę myśli. Pewnie, że teraz potrzebna jej pomoc, bo jej syn nie żyje. Jak mogłem się nie zorientować, gdzie jestem? Jak mogłem zapomnieć to miejsce?

— Proszę ze mną — powtórzyła. — Panie...?

Chciałem się obrócić na pięcie i uciec, ale nie byłem w stanie. Nie teraz, kiedy już jej zaoferowałem pomoc. Przecież ona potrzebuje pomocy, a ja mogę jej pomóc. Ale odezwać się też nie mogłem. Potrząsnąłem głową i wyrzuciłem z siebie pierwsze z brzegu nazwisko, jakie mi przyszło do głowy. Wypowiedziałem je chrapliwym szeptem.

— Doyle. Tom Doyle.

— Okej, panie Doyle. Proszę, niech pan wchodzi, myje ręce i trochę się posili. Tędy, schodami na górę i w lewo. Już tam za panem idę.

♦ ♦ ♦

Ochlapałem twarz wodą, obmyłem ręce z przydrożnego pyłu, przyczesałem włosy i przygładziłem brodę. Przyjrzałem się sobie w lustrze i spróbowałem w myślach porównać swój wizerunek z fotografiami, które dwa miesiące temu ukazały się w gazetach. Broda zmieniła mój wygląd, ale czy wystarczająco? Włosy też mam teraz dłuższe i bardziej poprzetykane siwizną, pomyślałem, ale w środku to wciąż ja.

Tyle że nigdy wcześniej nie spotkaliśmy się twarzą w twarz, a zdjęcie gazetowe, jak to zdjęcie gazetowe. Nie mogła wiedzieć, kim naprawdę jestem.

Wyniosłem torbę na korytarz i czekałem. Ręce trochę mi drżały, toteż je wsadziłem do kieszeni i zacząłem gmerać palcami w bilonie.

Moira weszła na górę i wskazała pokój w końcu korytarza. Ruszyłem dwa kroki przed nią. W pokoju stało łóżko przykryte szarym kocem i komoda z radiem i fotografią w ramce. Był na niej Matt Kelly w wieku około osiemnastu lat, o jakieś dwa lata młodszy, niż wtedy kiedy przeze mnie zginął. Zauważyła, że mu się przyglądam i zabrała fotografię.

— Mój syn. To był jego pokój.

Milczenie, jakie zapadło, było nie do zniesienia i musiałem je jakoś przerwać.

— A co się stało?

— Zginął w wypadku. Parę miesięcy temu ktoś go przyłapał na sprzedawaniu benzyny na lewo, zabrał go z sobą i doszło do wypadku.

— Przykro mi — powiedziałem.

— Niepotrzebnie. To nie pańska wina. — Wsunęła ramkę do kieszeni sukienki. — Miał na imię Matthew. Znajdzie pan tu jeszcze trochę jego rzeczy, panie Doyle, ale jutro je zabiorę. Jeśli pan chce, może pan słuchać radia. A gdyby coś z jego rzeczy zawadzało, to...

— Nie, wszystko w porządku.

— Ale gdyby, to proszę po prostu odłożyć na bok, a ja to jutro zabiorę. Proszę mi dać jeszcze z dziesięć minut i może pan do nas dołączyć w kuchni. — Zawiesiła głos. — Mieszka tu jeszcze mój brat. To on jest właścicielem warsztatu, ale nie może już pracować. To chyba wszystko już pan wie, prawda?

— Chyba tak.

— A nie, nie wszystko. Musimy jeszcze porozmawiać o pracy. — Potrząsnęła głową. — Ale jeśli pan pozwoli, zostawimy to do jutra.

— Oczywiście, dziękuję.

Spojrzeliśmy na siebie. Zdjęła już przepaskę i włosy opadały jej luźno na ramiona. Były w kolorze rdzy przetykanej srebrem. Musiała mieć ze czterdzieści lat, a przy takim życiu jak jej człowiek zwykle wygląda na swoje lata, ale z nią było inaczej. Miała ładną twarz — choć nie byłem zachwycony tym, że kiedy jej spoglądałem w oczy, musiałem zadzierać głowę — i zgrabną figurę. Dłonie pokrywały jej odciski, a na czole miała kilka zmarszczek, ale wcale jej to nie szpeciło. Wyglądała na kobietę, która dużo przeszła, ale miała to już za sobą. I która się nie poddała.

— Mam nadzieję, że nie muszę nawet tego mówić — powiedziała — ale póki pan tu jest, żadnego picia i żadnych awantur z kimkolwiek. Inaczej może pan od razu zabierać torbę i ruszać w drogę.

— Nie, nie musi pani — zapewniłem ją. — Nie piję więcej niż inni, a jeśli pani chce, to mogę całkiem przestać. I nie pamiętam, kiedy ostatni raz się z kimś pobiłem.

— To skąd się wzięła ta kontuzja?

— Miałem wypadek — odparłem machinalnie, po czym znów posłużyłem się pierwszym lepszym kłamstwem, jakie przyszło mi do głowy. — Złamała się drabina, kiedy wchodziłem na dach. Dostałem skrzynką z narzędziami.

— Miejmy nadzieję, że teraz będzie pan ostrożniejszy.

— Będę. — Kiwnąłem głową. — Dwa razy tego samego błędu nie powtórzę.

Przed zejściem na dół zmieniłem koszulę i upchnąłem resztę rzeczy w górnej szufladzie komody. Był w niej tylko jeden sweter i dwie pary skarpetek. Powiedziała, żeby jego rzeczy odłożyć na bok, ale nie mogłem się zdobyć, żeby je stamtąd wyjąć. Miały pełne prawo leżeć w tej szufladzie. To ja tu byłem intruzem.

Kuchnia była prostym, kwadratowym pomieszczeniem z kuchnią gazową, lodówką i zwyczajnym drewnianym stołem pośrodku. Za stołem siedział mężczyzna na wózku inwalidzkim, trzymając ramiona ciasno splecione na piersiach. Miał głęboko osadzone oczy, którymi bez przerwy strzelał na boki, i niski, chrapliwy baryton podobny do warkotu silnika.

— To pan jest Doyle — odezwał się. — Będzie pan pomagał Moirze w warsztacie.

— Tak.

— Już pan to kiedyś robił?

— Nie.

— To czym się pan zajmował?

— Sam nie wiem — odparłem. — Wszystkim po trochu.

— Ale czym konkretnie?

— Jeździłem z ojcem furgonetką dostawczą w Kalifornii.

— Ostatnio?

— Nie, wiele lat temu.

— A co pan robił ostatnio?

Pracowałem w agencji rządowej. Łapałem spekulantów. Zabijałem pańskiego siostrzeńca.

— Miałem pracę w... — pociągnąłem łyk wody ze szklanki, którą Moira przede mną postawiła. Nie przywykłem do zmyślania tak wielu kłamstw w ciągu jednego dnia — ...w drukarni. Robiliśmy druki dla sklepów.

— Dlaczego pan ją stracił?

— Stracił?

— No, tę pracę. Bo przecież już pan jej nie ma.

— Firma padła. Jej właściciel postanowił ją zamknąć

Pokiwał głową albo usatysfakcjonowany moim wyjaśnieniem, albo zniechęcony tą rozmową. A może uznał, że w mojej przeszłości jest coś, o czym i tak mu nie powiem. I nie mylił się.

Moira podeszła do kuchni, zamieszała w garnku i zgasiła gaz. Potem uniosła garnek i przeniosła go na podstawkę na stole. Nałożyła dwie porcje gulaszu i postawiła przed nami miski wraz z grubymi pajdami chleba, a następnie sama usiadła.

— Już się poznaliście? Tom Doyle, Byron Wilson... Byron i Tom.

Wyciągnąłem do niego rękę przez stół, ale on nawet nie drgnął, tylko włożył do ust kolejną porcję jedzenia.

— Byron — upomniała go Moira.

— Nie musisz nas przedstawiać. Pogadaliśmy i myślę, że już znam pana Doyle'a.

Mówiąc to, przewiercił mnie wzrokiem, a ja nagle poczułem się nieswojo.

Odwróciłem głowę, podmuchałem na łyżkę i uniosłem do ust. Była to właściwie gęsta i słona irlandzka zupa z marchwi, ziemniaków, pokrojonej cebuli i strzępów wołowiny. Dla mojego wygłodzonego i wdzięcznego żołądka była niczym kojący balsam.

— Bardzo smaczne.

— Widzisz, Byron? Są tacy, którzy potrafią powiedzieć coś miłego o moim gotowaniu.

— Wiesz, że lubię twój gulasz — mruknął.

— Wiem, ale nie dlatego, że mi o tym mówisz.

— Jestem twoim bratem. Nie muszę ci mówić.

— A pani nie je? — spytałem.

Stojąca przed nią miska była pusta.

— Zaraz zjem. Chciałam najpierw trochę odsapnąć.

Wstałem, podszedłem do kuchni i zanurzyłem chochlę w garnku.

— Niech pani odpoczywa — powiedziałem i napełniłem jej miskę.

Siadając, czułem na sobie wzrok obojga.

— Dziękuję, panie Doyle.

— Nikt mnie nie nazywa panem Doyle — zaprotestowałem. Co zresztą było prawdą. — Proszę mi mówić Tom.

— Tom — powtórzył Byron. — Długo masz zamiar tu zostać?

Chwilę się zawahałem.

— Naprawdę nie umiem powiedzieć. W ogóle nie planowałem tej wizyty. Zostanę, dopóki będziecie mnie tu chcieli, i ani chwili dłużej. — Popatrzyłem na Moirę. — Jeśli będziecie chcieli, żebym sobie poszedł, wystarczy tylko powiedzieć.

Byron wychylił się do przodu na swym wózku.

— Powiem ci, Tom. Bądź spokojny, na pewno ci powiem.

♦ ♦ ♦

Siedziałem w wannie i rozkoszowałem się wodą lejącą się na głowę. Była tak gorąca, że mnie prawie parzyła. Odpływ był odetkany i woda uciekała z wanny równie szybko, jak się do niej wlewała. Zużywanie w taki sposób gorącej wody było czystym marnotrawstwem, ale było mi to potrzebne. Te krople rytmicznie bijące w czaszkę i ramiona, ten gorący strumień opływający moje stopy. Z sąsiedniego pokoju dobiegały dźwięki cicho grającego radia. Płynące z niego melodie docierały jakby z bardzo daleka.

Świat po prostu zwariował. Nie tylko mój własny świat, co było już wystarczająco groźne, ale świat w ogóle. Wojna toczyła się już trzeci rok, a jej koniec wydawał się równie odległy, jak w dniu, gdy wybuchła. Piosenki w radiu mówiące głównie o wojnie były przerywane wiadomościami z frontów. Wszyscy już zapomnieli, jak wygląda życie bez wojny. Ja też.

Kiedyś, dawno temu, byłem prywatnym detektywem z licencją wydaną przez stan Nowy Jork i zarabiałem na życie poszukiwaniem wypuszczonych za kaucją, którzy złamali warunki zwolnienia, i śledzeniem niewiernych mężów. Potem zaczęła się wojna, a wraz z nią pojawiła się szansa, by dzięki BKC funkcjonującemu w eleganckim i lśniącym czystością biurze oraz jego naukowo opracowanym limitom cenowym i bezcennym kartkom na większość towarów uszczknąć coś dla siebie. Byłem gotów wierzyć, że jest to mój wkład w wysiłek wojenny, choć tak naprawdę był to tylko sposób na przetrwanie. I przez ponad rok z tego żyłem. A potem mój świat się zawalił.

Jak by się potoczyły moje losy, gdybym się wtedy nie zgłosił do BKC? Rzecz jasna nie mam pojęcia, ale wiedziałem, że nie musiałbym teraz przeżywać katuszy przy każdorazowym zamykaniu bramy warsztatu. I gdyby nie wybuchła wojna albo gdyby nie ciągnęła się tak długo, nie moczyłbym się teraz w wannie należącej do nieboszczyka ani nie spał w jego łóżku, ani nie zjadał jego porcji na kolację. I nie musiałbym używać nazwiska kogoś obcego. Ale wojna wybuchła, a ja musiałem wszystko to robić i żadna ilość wody tego ze mnie nie zmyje.

Stanąłem w wannie, zakręciłem krany i zebrałem rzeczy z podłogi. Na drążkach wisiały ręczniki, którymi mógłbym się owinąć, ale nie miałem ochoty chodzić po domu w ręczniku, wybrałem więc jeden ze szlafroków na drzwiach. Sądząc po tym, jak na mnie wisiał, też musiał należeć do niego. Przez chwilę nawet miałem ochotę go odwiesić, ale uznałem, że takie szarpanie się nic nie da. Przecież za chwilę i tak będę wykonywał jego pracę, więc równie dobrze mogę skorzystać z jego szlafroka.

Wyszedłem na korytarz i podreptałem do swojego pokoju. Była w nim Moira, która właśnie zbierała do kosza wszystkie rzeczy Matta. Z radia płynęła jedna z tych piosenek, od których nie sposób się odczepić — *Sentimental Journey** — i w oczach Moiry lśniły łzy. Na mój widok uśmiechnęła się, a właściwie niemal się roześmiała. Spojrzałem po sobie, sprawdzając, z czego się śmieje.

— Masz na sobie mój szlafrok — powiedziała.

— Och, przepraszam.

— Nic nie szkodzi. Mnie to nie przeszkadza.

Wyciągnęła rękę, żeby zgasić radio, ale przytrzymałem jej dłoń.

— Nie, zostaw. To ładne.

— Okej.

— Nie musiałaś zabierać jego rzeczy. Nie przeszkadzają mi.

— Kiedyś musiałam się na to zdobyć. Równie dobrze mogłam to zrobić teraz.

— Jaki on był? — usłyszałem własny głos. Nie wiem skąd mi się wzięły te słowa.

Ugięła kolana i osunęła się na podłogę, oparta plecami o komodę.

— Jaki był? Dobry, bystry, przystojny. Był podobny do swojego ojca, daj mu Boże wieczne odpoczywanie. Czasem go ponosiło i stawał się uparty jak osioł, ale był moim synem. I już nigdy nie będę miała innego.

---

* Dosłownie „Sentymentalna podróż". W Polsce piosenka ta była popularna w latach powojennych pod tytułem *Sentymentalny Joe*.

Usiadłem obok, wyjąłem kosz z jej rąk i odstawiłem na podłogę.

— Kiedy tu przyjechaliśmy, miał zaledwie czternaście lat. Wiedział tylko, że jedzie z matką do obcego kraju, ale zniósł to dzielnie i ani razu się nie poskarżył. Ja tak, Bóg jeden wiele ile razy. Ale on nigdy. Z wszystkim brał się za bary.

— Jak umarł jego ojciec?

— W warsztacie wybuchł pożar. Ten sam, w którym Byron stracił nogi. — Zwróciła ku mnie twarz. — Steven przyjechał tu wcześniej, żeby zarobić na naszą podróż. Pracował u mojego brata. To się stało w chwili, gdy płynęliśmy tu z Mattem. Steven i Byron szykowali wszystko na nasz przyjazd i wtedy w warsztacie wybuchł pożar. Niewiele brakowało, żeby wszystko się spaliło. Byrona przywalił kawał muru. Strażacy ledwo go wydobyli.

— To straszne — powiedziałem.

— Straszne. A potem Matthew... — Głos jej zadrżał.

— Nie mów już.

— Matthew wszystko odbudował.

— Ciii.

— I skończył tuż przed...

Objąłem ją, przytuliłem jej głowę do piersi i pozwoliłem, by wypłakała się we własny szlafrok. Było tak cicho, że w przerwach między piosenkami słyszałem szum w radiu. Łagodnie głaskałem ją po głowie, szepcąc raz za razem: „Tak mi przykro". I mówiłem prawdę. Może słyszała moje słowa, a może tylko ból przebijający w moim głosie. Uniosła ku mnie twarz i kiedy pocałowałem ją w czoło, przylgnęła wargami do moich ust.

◆ ◆ ◆

Leżeliśmy na jego łóżku przykryci jej szlafrokiem. Usnęła. Ja nie spałem. Obejmowałem jej ramię i słuchałem dobiegającego z radia *Deep Purple*. Z dołu dochodziło skrzypienie kółek wózka Byrona, który kręcił się po swoim pokoju. Ciekaw byłem, czy nie potrzebna mu pomoc w przejściu z wózka na łóżko. Ciekaw byłem, czy coś słyszał. I zastanawiałem się, co ja robię z Moirą Kelly w jednym łóżku. Myślałem, że w ogóle nie uda mi się usnąć, ale w końcu sen mnie zmorzył.

Gdy się obudziłem, jej już nie było. Ubrałem się w to samo co wczoraj. Zapinając koszulę, stałem w oknie i patrzyłem na pompy i ogrodzoną płotem łąkę po drugiej stronie drogi. Podjechał jakiś samochód i zobaczyłem podchodzącą do niego Moirę. Pomyślałem, że trudno się dziwić, iż po wczorajszym dniu zaspałem, ale miałem też świadomość, że od razu w pierwszym dniu pracy urywam kilka godzin ze swojej dniówki. Popędziłem na dół.

Byron siedział przy kuchennym stole dokładnie w tym samym miejscu, w którym go wczoraj zostawiłem, tyle że teraz przeglądał gazetę, sącząc herbatę. Podniósł głowę i w milczeniu przyglądał się, jak przechodzę przez kuchnię i wychodzę na zalane blaskiem słonecznym podwórze.

Podszedłem do Moiry w momencie, gdy przyjmowała pieniądze za benzynę. Klient odjechał, a ona odwróciła się do mnie.

— Dzień dobry — powiedziałem.

— Dobry — odrzekła i ruszyła w stronę warsztatu.

Zauważyłem, że udało jej się samej otworzyć bramę.

— Od czego mam zacząć?

Gestem ręki wskazała stojak z narzędziami i rozebrany silnik na blacie.

— Możesz go zacząć składać.

— Już jest zrobiony?

— Byron go naprawił. — Przykucnęła obok blatu. — Tyle jeszcze umie zrobić.

Wziąłem ze stojaka kilka kluczy, rozłożyłem na podłodze i też przysiadłem.

— Myślę, że jakoś sobie poradzę.

— To dobrze.

Patrzyła, jak zmagam się ze składaniem wszystkich części i co chwilę robię coś nie tak. Wytykała mi moje kolejne błędy, dwukrotnie odchodziła, by obsłużyć klientów, po czym poprawiała to, co w tym czasie zrobiłem. Kiedy skończyłem, zaprowadziła mnie do dwóch wraków, z których wyjmowało się części zamienne, pokazała szafkę z narzędziami w rogu warsztatu i rząd kanistrów z benzyną pod okapem z tyłu budynku.

Koło południa zastąpiłem Moirę przy nalewaniu benzyny, a ona wróciła do domu. Ruch był niewielki i podjechało tylko paru klientów. Pieniądze wkładałem do kieszonki koszuli, kartki na benzynę chowałem w warsztacie do pudełka po cygarach. Ani razu nikt nie prosił, żeby nalać więcej, niż mu przysługiwało. Bardzo mnie to ucieszyło, bo nie wiem, jak bym się zachował.

Moira zawołała mnie na obiad tuż po pierwszej. Zanim wszedłem do domu, rzuciłem okiem na moje okno i okno tuż pod nim. W oknie na parterze dostrzegłem sylwetkę Byrona, który siedział nieruchomo i nie spuszczał ze mnie wzroku.

Szybko zjedliśmy resztę wczorajszego gulaszu i popiliśmy kawą z cykorii. Potem Byron bez słowa podjechał do drzwi i wytoczył się na zewnątrz. Patrzyłem przez kuchenne okno, jak sunie w stronę warsztatu.

— Ma tam coś jeszcze do zrobienia — wyjaśniła Moira.

— Co takiego?

— Po pierwsze musi sprawdzić, czy dobrze złożyłeś silnik.

— Nie ma zaufania, że ty mnie sprawdziłaś?

— Żaden mężczyzna nie ma zaufania do siostry, kiedy w grę wchodzi inny mężczyzna.

Były pewne sprawy, o których chciałbym jej powiedzieć, i takie, o które sam bym chciał zapytać, ale nie mogłem się na to zdobyć.

— Od kiedy Byron jest w Ameryce? — spytałem, żeby przerwać milczenie.

— Od dziewięćset dwudziestego dziewiątego.

— Paskudny rok jak na przyjazd tutaj.

— Paskudny rok w Irlandii. Wszędzie okropny.

— Pewnie tak.

— Wyjeżdżałeś kiedyś za granicę?

Przymknąłem oczy i przywołałem zamglone wspomnienia. Były niczym wyblakłe na słońcu fotografie.

— Ojciec zabrał mnie kiedyś do Meksyku.

W scenie, którą najlepiej zapamiętałem, uczestniczyła kobieta. Mówiła coś do mojego ojca po hiszpańsku, a on chyba ją rozumiał. Moja matka umarła kilka miesięcy wcześniej i pamiętam, że miałem ochotę rzucić się na ojca z pięściami za to, że tak na tę kobietę patrzy. To wszystko, co zapamiętałem z wyjazdu do Meksyku. No, może jeszcze to, że było strasznie gorąco.

— Powinieneś pojechać do Irlandii — odezwała się Moira. — Nie teraz oczywiście. Jak się skończy wojna.

— Jeśli się w ogóle skończy.

Wstała od stołu i po drodze do drzwi przystanęła i cmoknęła mnie w czoło.

— Skąd u ciebie tyle cynizmu? — spytała.

Chciałbym jej odpowiedzieć, że właśnie pocałowała człowieka, przez którego zginął jej syn. I że takie rzeczy robią z człowieka cynika. Ale powstrzymałem się.

— Nigdy nie da się przewidzieć, co się w życiu zdarzy — powiedziałem i ruszyłem za nią do warsztatu.

◆ ◆ ◆

Jakiś tydzień później zostawiłem wieczorem Byrona i Moirę w kuchni ze stertą brudnych naczyń w zlewie. Oświadczyłem, że czuję się zmęczony, chcę wziąć kąpiel i położyć się, co zresztą było zgodne z prawdą. Tyle że wcale nie poszedłem na górę. Minąłem schody i wszedłem do pokoju Byrona.

Pokój był wierną kopią pokoju Matta, łącznie z szarym kocem na łóżku, i tylko na komodzie brak było radia. Zamiast niego leżała na niej sterta gazet i czasopism takich jak „Life", „Time" i „Look". Kilka gazet znalazłem też na podłodze i te szybko przerzuciłem, nie szukając jednak niczego konkretnego. Potem podszedłem do okna i wyjrzałem na zewnątrz przez szparę w zasłonach.

Było już całkiem ciemno i trawa na łące za stacją miała barwę błękitno-czarną. W bladym świetle księżyca sylwetki pomp sterczały jak upiorne cienie. Za nimi w zupełnej ciszy przemykały sylwetki samochodów. Ukląkłem przy oknie i próbowałem sobie wyobrazić podjeżdżający na stację samochód. Mój samochód. A potem spróbowałem odtworzyć w myślach całą scenę tak, jak ją było widać z tego okna. Podjechałem wtedy z opuszczoną boczną szybą i tkwiłem za kierownicą dobre dziesięć minut, zanim odjechaliśmy z Mattem. Jeśli Byron siedział wówczas przy oknie, mógł mnie dokładnie obejrzeć. Miał z tego okna idealny widok.

— Modlimy się? — usłyszałem za plecami skrzypnięcie kółka i głos Byrona.

Odwróciłem się. Byron sunął ku mnie po gazetach rozrzuconych na podłodze. Panujący w pokoju mrok — w pokoju nie zapaliłem światła — i to, że przyłapał mnie na klęczkach, spowodowało, że choć jak ja nie należał do szczególnie rosłych, poczułem się zagrożony. Byron jawił mi się jako wielka bezkształtna masa z niewidoczną twarzą i ponurym głosem.

— Tak sobie tylko patrzę.

— To widzę. Ale na co pan tak patrzy, panie Doyle? — Podjechał bliżej i niemal przyparł mnie wózkiem do ściany. — Tak mam się do pana zwracać? Chciał pan, żeby nazywać pana Tom, ale ponieważ ani imię, ani nazwisko nie jest prawdziwe, nie bardzo wiem, jak mam mówić.

Milczałem. Obaj słyszeliśmy, jak Moira krząta się po kuchni, sprzątając po kolacji.

Po długim milczeniu Byron się odezwał.

— Moira nic nie wie.

— Dlaczego?

— Bo jej nie powiedziałem.

— Nie rozumiem.

— Początkowo sam nie byłem pewien. Musiałem najpierw dobrze się przyjrzeć. A później nie mogłem wprost uwierzyć, że odważył się pan tu wrócić.

— To był przypadek.

— Być może.

— Nie miałem zamiaru wracać.

— Mojego siostrzeńca też nie miał pan zamiaru zabić? Coś za dużo tych przypadków.

— Dlaczego nic pan nie powiedział Moirze?

— Ty durniu — syknął Byron. Ściszył teraz głos do

szeptu. — Myślisz, że ona codziennie bierze sobie chłopa wprost z ulicy? Zdaje ci się, że ma zwyczaj wpuszczać do łóżka każdego obcego? Powiedz tylko „tak", to cię wyrżnę w zęby.

— Nie. Wiem, że tego nie robi.

— Nazywa się pan Harper, tak? Nie licząc mnie, jest pan pierwszym mężczyzną, z którym od dwóch tygodni zamieniła choćby jedno słowo.

— To dlaczego ja?

— Nie wiem, dlaczego pan. Ale ani razu dziś nie widziałem, żeby płakała. To też nowość.

— Minęło już tyle miesięcy...

— Stracił pan kiedyś syna, panie Harper?

— Nigdy nie miałem syna.

— A żonę?

Potrząsnąłem przecząco głową.

— No to sam pan teraz pomyśl. Spójrz pan na mnie. Jak byś się pan czuł, gdyby pański brat się upił i spowodował pożar, w którym ginie pański mąż?

— To pan...

— A potem, po latach, kiedy już się panu zdaje, że życie ponownie nabrało sensu, w kolejnym strasznym i bezsensownym wypadku ginie pański jedyny syn. I co by pan wtedy zrobił?

— Nie miałem pojęcia.

— To już pan ma.

Mój wzrok przyzwyczaił się na tyle do ciemności, że mogłem już dojrzeć wyraz jego twarzy. I widok ten mnie nie ucieszył.

— Nie wiem, dlaczego się pan znów tu zjawił, ale stało się. Ja jednak nie pozwolę, żeby pana też straciła. — Przysunął się jeszcze trochę bliżej. — Ale jeśli pan ją skrzywdzi, powiem jej, kim pan jest, i sam jej dam rewolwer, żeby pana zastrzeliła podczas snu.

— Nie skrzywdzę jej.

— Wierzę, że nie ma pan takiego zamiaru. — Byron kiwnął głową. — Tylko niech pan dopilnuje, żeby tym razem się panu udało.

Wycofał wózek i ruszył do drzwi. Podniosłem się z klęczek.

— Dziękuję.

— Niech mi pan nie dziękuje, panie Doyle. Niech pan się idzie wykąpać, a potem proszę pójść do niej. Każdy zasługuje na drugą szansę. Nawet ja. Nawet pan.

◆ ◆ ◆

Tę noc przespaliśmy w jej łóżku i obudziliśmy się razem tuż przed świtem.

— Byron opowiedział mi o pożarze — powiedziałem.

— Co ci powiedział?

— Że to była jego wina.

— Bo tak było. Ale zapłacił za to.

— Nie jesteś na niego zła?

— Zapłacił za to własnymi nogami. Cóż więcej mogę mu jeszcze zabrać?

— To bardzo szlachetne, że mu wybaczyłaś.

Moira podparła się na łokciu.

— Ja mu nie wybaczyłam, Tom. Nigdy mu nie wybaczę. Ale jest moim bratem i kaleką i nie potrafię go nienawidzić za to, co się stało.

— Inni pewnie by potrafili.

— Może tak. Ale ja nie.

A co ze mną? — pomyślałem. Czy znienawidziłabyś mnie, gdybyś wiedziała, co zrobiłem? Wstałem z łóżka i szybko się ubrałem. Czułem jej wzrok na plecach.

— Rozumiesz, o co chodzi Byronowi, prawda?

— Tak — odparłem.

— Ale jesteś na niego zły.

— Nie — zaprzeczyłem. — Jest dla mnie bardzo dobry.

— To nieprawda.

— Lepszy, niż na to zasługuję.

— Nie.

— Uwierz mi na słowo. Nie zasługuję na tak dobre traktowanie.

◆ ◆ ◆

Lato szybko minęło. Długie dni się skończyły i zmrok znów zaczął szybko zapadać. Choć powietrze niby wciąż jeszcze było ciepłe, gdy tak stałem przy pompie w koszuli z krótkimi rękawami, nieźle marzłem. Paryż był już znów wolnym miastem, nasze wojska przekroczyły Linię Zygfryda i po raz pierwszy od niepamiętnych czasów w komunikatach radiowych pojawił się ton nadziei na rychły koniec. Jednak wojna trwała nadal i robiło się coraz zimniej, a my oglądaliśmy w kronice filmowej zdjęcia padającego śniegu w Malmedy w Ardenach i zbijaliśmy się w ciasną gromadkę.

Radio nadawało kolejną melodię, od której nie sposób się było uwolnić — śpiewane przez Binga Crosby'ego *White Christmas*, choć do Bożego Narodzenia zostało jeszcze trochę czasu. Co najmniej tydzień. Moira była w domu, szykowała obiad, ja wycierałem z oleju pogięty metalowy wspornik, który wymontowałem z naprawianego samochodu. Usłyszałem za plecami chrzęst kół na żwirze i zaraz potem dźwięk klaksonu. „Już idę", zawołałem przez ramię, ale klakson nie przestawał trąbić. Nie wypuszczając z rąk wspornika, podszedłem do pompy i odłożyłem go na nią.

Na mój widok mężczyzna w samochodzie przestał trąbić, ściągnął rękawiczki i opuścił szybę w oknie, po czym wystawił rękę z kartką na benzynę typu A. Jego oddech w zimnym powietrzu zamieniał się obłok pary.

— Hej tam, koleś, bądź człowiekiem i nalej mi — zniżył nieco głos — czwóreczkę. — Przyjrzał mi się i wykrzyknął: — Rany boskie! Rory Harper, to ty?

Stałem bez ruchu, nie spuszczając z niego wzroku. Moje imię i nazwisko zabrzmiało do tego stopnia obco, że nawet nie zareagowałem. Nie miałem pojęcia, kim jest ten człowiek.

— No, nie mów, że mnie nie poznajesz. Ach, zaraz, już wiem. To przez to, prawda? — Złapał się za czuprynę, uniósł ją, obnażając łysinę, i rzucił na siedzenie obok. — Jak jest tak zimno, to wkładam czapeczkę. Dużo w niej cieplej. Ale mogłeś mnie nigdy w niej nie widzieć.

Teraz już go poznałem.

— Tom Doyle, pamiętasz mnie?

Odezwałem się do niego półgłosem, bo głos uwiązł mi w gardle.

— Pan mnie z kimś pomylił. Ja się nazywam... — Przerwałem, bo nagle zdałem sobie sprawę, że przecież nie mogę dokończyć tego zdania.

— Co, nie wiesz, jak się nazywasz? — parsknął.

— Byron Kelly — wykrztusiłem. — Oczywiście, że wiem, jak się nazywam.

— Taki z ciebie Byron Kelly, jak ze mnie Edward G. Robinson. Myślisz, że jak masz brodę, to od razu jesteś kimś innym? Daj spokój, Harper, co jest grane? Wpadłeś w jakieś tarapaty?

— Nazywam się Byron...

— Odbiło ci, Harper, czy tylko mnie tak nabierasz?

Przełknąłem słowa, które cisnęły mi się na usta. Przez kuchenne okno dobiegały dźwięki towarzyszące krzątaninie Moiry, która właśnie zdejmowała z ognia gwiżdżący czajnik. Spojrzałem w okno Byrona, ale było puste. Pewnie siedział w kuchni. Wiedziałem, że lada chwila Moira wyjdzie, żeby mnie zawołać na obiad.

Doyle podążył za moim wzrokiem i gdy znów na niego spojrzałem, na pucułowatej twarzy pojawił się szeroki uśmiech.

— Już kapuję. Ci tam nie wiedzą, kim jesteś. Ukrywasz się? Albo nie, nic mi nie mów. Nie wydam cię.

Milczałem, czując, jak wilgotnieją mi dłonie.

— Ale bądź człowiekiem i nalej koledze trochę wachy. — Wyciągnąłem rękę po kartkę, ale on cofnął dłoń. — Nikt nie musi wiedzieć.

— Nie mogę.

— Nie doniosę na ciebie, jeśli o to ci chodzi.

— Oni się dowiedzą.

— I co z tego? To im zabraknie paru galonów. Jak mnie zmusisz do mówienia, to dowiedzą się dużo więcej.

— Proszę — powiedziałem.

Celowo podniósł głos.

— O co mnie prosisz, Harper?

Przez chwilę wpatrywaliśmy się w siebie w milczeniu.

— O nic.

— No właśnie. To zabieraj się do pompowania. I najlepiej nalej mi do pełna.

Odwróciłem się twarzą do pompy. Brakowało mi oddechu. Pełny zbiornik benzyny to jeszcze nie nieszczęście. Ale jeśli raz się złamię, człowiek jego pokroju już nigdy nie da mi spokoju. Będzie tu wracał. Nie odczepi się. Mógłbym mu nalać tej benzyny i w ten sposób kupić go sobie na dzisiaj, potem spakować torbę i wynieść się, gdzie oczy

65

poniosą. Ale nie chciałem stąd odchodzić. Już nie. Nie mogłem pozwolić, żeby ten człowiek wszystko zrujnował. Zdjąłem wspornik z pompy.

— Tom — powiedziałem cicho.

Wystawił głowę z okna.

— Co jest?

Zamachnąłem się i walnąłem go prosto w twarz, cofnąłem ramię i ponownie go uderzyłem, potem jeszcze raz i jeszcze raz. Nie mogłem przestać. Jego głowa bezwładnie opadła. Zsunąłem ją z krawędzi okna i wepchnąłem do wnętrza. Potem popchnąłem go tak, że przechylił się na fotel pasażera. Włożyłem rękę do środka, wymacałem klamkę i otworzyłem drzwi. Potem go uchwyciłem, wysunąłem zza kierownicy i przeturlałem na fotel pasażera. Jęknął boleśnie i jego zmasakrowana twarz oparła się o szybę po stronie pasażera.

Czułem, jak wali mi serce i drżą dłonie. Moira wciąż jeszcze była w kuchni. Jeszcze parę minut i będzie po wszystkim.

Na żwir kapnęło nieco krwi, ale tylko trochę, bo większość rozmazała się na drzwiach samochodu. Szurnąłem nogą po żwirze, żeby zatrzeć ślad, potem wrzuciłem wspornik na tylne siedzenie, wsiadłem za kierownicę i zatrzasnąłem drzwi. Najwyraźniej Doyle jeszcze żył, ale nie wiedziałem, jak długo pociągnie. Chciałem go wywieźć do lasu i gdzieś schować, później znaleźć jakieś urwisko i zepchnąć samochód...

Drzwi do domu otwarły się i stanęła w nich Moira ze ścierką w dłoni. Zobaczyła samochód i zrobiła krok do przodu.

— Tom?

Przekręciłem kluczyk w stacyjce, rozrusznik posłusznie zajęczał, ale silnik nie zaskoczył. Chciałem odjechać, zanim Moira podejdzie, ale silnik uparcie odmawiał posłuszeństwa, a ona się zbliżała. Otworzyłem drzwi, wystawiłem nogę i wyciągnąłem ku niej rękę, kładąc ją na dachu samochodu.

— Nie podchodź bliżej! Moira, proszę cię, nie podchodź! Ale ona jakby tego nie słyszała.

— Tom, co się dzieje? — W tym momencie dojrzała za szybą zakrwawioną twarz Doyle'a i podbiegła z drugiej strony samochodu. — Co mu się stało? Tom, on jest ranny!

— Moira, proszę cię, wróć do domu...

Szarpnęła za drzwi i ciało Doyle'a osunęło się na nią, zostawiając krwisty ślad na fartuchu.

— Tom, musimy temu człowiekowi pomóc.

Doyle znów jęknął i lekko poruszył głową.

— Ja jestem Tom Doyle — wycharczał głucho. — Ten sukinsyn to Rory Harper.

Potem głowa mu opadła i skonał w jej ramionach.

W milczeniu patrzyła, jak wysiadam, okrążam samochód, podchodzę do niej i wyjmuję jej z rąk ciało Doyle'a. Patrzyła, jak padam przed nią na kolana i ujmuję jej zakrwawione dłonie. Patrzyła na to wszystko, ale tak jakby przeze mnie, wzrok utkwiła w jakimś punkcie gdzieś daleko. Po raz pierwszy, odkąd ją znałem, wyglądała na pokonaną. Zajrzałem jej w oczy i nie zobaczyłem w nich niczego. Ani złości, ani żalu, ani życia.

♦ ♦ ♦

Siedziałem na żwirze aż do przyjazdu policji. Ułatwiłem im założenie kajdanek, składając z tyłu ręce. Zapytali, co się stało, a ja im wyjaśniłem. Powiedziałem, kim był denat i że to ja go zabiłem. Nie powiedziałem tylko dlaczego.

Byron obserwował ze swojego okna, jak mnie wpychają na tylne siedzenie, ale odwróciłem głowę w drugą stronę. Nie mogłem spojrzeć mu w oczy.

Ruszyliśmy w drogę i po kilku minutach dotarliśmy do miejsca, gdzie zdarzył się tamten wypadek. Gapiłem się w okno, kiedy je mijaliśmy. Nie było już żadnych śladów, ale w kilku miejscach asfalt wciąż był nadpalony.

Odwróciłem głowę i zobaczyłem jadący z naprzeciwka samochód. Jechał prawidłowo, trzymając się swojego pasa. Pomyślałem, że gdyby tylko tamten kierowca zrobił to samo, całe moje życie potoczyłoby się zupełnie inaczej.

Nawet nie zablokowali drzwi po mojej stronie. Pewnie uznali, że jestem wyjątkowo potulnym aresztantem. Wcisnąłem kolano pod klamkę i nacisnąłem. Drzwi się otworzyły i rzuciłem się głową do przodu.

Kierowca jadący z naprzeciwka gwałtownie szarpnął kierownicą. Próbował mnie ominąć, ale zabrakło mu miejsca i nie dał rady.

Gdyby tylko, myślałem.

OSTATNI LOT

BRENDAN DUBOIS

The Last Flight © 2006 by Brendan DuBois

Tego majowego poranka wiało tak mocno, że Gus Foss,
który czekał na trawiastej płycie małego lotniska w przy-
brzeżnym rejonie New Hampshire, z niepokojem myślał, że
to może pokrzyżować jego dzisiejsze plany. Popatrzył na
wydęty w kierunku południowym wielki pomarańczowy
rękaw na maszcie nad barakiem administracji lotniska i równocześnie usłyszał warkot. Po pasie startowym z drugiej
strony płyty pędziła niewielka cessna, która na jego oczach
gładko oderwała się od ziemi i poszła ostro w górę. Po
chwili skierowała się prosto w słońce. Musiałby przysłonić
sobie oczy, żeby obserwować jej dalszy lot. Nie mógł tego
zrobić, bo obie dłonie miał zajęte. Trzymał w nich metalowy
pojemnik wielkości dużej puszki, a w nim prochy jedynej
kobiety, którą naprawdę kochał przez całe swoje długie
życie.

W drodze na lotnisko Gus co chwila zerkał na puszkę
leżącą na fotelu i początkowo wydawało mu się nawet, że
jest coś niestosownego w tym, że fotel od zawsze należący
do jego żony mieści teraz prochy kogoś, kto niegdyś był

panną Trish Cooper. Te ich marzenia i radości, sprzeczki i godzenie się, wspólne gotowanie, kochanie się i czytanie — po prostu wspólne życie — wszystko sprowadzone do garstki popiołu. Tak, w tym na pewno było coś niestosownego, tyle że im dłużej wpatrywał się w pojemnik, tym wyraźniej uświadamiał sobie coś jeszcze: jego żona miała kapitalne poczucie humoru. Boże, ależ by się uśmiała, widząc swoje prochy w pojemniku, jadące na fotelu dla pasażera. Był pewien, że spogląda teraz z góry i beztrosko chichocąc, wypomina mu, że przed wyruszeniem z domu nie zapiął jej pasa bezpieczeństwa. O tak, taka właśnie była Trish. Umiała zawsze znaleźć coś zabawnego w nawet najbardziej stresującej sytuacji.

Teraz jej prochy były już bezpieczne i otulone jego dłońmi czekały na swój ostatni lot. Jemu nie pozostawało nic innego, jak czekać wraz z nimi.

Usłyszał stuknięcie siatkowych drzwi i odwróciwszy się, zobaczył, że z baraku ktoś wychodzi. Mężczyzna ubrany był w poplamiony olejem drelichowy kombinezon z białym golfem pod spodem i ubłocone buty do pół łydki. Miał gęstą czarną czuprynę i bujną brodę opadającą mu aż na piersi. Pilot podszedł bliżej i kiwnął głową na powitanie.

— Gus?

— We własnej osobie.

Mężczyzna wyciągnął rękę i Gus oderwał na chwilę dłoń od puszki, żeby ją uścisnąć.

— Frank Grissom — przedstawił się. — Chyba razem dziś lecimy.

— Chyba tak.

Gus poczuł, że dłoń zaczyna mu drżeć i szybko ją cofnął. Poczuł też mrowienie w kolanach i upomniał się w duchu. *Spokojnie, stary. Tylko spokojnie.*

Frank zrobił krok do tyłu i przyjrzał mu się.

— Wiesz co?... Mam takie dziwne uczucie, jakbyśmy się już kiedyś spotkali.

Gus z trudem opanował chęć potarcia górnej wargi.

— Naprawdę? Myślę, że mogę cię z czystym sumieniem zapewnić, że nigdy się nie poznaliśmy.

Co, ściśle rzecz biorąc, było zgodne z prawdą. A trzymanie się prawdy bardzo mu dziś odpowiadało.

— Skoro tak mówisz. — Frank wzruszył ramionami. — To co, gotowy do drogi?

— Tak jest.

— To ruszajmy.

Gus poszedł za Frankiem w stronę hangarów i kilku zaparkowanych przed nimi samolotów, które stały zabezpieczone linami i pasami. W większości były to cessny i cherokee, ale Frank je minął i Gus z dreszczem na plecach patrzył, jak podchodzi do piper cuba LR-2 — małego samolociku w kolorze ciemnozielonym, oznakowanego na skrzydłach i kadłubie emblematami korpusu powietrznego armii z czasów drugiej wojny światowej. Nie mógł opanować rosnącego podniecenia i w miarę zbliżania się do samolotu zaczął bezwiednie zwalniać. Frank widać wyczuł, że pasażer się ociąga, bo obejrzał się.

— Wszystko w porządku? — zapytał.

— Jasne. Wszystko okej — odparł Gus, czując suchość w ustach.

— Jesteś pewien? Bo wyglądasz... jakby trochę dziwnie.

Gus odchrząknął.

— Tak się składa, że kiedyś czymś takim latałem — bąknął.

— Naprawdę? Gdzie?

— ETO. W czterdziestym czwartym i piątym.

— E co?

— ETO. Europejski Teatr Operacji.

— Poważnie? — uśmiechnął się Frank. — Latałeś jako pilot?

Gus zaprzeczył ruchem głowy.

— Nie, jako obserwator artyleryjski. Za sterami siedział ktoś inny. Startowało się o świcie, leciało nad niemieckie pozycje i wypatrywało punktów koncentracji wojsk, czołgów, artylerii, dział samobieżnych... wszystkiego, do czego nasza artyleria mogła potem strzelać.

— Rany — parsknął Frank. — No to wyobrażam sobie, że Szwabom zdrowo się naraziliście. A nie próbowali was zestrzelić?

— Bez przerwy próbowali.

Gus wsadził puszkę z prochami Trish pod prawe ramię i podszedł do samolotu. Wyciągnął rękę, przejechał dłonią po skrzydle i uśmiechnął się do wspomnień. Naprężony brezent, i tyle. Cholerny grat wyciągał góra dziewięćdziesiąt węzłów i poza silnikiem składał się z drewna, brezentu i odrobiny metalu. Ale Bóg świadkiem, że swoje zadanie spełniał, i to jak. Krążył nad pozycjami niemieckimi i pozwalał siedzącemu z tyłu obserwatorowi wyłuskiwać wzrokiem wszystkie obiekty na ziemi. Następnie drogą radiową przekazywano koordynaty celów wroga do znajdującego się wiele mil dalej stanowiska artylerii.

Frank stał teraz tak blisko, że Gus czuł w jego oddechu zapach płynu do ust.

— To dlatego zależało ci na mnie i tym samolocie, tak? Z powodu wojennej przeszłości. Żeby powrócić do wspomnień.

Dłoń Gusa wciąż spoczywała na chłodnym brezentowym poszyciu.

— Można to tak ująć.

— No to dzięki za tamte wyczyny, i w ogóle. Nadal chcesz lecieć?

— O tak, tak, chcę.

— Okej.

Z pochylonymi głowami, przeszli pod prawym skrzydłem i podeszli do żałośnie małego kokpitu, w którym dwa fotele umieszczone były jeden za drugim. Przy każdym znajdował się drążek sterowniczy.

— No to jak taki z ciebie weteran, i w ogóle — powiedział Frank, otwierając cienkie drzwiczki — to możesz wybierać. Wolisz z przodu czy z tyłu?

— Całą wojnę przelatałem z tyłu — odparł Gus, uśmiechając się — to może dla odmiany usiądę z przodu.

— Nie ma sprawy. Chodź, pomogę ci.

Próba wciśnięcia się do ciasnej kabiny przywołała kolejne wspomnienie. Boże, ileż to razy w czterdziestym czwartym i piątym wsiadał do takich kabin, pochłonąwszy uprzednio szybko kawę i płatki owsiane na zimno albo jajecznicę z jajek w proszku, czasem nawet z plastrem podsmażanej mielonki wieprzowej. Latał ze Świstakiem, z Mickiem albo Grayem, czasem z jeszcze innym pilotem. Wciskał się do tyłu z termosem kawy i paroma kanapkami na drogę powrotną, dużą sztywną podkładką z przypiętą do niej mapą i ołówkiem kopiowym, i z przenośną radiostacją, przez którą mógł rozmawiać z chłopakami na stanowisku artylerii, a oni mogli...

— Gus? Coś nie tak?

Dopiero teraz uświadomił sobie, że zamarł z jedną nogą w kabinie, drugą na zewnątrz. Zmusił stare mięśnie i kości do wysiłku i wcisnął się do środka. Zdyszany usiadł i położył metalową puszkę na kolanach. Zapięcie pasa wymagało

kolejnej porcji gimnastyki, ale udało się i po chwili poczuł, jak lekki samolot przysiada pod ciężarem sadowiącego się za nim Franka. Wstrzymał oddech. Na razie wszystko szło dobrze. Frank od pierwszej chwili zachowywał się bez zarzutu i Gus poczuł nawet lekki — ale tylko bardzo lekki — wyrzut sumienia, że niedługo mu ten samolot zabierze.

Moszcząc się w kokpicie, starał się nie zwracać uwagi na to, że metalowy przedmiot w kieszeni jego marynarki trochę go uwiera.

♦ ♦ ♦

Uruchomienie silnika odbyło się dokładnie tak, jak to zapamiętał z dawnych lat: podszedł ktoś z technicznej obsługi lotniska i ręcznie zakręcił śmigłem, zupełnie jakby siedzieli w jakimś zabytku z czasów pierwszej wojny światowej. Frank coś do niego zawołał i silnik ożył. Potem klepnął Gusa w plecy.

— Koło nóg! — wrzasnął. — Słuchawki i mikrofon!

Z niemałym trudem schylił się i wziął do ręki mikrofon i słuchawki, które naciągnął sobie na uszy. Usłyszał najpierw trzaski, potem dudniący głos Franka.

— Dobrze mnie słyszysz?

— Dobrze, dobrze. Nie musisz tak krzyczeć.

— O, przepraszam, zaraz to przykręcę. — Po chwili spytał: — Teraz lepiej?

— Tak.

— Dobra. Bo lubię sobie gadać z pasażerami. A łatwiej tak, niż do siebie wrzeszczeć. Pewno w czasie wojny nie mieliście innego wyjścia.

— Wiesz, jak to jest — odparł Gus, z rozrzewnieniem przyglądając się prymitywnej desce rozdzielczej: kilka prostych wskaźników i sterczący z osłony silnika gruby metalo-

wy pręt — pływak sygnalizujący poziom paliwa, który w miarę jego ubytku coraz bardziej się zagłębiał. Trudno wyobrazić sobie coś bardziej prymitywnego, ale prostota urządzeń była ważna przy lataniu nad terytorium wroga i lawirowaniu wśród serii pocisków z mauzerów. Po ściankach i po podłodze biegły cięgna lotek i sterów kierunku i wysokości, które doczepione były do drążków sterowniczych w obu kokpitach.

Frank otworzył szerzej przepustnicę, silnik zawył na wyższych obrotach, piper cub drgnął i podskakując na nierównościach, ruszył po trawie w stronę pasa startowego. Gus usłyszał za sobą głosy i zerkając w małe lusterko wsteczne, zobaczył, że Frank rozmawia z kimś przez radio. Cholera. Tego nie przewidział. Jednak zaraz potem zobaczył, jak Frank chowa przenośne radio do skórzanego futerału wiszącego na ściance kabiny. Zauważył jego spojrzenie w lusterku i spytał:

— Coś nie tak?

— Nie. Tylko nie wiedziałem, że musisz się meldować w kontroli lotów.

Frank roześmiał się.

— Skądże. Jesteśmy za powolni i za mali, żeby zawracać dupę kontroli lotów. Zawiadomiłem tylko moje biuro, że kołujemy na pas startowy. Wygodnie ci tam?

— Tak.

Samolot dotoczył się do pasa startowego na południowym krańcu trawiastej płyty i ustawił dziobem na północ. Frank otworzył do końca przepustnicę i maszyna zaczęła nabierać szybkości. Gus miał wrażenie, jakby za sprawą czarów przeniesiono go niemal sześćdziesiąt lat wstecz i znów posadzono w starym gracie, który aż się rwie do startu. Moment oderwania się od ziemi był prawie niezauważalny

i w pewnej chwili samolot zaczął łagodnie piąć się w górę. Muszę pamiętać o oddechu, pomyślał, przypatrując się opadającej w dół ziemi. Chwilę później zobaczył pod sobą krótki odcinek linii brzegowej New Hampshire, lasy otaczające rozrzucone wśród nich osady i proste asfaltowe kreski szosy numer 1 i autostrady I 95. Frank wykonał łagodny łuk skręcając na zachód, i Gus usłyszał w słuchawkach jego głos.

— Wszystko w porządku?

— Cudownie.

— Okej. To przez następne pięćdziesiąt minut cub i ja jesteśmy do twojej dyspozycji. Gdzie lecimy?

— Nad ocean.

— Już się robi.

Samolot skierował się na wschód i Gus ponownie głęboko zaczerpnął powietrza. W słuchawkach słyszał oddech Franka i — choć pewnie tylko mu się zdawało — był gotów przysiąc, że czuje też zapach jego płynu do ust.

— Mogę o coś zapytać? — usłyszał głos Franka.

— Jasne.

— Jak się latało w czasie wojny?

— Inaczej.

— Tak, no właśnie... Bo cub jest łatwy w pilotażu, ale i tak sobie nie wyobrażam, jak można latać i jednocześnie cały czas pilnować, żeby ktoś ci tyłka nie odstrzelił.

— Uhm.

Przez chwilę lecieli w milczeniu, mając przed sobą poszarpaną linię brzegu i głęboki błękit oceanu, który był już bardzo blisko. Frank odchrząknął.

— Zdarza ci się myśleć o tym, jak tam wtedy było?

Jak tam wtedy było, jak tam wtedy było? Wciąż to samo durne pytanie, które wszyscy zadają od czasu, gdy parę lat temu cholerny dziennikarz telewizyjny napisał książkę wy-

chwalającą rzekomo najwspanialsze pokolenie. Też mi wielkie mecyje. Po prostu tam byliśmy, robiliśmy, co do nas należało, i nie gadaliśmy po próżnicy. I w tym miało być coś niezwykłego? Jak tam wtedy było? Strasznie daleko od domu, najczęściej zimno i mokro, zwykle miało się owrzodzone i odparzone stopy. Człowiek budził się rano i starał nie myśleć, że oto zaczyna się dzień, którego może nie przeżyć albo w którym urwie mu rękę, nogę czy jaja. Że może być to dzień, w którym odbędzie swój ostatni lot. Tak tam wtedy było. Posuwali się coraz dalej na wschód w kierunku Niemiec, wiedząc, że kiedy cholerne Szwaby zaprą się na własnym terytorium, zrobią wszystko, żeby ich dalej nie przepuścić. Patrzyli się z góry na tereny wroga, wyszukując punkty oporu osłonięte siatką maskującą, i czuli prawdziwą dumę, kiedy można było przez radio przekazać dane artylerzystom i za chwilę patrzyć, jak czołgi czy baterie dział samobieżnych wroga wylatują w powietrze. Ale widywali też żałosne kupy drewna, brezentu i metalu na końcu pasa ubitej ziemi, tam gdzie pilotowi samolotu zwiadowczego nie udało się przeskoczyć ściany lasu, otaczającego naprędce przygotowany pas startowy. I wciąż modlili się o złą pogodę, bo wtedy odwoływano loty zwiadowcze. Oczywiście czołgi i piechota posuwające się pod ogniem niemieckim miały wtedy gorzej, ale człowiek nie musiał nadstawiać tyłka nad terytorium wroga i robić z siebie celu dla 88-milimetrowych działek przeciwlotniczych. Albo widziało się LR-2 niepewnie schodzący w dół z kumplem z twojego rodzinnego stanu za sterami. Nazywał się Henry Kasen. Tak, pilotował Henry, samolot się zataczał, a Gus stał na dole, choć mżył deszcz, i próbował siłą woli zmusić go, żeby bezpiecznie wylądował. W końcu maszyna grzmotnęła o ziemię, odbiła się, znowu grzmotnęła i stanęła dęba

na dziobie. Gdy Gus do niego dobiegał, latającego z Henrym obserwatora — Scott mu było na imię, Scott jakoś tam — właśnie wyciągali z kabiny ze złamaną nogą, a on wrzeszczał: „Zrobiłem wszystko, co było można! Zrobiłem wszystko, co było można". Na przednim fotelu tkwiło to, co zostało z Henry'ego, a Gus patrzył na przednią osłonę zbryzganą jego krwią, mózgiem i kępkami włosów... Tak tam wtedy było.

— To jak — powtórzył Frank. — Zdarza ci się jeszcze myśleć o tym, jak tam wtedy było?

— Czasami — odparł w końcu Gus. — Ale nie za często. Jeśli Frankowi to nie wystarczy, to niech się wypcha.

Byli już nad oceanem i Gus wpatrywał się w rozkołysaną wodę, która przy brzegu przemieniała się w potężne spienione fale. Widać też było kilka żaglówek i parę kutrów poławiaczy homarów i Gus jeszcze mocniej zacisnął dłonie na metalowym pojemniku. *Jeszcze tylko parę minut, Trish. Tylko parę minut.*

Frank odchrząknął:

— Gdzieś konkretnie? — zapytał.

— Najdalej na wschód, jak się da.

— Okej. Czy to znaczy, że ocean ma dla ciebie jakieś szczególne znaczenie?

Gus znów spojrzał w dół, potem na metalowy pojemnik. Miał w pamięci raptem kilka dni spędzonych z Trish na plaży. Zawsze narzekała na upał, piekące słońce, piasek włażący jej pod kostium kąpielowy i zgrzytający w jedzeniu i piciu. Nie mówiąc o korkach po drodze, nachalnej i zbyt głośnej muzyce i za drogim parkingu. Biedna Trish.

— Chodzi o moją żonę — powiedział na głos. — Kochała ocean i plażę.

— Nie pierwszy raz się z tym spotykam.

— Robiłeś kiedyś coś takiego?

— Pewnie. Kilka razy. Spełnienie ostatniego życzenia... Ludzie lubią rozsypywać prochy najbliższych w miejscach, które tamci ukochali. Bo domyślam się, że po to jest ta puszka, którą trzymasz, prawda? To prochy twojej żony?

— Tak.

Twojej żony. Dwa zwyczajne słowa, które nawet nie próbują oddać tego, kim Trish naprawdę była i czym było życie z nią. Stanowili parę już w liceum, jeszcze przed jego pójściem do wojska. Potem były niemal cotygodniowe listy, które towarzyszyły mu w drodze przez Francję i Niemcy. A później przyszła demobilizacja, powrót do domu, ślub i nowe życie. Nic szczególnego, co by wstrząsnęło światem. Ot, po prostu dobra praca i kariera w banku w Dover, którą rozpoczął od okienka kasjera i zakończył kilkadziesiąt lat później na stanowisku dyrektora oddziału. I Trish cały czas u jego boku, wysoka i szczupła blondynka pięknie się starzejąca z upływem lat. Boże, jak strasznie mu jej brakowało... a przecież wspomnienia nie składały się tylko z cudownych chwil, bo to przecież niemożliwe. Dramatyczne pożegnania, kiedy kolejno odchodzili ich rodzice; straszny rok 1952, gdy poroniła pierwsze dziecko — dziewczynkę — i gdy ogłoszono wyrok, że już nigdy nie będzie mogła mieć dzieci. A także te parę razy, kiedy wodziła go na pokuszenie jakaś ślicznotka z banku. Niech będą dzięki wszystkim bogom, że się wtedy zachował przyzwoicie i oparł pokusie... Od czasu do czasu powracał temat adopcji, ale życie wydawało im się wystarczająco pełne i bogate, bo gdy byli już starsi, wiele podróżowali i poznawali świat. Tak miało trwać do ubiegłej jesieni, na którą zaplanowali ostatnią wielką przygodę życia: rejs statkiem dookoła świata, i wtedy...

— Gus.

— Tak?

— Jesteśmy już dość daleko od brzegu. Powinniśmy zawrócić.

— Jasne. Dzięki.

Przez chwilę mocował się z blokadą okna. Udało mu się ją zwolnić i kabinę omiótł pęd chłodnego powietrza. Odkręcił wieczko puszki i po sekundzie wahania wyrzucił je przez okno, czując, jak przy ruchu wbija mu się w bok metalowy przedmiot tkwiący w kieszeni. Przysunął pojemnik do otwartego okna, przez głowę przemknęła mu przerażająca myśl, że pęd powietrza wydmucha mu prochy Trish prosto w twarz, i na wszelki wypadek wyrzucił całą puszkę. Chciał widzieć, jak wiatr rozwiewa prochy po niebie. Chciał widzieć, jak pojemnik spada. Chciał...

Zakrył twarz dłońmi. Czując napływające do oczu łzy i wilgotniejące dłonie, pochylił się lekko do przodu.

Och, Trish, Trish.

◆ ◆ ◆

Po chwili przetarł oczy i stwierdził, że Frank zdążył już zawrócić i że lecą teraz na zachód w stronę lądu. Zatarł dłonie, czując ogarniający go spokój. Wreszcie nadchodził ten moment.

— Frank?

— Tak, Gus.

— Chcesz usłyszeć coś więcej o tym, jak było w Europie?

— Pewno.

Złożył ręce na kolanach i mocno splótł palce.

— Latałem bardzo dużo, dzień po dniu. Ty chyba też dużo latasz.

— Ale nie tyle, ile bym chciał — parsknął Frank. — Jak wiesz, latanie wchodzi w krew.

— Jasne — potwierdził Gus. — I staje się tradycją.

— Właśnie.

— Latanie, picie i dupczenie. Wtedy w Europie też to robiliśmy, ile tylko się dało. Byliśmy młodzi i nie wiedzieliśmy, co przyniesie jutro, więc korzystaliśmy z życia ile wlezie. Latać, pić i dupczyć to prawdziwe credo pilota, nie?

— Pewnie tak.

— Wiem, że ty też lubisz latać, Frank, a kwestię dupczenia zostawmy na później. Ale założę się, że wypić lubisz, co?

Frank przez moment milczał, potem trochę sztucznie się roześmiał.

— Za kołnierz nie wylewam. A co se mam żałować, nie?

— Prawda. Raz się żyje. Kiedy posuwaliśmy się przez Francję, piliśmy jak cholera. Głównie to, co znajdowaliśmy w piwnicach budynków odebranych Niemcom. Francuskie wina, szampany, czasem jakieś piwo. Rano się budzisz... a tu ci we łbie łupie, stawy zesztywniałe. Ale co tam. Leciało się na kacu albo nawet jeszcze na lekkim rauszu, byle robota była zrobiona. Nie mam racji?

Znów krótka pauza.

— Jasne. Racja.

— Tam polubiłem wino. Uwielbiam wino, zwłaszcza bordeaux. A ty, Frank? Co ty najbardziej lubisz?

— Och... to zależy.

Gus dopiero teraz zauważył, że kiedy nie trzymał już puszki z prochami żony, nie bardzo wie, co zrobić z rękami.

— Prawda, to zależy. Założę się, że głównie od nastroju. I od tego, co masz w planie. Ale jestem pewien, że najbardziej lubisz rum z colą. Mam rację, Frank? Rum i cola.

Frank milczał. Gus zerknął w lusterko i dostrzegł zaniepokojenie na jego skupionej twarzy. No i dobrze. Odetchnął

głębiej i z przyjemnością stwierdził, że ręce już mu nie drżą. Że jego dłonie są już spokojne i pewne.

— Bo widzisz, Frank, nawet wtedy w Europie trzeba było mieć zaufanie do swojego pilota. Musiałeś ufać, że pilot bezpiecznie wystartuje, bezpiecznie dostarczy cię nad pozycje nieprzyjaciela, i co najważniejsze, bezpiecznie wrócicie do domu. Bardzo szybko wiedziałeś, komu możesz zaufać. A piloci, którzy za dużo pili i za dużo dupczyli, mieli kłopot ze znalezieniem obserwatora, który chciałby z nimi latać. Tobie też się takie rzeczy zdarzają?

Znów zapadło milczenie i tylko silnik zwiększył nieco obroty, jakby Frankowi zaczęło się nagle spieszyć do domu. Gus znów poczuł lekkie ukłucie winy, że będzie musiał mu w tym przeszkodzić.

— Nie, pewnie nie — podjął swój monolog. — Myślę, że twoje problemy ograniczają się głównie do ziemi. Do jeżdżenia po pijaku. Ale to już nie to samo co latanie na bani, prawda? Ale za to robisz to na okrągło. Prowadzisz po alkoholu. Dwa aresztowania za jazdę po pijanemu w Massachusetts, jedno w Maine, cztery w New Hampshire. W tym jedno ostatniej jesieni, zgadza się, Frank? Oczywiście to ostatnie trochę się różniło od poprzednich, bo tym razem ktoś zginął.

Głos Franka w słuchawkach zabrzmiał nisko i chrapliwie.

— Ty jesteś... jesteś jej mężem. Tylko zgoliłeś wąsy. I nie nazywasz się Gus...

— To zdrobnienie, jakim zwracała się do mnie żona. Naprawdę nazywam się John Agustus Foss. Ale Trish mówiła do mnie Gus. Mówiła, póki jej nie zabiłeś.

— Ja jej nie zabiłem! — wykrzyknął Frank.

Gus był zaskoczony własnym spokojem i opanowaniem.

— Oczywiście. To znaczy nie od razu, kiedy ją potrąciłeś. Ale kiedy tamtego wieczoru wyszedłeś z pubu „Sea and

Stein", byłeś po pięciu rumach z colą. Przejechałeś na czerwonym świetle i uderzyłeś w bok toyoty mojej żony. Odmówiłeś testu na alkomacie, a potem dzięki układom tatusia adwokata zawarłeś ugodę we wszystkich sprawach i nawet jednego dnia nie przesiedziałeś w więzieniu. Za to moja Trish trafiła do szpitala z pęknięciem miednicy i złamaną nogą. Spędziła w nim półżywa wiele tygodni i w końcu umarła, a prokuratura odmówiła wniesienia oskarżenia. Więc jak widzisz, wedle litery prawa to nie było zabójstwo. Ale mnie nie chodzi o prawo, Frank. Mnie chodzi o prawdę i sprawiedliwość.

Frank ostentacyjnie go teraz ignorował. Gus wiedział, że na realizację planu zostały mu już tylko sekundy.

— No i teraz siedzisz sobie za sterem i lecisz — mówił dalej. — I zdaje ci się, że masz przed sobą jeszcze co najmniej trzydzieści albo czterdzieści lat życia. Zdajesz sobie sprawę, Frank, jaki szmat czasu cię jeszcze czeka? Co najmniej do połowy nowego stulecia, może nawet dłużej. A ile cię w tym czasie czeka wspaniałych doznań. Bo Trish i mnie już tak dużo nie zostało. Całkiem niedużo. Najwyżej parę lat... a ty jej te parę lat zabrałeś. A jak jej, to i mnie. Bo te kilka lat, które mi jeszcze zostały, to nie dar losu. To już tylko przekleństwo. Przez ciebie.

Obroty silnika jeszcze wzrosły. Gus sięgnął do kieszeni i wymacał zimny metal.

— A na wojnie, Frank, nauczyłem się wierzyć w sprawiedliwość. Że koniec końców sprawiedliwość musi zatriumfować. Więc ja też mam zamiar wyrównać rachunki. Między tobą, mną i Trish. Żeby było sprawiedliwie.

— Panie Foss, niech pan się nie waży dotykać drążka. — Głos Franka brzmiał głośno i zdecydowanie. — Zrozumiano? Niech pan się nie waży go tknąć.

Gus spojrzał w lusterko i dojrzał w oczach tamtego strach.

— Ależ Frank. Przecież ja już jestem starym człowiekiem, nie widzisz? Jak mógłbyś pozwolić takiemu starcowi wyrwać sobie z rąk drążek? Zastanów się.

Franka wyraźnie to trochę uspokoiło.

— No, to prawda. Słuchaj, naprawdę mi przykro i przepraszam za to, co się stało. Ale to był wypadek. Okej? Po prostu wypadek.

Gus zaczerpnął powietrza.

— Dobrze, Frank. Przeprosiłeś. Obiecuję, że za to nie dotknę drążka. Możesz być spokojny. Ale musisz mi coś wyjaśnić.

Frank zrobił kolejną pauzę, potem dość niepewnym głosem powiedział:

— Słucham.

— Dlaczego tak długo czekałeś z tymi przeprosinami? Przecież minęło wiele miesięcy. Więc dlaczego?

— Mój... Ojciec mi kazał...

Gus pokręcił głową, pewien, że tamten zauważy ten gest.

— To zła odpowiedź, Frank Jesteś już dorosły. I ciążą na tobie obowiązki dorosłego. A ty od lat ślizgasz się tylko po powierzchni. Jesteś już dobrze po trzydziestce. Ja mając niewiele ponad dwadzieścia, broniłem kraju i zabijałem jego wrogów po to, żeby potem pajac twojego pokroju mógł mi zabić żonę.

Poruszył prawą dłonią w kieszeni i wyciągnął metalowy przedmiot, który na tę okazję wziął z sobą. Frank zaczął niemal krzyczeć.

— Nie waż się! Obiecałeś! Nie waż się dotykać drążka!

Gus odpiął pas i z trudem okręcił się na siedzeniu. Spojrzał Frankowi prosto w twarz i wyciągnął ku niemu zamkniętą dłoń.

— Bez obaw, Frank — powiedział. — Obiecuję, że dotrzymam obietnicy.

Otworzył dłoń i pomachał Frankowi trzymanym w ręku przedmiotem, pozwalając mu nasycić nim wzrok, potem bez słowa obrócił się plecami. Już czas. Raz jeszcze szepnął: Och, Trish, potem przygarbił się i pochylił do przodu.

Frank zaczął wrzeszczeć i ani przez chwilę nie przestawał, patrząc, jak Gus sięga do biegnących po ściance linek sterowniczych i przykłada do nich bardzo ostre szczypce do cięcia drutu.

OCZAMI WYOBRAŹNI

BONNIE HEARN HILL

Part Light, Part Memory © 2006 by Bonnie Hearn Hill

1865
Galveston, Teksas

— Nie wszyscy biali są dobrzy, Mała Mary, i nie wszyscy są źli. Tak jak my...

To były ostatnie słowa ojca, które wypowiedział tuż przed powieszeniem. Powiedzieli, że karzą go za to, iż ośmielił się przyglądać białej kobiecie. Także pewnie za to, że sam też przyciągał wzrok innych. Że był człowiekiem dumnym, silnym i odważnym. Był nim nawet wówczas, gdy na jego zwłokach osiadał uliczny kurz, bo jego milczenie krzyczało głośniej niż wiwatujący gapie, którzy przyszli obejrzeć widowisko.

— Zabiję ją za to — syknęłam, rzucając ostatnie spojrzenie na wiszącego ojca, potem odwróciłam głowę, żeby się całkiem nie rozkleić.

Alvis uciszył mnie groźnym spojrzeniem, które ostrzegało, że jak się nie przymknę, to z nami za chwilę zrobią to samo.

Później tego dnia odnalazł mnie w stodole, gdzie siedziałam, szlochając, zamiast nosić wodę na kąpiel pani Bessie. Zwykle gdy był blisko, czułam bijącą od niego siłę i robiło mi się raźniej, ale nie tym razem.

— Przestań, Mała Mary — powiedział mi wtedy. — Nie daj nikomu, a już zwłaszcza panu, poznać, że coś cię boli. W półmroku stodoły jego skóra miała złocisty blask.

— Kiedy nie mogę — szepnęłam, podnosząc na niego wzrok. Widziany przez łzy wydawał mi się większy i starszy. — Był moim ojcem. To, co mu zrobili, było straszne.

— Wiem. — Alvis kiwnął głową i w jego spojrzeniu próżno było szukać pociechy. — Ale jesteś tylko dziewczyną, nie masz jeszcze piętnastu lat.

— Ale dziewczyną, która wie, jak było naprawdę — powiedziałam. — John William nigdy nawet nie spojrzał na tę kobietę. Kochał Dużą Mary.

— Nie zaczynaj znowu — upomniał mnie. — Nic dobrego z tego nie wyniknie.

— Nigdy na nią nie spojrzał, nawet kiedy już... — Nie dokończyłam, ale Alvis wiedział, o co mi chodzi.

— Ile już minęło od sprzedania Dużej Mary? Trzy lata? I mojego brata Henry'ego też. Pamiętałam dobrze ten dzień i matkę stojącą w słońcu jak posąg koło purpurowej wiśni karłowatej. I to, jak ją stamtąd powlekli w ciemność. Wciąż miałam w uszach jej krzyk: „Moje dzieci. Zostawcie moje dzieci!".

— Mniej więcej — odparłam. — Ale wiem, że to pani Bessie kazała go zabić. I dlatego pewnego dnia ja zabiję panią Bessie.

— Nie rób tego. Nie możesz żyć dla zabijania.

Odwróciłam się i ruszyłam w stronę domu.

— Właśnie że mogę — rzuciłam za siebie.

I od tej chwili rzeczywiście żyłam myślą o jej zabiciu, choć z Alvisem więcej o tym nie rozmawiałam. Kochałam go, ale teraz w moim sercu i myślach nie było dla niego miejsca. Nienawiść wyparła wszystkie inne uczucia. Podsycała ją pamięć o Dużej Mary, którą mi zabrano. I bracie Henrym, którego też mi zabrano. I moim ojcu, którego mi zabrano, a którego ciało wciąż kołysało się w mych sennych koszmarach.

W poniedziałek po egzekucji rozszalała się burza — jedna z tych nieokiełznanych i niepojętych burz, które czasem nawiedzają Teksas w czerwcu. Błyskawice rozdzierały niebo, a pan się wściekał, że nawałnica zniszczy bawełnę.

Zmusiłam się do wzięcia szczotki ze srebrną rączką i zaczęłam rozczesywać włosy pani Bessie, które opadały na jej długą, mlecznobiałą szyję — tak gładką i delikatną, że musiałam się powstrzymywać, żeby za nią nie chwycić i nie ścisnąć.

Pani Bessie była tą kobietą, której mój ojciec John William miał się niby przyglądać, więc go za to powiesili. Ta sama pani Bessie, która udawała, że współczuje mojemu ojcu po sprzedaniu Dużej Mary. Ta sama pani Bessie, która omal nie postradała zmysłów, kiedy jej mały Chuck zachorował na żółtą febrę i umarł. Pani Bessie, przez którą zabili mojego ojca. Czesząc jej włosy, przyrzekałam sobie w duchu, że znajdę jakiś sposób, żeby ją też zabić.

Obserwowała mnie w lustrze z tym wyrazem twarzy, jaki przybierała, kiedy jej się zdawało, że nikt na nią nie patrzy. Kosmyki jej włosów na moich ciemnych palcach połyskiwały w promieniach słońca jak złote monety. Marzyło mi się, że zamiast szczotki trzymam w dłoni toporek z wyostrzonym srebrzystym ostrzem. Och, z jaką rozkoszą zatopiłabym je w tej białej szyi.

— *Amazing Grace* — powiedziała.

Na dźwięk jej głosu aż podskoczyłam.

— Słucham, psze pani?

— To taka pieśń. Kiedy mam wszystkiego dość, to ją śpiewam.

Co ona może wiedzieć o śpiewaniu pieśni i cierpieniu?

— Tak psze pani — odrzekłam i zaczęłam zaplatać jedwabiste włosy, nienawidząc jej jeszcze bardziej za te niebieskie oczy, którymi potrafiła patrzeć tak łagodnie, i za ten głos, który nieraz brzmiał tak słodko i przyjaźnie. Ale trzeba było znać ją jak ja, żeby wiedzieć, że to wszystko fałsz.

Wiedziałam, że już wkrótce skończę zaplatać i upinać włosy i pomogę pani Bessie włożyć czarny toczek do konnej jazdy z przejrzystymi, złocistymi woalkami z tyłu, które będą za nią powiewać w czasie jazdy. Co dalej? Czy mam jej pozwolić wyjść i całe popołudnie jeździć konno, podczas gdy każdą moją myśl będzie wypełniać obraz zamordowanego ojca?

Znów napotkała mój wzrok w lustrze.

— Nawet nie musi się jej śpiewać, Mała Mary. Czasem wystarczy tylko nucić.

— Tak, psze pani.

Skrzywiła się, jakby chciała mi dać do zrozumienia, że nie muszę się zwracać jak niewolnica.

— Tak mi przykro z powodu tego, co się stało z Johnem Williamem — powiedziała. — Był dobrym człowiekiem i bardzo kochał twoją matkę.

W lustrze dostrzegłam w jej oczach coś, co wyglądało na łzy. A potem spojrzałam na siebie, na swoje suche oczy, patrzące twardo jak u kata i zawziętą, pochmurną jak niebo przed burzą twarz. Ubranie, które od niej dostałam, wisiało

na moich chudych ramionach jak szmata. Wyglądałam jak ten strach na wróble, co go pan stawia na polu, żeby odstraszać ptaki.

— Tak — powiedziałam i zaraz dodałam: — Tak, psze pani.

— Wiesz przecież, że już niedługo to wszystko się skończy.

— Co, psze pani? Co się niedługo skończy? — Bezpieczniej było udawać, że nie wiem, o co chodzi. Jakbym nigdy nie miała w ręku tego egzemplarza „Galveston News". W zeszłym roku Południe znów nas odbiło Północy, ale nie zrobiło się przez to ani lepiej, ani gorzej, niż kiedy dwa lata wcześniej rządziła nami Północ. Cokolwiek się stanie, nic już nie uratuje mojego ojca. Już tylko niebo będzie mogło mi go zwrócić.

— Wszystko — rzekła pani Bessie i odwróciwszy twarz od lustra, popatrzyła mi w oczy. Potem opuściła głowę, a kiedy ją znów podniosła, jej oczy lśniły od łez. — Straciłam synka — powiedziała. — Moje maleństwo.

— A ja straciłam ojca — odparłam w przypływie śmiałości, zapominając, że jestem niewolnicą.

— A John William stracił Dużą Mary — dodała. Łzy spływały jej teraz ciurkiem po twarzy. — W takim wypadku to nie tylko utrata osoby, ale także poczucia jedności. Czegoś, co łączy ludzi jak żałoba.

Moja żałoba była o wiele za głęboka, żeby miała mnie z nią połączyć. Ale kiwnęłam głową i jak zwykle powiedziałam:

— Tak, psze pani.

— Jesteśmy tylko kobietami — ciągnęła pani Bessie. — Bezsilnymi kobietami. Nie możemy nic zmienić. Ale co mógł czuć John William?

— Też bezsilność, psze pani — odrzekłam.

I to przez ciebie, dodałam w myślach. Znów zapłonęłam
żądzą zemsty.

I właśnie w tym momencie do pokoju wkroczył pan.
Musiał być chyba najroślejszym i najjaśniejszym blondynem
w całym Teksasie. Marzyłam, żeby się stamtąd wyrwać,
zanim mnie przyszpili tym swoim spojrzeniem, pod którym
czułam się zawsze brudna i wykorzystana. Spodnie miał
podciągnięte wysoko na wielkie brzuszysko, a jego jasne
włosy były gładko przylizane. Miałam nadzieję zaraz
czmychnąć, ale znieruchomiałam na widok grymasu na jego
twarzy, którego w żaden sposób nie można było uznać za
miły uśmiech, i spojrzenia jego zimnych, okrutnych oczu,
których ze mnie nie spuszczał.

— Co ona tu robi? — warknął, świdrując mnie tym
swoim spojrzeniem.

Podniosłam wzrok znad włosów pani Bessie, bo wiedziałam, że teraz już nie patrzy na mnie, tylko na nią.
Nienawidziłam tego spojrzenia, i nie ja jedna. Widać było,
że pani Bessie też, bo od razu szczelniej się otuliła szalem.
Położyłam jej nawet ręce na ramionach, jakbym ją chciała
chronić, ale od razu przypomniałam sobie, że to przez
nią zabili mi ojca.

— Zawsze tu jest o tej porze — odparła pani Bessie.

— Mam nadzieję, że nie uczysz znów jej czytać —
burknął pan i twarz mu wykrzywił nerwowy grymas.

Poczułam, że się czerwienię i podobny rumieniec doj-
rzałam na twarzy pani Bessie.

— Nauczyłam ją tylko tyle, żeby mogła czytać Biblię.

Nim zdążyła powiedzieć więcej, pan zamachnął się i uderzył ją w twarz. Pani krzyknęła i osunęła się na podłogę.
Odskoczyłam do tyłu, nie spuszczając z niego wzroku.

Pomyślałam, że może jednak nie będę musiała zabijać tej kobiety. Może on mnie wyręczy.

— Ty też chcesz dostać? — warknął, unosząc pięść w moją stronę.

— Nie, psze pana.

Pani Bessie leżała na podłodze skulona obok toaletki i patrzyła na mnie takim wzrokiem, jakby chciała powiedzieć, że słusznie, że najlepiej ukrywać swą prawdziwą twarz. Gdyby wiedział, jak dobrze nauczyła mnie czytać, pewnie od razu by mnie zabił. Obszedł ją dookoła i obdarzył mnie tym swoim wrednym uśmieszkiem.

— Już się wam, niewolnikom, we łbach poprzewracało.

— Psze pana?

— Ty mi tu nie udawaj — prychnął. — Słyszałaś, co się stało. I wiesz, że to już teraz tylko kwestia czasu.

Tak, słyszałam. Alvis mi mówił, że wojna ma się ku końcowi i że nawet mimo śmierci prezydenta Lincolna może dojść do abolicji, tylko że w to nie wierzyłam. Starałam się szybko coś wymyślić, żeby nie spotkało mnie to samo co panią Bessie.

— Mnie tam wszystko jedno — powiedziałam.

— Ale mnie nie. — Tupnął swoim obłoconym buciorem w podłogę i zrobił to o wiele za blisko mojej nogi. — Póki żyję, moi niewolnicy będą robili, co im każę.

— Charles — odezwała się pani zaskakująco stanowczym tonem. — Zostaw ją w spokoju. Nie zrobiła nic złego.

— Ale jej tatuś tak — odburknął. — Czarnuch John William.

— Nic złego nie zrobił — powiedziałam. Było mi obojętne, co się ze mną stanie. Nie mogłam pozwolić, żeby tak mówił o tacie.

— Gapił się na Bessie! — wrzasnął pan. — Ośmielił się patrzeć na moją żonę.

— Charles, przestań. — Pani Bessie podniosła się z podłogi. Jej twarz była sino-czerwona, oczy pełne strachu. — Nie przy niej.

— No to już, zmykaj — powiedział do mnie, a ja wybiegłam z pokoju, bo mógł zmienić zdanie. Ale coś mnie zatrzymało tuż za drzwiami. Coś silniejszego niż strach. Bałam się, że zrobi jej coś złego. Byłam tego pewna, tylko co mogłam na to poradzić? A nawet gdybym mogła, to właściwie dlaczego miałabym to zrobić?

Stałam pod drzwiami i słuchałam łkania pani Bessie.

— Ja go tylko uczyłam czytać Biblię. Nic więcej.

— Nie kłam! — krzyknął pan. — Masz szczęście, że nie kazałem też powiesić ciebie.

— Sprawiłoby ci to przyjemność, Charles? — Jej ton nabrał nagle ostrości, a ja aż się skuliłam. — Jeszcze jedna śmierć poprawiłaby ci samopoczucie?

— Nie waż się nigdy tak do mnie mówić — warknął. Usłyszałam jej okrzyk bólu i wiedziałam, że znów ją uderzył. Od tego jej krzyku łzy napłynęły mi do oczu. — Jesteś moją żoną, rozumiesz? Nie życzę sobie, żebyś im czytała. I nie życzę sobie, żebyś ich dotykała. Zwłaszcza dotykała. Nie wolno ci ich dotykać.

— Jak sobie życzysz. — W jej zapłakanym głosie słychać było rezygnację. — Niedługo nie będzie się o co kłócić, bo przestaniemy mieć niewolników. Niedługo będzie po wszystkim.

— Już jest — burknął, a ja poczułam dreszcz. — Ten przeklęty Lincoln. Cieszę się, że go zabili.

— Jak to? — spytała. — Skąd wiesz?

— Od jego wysłanników — odrzekł, a rechot, jaki z sie-

bie wydał, zmroził mi krew w żyłach. — Zanim go zastrzelili, Lincoln próbował tu ich wysłać. Teraz znów próbują.

— Od jakich wysłanników, Charles? — spytała zduszonym głosem.

— Już nieżywych.

— Nie!

— Niech tam Lee się poddaje, ale my walczymy dalej o swoje — oznajmił. — Muszę jechać do portu. Płyną do nas statkiem. Musimy dopilnować, żeby się ta zaraza tu nie przedostała.

Przez to, że szlochała, nie zrozumiałam, co do niego mówi, ale potem znów krzyknęła z bólu i wtedy do mnie dotarła ta informacja.

Puściłam się biegiem, nie bardzo wiedząc, dokąd biegnę. Wiedziałam tylko, że muszę kogoś znaleźć, najlepiej Alvisa, i opowiedzieć, co słyszałam. Przeszkodzić panu w realizacji jego zamiarów. Deszcz przestał padać, ale niebo wciąż było ciężkie i czarne. Przeszyła je błyskawica, ale ja nawet na chwilę się nie zatrzymałam. Przebiegłam obok wiśni karłowatych i minęłam stodołę, myśląc, że jeśli dobiegnę do pola bawełny, może mi się udać.

Coś walnęło mnie od tyłu i runęłam twarzą w zagon pierwiosnków, a nozdrza wypełnił mi ich silny, słodki zapach zmieszany z wonią błota. Leżałam w kałuży błota, więc zaczęłam się z niego gramolić.

— Wstawaj! — Poczułam kopnięcie w bok. Krzyknęłam i podniosłam się. — Teraz do środka — warknął pan, pokazując ręką stodołę.

Wiedziałam, że jeśli go posłucham, żywa stamtąd nie wyjdę. Zrobiłam krok do tyłu, chcąc rzucić się do ucieczki, ale on wyczuł mój zamiar i złapał mnie za ramię.

— Nie — jęknęłam. — Proszę. — Łzy popłynęły mi po twarzy, ale on zaczął mnie ciągnąć do środka. Mój ojciec nie błagał o litość, więc ja też nie mogę, pomyślałam. Puścił moje ramię i pchnął mnie na klepisko.

— Wiesz, dlaczego naprawdę kazałem powiesić Johna Williama? — powiedział. — Powiedz mi, Mała Mary, że wiesz.

— Nie wiem. — Przykucnęłam na zakurzonym klepisku i nie spuszczałam z pana wzroku. W półmroku widać było jego wykrzywioną i zawziętą twarz. Starałam się mówić wolno i spokojnie. — Nic nie wiem, psze pana.

— Bo ich razem przyłapałem — rzekł, zaciągając. — Musiałem zadbać o reputację, swoją i jej. Nikt nie mógł się dowiedzieć. — Wsadził kciuki za pasek spodni i spojrzał na mnie tak, jak patrzą chłopcy szykujący się do torturowania robaka. — Myślę, że powinienem mu się zrewanżować, nie uważasz?

John William i pani Bessie? Przypomniałam sobie, co mówiła o stracie kogoś i o tym, jak to ludzi jednoczy. Nic, co zrobił mój ojciec, nie mogło być złe. Starałam się, by w moim głosie nie pobrzmiewał strach.

— Co to znaczy, że pan się zrewanżuje? — spytałam.

— Wstań, to ci pokażę.

— Nie — odparłam. Skoro i tak ma mnie zabić, to nie dostarczę mu dodatkowej przyjemności.

— Ten cholerny czarnuch, twój ojciec, coś mi odebrał — warknął. — Mam nadzieję, że siedzi teraz w piekle i na nas patrzy.

— Nie — powtórzyłam. Nie mogłam się opanować.

— Powiedziałaś „nie"? — Znów mnie kopnął i ból był tak przeszywający, że jęknęłam. Przekręciłam się na bok i skaleczyłam twarz o coś ostrego. Jakieś stare, zardzewiałe

narzędzia. — Wstawaj Mała Mary, ale już. Bo jak nie, to tak cię urządzę, że już nigdy nie wstaniesz.

Przez łzy przyjrzałam się porozrzucanym narzędziom. Szpadel. Motyka. Widły. Nie będę go błagać. Będę walczyć, a kiedy mnie zabije — bo na pewno tym się skończy — z dumą stanę przed ojcem.

Uklękłam, jakbym się szykowała do modlitwy.

— Tak, psze pana — powiedziałam.

— To dobrze. Jesteś równie rozsądna, jak ładna. — Jego dłonie powędrowały do paska u spodni. — Nie rób takiej przerażonej miny. Możesz to polubić.

Zaczęłam powoli się podnosić. Trzymałam rękę na widłach, starając się odpędzić od siebie paraliżujący strach. Rozpięte spodnie opadły mu do kostek. Zaciskałam dłoń na rękojeści, jakby szukając podparcia, i jednocześnie układałam palce w pewniejszy chwyt.

Uśmiechnął się i powiedział:

— Co jest z tobą, Mała Mary? Nigdy nie widziałaś prawdziwego mężczyzny?

Jednym ruchem wyszarpnęłam widły i wbiłam mu je prosto w miejsce, które z taką dumą przede mną obnażał.

Pan wydał z siebie tak nieludzki ryk, że do końca życia będzie mi dźwięczał w uszach. Ale wtedy ogarnięta furią wyrwałam widły z jego konwulsyjnie drgającego ciała i gdy padł na ziemię, wbiłam je w niego ponownie, potem jeszcze raz i jeszcze raz...

Kiedy spojrzałam na swoje dzieło, łzy zapiekły mnie na policzkach. Tak buńczucznie odgrażałam się przed Alvisem, że ją zabiję, a nie miałam nawet pojęcia, co to znaczy odebrać komuś życie. Choćby nawet walcząc o swoje.

♦ ♦ ♦

Pan i tacy jak on nie mogli powstrzymać wysłanników, którzy tego dnia dobili do Galveston. Opowiadano, że w swych niebieskich uniformach wylali się tłumnie na ulice miasta, po czym szybko rozeszli w różne strony.

Pani Bessie wyszła na ich spotkanie do bramy i po chwili z twarzą białą jak papier wróciła do mnie z wiadomością.

— Jesteś wolna, Mała Mary — oświadczyła.

— Wolna?

Dobiegły nas z zewnątrz wiwaty i okrzyki radości. Zaczęłam dygotać.

— Wolna — powtórzyła. Zdjęła z toaletki swój czarny toczek i podała mi.

Wymamrotałam słowa podziękowania, nie mogąc sklecić całego zdania.

— Siadaj — powiedziała pani Bessie, patrząc na moje drżące dłonie

I tak oto zasiadłam przed jej lustrem, a ona sięgnęła po szczotkę w srebrnej oprawie i zaczęła mi szczotkować włosy. Nic przy tym nie mówiła i tylko cicho nuciła *Amazing Grace*. Gdy w końcu osadziła mi toczek na głowie i wstałam z miejsca, ona usiadła przed lustrem i objęła głowę rękami.

Spojrzałam na siebie jak na istotę wolną i pognałam po schodach do czekającego na mnie Alvisa. Zewsząd dochodziły śpiewy i okrzyki radości. Pobiegliśmy, trzymając się za ręce, by przyłączyć się do tańców.

Starsi niewolnicy nadali tej nocy radości nazwę *Jublio*, a potem jeszcze *Juneteenth**. Choć wtedy o tym nie wiedzieliśmy, byliśmy wolni już od ponad dwóch lat. Mój ojciec, gdy umierał, był już wolny, tylko o tym nie wiedział.

---

* Juneteenth — zbitka od słów *June* (czerwiec) i *nineteenth* (dziewiętnasty) — święto obchodzone w Teksasie w rocznicę zniesienia niewolnictwa.

Niektórzy niewolnicy odeszli zaraz tej nocy. Inni, ci, którzy mieli lepszych właścicieli, przebierali się w ich stroje i paradowali w komicznie wyglądających na nich ubiorach, jak ja w jeździeckim toczku pani Bessie. Później opowiedzieliśmy o tej nocy naszym dzieciom. O tym, jak wtedy się śmialiśmy, śpiewaliśmy i płakaliśmy. Któregoś dnia one opowiedzą o tym swoim dzieciom, by pamięć o tamtej nocy nigdy nie umarła.

Mówiło się, że na wieść o wysłannikach pan gdzieś uciekł. Podobno nie chciał być świadkiem końca dotychczasowego życia i początku czegoś innego. Niektórzy nawet podejrzewali, że targnął się na swoje życie. Biedna pani, mówiono, biedna pani Bessie.

My zostaliśmy przy niej. Alvis, ja, naszych trzech synów i córka przemieszkaliśmy te wszystkie lata w naszym domu tuż obok jej starego domu. Teraz jest już starszą panią, a w jej niebieskich oczach zagościł spokój. Wszystkie upiory przeszłości ją opuściły. I tylko wciąż jeszcze zdarza jej się nucić tę pieśń. Czasami ja też to robię.

Pierwiosnki nadal każdej wiosny rozkwitają, przesycając powietrze zapachem winogron. Purpurowa wiśnia karłowata rozrosła się jak pomidory. Te same rośliny, tylko kwiaty już inne. Czasem, gdy promienie zachodzącego słońca padają ukośnie na ścianę stodoły, tak jak to robią teraz, i wydłuża się pokręcony cień klonu srebrzystego, myślę o ojcu.

Nie wszyscy biali są dobrzy, Mała Mary, i nie wszyscy źli. Tak jak my.

Alvis wychodzi z domu i staje obok. Kładzie mi na ramieniu wielką dłoń, która mnie grzeje jak słońce.

— Na co tak patrzysz? — pyta.

— Na nic specjalnego — odpowiadam.

— No to wracam do domu — on na to.

— Możesz zostać.

W zapadającym mroku nasze spojrzenia się spotykają i wiem, że on zdaje sobie sprawę, iż ciąży mi jakaś tajemnica, ale wie też, że nigdy nie będzie mógł mi pomóc dźwigać tego ciężaru.

— No to idę. Byłaś już u pani Bessie?

— Nie, ale zaraz pójdę.

Kiedy zabiera dłoń, czuję na ramieniu nagły chłód.

— Znów masz taką minę — mówi i nie odchodzi. — Czasem widać po twojej minie, że myślisz o tamtych czasach.

— Czasem nie mogę się powstrzymać, żeby o nich nie myśleć — odpowiadam. — Ale rzadko mi się to zdarza. Wiesz przecież.

— Nikt nie może zmienić tego, co się stało — mówi i po jego tonie poznaję, że wolałby już skończyć tę rozmowę. — Teraz jesteśmy wolni. Nie trzeba wciąż oglądać się za siebie. Wolni.

— Za żadne skarby nie chciałabym, żeby tamte dni wróciły — mówię, wiedząc, jak prawdziwe jest to zdanie.

— Całe szczęście, że wszystko się tak skończyło — mówi. — Całe szczęście, że nie zrobiłaś tego, co chciałaś, kiedy powiesili twojego tatę. Nie chciałbym, żeby moja kobieta była zdolna do czegoś takiego.

— Nie — przyznaję. — Ja bym też nie chciała.

— I to wcale nie była wina pani Bessie. To ten jej straszny mąż.

— Tak — potwierdzam. — Całe szczęście, że tak się skończyło.

Mruży oczy, jakby chciał dojrzeć cień kogoś stojącego obok nas, a ja od razu zgaduję, o kogo mu chodzi.

— Pan — mówi, potrząsając głową. — Ciekawe, co się z nim stało.

— Nie wiadomo. — Spoglądam na swoje dłonie i widzę, że wcale nie drżą. — Wielu po prostu uciekło. Pewnie już nigdy się nie dowiemy.

— I tak lepiej. — Dotyka mnie lekko i uśmiecha się przepełniony troską. — Nie myśl tak dużo o tamtych czasach, Mała Mary. Nie warto, bo to były straszne czasy.

— Masz rację — mówię. — Nie będę. Lepiej zajrzę już do pani Bessie.

Nigdy nie opowiedziałam Alvisowi o tym, jak parę godzin przed przybyciem wysłanników pani Bessie weszła do stodoły i zobaczyła, co zrobiłam.

— Ruszaj się — powiedziała wtedy. — Trzeba się pospieszyć.

Patrzę, jak Alvis wolnym krokiem wraca do domu. Silny, uczciwy mężczyzna, który chce się mną opiekować. Mój mąż, który bał się, że zabiję kobietę będącą jedyną osobą gotową dzielić ze mną ból z powodu śmierci mojego ojca.

Widzę, jak swobodnie opuszcza ramiona, jakby ktoś zdjął mu z nich ciężar.

I jednocześnie dostrzegam coś jeszcze. Oczami wyobraźni widzę scenę rozgrywającą się w mrocznej stodole, w której roznoszą się wonie siana i krwi. Dwie kobiety, z których żadna nie grzeszy tężyzną fizyczną, uwijające się ze szpadlem i widłami i tryskające energią.

BAJER

STEVE HOCKENSMITH

Blarney © 2006 by Steve Hockensmith

Nie pisz opowiadania, które zaczyna się od snu. Nie pisz opowiadania, które zaczyna się od burzy. Nie pisz opowiadania o pisarzu. I nigdy, przenigdy nie pisz opowiadania o pisarzu siedzącym w barze.

Znam reguły, do tej pory nie miałem problemów z ich stosowaniem i dobrze na tym wychodziłem. Piszę kryminały — w każdym razie próbuję — problem więc sam się rozwiązuje, bo zaczynam od trupa. Trup może być pisarzem, a nawet pisarzem w barze, ale nie sądzę, by to było odstępstwo od zasady. Pisarz jest w tym momencie martwy, a to przebija wszystko inne. I tak naprawdę nie jest już pisarzem. W tym momencie jest już tylko trupem.

Ale tej opowieści nie zacznę od trupa. Zaczynam ją od pisarza, i to od pisarza w barze. Pisarza siedzącego w barze w towarzystwie dwóch innych pisarzy. Zatem to nie zwykły banał. To już jest banał razy trzy.

Przykro mi, ale co autor może zrobić, jeśli prawda okazuje się banałem? I co autor może zrobić, kiedy banalny jest on sam?

Bo widzicie, to ja jestem tym pisarzem w barze. Już się tego domyśliliście? Czy to znaczy, że moja historia jest banalna? I przewidywalna? Bo na tym właśnie polega mój problem. Dlatego siedzę w barze, bo nie jestem zbyt dobrym pisarzem. (Tego też się już domyśliliście?). Szukałem mentora, swojego guru. A pisarz poszukujący guru musi prędzej czy później wylądować w barze.

Od lat uczestniczę w konferencjach pisarzy, seminariach literackich i warsztatach dla ludzi pióra, jak czeladnik próbujący wyzwolić się na mistrza. Biorę udział w krucjacie w poszukiwaniu mądrości, sensu, motywacji i prawdy. A co znajduję?

Sterty skserowanych prospektów i stosy reklamowych zakładek, pocztówek, długopisów, podkładek, serwetek, zapałek, pacynek, krótko mówiąc, szajsu. I niekończące się reklamowe podchody. („Jeśli chcesz dowiedzieć się więcej o konstruowaniu fabuły i tempie narracji, zajrzyj do mojej książki *Jak uskrzydlić drzemiącego w tobie pisarza*. Do kupienia w holu"). Notatniki pełne bezużytecznych „rad", „sekretów" i „reguł".

„Nie opisuj, tylko ukazuj".

„Pisz o tym, co wiesz".

„Opowiadania o pisarzach: źle. Dziejące się w barze: jeszcze gorzej".

Pozwólcie więc, że tak właśnie zrobię. Że opiszę to, co wiem.

Jestem pisarzem, który siedzi w barze z dwoma innymi pisarzami: Russem pisującym tolkienowskie fantazje, erotyczne horrory, historyjki w stylu *Z archiwum X* — wszystko szajs, oraz Danielem przelewającym na papier joyce'owskie strumienie świadomości, wyzwoloną poezję, postmodernistyczną metaprozę — wszystko szajs. Są idealnymi kom-

panami dla mnie, Roberta Pottsa, autora czarnych kryminałów w stylu Jima Thompsona*: ostrych powieści detektywistycznych, postmodernistycznej literatury sensacyjnej. Niczego nie wydano — wszystko szajs.

Russa poznałem na imprezie „Pisarska droga do sukcesu: Ćwiczenia dla niewydawanych"; Daniela na „Pisanie na murzyna: Seminarium" i „A więc chcesz zostać pisarzem?".

Siedzimy we trzech w pubie O'Grady's, który jest równie irlandzki jak burrito, i rozwodzimy się nad tym, jak udało nam się zmarnotrawić dzień. Sześć godzin i dwieście dolców utopione w imprezę pod tytułem: „Poznawanie tajemnic warsztatu powieściopisarza".

Daniel i ja jesteśmy między trzydziestką a czterdziestką, obaj zniechęceni, zmęczeni i cyniczni. Russ jest od nas starszy, ale wciąż bije od niego młodzieńczy entuzjazm. Tak bardzo, że mam ochotę go wyściskać. Tak jak to robią węże. Wycisnąć z niego ten entuzjazm.

— Ta Susan Tracy była niezła — oznajmia Russ.

Daniel i ja spoglądamy po sobie i rozumiemy się bez słów.

Niezła, ale w jakim sensie?

Niezła w sensie „Dobra do przelecenia, jak Mrs. Robinson"?

Czy w sensie „Nie chce mi się wierzyć, że straciłem godzinę na wysłuchiwaniu rad o »warsztacie pisarskim« z ust kobiety piszącej romanse"?

Wszystko w zupełnej ciszy, bo cynicy rozumieją się bez słów. Ale tylko między sobą. Pogardę nadaje się zawsze na tej samej fali.

— Pamiętasz, jak poszedłem do kibla? Wtedy, gdy nam

---

* Jim Thompson (1906—1977), pisarz i autor scenariuszy do filmów m.in. Stanleya Kubricka, Sama Peckinpaha i Quentina Tarantino, np. *Ucieczki Gangstera* i *The Killer Inside Me*.

kazali pisać własne nekrologi? — ciągnie dalej Russ, bo moja rozmowa z Danielem nie zrobiła na nim najmniejszego wrażenia, w ogóle do niego nie dotarła. Przeszła przez niego jak fale radiowe przez kisiel. — W holu natknąłem się na Susan.

Brew Daniela się unosi.

Susan?

Więc są już po imieniu?

Chrzanić to. Dla mnie może zostać „panią Tracy".

Uśmiecham się z żartu, którego nikt nie wypowiedział głośno.

— Zaczepiłem ją i pogadaliśmy. Była naprawdę bardzo miła. Patrzcie... Dała mi nawet wizytówkę.

Russ sięga do kieszonki koszuli i wyciąga białą wizytówkę ozdobioną złotą obwódką z lilii. Liternictwo jest tak ozdobne i pełne takich zawijasów, że z trudem odczytuję treść:

SUSAN TRACY

PISARKA

PODMIEJSKA SKRYTKA POCZTOWA

ADRES E-MAIL AOL

ADRES INTERNETOWY WWW.ROMANTRIX.COM

Tym razem nawet nie muszę patrzeć na Daniela.

Wizytówka?

Wszyscy mamy wizytówki.

„Ja... Pisarka".

I co z tego?

— Myślicie, że gdybym przesłał jej swój tekst, toby go zrecenzowała? — pyta Russ.

— Jasne. Wyślij jej jedno z tych opowiadań o seksie zombi — proponuję. — To cholernie romantyczne.

— No — potwierdza Daniel. — Powinna się znać na zombi. To jej krąg czytelniczy, nie?

Daniel i ja lekko chichocemy, zachowując się troszkę jak Beavis i Butthead, i czuję nawet lekkie wyrzuty sumienia, gdy widzę, jak Russ chowa wizytówkę do kieszonki i mruczy pod nosem:

— Moje opowiadania są o wampirach.

Klepię go po przyjacielsku w plecy, starając się zagłuszyć w sobie poczucie winy.

— Daj spokój, stary. Nie potrzebna ci recenzja od kogoś takiego jak ona.

— A co ona w ogóle ma do powiedzenia? Co któryś z tych dzisiejszych pajaców miał do powiedzenia? — wspiera mnie Daniel i pomaga w ten sposób przywrócić ład w naszym światku, który opiera się na postawie *my* przeciwko *oni*. — W ciągu całego dnia słyszałem tylko jednego faceta, który mniej więcej wiedział, o co chodzi.

Russ od razu zapomina o doznanej przykrości i z entuzjazmem merdającego ogonem szczeniaka upewnia się radośnie:

— Jack Beaghan?

Daniel kiwa potakująco głową.

— On jeden był w porządku.

— Mhm — zgadza się Russ. — Też tak pomyślałem.

— Czekajcie — mówię. — Ten Irlandczyk?

Daniel patrzy na mnie spode łba. Ma świadomość, że się niebezpiecznie wychylił. Coś głośno pochwalił, kogoś obdarzył zaufaniem. Mówi, że spodobał mu się jakiś facet, na co ja mówię: Ten Irlandczyk?

Jack Beaghan. Irlandczyk. Autor średnio poczytnych historii z życia Dublina i mętnych opowieści o Irlandii, jakie pisuje się z myślą o nagrodach i filmach Jima Sherida-

na, których nigdy nie nakręcą. Z tego, co wiem — nieszajs. Ale tak naprawdę nie wiem, bo nie czytuję autorów w rodzaju Jacka Beaghana. Ani zwykle ich nie słucham.

Gwiazdą dnia był Patrick Powers, autor powieści *Bezpośrednie zagrożenie, Śmiertelna siła, Groźna obsesja*, coś tam jeszcze, coś tam jeszcze. Przymiotnik/rzeczownik — szajsowaty/szajs. Ale dobry szajs, dobrze skonstruowany szajs, poczytny szajs. Wszystkie pozostałe wystąpienia i wszystkie ćwiczenia warsztatowe były tylko uwerturą do wielkiej, bestsellerowej arii Powersa.

I dlatego, gdy w nadmiernie wyziębionej sali bankietowej hotelu Hilton, do której spędzono stado łatwowiernych baranów, na mównicę wszedł Irlandczyk, zająłem się obmyślaniem pytania do Patricka Powersa. Ale nie jakiegoś typowego i będącego stratą czasu bzdetu w rodzaju: „Skąd pan czerpie swoje pomysły?" albo „Jak pan buduje napięcie?", albo „Kto jest pańskim agentem?". Chciałem, żeby moje pytanie różniło się od wszystkich innych. Postanowiłem być uczestnikiem, który wstaje i zadaje pytanie świadczące o tak ogromnej wnikliwości, inteligencji i olśniewającym potencjale twórczym, że nie tylko towarzyszą mu ochy i achy padające z ust biednych miernot na sali, ale wywołuje też pełen uznania uśmiech na twarzy Patricka Powersa, który na zakończenie sesji pytań przyjaźnie kiwa ręką.

Podejdź tu bliżej. Porozmawiaj ze mną. Tak, ty.

Głowiłem się nad pytaniem blisko godzinę, przerabiając je i szlifując do postaci bliskiej ideałowi, wskutek czego unosiłem głowę tylko wówczas, gdy jakieś słowa Irlandczyka wywoływały salwę śmiechu na sali. Powtórzyło się to parę razy, bo Beaghan wyraźnie zdobył sobie sympatię słuchaczy. Nie miałem co do tego wątpliwości, natomiast nie bardzo łapałem, co się w nim tak podoba. Za każdym

razem umykała mi puenta żartu, pytałem „Co? Co?", ale Daniel i Russ śmiali się zbyt głośno, żeby mnie usłyszeć. Udało mi się raz skupić na jego słowach i usłyszałem jedną z jego „mądrości".

— Fabuły nie rodzą się tutaj — powiedział i postukał kościstym palcem w bok głowy. — Pochodzą stąd — oświadczył i wymierzył sobie trzy szybkie klapsy w płaski brzuch.

— A twoja rada wychodzi prosto stąd! — chciałem zawołać, opuścić spodnie i klepnąć się w tyłek.

Ale tego nie zrobiłem. Powróciłem zamiast tego do pracy nad idealnym pytaniem do Patricka Powersa, budując je słowo po słowie i zapisując swoje pomysły na odwrocie referatu „Prozaik jako profesjonalista".

No i trzy godziny później siedzimy we trzech w tym pseudoirlandzkim pubie, a Daniel twierdzi, że podobał mu się Jack Beaghan i obdarza go swym oficjalnym poparciem, ja na to mówię: „Ten Irlandczyk?", i wtedy za naszymi plecami słyszymy głos:

— Ostrożnie, panowie, bo wiecie, jak to mówią: o wilku mowa i tak dalej.

Siedzimy przy barze rządkiem, więc wszyscy jak jeden mąż okręcamy się na stołkach barowych — jak dzieci na karuzeli — i rzeczywiście, tuż obok stoi nieduży, żylasty, siwowłosy facet z piwem w dłoni, uśmiechem na twarzy i błyskiem w oku.

Pisząc to, nie powielam wyświechtanego frazesu. Irlandczyk naprawdę miał błysk w oku. Nigdy przedtem naprawdę nie wiedziałem, co to znaczy „błysk w oku", póki z bliska nie spojrzałem w oczy Jacka Beaghana. Lśniły tańczącymi światełkami, które nie stanowiły odbicia czegokolwiek na tej sali.

— Czyli też daliście się oskubać — mówi Beaghan i nasz wybuch śmiechu powoduje, że iskierki tlące się w jego oczach zajmują się żywym ogniem. — To zapraszam, kochani, na piwko. Spróbujemy zrefundować wam koszty.

Czy on naprawdę powiedział „zapraszam, kochani, na piwko"? A może to było „zapraszam, chłopaki, na drinka" albo „zapraszam panów do mojego stolika" albo „keczup, musztarda, chrzan". Nie jestem pewien. Beaghan ma taki akcent, uśmiech i ten cholerny błysk w oku, że mnie to jednak urzeka. Wszystkich nas oczarowuje, toteż posłusznie zsuwamy się ze stołków i idziemy za nim do stolika, uśmiechając się z lekka oszołomieni jak marynarze, którzy usłyszeli syreni śpiew.

Jeszcze parę sekund wcześniej byłem gotów zmieszać go z błotem i spisać na straty jako jeszcze jednego pisarzynę, który wyróżnia się tylko wysokim mniemaniem o sobie. Ale spotkanie twarzą w twarz i tym jego niesamowitym błyskiem w oku wszystko nagle zmienia. Ten facet to prawdziwy czarodziej. Ma na sobie ciemną kraciastą koszulę i wytarte dżinsy, ale mnie jawi się w zielonym garniturze i meloniku z koniczynką zatkniętą za wstążkę. Siedzę na końcu tęczy, tyle że Beaghan nie wyciąga ku mnie garnca ze złotem czy misy z magicznymi talizmanami. Oferuje mi dużo, dużo więcej.

Irlandczyk unosi szklanicę i mówi *slainte* czy „złam to", czy coś w tym rodzaju — w każdym razie coś, co wyraźnie jest irlandzkim toastem. My wrzeszczymy *slancza*!, trącamy się szkłem i ciągniemy długie, męskie hausty irlandzkiego piwa w irlandzkim pubie. Znad krawędzi szklanic krzyżujemy wzrok z Danielem i nasze spojrzenia wzajemnie do siebie krzyczą: „Nie do wiary, stary! No, nie do wiary!".

Poprzednio się myliłem. Daniel, Russ i ja nie byliśmy

trzema pisarzami siedzącymi w barze. Byliśmy trzema „pisarzami" siedzącymi w „pubie" i tylko dzięki obecności Irlandczyka czuję, że te cudzysłowy zaczynają się rozmywać i uwalniać mi ramiona od ciężaru, którego obecność czuję dopiero teraz.

Od teraz jesteśmy czterema pisarzami w pubie, a najlepiej świadczy o tym temat naszej rozmowy.

— Pisarstwo — mówi Beaghan. — Warsztat pisarza. Przyszliście, żeby się czegoś o tym dowiedzieć, tak? No więc pozwólcie panowie, że od razu wam coś powiem. Co dziś usłyszeliście? Jeden wielki bajer, od początku do końca. Łącznie z tym, co sam mówiłem!

Czy on naprawdę użył słowa „bajer"? Naprawdę mówił językiem jak z *Darby O'Gill i mali ludzie**? Już nie jestem pewien. Może powiedział „bujdy". Albo nawet „bzdury". Ale ważne, że ja słyszę „bajer", i znów się śmiejemy.

— A przy okazji, Jack Beaghan — mówi Irlandczyk i wyciąga swą długą, kościstą rękę do Russa.

— Och tak, wiemy! Jestem Russ. Piszę prozę spekulatywną.

Beaghan kwituje to dość obojętnym „Naprawdę?", potrząsa ręką Russa i zwraca się do Daniela.

— Mam na imię Daniel. Piszę... — w ostatniej chwili powstrzymuje się od powiedzenia "prozę literacką" i w to miejsce mówi — ...prozę.

— Tylko prozę? — zauważa niewinnie Beaghan, ściskając mu dłoń. — Bez spekulacji?

Daniel uśmiecha się z wyższością i wskazuje głową Russa.

---

* *Darby O'Gill i mali ludzie* — baśnie w ludowej tradycji irlandzkiej, autorstwa Herminii Templeton Kavanagh (1859—1933). W 1959 w wytwórni Disneya powstał na ich podstawie film, w którym jedną ze swych pierwszych ról zagrał Sean O'Connery.

— Nie piszę o tym co on.

— A ty jesteś...? — Beaghan obraca się do mnie. Siedzę po jego prawej z jego strony stołu, więc tamtych dwóch i cały świat widzę z jego perspektywy.

Staram się, żeby mój uścisk dłoni wypadł po męsku, ale niezbyt natarczywie, żeby moje spojrzenie było wyraziste, ale nie błagalne.

— Robert Potts. Autor kryminałów.

— O — mówi Beaghan i unosi brew, jakby mnie klasyfikował, ale bez wartościowania. — Czyli interesujesz się zbrodnią i karą, tak?

— No, cóż... na pewno zbrodnią.

Cichy chichot, jakim Beaghan to kwituje, powoduje, że czuję dreszcz.

Doprowadziłem go do śmiechu!

— W takim razie w otaczającym nas świecie nie brakuje ci tematów. Bo zbrodni jest wszędzie pod dostatkiem. Gorzej z karą... zwłaszcza jeśli mowa o sprawiedliwości... bo tej jest, kurwa, jak na lekarstwo.

Opuszcza wzrok i topi go przez chwilę w piwie, ale nim zmieszanie wywołane jego słowami ma czas zwarzyć atmosferę, Beaghan podnosi głowę i wycelowuje swą szpiczastą szczękę jak lufę pistoletu prosto w Russa.

— No to powiedz mi, Russ, o co tak naprawdę chodzi w pisarstwie?

Russ zaczyna się jąkać, mruga nerwowo, niepewnie się uśmiecha. Jak dzieciak, który nie odrobił pracy domowej.

— Może... może o eskapizm?

— Ach, więc ma to stanowić ucieczkę, tak? — mówi Beaghan. — Ale dla kogo? Dla twoich czytelników... czy dla ciebie?

Zanim Russ wydusza z siebie jakąś odpowiedź, Beaghan z błyskiem w oku spogląda na Daniela.

— To może ty nam powiesz. O co chodzi w pisarstwie? Daniel kiwa głową na Russa, czym sygnalizuje chęć odcięcia się od niego i zasłużenia na pochwałę Irlandczyka.

— W przeciwieństwie do niego uważam, że rolą pisarza jest odkrywanie trudnej prawdy o życiu i przekazywanie jej ludziom bez żadnych ogródek.

— „Odkrywanie trudnej prawdy o życiu"? Boże święty, panowie... mamy wśród nas poetę!

Russ i ja parskamy śmiechem, Daniel się rumieni. Beaghan wyciąga ku niemu rękę i uspokajająco klepie go po ramieniu.

— Cóż, mnie też zdarzyło się napisać parę ponuractw. Ale to w końcu człowiekowi przechodzi. Mnie przeszło.

Daniel uśmiecha się niepewnie, potem przyłącza się do naszego śmiechu. Widać, że postanawia uznać siniec, który teraz zarobił, za medal. Przypomina mi to sceny z filmu o wschodnich walkach. Zanim uda ci się zadać ostateczny cios, mistrz musi ci najpierw nieźle dokopać.

No i teraz kolej na mnie.

— A co ty o tym myślisz? — zwraca się do mnie. — Czym twoim zdaniem jest pisarstwo?

Ale jestem przygotowany.

— Opowiadaniem kłamstw dla zabawy i pieniędzy.

Odpowiedź jest płytka i arogancka, i pochodzi z jednego z poradników, ale wydaje się trafiać do Irlandczyka. Odnoszę wrażenie, że chyba wygrałem ten konkurs.

Beaghan kiwa głową i odstawia szkło. (Dopiero teraz zauważam, że gdy my mówimy, on cały czas raczy się potężnymi haustami piwa).

111

— Tak, na pewno jest w tym element zabawy, to prawda... — zaczyna, po czym jego potakiwanie przechodzi w gwałtowne kręcenie głową. — Ale pieniędzy jest w tym cholernie mało, możecie mi wierzyć. Przynajmniej dla większości z nas. Bo jak myślicie, dlaczego spędziłem dzisiejsze popołudnie na publicznym prostytuowaniu się? Ale co do kłamstw, to nie. Nie da się opierać tylko na kłamstwach. Opowieść musi brzmieć w pełni wiarygodnie. — Opuszcza podbródek, ścisza głos i zaszczyca mnie porozumiewawczym mrugnięciem. — Nawet, jeśli to jedno wielkie gówno.

Wszyscy chichocemy, Beaghan kończy w tym czasie piwo, odchylając głowę do tyłu, by wysączyć ze szklanicy ostatnie krople piany.

— Nie, nie można opierać się tylko na samych zmyśleniach, o nie — mówi, odstawiając szkło. — I wybaczcie, jeśli zabrzmi to jak czysty bajer, ale tak się składa, że ja naprawdę w to wierzę. Nim zabierzesz się do mówienia kłamstw, musisz najpierw poznać Prawdę.

Podkreśla tę dużą literę zdecydowanym walnięciem w stół. Szkło z brzękiem podskakuje, a on spogląda na swoją szklankę, zaskoczony tym, że jest taka pusta.

— No więc tak. — Wydyma wilgotne, gumiaste wargi. — Gdybyście, szanowni koledzy, zechcieli postawić mi drinka, tobym wam powiedział, czym pisarstwo jest dla mnie i na czym polega konstruowanie fabuły. A co więcej, opowiem wam to na przykładzie pewnej historii, i to prawdziwej.

Mam nadzieję, że Russ albo Daniel zerwie się i pójdzie po to piwo, i mam ją wciąż, gdy już sam stoję i pytam:

— To co dla ciebie?

— Jeszcze kropelkę tego czarnego, znaczy guinnessa, dzięki.

Kiedy po paru minutach wracam do stołu z dwoma guinnessami, wszyscy trzej aż się zanoszą od śmiechu. Widać znów ominął mnie jakiś żart, ale nie czuję się celowo pominięty. Beaghan odbiera ode mnie szklanicę, rzuca mi swoje *slancza* i trącamy się. Potem zaczyna pić, to i ja zaczynam pić, i nie przestaję, póki on pije. Kiedy wreszcie odstawiam półlitrową szklanicę, jednej trzeciej zawartości brakuje.

— Ile twoim zdaniem mam lat? — zwraca się do Russa. Russ ponownie wyrwany do odpowiedzi wzrusza ramionami i zaczyna się jąkać.

— Bo... bo ja wiem. Może... koło sześćdziesiątki?

— Sześćdziesiąt, powiadasz? — Beaghan grozi pięścią Russowi z udanym oburzeniem. — Ach ty wstrętny łobuzie! Wyglądam na takiego starca, tak? Więc ci powiem, kolego, że twój Jack Beaghan ma nie więcej niż czterdzieści pięć!

Uśmiecha się przy tym i obserwuje naszą reakcję na to oczywiste kłamstwo, i ten uśmiech powoduje, że twarz pokrywa mu się jeszcze gęstszą siatką bruzd i zmarszczek. Wygląda jednak, że Russ i Daniel nie bardzo wiedzą, jak się zachować. Na pucołowatej twarzy Russa odbija się rozterka, nie wie, czy ma być rozbawiony, czy zmieszany, wahać się, parsknąć śmiechem czy przeprosić. Daniel w milczeniu kiwa głową. Albo się asekuruje, albo naprawdę nie wie, co powiedzieć.

Czyli jeszcze przed rozpoczęciem swej opowieści Beaghan serwuje nam przystawkę w postaci wielkiego szajsu. Chce nam zademonstrować, na czym polega wymyślanie fabuły. Dobra, myślę, demonstruj nam ten swój wielki bajer.

— Oj! Czterdzieści pięć? — mówię ze zdumieniem jako jedyny z nas trzech, który wie, jak się zachować. — Rany, Jack, to co się z tobą działo?

Beaghan rzuca mi ukradkowe spojrzenie i leciutko się uśmiecha.

Od tej chwili jestem już jego wspólnikiem. Jego faworytem.

Jego uczniem.

— Bangladesz, oto co się, kurwa, działo — odpowiada, a jego głos i mina nagle śmiertelnie poważnieją. — Dwadzieścia lat temu postanowiliśmy z moim kumplem Danem wybrać się na poszukiwanie przygód. Dookoła świata w osiemdziesiąt dni, plus dziesięć. Taki był plan. Tyle że wróciliśmy do domu dopiero po dwóch latach.

Russ i Daniel wlepiają w niego szeroko otwarte oczy, zupełnie jak gówniarze przy ognisku, którym pierwszy raz mówią o *Człowieku ze złotym pistoletem*. Jestem zdumiony, jak łatwo udaje mu się ich omotać. Nawet nie potrzebuje do tego mojej pomocy, bo sami połknęli haczyk. Ale i tak włączam się, żeby nie było wątpliwości, po której stronie stołu jest moje miejsce.

— Zgubiliście się w Bangladeszu? — pytam.

— Nie — odpowiada Beaghan, potrząsając energicznie głową z odpowiednią dawką zniecierpliwienia i irytacji. Prawdziwy z niego irlandzki Olivier. — Chodziło o zbrodnię i karę, Robercie. Choć zbrodni nie było aż tak dużo. Przynajmniej z początku. Za to od cholery kary. Słowa „upili się i narozrabiali" w przypadku dwóch młodych facetów w Dublinie brzmią jak coś zupełnie oczywistego. Kurwa, toż to wręcz obowiązkowy rytuał. Ale w Bangladeszu wystarczy łyknąć ciut za dużo tego — unosi szklanicę i kręci nią tak, że ciemny płyn rozkręca się aż po krawędź, ale ani kropla się nie przelewa — a wszyscy cię traktują, jak pieprzonego Charliego Mansona. Bo przestępstwem jest nie tylko upić się i narozrabiać. Przestępstwem jest nawet lekkie ubzdryn-

golenie się. Zwykłe zwilżenie gardła. A Dan i ja nieźle je wtedy zwilżyliśmy. Oj tak, daliśmy wtedy w rurę.

Widać, jak Beaghan coraz bardziej się rozkręca. Do tego stopnia, że nawet nie robi już przerw na pociąganie piwa, rozsiadam się więc wygodniej i postanawiam poddać magii jego opowieści. Po tamtej stronie stołu Russowi i Danielowi opadły szczęki z wrażenia i wpatrują się w Irlandczyka jak zahipnotyzowani. Z trudem udaje mi się zachować powagę.

— W Bangladeszu wymierzanie sprawiedliwości, jeśli uprzemy się tak to nazywać, odbywa się w ekspresowym tempie i hurtowo, bez specjalnego zawracania sobie głowy takimi drobiazgami jak prawa obywatelskie. I nim się obejrzeliśmy, wylądowaliśmy z Danem w najgłębszym i najciemniejszym lochu pełnym smrodu, nieszczęścia i upodlenia, jaki można sobie wyobrazić. A właściwie jestem gotów się założyć, że nie potraficie sobie tego wyobrazić — tak tam było okropnie. Widzieliście *Midnight Express*? Ten film? No to wam powiem, że tamto tureckie więzienie było przy Bangladeszu pieprzoną ochronką.

Tym razem trochę nie wytrzymuję i parskam śmiechem, ale topię go od razu w piwie i na szczęście Beaghana to nie deprymuje. Prze do przodu jak burza, tylko teraz skupia całą uwagę na Russie i Danielu. Nie chce stracić weny.

— Chcecie wiedzieć, dlaczego tak wyglądam? Cóż, trudno jest wytrzymać bicie dzień w dzień. Trudno jest bronić się przed łajdakami, którzy chcą ci wszystko zabrać, zgwałcić cię i wytrzeć sobie nogi o twoją duszę. Trudno jest klęczeć z głową w wiadrze z własnymi odchodami tak długo, że myślisz, że się zaraz udusisz. I trudno jest patrzeć na przyjaciela, który przechodzi przez to samo, i widzieć, jak umiera na raty, dzień po dniu. A to, kochani, przytrafiło

się Danowi i mnie. Obaj umieraliśmy w tym piekielnym lochu i obaj mieliśmy tego świadomość.

W tym miejscu Beaghan robi wreszcie przerwę i pociąga długi łyk piwa. Wybrał na to idealny moment opowieści — taki naładowany suspensem obgryzacz palców. Daniel patrzy na mnie z oniemiałym wyrazem twarzy.

I ty wierzysz w to gówno? — mówi jego wzrok.

Ale ja nie mogę mu się odwzajemnić. Próbuję zdusić w sobie kolejny chichot, więc nasza psychiczna więź zostaje zerwana. Twarz Daniela staje się jeszcze bardziej pochmurna i widzę, że on wciąż nie wyczuwa żartu, że kupuje ten bajer. Gdyby tak nie było, chichotałby jak ja.

— Uratowały nas dwie rzeczy — podejmuje opowieść Beaghan. — Po pierwsze, połowa tych nieszczęśników mówiła po angielsku. Po drugie, potrafiłem zmyślać dobre fabuły. Opowiadacz musi znać swoich słuchaczy, a ja tych biednych sukinsynów dobrze poznałem. Dlatego mogłem mówić im to, czego chcieli słuchać: opowieści o brutalnych, bezwzględnych łajdakach robiących brutalne, bezwzględne, podłe rzeczy. A bohaterami moich opowieści za każdym razem byli ci sami dwaj skurwiele.

Tym razem nie mogę się już powstrzymać.

— George Bush i Dick Cheney? — wtrącam.

Beaghanowi udaje się lekko roześmiać, ale miny, z jakimi Daniel i Russ wbijają we mnie wzrok, uzmysławiają mi, jak niebezpiecznie zbliżyłem się do zdemaskowania mojego mentora. Na moment kryję twarz za szklanicą i spłukuję piwem uśmieszek z twarzy, przy okazji zauważając, że jest już niemal pusta.

— Nie — odpowiada Beaghan. — Tymi skurwielami byliśmy Dan i ja. Opowiedziałem im, jak kiedyś pracowaliśmy u bukmachera i jego własnemu ojcu przestrzeliliś-

my kolana za nieopłacony zakład za dwadzieścia funtów. I jak jednemu adwokatowi porwaliśmy żonę i po zapłaceniu okupu podrzuciliśmy mu pod drzwi jej ciało zapakowane jak prezent gwiazdkowy. I jak jednemu facetowi wcisnęliśmy w dupę pekińczyka. Opowiedziałem im nawet, jak w Reno zastrzeliliśmy jednego gościa tylko dlatego, że chcieliśmy sobie popatrzeć, jak umiera. Oczywiście wszystkie te opowieści były jedną wielką kupą cuchnącego szajsu.

Beaghan uśmiecha się, dając nam tym samym sygnał, że też możemy się roześmiać. Mój śmiech jest nieco głośniejszy od śmiechu Russa i Daniela, bo mam więcej powodów do radości niż oni. Widzę to, czego oni nie dostrzegają — że Beaghan ich tylko podpuszcza, nie kryjąc, że praktycznie całą opowieść zmyśla na poczekaniu. A im bardziej im wmawia, że to wszystko Prawda, tym chętniej ci naiwniacy łykają to Gówno. To rzeczywiście lekcja z konstruowania fabuły, której nigdy nie zapomnę.

— Ale wiecie, co wam powiem, kochani? Wszyscy zaczęli wierzyć w moje opowieści. Powtarzałem je zresztą tyle razy, że sam zacząłem w nie wierzyć. I tylko raz jeden więzień nazwał mnie kłamcą. Oczywiście miał rację, ale tak się wtedy wściekłem i tak mnie to oburzyło, że ktoś śmie wątpić, że jestem brutalnym i bezwzględnym mordercą, za jakiego chciałem uchodzić, że od ręki wprowadziłem w życie moje opowieści.

Pub, w którym siedzieliśmy, oferuje też barowe dania — rybę z frytkami, kiełbaski z purée — typowy brytyjski szajs do zapychania żołądka. Dlatego nasz stolik był nakryty i leżały na nim podkładki pod talerze i sztućce owinięte w papierowe serwetki. Beaghan chwyta w tym momencie leżące przed nim zawiniątko i wyciąga z niego coś długiego i połyskliwego.

— Wiesz, że można zabić człowieka widelcem? — mówi, zwracając się do mnie. Nagłym ruchem wyciąga rękę i czuję na podbródku dotyk zimnych zębów tak wyraźnie, że przeszywa mnie prąd i sztywnieje mi kark. — Trzeba go tylko przyłożyć tu, do miękkiego podgardla, i zdecydowanie pchnąć. Jeśli zrobisz to odpowiednio mocno — mówiąc to, nieco silniej wciska widelec w mój obwisły podbródek — to masz gotowy kebab z móżdżkiem.

Potem widelec wraca na swoje miejsce na stole i Beaghan lekko się uśmiecha. I kiedy mija mi strach i zaskoczenie, właściwie czuję się nawet zaszczycony. To bez znaczenia, że stałem się nagle asystentem magika, ewentualnie tylko jego rekwizytem — byłem częścią jego występu.

— Zrobiłem to przy jedzeniu w stołówce — ciągnie Beaghan, adresując swe słowa do naszej dwuosobowej publiczności. — Była masa naocznych świadków, ale nikt nie pisnął słowa. Zyskali pewność, że te moje opowieści były prawdziwe. A co ważniejsze, sam też w nie uwierzyłem. Po tym zdarzeniu nikt już nie odważył się choćby krzywo spojrzeć na Dana czy na mnie. Oto, jaka potęga tkwi w dobrej fabule, moi przyjaciele.

Irlandczyk odchyla się do tyłu i opiera o drewnianą ściankę loży. Napięcie przy stole opada i wiotczeje jak balon, z którego schodzi powietrze. Nie ma wątpliwości, co nas teraz czeka: epilog.

— Cóż, w końcu udało nam się wrócić do Dublina. Dan i ja wciąż się przyjaźnimy, ale jesteśmy już innymi ludźmi. To dlatego, kochani, że opowieści mają moc zmieniania ludzi, i to zarówno gawędziarzy, jak i słuchaczy. Czasem przypominam sobie te opowieści i wtedy wydają mi się prawdziwymi wspomnieniami z przeszłości. A Dan naprawdę żyje dziś w takim świecie. Po powrocie stał się bezwzględnym przestępcą. A przecież przed wyruszeniem na

naszą wyprawę uczęszczał na Akademię Sztuk Pięknych! Siedział już parę razy w więzieniach irlandzkich i angielskich i za każdym razem, gdy się spotykamy, widzę przed sobą prawdziwego zbira z groźnym i ponurym wejrzeniem. I zanim zdąży otworzyć usta i zadać mi kolejne pytanie, z góry wiem, co powie. „Powiedz mi, Jack — mówi na przykład. — Ta historia o tobie, Danie Kellym i pekińczyku... to wszystko prawda?". A ja czuję, jak rozpala to we mnie stary ogień i jak ten drugi Jack Beaghan — ten, którego stworzyłem dzięki swoim opowieściom — próbuje się wydostać ze mnie na świat. I wtedy patrzę temu tępemu skurwielowi, który zadaje mi takie pytania, prosto w oczy i wiecie, co mu odpowiadam?

Beaghan znów pochyla się do przodu i kładzie dłonie na stole tuż obok noża i widelca.

— Każde... jedno... kurwa... słowo.

Jego wzrok świdruje jednego z naszych słuchaczy po drugiej stronie stołu — biednego, oniemiałego Russa — i wwierca się w niego jak wiertło w masło.

— No więc o tym jest ta lekcja — mówi cicho. — Fabuły nie rodzą się w głowie ani w sercu, ani nawet w żołądku. Jeśli chcesz, żeby twoja opowieść była naprawdę dobra, musi pochodzić stąd.

Jego prawa ręka znika pod stołem i w tym samym momencie Russ wydaje jękliwy okrzyk i zrywa się z miejsca, trzymając się za krocze.

— Trzeba słuchacza złapać za jaja, kochani — mówi Beaghan, a ja nie mogąc już dłużej wytrzymać, wybucham śmiechem.

Kwiczę ze śmiechu i walę pięściami w stół tak głośno, że wszystkie głowy w pubie zwracają się w naszą stronę. Po jakichś pięciu sekundach przyłącza się do mnie Daniel, parę

razy niepewnie parskając. Chwilę potem to samo robi Russ i zaczyna chichotać, jednocześnie ostrożnie siadając na miejsce.

Beaghan uśmiecha się skromnie, jak prawdziwy Picasso bajeru, który właśnie położył na swym arcydziele ostatnie maźnięcie pędzlem.

— Cholera, naprawdę jesteś dobry! — wykrzykuję z uznaniem. — A ci dwaj frajerzy uwierzyli ci od pierwszego słowa. — Wyciągam rękę i klepię Irlandczyka po plecach.

Niecałą minutę później zaczyna mnie gnębić wątpliwość: W którym momencie z jego twarzy zniknął uśmiech? W którym momencie zgasł mu błysk w oczach? Czy w chwili, kiedy go dotknąłem? Czy gdy tylko się odezwałem?

— Myślę, Richard, że powinieneś postawić mi następnego drinka — mówi ponuro.

— Nie ma sprawy, stary — odpowiadam z ochotą. — Zasłużyłeś.

Wstaję z miejsca i już niemal dochodzę do baru, gdy to do mnie dociera.

Powiedział do mnie „Richard"?

Staję jak wryty i przez chwilę tkwię bez ruchu, by przewinąć sobie w głowie i ponownie odtworzyć zapis z mojej pamięci.

„Myślę, Robert, że powinieneś postawić mi następnego drinka"?

Nie.

„Myślę, Richard, że powinieneś...".

Tak.

„...postawić mi następnego drinka".

„...Richard".

Udaje mi się ruszyć z miejsca, ale myśli nie przestają się kotłować w głowie.

120

Czy to znaczy, że on mnie nazywa... dickiem*?
Czy Irlandczycy w ogóle używają tego idiomu?
Czy nie powiedziałby raczej czegoś w rodzaju *wally*?
A potem moja pamięć odtwarza uśmieszek Beaghana, który tak mu nagle skwaśniał tuż przedtem, nim to powiedział. Docieram do baru i składam zamówienie — dwa guinnessy — potem ostrożnie zerkam na nasz stolik. Irlandczyk coś do nich mówi, ale nie patrzy na żadnego z nich. Patrzy na mnie, a na jego twarzy gości wciąż ten sam wyraz. Patrzy na mnie jak na kupę gówna.

Odwracam się, czując narastający strach, pod którym uginają mi się nogi.
Czy jestem aż tak pijany? Czy jestem aż taki głupi?
Czy opowieść Beaghana była prawdziwa?
Od nękających mnie wątpliwości i wstydu robi mi się niedobrze. To już drugi raz tego dnia. Poszedłem ze znajomymi „pisarzami" do „pubu" (cudzysłowy wróciły w pełnej krasie), żeby wymazać z pamięci niemiłe wspomnienie mojego publicznego występu: pytania do Patricka Powersa — autora bestsellerów, kandydata na guru, skończonego kutafona. Jego rady były równie nieciekawe i bez znaczenia, jak jego powieści. Ćwicząc, dojdziecie do doskonałości. Trzeba w siebie uwierzyć. Sraty taty, dupa w kraty. Całość wygłoszona tak monotonnym, znudzonym i zamierającym głosem, jakby facet cierpiał na narkolepsję.

Skończył wcześniej i zostawił dwadzieścia pięć minut na sesję pytań i odpowiedzi. Moja ręka pierwsza wystrzeliła w górę, ale byłem dopiero trzecim, któremu pozwolono zadać pytanie. Przede mną załapał się jeszcze rudowłosy wamp, który spytał, skąd Powers czerpie swoje pomysły,

---

* *Dick* w slangu oznacza kutasa.

121

i nabotoksowana, starzejąca się piękność, która próbowała namówić go na zostanie agentem dla napisanej przez siebie i niewydanej serii kryminałów. Kiedy przyszła moja kolej wstałem, odchrząknąłem i poczułem się tak, jakbym sobie oczyścił nie tylko gardło, ale cały umysł.

— W pańskim *Pierwotnym strachu...* nie... [Cholera!]... *Śmiertelnym strachu*, pan... to znaczy główny protagonista, postać o nazwisku... [Jak on się do cholery nazywał? A tam, do diabła z nim]... znaczy ten pisarz, którego pan opisuje jest... jest pisarzem piszącym kryminały, i pan... to znaczy on mówi coś takiego, że strach nie rodzi się wew... [Kurwa!] ...znaczy się na zewnątrz. Że strach jest zawsze w nas. W środku. Że zawsze pochodzi z wewnątrz i że tylko pewne... sprawy, zdarzenia go uwalniają. Chciałbym więc spytać... czy wynikało to z dekonstrukcji pańskiej... [„Dekonstrukcji"? Cholera, zakałapućkałem się]... czy zgodnie z pańską filozofią chodzi o to, że...

W końcu się poddałem i sięgnąłem po kartkę na stoliku, postanawiając, że po prostu przeczytam to cholerne pytanie. W końcu jestem pisarzem, nie estradowcem. Ale nim zdążyłem wziąć ten przeklęty papier do ręki i dokończyć nieszczęsne pytanie, Powers już rozpoczął odpowiedź.

— No tak, okej, myślę, że wiem, do czego pan zmierza — powiedział, przyglądając mi się spod przymrużonych powiek, jakby miał kłopot z zobaczeniem mnie w odpowiedniej ostrości. Jakbym był odległą mgławicą, zamazanym obrazem, niewyraźną zjawą. Potem odwrócił głowę i ciągnął swoją odpowiedź, adresując ją do wszystkich z wyjątkiem mnie. — Nawiasem mówiąc, pytanie to wciąż się powtarza. Proponuję, kochani, żeby nie traktować tego tak serio. To tylko takie sobie bajdurzenie.

Przez salę przetoczyła się fala chichotów, narastając i cichnąc jak fala morska, która z łagodnym szumem uderza

w brzeg i się cofa. Powers wywołał kolejną osobę — jakąś zapyziałą staruszkę, która przypuściła atak na „brzydkie słowa" we współczesnej literaturze — a ja usiadłem na miejsce. Gdy wkrótce seminarium dobiegło końca, moje „idealne pytanie" pozostało na sali, podarte na tysiąc strzępów i rozsypane jak konfetti wokół mojego krzesła.

Czułem, że muszę się napić. Potrzebowałem dawki alkoholu, która spowoduje lekki szumek w głowie, jakiego mi dziś nie dało słuchanie Patricka Powersa i wszystkich pozostałych szarlatanów. A potem pojawił się Jack Beaghan, a z nim upragniony szumek trwający aż do teraz, kiedy to raptownie się załamał i zgasł.

Czy pozwoliłem sobie na podśmiewanie się i żartowanie z najpotworniejszego wspomnienia w życiu tego człowieka? Czy Beaghan udzielał mi lekcji, czy mnie tylko po prostu tolerował? No i co z tym widelcem na moim gardle? Czy to należało do scenariusza, czy sygnalizowało jego autentyczną wściekłość?

Kim naprawdę jest Jack Beaghan? I kim ja jestem?

Barman podaje mi piwa, płacę i ruszam na miejsce. Widzę Irlandczyka, który pochylony nad stołem coś zawzięcie peroruje. Russ i Daniel potakują, potem wszyscy trzej podnoszą głowy i patrzą na mnie. Ich twarze są pozbawione wyrazu, nieprzeniknione.

Stawiam przed Irlandczykiem guinnessa.

— Dzięki, Richard — mówi, kiedy siadam na swoim miejscu.

Nikt go nie poprawia. Ani Russ, ani Daniel, ani tym bardziej ja.

Jeśli chce mnie uważać za kutasa, to niech tam. Nie mam zamiaru się z nim spierać. Po prostu wypiję swoje piwo i się wyniosę.

— *Slainte* — mówi Beaghan, wznosząc ku mnie szklanicę

Trącam się z nim.

— *Slancza* — odpowiadam z kamienną twarzą, bo nie stać mnie na beztroski uśmiech.

Beaghan ciągnie piwo i nie spuszcza ze mnie wzroku, a błyski w jego oczach są bardziej widoczne niż kiedykolwiek. Bardziej płomienne. Odstawia szklankę na stół i kładzie na nim dłoń. Jego mały palec wyciąga się i dotyka widelca, przesuwając go jakby bezwiednie tam i z powrotem po gładkim, lakierowanym blacie.

— Pamiętasz Richard, co mówiłem o kłamstwach?

Prawdę powiedziawszy, nie pamiętam. W każdym razie nie w tym momencie. Czuję się osaczony i mam trudności z kojarzeniem czegokolwiek. Irlandczyk mi przypomina.

— Nie da się dobrze kłamać, jeśli nie zna się prawdy. Naprawdę w to wierzę.

Mocniej naciska na widelec — teraz już dwoma palcami. Widzę zaczerwienienie wokół jego paznokci i zbielałe od wysiłku kłykcie.

— I dlatego, Richard, muszę się nad tobą dobrze zastanowić. Bo jeśli się nie mylę...

Głos Irlandczyka cichnie i zamiera. Na chwilę zapada milczenie, jakby mi dawał do zrozumienia, że wszystko, co było dotąd, stanowiło tylko niewinny wstęp, rozgrzewkę. I kiedy znów się odzywa, jego głos brzmi już zupełnie inaczej. Nie mam już do czynienia z irlandzkim chłopkiem--roztropkiem, Małymi Ludźmi czy Kamieniem Bajeru*.

---

* Kamień Bajeru (*Blarney Stone*) — magiczny głaz w Blarney Castle w Irlandii, o którym legenda mówi, że jego dotknięcie obdarza człowieka umiejętnością zmyślania przekonujących blag.

Nie ma mowy o żadnym bajerze. Mówi do mnie więzień. Desperat. Zabójca.

— Patrzyłeś prawdzie prosto w twarz, i ją oplułeś — mówi ten głos. — Nie uwierzyłeś w ani jedno słowo z mojej opowieści. I w głębi serca myślisz sobie, że ze mnie pieprzony kłamca, co? No powiedz, nie myślisz tak? I w tym momencie jego dłoń zaciska się wokół rączki widelca. Przysięgam, że tak było. Patrzyłem na to. Widzę to do dziś.

Za to do dziś nie wiem, jak to się stało, że widelec znalazł się w mojej dłoni. Ale wiem na pewno, że Beaghan nie kłamał, mówiąc, że widelcem można zabić człowieka. Wystarczy nim tylko dwa, trzy, może cztery razy dziabnąć z całej siły w szyję. I trafić w tętnicę.

Beaghan osuwa się z krzesła i pada na podłogę. Przyciska obie dłonie do szyi, jakby próbował się udusić, ale krew i tak bucha mu między palcami. W ciągu paru minut wykrwawia się na śmierć, ale nie dostrzegam zgaśnięcia błysku w jego oku, wzrok też mu się nie zeszklił, przynajmniej dopóki siłą nie odciągnęli mnie podchmieleni goście pubu. Zabierają mi też widelec i wykręcają ręce do tyłu.

— Puszczajcie! — słyszę swój własny głos. — To było w obronie własnej!

Russ patrzy na mnie z podłogi, gdzie klęczy nad Irlandczykiem, bezskutecznie przykładając serwetki do rozoranej, bulgocącej rany na szyi, i mówi:

— Jezu Chryste, Robert! On tylko żartował. To były tylko żarty!

Tylko żartował. Tylko się wysikał. Tylko się mną bawił. Daniel mówi to samo. Powtórzyli mi to policyjni śledczy.

— Twoi koledzy mówią, że ten facet żartował.

— Twoi koledzy mówią, że się upiłeś.

— Twoi koledzy mówią, że cię poniosło.

Upiłem się? Tak. Poniosło mnie? Pewnie tak. Irlandczyk żartował?

Policja sprawdza przeszłość Beaghana — prawdziwość jego opowieści o więzieniu w Bangladeszu. Ale wiem, że dla nich nie ma większego znaczenia, czy to prawda, czy nie. I wiecie, co wam powiem? Dla mnie też nie. W każdym razie nie to, co wynika z policyjnych akt Beaghana. Bo to może być prawda, ale to nie będzie Prawda. Prawda, jaką Beaghan stworzył tamtego wieczoru tylko za pomocą słów.

Wiem, co widziałem, i wiem, że jest tylko jeden sposób, żeby inni też to zobaczyli.

Mówię więc śledczym:

— Wyłączcie te kamery. Dajcie mi papier i długopis. Albo jeszcze lepiej posadźcie mnie przed komputerem. Muszę to opisać.

No i właśnie teraz to czytacie. Pewnie niektórzy nazwą to spowiedzią, ale to nieprawda. To nie jest ani spowiedź, ani zeznanie, ani cokolwiek innego, co z tego zrobią gliniarze i prawnicy. To jest moje opowiadanie. I siedząc tu, myślę sobie, że to najlepsze opowiadanie, jakie kiedykolwiek udało mi się napisać. A wiecie dlaczego?

Bo w nie wierzę.

PIORUNY I BŁYSKAWICE·

WILLIAM KENT KRUEGER

Heat Lightning © 2006 by William Kent Krueger

W najgorszym popołudniowym skwarze wyczyścił swój stary pistolet Browning Buck kalibru .22 i wprowadził do komory jeden pocisk. Odłożył broń na półkę tuż za drzwiami szopy na narzędzia i wrócił do pozostałych przygotowań. Zbliżał się wieczór i robiło się coraz chłodniej.

Potem w zapadającym mroku usiadł na podwórzu swego rozłożystego farmerskiego domu i rozpoczął cierpliwe czekanie. Koncert cykad już się skończył i zapanowała niemal idealna cisza. Siedział na pniu starej topoli pod płotem, rozstawiwszy stopy na kruchej, wyschniętej po bezdeszczowym lecie trawie. W dłoni trzymał otwarty scyzoryk i od czasu do czasu z cichym stuknięciem wbijał go w próchniejący pień. Dłonie miał stwardniałe i pokryte odciskami, ale na dzisiejszą okazję wyszorował sobie palce i wyczyścił paznokcie. Od czasu do czasu zerkał na polną drogę wiodącą od szosy.

Nadjechała dokładnie tak, jak ją prosił — kiedy było już zbyt ciemno, by mieszkający kawałek dalej sąsiedzi mogli rozpoznać kolor i markę jej samochodu. Jechała powoli

drogą przez pole jego wyschniętej kukurydzy. Towarzyszyły jej kłęby sierpniowego kurzu, który poderwany przez koła jej samochodu długo wisiał w wieczornym półmroku. Zaparkowała czerwoną mazdę obok szopy, wysiadła i omiotła spojrzeniem dom, stodołę i otaczające ich pole.

— To tak tu jest — powiedziała, podchodząc bliżej. — Dom wygląda lepiej, niż mówiłeś.

— Przez cały tydzień go malowałem, Annie. Nie ma teraz żadnych robót w polu, a coś trzeba robić.

Miała na sobie białą letnią sukienkę bez rękawów, przewiązaną w pasie szerokim czerwonym paskiem. Była tak mocno opalona, że przypominała mu piękną lalkę wyrzeźbioną z kawałka ciemnego, szlachetnego drewna.

Złożył scyzoryk i odłożył go na bok.

— Nie byłem pewien, czy przyjedziesz. — Przyciągnął ją do siebie i pocałował. Owionął go zapach jej perfum. Wiedział od niej, że nazywają się Black Cashmere i jak zawsze ich woń sprawiła mu prawdziwą przyjemność. Poczuł smak kamfory i wanilii z błyszczyka na jej wargach.

— A Julia? — spytała.

Wskazał głową okno na piętrze.

— Śpi w swoim pokoju. Ma włączoną klimatyzację, więc jeśli się nawet obudzi, to i tak nic nie usłyszy.

Spróbował ją wziąć za rękę, ale cofnęła dłoń.

— Jakoś... jakoś mi to nie pasuje — powiedziała. — Tutaj. W taki sposób.

— Mówiłaś, że chciałabyś przedtem zobaczyć moje gospodarstwo. To ostatnia okazja. Chodź — ponaglił ją łagodnie.

— Gdzie?

— Tam — wskazał ręką pagórek pośrodku pola. — Stamtąd wszystko dobrze widać.

— Sama nie wiem, Cody.

Znów wysunęła dłoń z jego dłoni.

— Przygotowałem coś ekstra. Zobaczysz.

— Nie powinnam była przyjeżdżać. — Zrobiła krok do tyłu. — Już się pożegnaliśmy. Po co to jeszcze przeciągać.

— Będzie dobrze, Annie. Zobaczysz.

Wyciągnął rękę, która zamarła między nimi w takim bezruchu, jak liście na wyschniętych łodygach kukurydzy. Minęli ogrodzenie i weszli na pole soi wyschniętej w sierpniowym upale. Zdjęła sandałki i szła boso po ziemi tak suchej i sypkiej, że w dotyku przypominała popiół. Pole lekko się wznosiło i tworzyło pośrodku pagórek, z którego widać było w oddali wyraźną linię horyzontu. Wokół ciągnęły się równe wstęgi zagonów soi, co upodabniało pole do więziennego pasiaka. Na tle fioletowiejącego nieba, w pobliskim Dorian widać było czarne sylwetki dwóch elewatorów zbożowych, które z tej odległości wyglądały jak wieże zamczyska. Południową stronę nieba rozświetliła na moment błyskawica. Niecałą milę za polem Cody'ego biegła autostrada międzystanowa I-90, po której sznur ciężarówek i samochodów osobowych pędził na wschód w stronę LaCrosse i Chicago, i na zachód w kierunku Sioux Falls. Jak zwykle dochodzący z autostrady cichy szum opon skojarzył się Cody'emu z sykiem wydychanego powietrza.

Annie weszła na szczyt pagórka i spojrzała na rozłożony przez Cody'ego lśniący czystością biały bawełniany koc. Na lnianej serwetce przy kocu stały dwa wysokie kieliszki i wypełnione lodem stare metalowe wiaderko z wystającą z niego butelką szampana. Ścianki wiaderka pokryte były rosą, która na serwetce zostawiła już mokrą plamę.

Annie sprawiała wrażenie kompletnie zaskoczonej.

— Dom Perignon?

— Pomyślałem, że skoro mam cię namówić na kochanie się na środku pola, muszę cię najpierw trochę upić.

— Znasz mnie. — Uśmiechnęła się smutno. — Jestem łatwa. Równie dobrze mogłeś kupić coś tańszego.

— To nasze ostatnie spotkanie. Chciałem je specjalnie uczcić.

Przyciągnął ją ku sobie i objął ramionami stwardniałymi przez lata fizycznej pracy. Delikatnie ją pocałował, nie wyczuwając już oporu.

Zdjęła z siebie sukienkę i niepewnie popatrzyła na niewielki koc. On też się rozebrał i rozłożył swoje ubranie na ziemi. Wyglądało jak rozpostarty na wznak człowiek.

— *Ménage à trois* — powiedział. — Ty, ja i strach na wróble. Połóż swoje rzeczy na moich.

Annie starannie złożyła sukienkę i bieliznę i ułożyła na jego ubraniu. Potem kochali się w stojącym wieczornym powietrzu, wzniecając wokół koca maleńkie obłoczki suchej, miałkiej jak mąka ziemi. Po wszystkim wypisał swoje imię na jej brzuchu przyprószonym pyłem, który zmieszany z potem zamienił się znów w ziemię.

— To ci już tu na zawsze zostanie — powiedział.

— A jak wezmę prysznic?

— Mhm. — Z powagą pokręcił głową. — Za dziesięć lat spojrzysz na siebie w lustrze i ujrzysz moje imię. Naznaczyłem cię do końca życia Tak, jak ty mnie.

Przymknęła oczy, po chwili odturlała się od niego i usiadła.

— I tak to się plecie — powiedział.

— Vonnegut. — Uśmiechnęła się.

— Rok temu o tej porze nie wiedziałem nawet, co to za jeden. A teraz dzięki tobie go cytuję.

Kiedy pół roku temu stan Julii uległ pogorszeniu, ucieczką

stało się odkrycie książek. Annie prowadziła w społecznym ośrodku w Rochester zajęcia dla dorosłych z zakresu współczesnej literatury amerykańskiej. Zorganizował wśród rodziny i przyjaciół dyżury przy Julii i zapisał się. Pozwalało mu to wyrwać się na jeden wieczór w tygodniu z jarzma opieki nad umierającą żoną. Wkrótce do miłości do literatury, zaszczepionej mu przez Annie, dołączyło nowe uczucie.

— Kupiłem pierwsze wydanie *Rzeźni numer pięć*. Z autografem — rzekł, wyciągając butelkę z topniejącego lodu. Vonnegut był jej ulubionym autorem. Teraz stał się też jego.

— Niemożliwe.

— Naprawdę. Na eBay.

— Musiałeś nieźle wybulić.

— Wszystko, co dobre, musi kosztować.

Rzadkie książki, pomyślał. Ziemia. Miłość.

Zajął się otwieraniem butelki, a ona zaczęła rysować palcem na pylistej ziemi.

— Mówią, że w czasie weekendu ma padać.

— Za późno, żeby mogło coś zmienić.

— Przykro mi, Cody. — Dotknęła jego twarzy. — Wyglądasz na bardzo zmęczonego.

— Nie najlepiej sypiam.

— Martwisz się o farmę?

— Już dawno przestałem się tym martwić. Nie, próbuję wymyślić jakiś sposób, żeby cię tu zatrzymać.

— Nie ma żadnego. Już nie.

— Kochasz go?

Od dawna wiedział o tym lekarzu z kliniki Mayo w Rochester, ale z tego, jak o nim mówiła, wywnioskował, że nic z tego nie wyjdzie. W zasadzie był tego pewien. A teraz nagle się zaręczyli.

— Tworzymy dobrą parę — odrzekła.

— Będziecie mieć dzieci?

— Zazwyczaj w małżeństwach tak bywa.

Oboje z Julią chcieli mieć dzieci... Szybko zmienił tok myślenia. Nie ma sensu rozmyślać o czymś, czego nie da się już zmienić.

Nalał do kieliszków szampana.

— A ja wymyśliłem sposób, jak cię tu zatrzymać.

— Czyżby?

— Pomyślałem, że mógłbym cię zabić.

Zaczęła się śmiać, ale szybko przestała, zauważywszy, że na jego twarzy nie ma nawet cienia uśmiechu.

— Naprawdę byś to zrobił?

— A czemu nie? Szaleńcy robią różne rzeczy. A ty mnie doprowadzasz do szaleństwa.

— Wcale tego nie chcę.

— Nic na to nie poradzisz. Taka już jesteś. I ta cała sytuacja. Proszę. — Podał jej kieliszek. — Myślę, że powinniśmy wznieść toast.

— Nie bardzo mam ochotę na toasty.

— No to sam to zrobię. Za twoje szczęście. — Stuknął w jej kieliszek.

— Mówisz to szczerze?

— A czemu nie?

Oparł się o nią plecami i poczuł dotyk jej skóry oprószonej miękkimi, wilgotnymi drobinami piasku, jej kości, jej miarowe bicie serca. Zgarnął garść suchego, miałkiego pyłu i przesypał go między palcami.

— Wszystko już spakowane?

— Ludzie od przeprowadzek skończyli pakowanie dziś po południu. Wyjeżdżam jutro rano. Mam nadzieję wyruszyć przed wschodem słońca.

— On już tam jest?

— Wczoraj rozpoczął pracę w szpitalu.

— Myślisz, że w San Francisco będziesz naprawdę szczęśliwa?

— Będę szczęśliwa w każdym miejscu, gdzie nie będę musiała patrzeć, jak wszystko wokół mnie umiera. — Niemal ugryzła się w język. — Przepraszam, Cody. Nie chciałam, żeby to tak...

— Nie szkodzi — przerwał i pociągnął z kieliszka.

— Jak się czuje Julia?

— Z dnia na dzień coraz gorzej. Lekarze dają jej sześć miesięcy, może rok. Ale nie bardzo wiem, jak to możliwe. Jest tak słaba, że już prawie nie mówi. Czasem ból tak się wzmaga, że to jej miesza w głowie i nawet mnie nie poznaje.

— Współczuję ci.

— Czasem nawet myślę, że ta susza to szczęśliwe zrządzenie losu. Dzięki temu mam dla niej więcej czasu.

— Jesteś dobrym człowiekiem, Cody.

— Ale nie na tyle dobrym, żeby cię tu zatrzymać.

— Nie zaczynajmy tego od nowa.

Poczuł, jak lekko zesztywniała, a w jej głosie zabrzmiał twardszy ton. Powiał leciutki wiaterek i zaszeleścił wyschniętymi łodygami soi, ale zaraz ustał i na polu ponownie zapadła martwa cisza. Poza dochodzącym z oddali szumem autostrady i oddechem Annie nic jej nie zakłócało.

Odwrócił się do niej, przycisnął bijące serce do jej pleców i mocno ją objął.

— Czasami — powiedział szeptem — kiedy jechałem do Rochester na spotkanie z tobą, przez całą drogę wyobrażałem sobie, jak by to mogło być. Ty i ja razem, na zawsze. Wyobrażałem sobie, jak co rano wstajesz i jedziesz do swoich studentów, a ja zajmuję się tym, co najbardziej kocham: uprawą tej pagórkowatej ziemi. Próbowałem sobie

133

wyobrazić, że jakimś sposobem do tego dojdzie, że któregoś dnia tak będzie. — Lekko poklepał pięścią pylistą ziemię. — A potem wracałem do domu, do Julii, i...

— Cody, przestań.

— Tak bardzo cierpi. I to cierpienie wysysa życie z wszystkich, którzy ją kochali. A ona ma tego świadomość. I czasami mnie błaga, żeby z tym skończyć.

— Nie odważyłbyś się — żachnęła się.

— Zastanawiałem się. Wyobrażałem sobie, jak by to można zrobić. Poduszka na twarz w chwili, gdy jest pogrążona w głębokim, wolnym od bólu, narkotycznym śnie. Byłaby to cicha, bezbolesna śmierć. Może najwyżej moment zaskoczenia gdzieś głęboko w jej nieświadomości. I natychmiastowe poddanie się. Nie ma siły, żeby walczyć. Po paru minutach byłoby po wszystkim. Koniec cierpień dla wszystkich. I dla niej, i dla mnie. — Poczuł przebiegający po jej skórze dreszcz. A może nie po jej, tylko po jego? Byli tak ciasno spleceni, że nie potrafił wyczuć, gdzie kończy się jego ciało i zaczyna jej. — Były takie chwile, że już trzymałem poduszkę w rękach. Ale nie potrafiłem tego zrobić. A wiesz dlaczego? Z najbardziej egoistycznego powodu na świecie. Bo jestem tchórzem. Bałem się, że trafię do więzienia, a myśl o tym, że mógłbym tkwić za kratami, śmiertelnie mnie przeraża.

— Och, Cody! Tak się cieszę, że nie mogłeś tego zrobić.

— Ale nie jestem mężem, na jakiego ona zasługuje — powiedział, zwalniając uścisk i nieco się odsuwając. — Mam rozdarte serce.

— Nie chciałam wchodzić między was.

— Nie można było temu zaradzić. Ale Julia zasługuje na kogoś lepszego niż ja, na kogoś, kto by ją kochał jak należy. Kochał tak, by zrobić to, o co prosi.

— To, co się stało Julii, nie wynikło z twojej winy. I nie do ciebie należy skrócenie jej cierpień.

— Mówisz jak psycholog. Zatem proszę mi coś wyjaśnić, pani doktor. Jak twoim zdaniem czułby się człowiek, który coś takiego by zrobił? Myślisz, że gnębiłby go żal? A może poczucie winy?

— Cody, przestań. Proszę.

— Powiem ci, co myślę. Myślę, że to by było jak wyjście z ciemnego, dusznego lochu na światło.

Odwróciła się do niego twarzą i powiedziała twardo:

— Spójrz na mnie. Cholera, popatrz na mnie! Obiecaj, że nigdy czegoś takiego nie zrobisz. Obiecaj mi, Cody.

Niebo za jej plecami przecięła kolejna błyskawica, rozświetlając martwe pole pokryte szarym pyłem, który kiedyś był żyzną ziemią.

— Obiecuję.

Z wyraźną ulgą oparła czoło o jego ramię.

Odetchnął głęboko, powoli wciągając w płuca ciepłe, letnie powietrze.

— Już czas — powiedział.

— Tak, wiem.

Zaczęła zbierać swoje rzeczy.

— Zaraz, czekaj — powstrzymał ją. Wywrócił koszulę na drugą stronę i podał jej. — Wytrzyj się, bo pobrudzisz sobie sukienkę.

— Dzięki. — Starła pył z ramion, piersi i brzucha. On wytarł jej plecy i prawie całe nogi. Wzięła ponownie koszulę i delikatnie przetarła sobie wnętrze ud, potem spojrzała na materiał.

— Jasny gwint. Krwawię. Chyba zaczął mi się okres. Cody, zniszczyłam ci koszulę.

Obejrzał siebie. Nawet w panującym mroku widać było na nim jej krew. Wziął od niej koszulę i też się wytarł.

Narzuciła na siebie sukienkę, Cody wciągnął spodnie. Zostawili na pagórku koc, butelkę i puste kieliszki, i ruszyli ku zabudowaniom.

— W samochodzie mam tampaksy — powiedziała Annie i ruszyła w stronę szopy.

Cody wsunął stopy w stare adidasy i zawiązał postrzępione sznurowadła. Annie wróciła i oddała mu zakrwawioną koszulę.

— Przyślę ci nową z San Francisco.

— Nie musisz.

— Ale chcę. Chcę ci kupić coś specjalnego, coś... sama nie wiem... coś fikuśnego i ślicznego. Masz tu tylko koszule do pracy — trajkotała, jakby bojąc się ciszy.

Położył jej palec na ustach.

— Jak chcesz.

Przyglądał się jej uważnie, chcąc po raz ostatni wbić sobie w pamięć rysy jej twarzy. Właściwie widać już było tylko zarys jej twarzy, od czasu do czasu rozświetlany przez błyskawice.

— Mam coś dla ciebie — powiedział cicho. — Schowałem to w szopie.

— Co takiego?

— Niespodziankę. Gościniec.

— Co za gościniec? — spytała ze śmiechem.

— Nie tak się mówi? Coś, co upamiętni zakończenie naszego związku. Poczekaj tu.

Wszedł do szopy. Gdy chwilę później wyszedł i zobaczyła, co trzyma w ręku, zaczęła gwałtownie protestować.

— Nie, Cody!

— Pomyślałem, że tak będzie najlepiej.

— Nie! — zakrzyknęła ponownie.

Ruszył ku niej, a ona wyciągnęła ręce, jakby chcąc go powstrzymać.

— Proszę, weź to — Wyciągnął ku niej książkę. — Na stronie tytułowej jest jego autograf i data. Kupiłem ją dla ciebie. Książka jest wieczna, to przecież twoje słowa, pamiętasz? Wszystko jedno, gdzie będziesz, ile razy na nią spojrzysz, zawsze pomyślisz o mnie.

Zaczęła płakać. Przylgnęła twarzą do jego nagiego torsu i objęła go.

— No i zobacz, co narobiłaś. Upaprałaś sobie tę śliczną sukienkę — powiedział, też ją obejmując.

— Będę pisała — przyrzekła.

— Może. Ja nie będę. Nigdy nie byłem dobry w pisaniu. Zresztą, co bym ci miał pisać. Kukurydza uschła. Soja uschła. Kocham cię.

Przegarnął palcami jej włosy, jakby chciał zachować ich jedwabisty dotyk na swych pokrytych odciskami dłoniach.

— Żegnaj, Cody. — Oderwała się od niego, odwróciła i szybkim krokiem ruszyła w stronę samochodu z *Rzeźnią numer pięć* w zaciśniętej dłoni.

Patrzył, jak jej mazda wyjeżdża na drogę i wycina reflektorami świetlisty tunel między zagonami kukurydzy. Wzbijał się za nią tuman kurzu jak coś nagle zbudzonego i ponownie wolno zapadającego w sen.

Czuł się pusty w środku i równie niezdolny do łez, jak niebo do deszczu. Spojrzał w stronę okna na piętrze, gdzie leżała Julia. Wszedł do domu, w którym od tak dawna przyszło mu żyć w oczekiwaniu na śmierć żony. Wdrapał się na piętro i otworzył drzwi do jej pokoju. W rogu paliła się lampa, klimatyzator cicho buczał. Julia spała. Przyjeżdżająca dwa razy w tygodniu pielęgniarka odwiedziła ją dziś rano i umyła jej włosy. Leżały rozrzucone na poduszce,

czyste i jedwabiste. Kiedyś była piękną kobietą, ale teraz przypominała jedną z jego wyschniętych roślin na polu. Była jak one zmartwiała i Bóg raczy wiedzieć, co ją jeszcze trzymało przy życiu. Stanął przy łóżku, nachylił się i pocałował ją w usta. Wargi miała suche i spękane. Potem wysunął jej spod głowy poduszkę i zdecydowanym ruchem docisnął do twarzy. Gdy już było po wszystkim, usiadł na krawędzi łóżka obok jej ciała. Nie chciał zdejmować poduszki, by nie musieć patrzyć na to, co zrobił, ale wiedział, że wszystko, co było dla niego ważne, bezpowrotnie się skończyło, zatem nie miało to znaczenia. Z zaskoczeniem stwierdził, że jej wygląd prawie się nie zmienił i że nie wygląda bardziej martwo niż poprzednio. Zaskoczyła go też całkowita obojętność, jaka go ogarnęła. Nie czuł nic z tego, czego się spodziewał. Ani wyrzutów sumienia, ani żalu, ani nawet ulgi.

Wrócił do szopy, wziął pokrwawioną koszulę i z narzędzi rozwieszonych na ścianie wybrał szpadel. Minął płot, wszedł na pole soi i poszedł aż na sam szczyt pagórka, gdzie niedawno się kochali. Nikt nie wiedział o Annie i chciał, żeby tak pozostało. Odsunął nogą koc i wykopał głęboki dół. Tak głęboki, że nie sięgnąłby jego dna lemiesz pługa czy tarcza brony. Korzenie uprawianych przez niego roślin też by tam nie sięgnęły. Potem wrzucił do niego koszulę, koc, wiaderko, butelkę i kieliszki, i wszystko dokładnie zasypał. Przez chwilę stał jeszcze wsparty na szpadlu, zapatrzony w autostradę i wsłuchany w jej jednostajny szum, przypominający syk wydychanego powietrza. W końcu wrócił do domu, odwiesił szpadel w szopie, zdjął z półki pistolet i wrócił na pień starej topoli. Wyjął scyzoryk i zaczął nim dziabać próchniejące drewno.

Stuk... stuk... stuk...

Pomyślał o zagrzebanej w ziemi koszuli, jeszcze wilgotnej od krwi Annie, i zadumał się, co mogłoby wyrosnąć z takiego siewu.

Stuk... stuk... stuk...

Widział kolejne błyskawice, które przecinały niebo gdzieś daleko na południu.

Stuk... stuk... stuk...

Zaparł się stopami o wyschniętą sierpniową trawę, uniósł dłoń ze scyzorykiem i spojrzał na pistolet trzymany w drugiej.

PÓKI ŚMIERĆ NAS
NIE ROZŁĄCZY

TIM MALEENY

Till Death Do Us Part © 2006 by Tim Maleeny

Chemik i botaniczka weszli do jadalni z różnych stron dokładnie w tej samej chwili. Uśmiechnęli się do siebie i zajęli miejsca przy kwadratowym stole.

— Wszystkiego najlepszego z okazji rocznicy — powiedział chemik. Jego błękitne oczy skryte za okularami w drucianej oprawce patrzyły na nią pogodnie i przyjaźnie, jednak uśmiech na jego twarzy był niepewny, a kąciki ust lekko mu drgały. Miał na sobie stary blezer, który dostał od niej przed laty, ale wyglądało na to, że jest mu w nim trochę nieswojo i że jedynym ubiorem, w jakim czuje się dobrze, jest laboratoryjny kitel.

— I nawzajem — odrzekła botaniczka. Głos kobiety brzmiał młodo, co kontrastowało z jej siwymi włosami. Odwzajemniła uśmiech, a wokół jej oczu pojawiły się rozchodzące się promieniście kreseczki, niczym dziecięcy rysunek słońca. Lata spędzone na powietrzu w trakcie badań nad roślinami tropikalnymi postarzyły jej cerę tak, że skóra twarzy była jak wyprawiona.

— Już sześćdziesiąt lat — powiedział chemik, kręcąc głową.

— Wcześnie zaczęliśmy. — Botaniczka kiwnęła głową.

— Jeszcze kiedy małżeństwo coś znaczyło.

— Właśnie.

— Nie bez powodu nazwali to małżeńską przysięgą — zauważył chemik.

— Póki nam obojgu starczy życia — zacytowała botaniczka

— I śmierć nas nie rozłączy — uzupełnił chemik.

— No właśnie — przytaknęli równocześnie.

Przez chwilę siedzieli w milczeniu, błądząc wzrokiem po stole. Stół zastawiony eleganckim czarno-białym serwisem uginał się od wymyślnych potraw o pięknie dobranych barwach i bijących w nozdrza smakowitych zapachach. Wazy z zupami parowały, kieliszki do wina skrzyły się w południowym słońcu, listki sałat szeleściły w podmuchu wirującego pod sufitem wentylatora. Potrawy rozłożone były na przykrytych półmiskach i różnej wielkości salaterkach od kompletu, prezentując się tak okazale, że ten widok mógłby poruszyć nawet Julię Child i Marthę Stewart, gdyby nie to, że pierwsza już nie żyła, a druga siedziała w więzieniu.

— Co za uczta — powiedział mąż, wpatrując się w stół szeroko otwartymi oczami.

— Największa z naszych dotychczasowych — potwierdziła żona, oblizując wargi.

— Cóż, okazja też jest nie byle jaka.

— Rocznice zdarzają się tylko raz do roku.

— A taka tylko raz na sześćdziesiąt lat.

— To szmat czasu...

— ...jak na jedno małżeństwo.

— Sześćdziesiąt lat... — westchnęła żona.

— ...wspólnych podróży — zadumał się mąż.

— Wspólnych przygód.

— Odkryć.

— Romansu.

— Niewierności.

— Wspólnego jedzenia.

— Wspólnego picia.

— Utyskiwania.

— I znów picia.

— I znów utyskiwania.

— Hipokryzji.

— Niestrawności.

— Chrapania.

— Nudy.

— Jesteś głodny? — spytała żona, uśmiechając się nieco sztucznie.

— Umieram z głodu. — Mąż kiwnął głową, unosząc lekko kąciki ust.

Żona rozłożyła ręce nad stołem w szerokim geście zachęty.

— Od czego chcesz zacząć? — spytała.

— A co proponujesz?

— Zupa wygląda bardzo apetycznie — rzekła, przysuwając wazę. Obłoczek pary znad gęstej, zielonkawej cieczy na moment rozmył im rysy.

Chemik pochylił się nad wazą i dłonią skierował sobie parę na twarz.

— Mogę spytać, skąd pochodzi ten przepis? — powiedział, lekko marszcząc nos.

— Z Anglii — odparła, spuszczając skromnie wzrok.

— Ach... — Pokiwał głową z uśmiechem. — Konwalia majowa. Nazwa łacińska *Convallaria maialis*. Roślina kwit-

nąca na wiosnę i występująca we wschodniej Anglii. Białe kwiatki w kształcie dzwoneczków i owoce w postaci pomarańczowoczerwonych, mięsistych jagód.

— Cóż za pamięć. — Skinęła głową z uznaniem.

— Często mylona z dzikim czosnkiem i używana do zup — ciągnął dalej, nie przestając kiwać głową. — Powoduje uderzenia gorąca, bóle głowy, podrażnienie skóry, rozwarcie źrenic, nudności, wymioty i spowolnienie pracy serca. Oczywiście może to doprowadzić do śpiączki i w konsekwencji do śmierci.

Botaniczka zmarszczyła czoło, widząc, że jej mąż odsuwa od siebie wazę i uśmiecha się z zadowoleniem.

— Anglia — rozmarzył się. — To była piękna podróż.

— Piękna — potwierdziła.

— Londyńskie Tower.

— Pałac Buckingham.

— Zmiana warty.

— Big Ben.

— I nie pytaj komu bije ten dzwon...

— ...bo bije on tobie.

— To może ja tobie nałożę — zaproponował.

— Ale musisz coś zjeść — upomniała go.

— Taka jest umowa, prawda?

— Jak co roku — przytaknęła.

— Bo rozwód jest nie do pomyślenia.

— Świadczyłby o złych manierach — potwierdziła.

— I braku zasad moralnych.

— I barbarzyństwie.

— Spróbuj tego — zaproponował, przysuwając salaterkę.

— Jakiś nowy przepis? — przyjrzała się podejrzliwie pomarańczowoczerwonej potrawie.

— Kurczak w sosie curry — odrzekł.

— Po hindusku?

— Smak nirwany — zachęcił ją.

— Wilcza jagoda? — spytała, marszcząc czoło.

— Nie. Kulczyba wronie oko — odparł, wzruszając ramionami.

— Strychnina. Znajduje się w nasionach i owocach tej rosnącej w Indiach rośliny. Zapach kwiatów przypomina woń curry.

— Piękne kwiaty. — Pokiwał głową.

— Atakuje centralny układ nerwowy — ciągnęła — doprowadzając wszystkie mięśnie do jednoczesnego skurczu. Znana z tego, że u ofiary powoduje gwałtowne i niedające się opanować konwulsje, które wywołuje choćby najsłabszy dźwięk czy ruch. Natychmiast po śmierci występuje *rigor mortis*, co powoduje straszliwe zniekształcenie rysów twarzy.

— Dla niektórych nieco zbyt pikantne — potwierdził.

— To była piękna podróż — powiedziała, odsuwając od siebie salaterkę.

— Tadź Mahal — uśmiechnął się.

— Zbudowany jako mauzoleum dla zmarłej żony władcy, pamiętasz?

— Piękny gest — odrzekł.

— Piękny — potwierdziła.

— A może coś na przegryzkę? — spytał z nadzieją w głosie.

— Orzeszki — odparła.

— Świetny pomysł — ucieszył się, przesuwając na środek stołu niewielką miseczkę mieszanki z orzechów.

— Ty pierwszy — zachęciła go.

— Ależ skąd.

— Musisz.

Chemik przyglądał się przez chwilę zawartości miseczki, potem nabrał garść i wsunął do ust.

— Pyszne — powiedział, chrupiąc głośno i z uśmiechem.

— A jaka rozmaitość — rzekła żona, zaglądając do miseczki.

— Migdały, laskowe, nerkowce — przytaknął ruchem głowy. — Nawet australijskie makadamy i brazylijskie pistacje. Powinnaś spróbować.

— Chyba się skuszę — powiedziała, sięgając do miseczki. Chemik zauważył, że wybrała tylko garstkę laskowych, migdałów i nerkowców, zostawiając pozostałe nietknięte.

— Ominęłaś te najlepsze — zauważył.

— To była cudowna podróż — odparła.

— Słucham?

— Na Hawaje — wyjaśniła. — Tam gdzie rosną orzechy kukui, te największe tutaj.

Chemik zamilkł. Potrzebował chwili, by się opanować.

— Masz świetny wzrok, jak na swój wiek — pochwalił ją.

— To raczej kwestia doświadczenia — odparła.

— Wiesz przecież, że są całkiem smaczne.

— Tak mówią. Choć większość trucizn jest gorzka, te orzechy podobno wcale nie są. Ale zawierają jatrofinę, bardzo silny środek przeczyszczający. Trudnościom z oddychaniem towarzyszy ból gardła, zawroty głowy i wymioty, które kończą się sennością i śmiercią.

— Ale tubylcy noszą je jako talizmany na szczęście — przypomniał.

— Prawda. — Kiwnęła głową. — Na Hawajach są różne dziwne zwyczaje.

— Królowie wojownicy.

— I królowe.

— No i taniec hula.

— I Don Ho.

— Maleńkie bąbelki... — zanucił mąż.

— Może sałaty? — spytała żona, podsuwając bliżej misę wypełnioną zieloną mieszaniną.

— Kraj pochodzenia? — spytał.

— Kalifornia — odrzekła.

— A, coś swojskiego — rzekł, z uznaniem unosząc brwi. — Czyli może być nieszkodliwa, prawda? Z roślin wyhodowanych tu, na amerykańskiej ziemi.

— Na ziemi wolności — potwierdziła.

— Ziemi ludzi dzielnych i odważnych — dodał, przypatrując się zawartości.

— Masz ochotę na dressing? — Sięgnęła po butelkę stojącą obok misy.

— Pietrasznik — odparł.

— Słucham?

— Pietrasznik — powtórzył. — *Conium maculatum*, znany także jako szczwół plamisty. Pierwotnie występował tylko w Europie i Azji...

— Strasznie do obu daleko — wtrąciła.

— ...ale potem przeszedł proces naturalizacji w Stanach Zjednoczonych i obecnie porasta przydrożne rowy na obu krańcach Ameryki.

— Podobno na wiosnę jego liście są całkiem nieszkodliwe — powiedziała zaczepnie.

— Ale mamy już jesień.

— Jak ten czas leci.

— Całe życie tak przelatuje — zgodził się. — Pietrasznik osłabia mięśnie, powoduje ślepotę, płytkie tętno i śmierć w wyniku paraliżu płuc. Natomiast umysł do ostatniej chwili pozostaje sprawny.

— Co za ulga — westchnęła.

— Albo przekleństwo. Często jedzą go przepiórki. One same są uodpornione, ale trucizna odkłada się w ich mięśniach. Dlatego wystarczy zjeść przepiórkę, która najadła się pietrasznika, a efekty będą takie same.

— Muszę to zapamiętać na przyszły rok — powiedziała z wyraźnym ożywieniem.

Na podobnych przekomarzaniach upłynęła im cała następna godzina. Wzajemnie proponowali sobie potrawy i albo odmawiali, albo ostrożnie dzielili się małymi porcjami, popijając je małymi łyczkami z większych i mniejszych kieliszków i szklanek. Co chwila powracali pamięcią do swych licznych podróży i wymieniali się wspomnieniami. Zegar na ścianie odmierzał upływający czas.

— Jesteś jeszcze głodna? — spytał mąż z nadzieją, ocierając sobie kropelki potu z czoła.

— Już skończyłam — oświadczyła żona, przypatrując mu się spod zmrużonych powiek.

— Zostało jeszcze kilka dań — upomniał ją.

— Teraz twoja kolej — odparła.

— Coś nowego — zaproponował, wskazując ręką duży półmisek z pokrywą, stojący obok niej.

— Niespodzianka? — spytała.

— Według mojego własnego przepisu — odparł. — Tylko uważaj, zdejmując pokrywę. Może być jeszcze dość gorące. — Wyciągnął ku niej grubą, haftowaną ściereczkę.

— Jaki jesteś troskliwy — powiedziała, biorąc przez szmatkę uchwyt pokrywy i unosząc ją.

Natychmiast spowiła ją chmura gryzącego dymu, który spowodował, że botaniczka gwałtownie odsunęła się do tyłu. Udało się jej jednak zachować równowagę i z rozdętymi nozdrzami zaczęła spazmatycznie kasłać. Oparła się o stół

i załzawionymi oczami spojrzała ma męża, który w tym czasie zdążył się już podnieść i zakryć sobie twarz serwetką.

— Cyjanowodór — odpowiedział na jej nieme pytanie. — Pokrywa była hermetyczna. Kasłanie powinno doprowadzić do braku tchu i omdlenia, potem konwulsji i śmierci.

Ciężko dysząc, botaniczka wyprostowała się na krześle.

— Oszukałeś mnie — wyrzęziła. — To nie była potrawa. Złamałeś reguły!

— Już mi się to znudziło. — Chemik wzruszył ramionami.

Jego żona ze zrozumieniem pokiwała głową, jednocześnie starając się odzyskać głos.

— Twoje kłamstwa — sapnęła.

— Nasza walka — odparł.

— Poczucie winy. — Starała się nie stracić przytomności. Jej oddech stał się krótki i płytki. Mimo to przechyliła się przez stół i z uśmiechem wyciągnęła przed siebie lewą rękę. Obrączka na palcu zalśniła w blasku świec.

— Zawsze byłeś sprytny — szepnęła z uznaniem.

Chemik podszedł do stołu z twarzą opromienioną pełnym zadowolenia uśmiechem.

— A ty zawsze taka wytrwała — odrzekł z podziwem.

— Sześćdziesiąt lat — zakrztusiła się.

— Szmat czasu... — Pokiwał głową.

— ...jak na jedno małżeństwo — dokończyła, rozwierając dłoń.

— Sześćdziesiąt lat — powtórzył, ujął dłoń żony i w jego oczach pojawił się cień smutku.

Ich palce zetknęły się, botaniczka uchwyciła przegub mężowskiej ręki i zacisnęła na nim palce. Próbował wyrwać

148

rękę, ale jej chwyt był żelazny, a on zbyt późno poczuł wbijający mu się w ciało, wystający z obrączki kolec. Ale prawdziwe przerażenie ogarnęło go, gdy na twarzy żony dojrzał triumfalny uśmiech.

— Skaleczyłaś mnie! — wykrzyknął.

— To tylko mała szpileczka doczepiona do obrączki — wykrztusiła, równocześnie kaszląc i śmiejąc się. — Umaczana w kurarze.

— W kurarze? — powtórzył zmartwiałym z przerażenia głosem.

— Kurara. Występuje w *Strychnos toxifera* — wycharczała — która rośnie w Ameryce Środkowej i Południowej. Tubylcy używali jej do zatruwania strzał.

— Latająca śmierć — szepnął.

— Właśnie — przytaknęła, mrugając oczami i starając się trzymać głowę prosto. — Paraliż zaczyna się od oczu i twarzy i postępuje, aż sięga do przepony i płuc. Wtedy ofiara się dusi.

— Szybko — powiedział chemik cicho, oddychając coraz płycej.

— Bardzo szybko, w ciągu paru sekund — sapnęła z wysiłkiem i osunęła się na stół zemdlona. Jej dłoń pozostała jednak zaciśnięta na przegubie męża.

— To oszustwo — jęknął, strącając talerze na podłogę. Chwilę później już nie żył.

♦ ♦ ♦

Rankiem następnego dnia sprzątaczka znalazła ich leżących na stole i trzymających się za ręce w śmiertelnym uścisku. Ich ciała były aż skręcone od wysiłku, z jakim sięgali ku sobie przez stół.

Pół godziny później zjawiła się ekipa ratownicza.

— Wyglądają tak spokojnie — powiedziała młoda ratowniczka ściszonym głosem. Miała niewiele ponad dwadzieścia lat, a jej ciemna fryzura okalała twarz tak ładną i niewinną, że na sam jej widok śmierć musiałaby się wycofać.

— Ja w nich widzę determinację — odparł starszy ratownik tubalnym głosem, który aż zadudnił w ciszy domu. Był przystojny, ale na opalonej twarzy widać było zmarszczki, a jego piaskowe włosy były przyprószone siwizną na skroniach.

— Chodzi ci o to, że tak ku sobie sięgają? — domyśliła się młoda. — Jakby chcieli ostatni raz się uścisnąć. — Uśmiechnęła się i ze smutkiem pokręciła głową.

— Jeszcze wiele razy się z tym zetkniesz — potwierdził starszy. — Z parami w starszym wieku, które umierają w odstępie paru minut.

— Ciekawa jestem, co wykażą sekcje — zastanowiła się młoda.

— Nie będzie żadnych sekcji.

— Jak to?

— Byli już starzy. — Wzruszył ramionami. — Ustała praca serc i przestali oddychać. Wygląda na typową śmierć z przyczyn naturalnych.

— Pewnie masz rację — zgodziła się.

— Często tak bywa w starych małżeństwach — zapewnił ją. — Brak na to medycznego wytłumaczenia. Jedno kończy życie, drugie umiera z rozpaczy.

— Jakie to piękne.

— No. — Potarł podbródek i zmarszczył się. — Musieli się naprawdę bardzo kochać.

— Sąsiedzi mówią, że wczoraj była ich rocznica ślubu.

— Żartujesz! — zdziwił się. — W ten weekend przypada moja. Jesteś mężatką?

150

— Nie — odrzekła. — Jeszcze nie. A ty jak długo jesteś po ślubie?

— Trzydzieści lat.

— Ojej, to szmat czasu.

— Jak na jedno małżeństwo — dodał i pokiwał głową.

— Wymyśliłeś coś specjalnego dla żony? — spytała.

— Chcę jej przygotować uroczystą kolację. To będzie niespodzianka.

— Jakie to romantyczne. — Uśmiechnęła się. — Żona będzie zachwycona.

— To się okaże — powiedział i wzruszył ramionami.

TWARDA, NAGA PRAWDA

RICK MCMAHAN

The Cold, Hard Truth © 2006 by Rick McMahan

Przez te wszystkie lata zastanawiałem się, czy gdybym wtedy coś powiedział, sprawy potoczyłyby się inaczej. W retrospekcji zawsze wszystko wydaje się proste i oczywiste. Ale myślę, że i wtedy mogłem coś zrobić, żeby lepiej przygotować Jessego do roli porzuconego kochanka. Tylko oczywiście czas wciąż biegnie naprzód.

Jessego Brasheara poznałem ponad piętnaście lat temu, kiedy byłem świeżo upieczonym funkcjonariuszem skromnych sił policyjnych, którym przypadło pilnowanie rozrabiaków ze wschodniego Kentucky. Górzyste tereny wschodniego Kentucky to odwieczny teren waśni rodowych Hatfieldów i McCoyów, ale także obszar strasznej biedy. Pracy jest tu jak na lekarstwo i wielu porzuca te strony i ucieka do miejskich fabryk. Ci, którzy zostają, mają nadzieję zaczepić się w którejś z miejscowych kopalni i liczą, że nie zginą w zawale ani nie umrą na pylicę. Tym, którzy zostają i nie znajdują pracy, pozostaje tylko wegetacja na państwowym zasiłku. W bardziej peryferyjnych rejonach mieszkańcy nadal rozsądzają swe spory za pomocą noży i broni palnej,

bo gdy człowiekowi nie zostało nic poza honorem — a i ten jest wynajęty państwu za comiesięczną jałmużnę — wrażliwe punkty tkwią płytko pod skórą i łatwo je urazić nieostrożnymi i raniącymi słowami. Niejeden już trafił do piachu za urażenie poczucia dumy buraka z tych stron.

Jesse mieszkał z ciotką i wujkiem w nędznej chałupie przy samym końcu bocznej, wyboistej drogi. Po raz pierwszy zetknąłem się z nim, kiedy go przyłapałem z dwoma koleżkami na piciu taniego sikacza za starą stodołą koło szosy stanowej 130. Mimo iż Jesse i jego kumple byli tylko kilka lat młodsi, ja w wieku dwudziestu jeden lat byłem dla nich jak ojciec i uważałem się za dużo bardziej dojrzałego i mądrzejszego. Patrząc na to z perspektywy czasu, wstydzę się tego, jak ich wtedy potraktowałem. Picie alkoholu przez nieletnich to nie zbrodnia stulecia i bądźmy szczerzy, sam to niedawno robiłem, ale kanty na spodniach mojego munduru były wtedy tak ostre, że aż mnie uwierały, i wszystko wydawało się niesłychanie ważne. Gdybym wówczas miał trochę więcej oleju w głowie, kazałbym chłopakom wylać resztę z butelki i wysłał ich do domu, by wytrzeźwieli. Ale nie ja. Ja uważałem, że mam obowiązek przestrzegać prawa w każdym najdrobniejszym szczególe. Oznajmiłem, że jako nieletni zostają aresztowani za picie alkoholu i przebywanie w stanie nietrzeźwym w miejscu publicznym. Byłem na tyle durnym służbistą, że zarzuciłem im jeszcze śmiecenie, bo puste butelki rozrzucali gdzie popadło.

Mój błąd polegał na tym, że wcześniej tego nie przemyślałem. Założyłem kajdanki na ręce największego z wyrostków, potężnie zbudowanego Ala Earle'a, który był tak pijany, że nie mógł ustać na nogach. Drugi z kolei był Jesse, którego wpierw powaliłem na ziemię, potem ukląkłem mu na plecach i założyłem kajdanki. Powinienem był zwrócić

baczniejszą uwagę na ostatniego — mizernego dzieciaka z koślawymi zębami i twarzą usianą bliznami po młodzieńczym trądziku, Steve'a Ruckera. Zdawało mi się, że postępuję sprytnie, zaczynając od największego i posuwając się kolejno w dół, bo dzięki temu z najmniejszym nie będę miał kłopotów. Myliłem się. Należało to zresztą przewidzieć, bo już wcześniej miałem do czynienia z Ruckerem, którego parę miesięcy wcześniej przymknąłem za kradzież w Wal-Marcie. No więc klęczę na plecach Jessego i próbuję mu zatrzasnąć kajdanki, gdy nagle słyszę głośne pstryknięcie. Spoglądam przez ramię i widzę Ruckera, który stoi dwa kroki ode mnie ze sprężynowcem w dłoni, a jego ostrze połyskuje groźnie w popołudniowym słońcu.

— Odbiło ci, Stevie? — mówi spokojnie Jesse, leżąc z twarzą przyciśniętą do ziemi i zwróconą w stronę kumpla, a jego długie blond włosy opadają mu jak u owczarka.

Zdałem sobie sprawę, że popełniłem fatalny błąd. Obie ręce miałem zajęte kajdankami i wiedziałem, że nijak nie zdążę sięgnąć po swoje magnum .357 tkwiące w kaburze, bo mnie ten łobuz wcześniej wypatroszy. Czułem się, jakbym stanął oko w oko z grzechotnikiem diamentowym, który spręża się, potrząsając grzechotką, a każdy gwałtowniejszy ruch może go pobudzić do ataku. Dlatego zamarłem w bezruchu, próbując wydusić z siebie choć słowo. Gardło miałem suche i szorstkie, jak wyłożone papierem ściernym.

— Nie pójdę do pierdla! — wymamrotał Rucker, kiwając się w przód i w tył.

— Steve — powiedział Jesse. — Odłóż kosę. Wiedzieliśmy, co jest grane, jakeśmy zaczynali. Dorwali nas. Nic nie poradzimy, że ten młodziak nie zna reguł.

— Nie pójdę do pierdla — powtórzył Rucker i machnął nożem. — Stary mi zapowiedział, że jak mnie jeszcze raz zapuszkują, to mnie zatłucze na śmierć.

— Mój wujek też mi da popalić — mówił dalej Jesse — ale to już nasz problem, nie tego kolesia. Poza tym, jak nie schowasz noża, to on ci dupę odstrzeli z tej armaty, co ją ma przy pasie.

— Dorwę go, zanim zdąży sięgnąć — powiedział Steve ponuro.

Patrząc mu prosto w oczy, widziałem w nich determinację podlaną alkoholem.

— Znaczy się będą dwa pogrzeby — rzekł Jesse Brashear beznamiętnie. — Rzuć ten nóż, Stevie. Łapy mnie już bolą. Nie zaczynaj z gliniarzem. No już, rzuć go.

I możecie mi wierzyć lub nie, ale Rucker rzeczywiście rzucił nóż na ziemię i zrobił krok do tyłu. Wszystkich trzech zakułem i posadziłem rządkiem w radiowozie, tak że wyglądali jak kręgle do zbicia. Zatrzymałem nóż i całą trójkę oskarżyłem tylko o picie alkoholu w miejscu publicznym. Oczywiście prokurator oddalił skargę, nawet się ze mną nie konsultując. Jak mówiłem, zdarzają się gorsze przestępstwa.

Kilka tygodni później spotkałem Jessego, deszcz lał, a on szedł poboczem drogi. Akurat nic specjalnego się nie działo, więc stanąłem i zaproponowałem, że go podwiozę. To i tak był drobiazg, bo w gruncie rzeczy dzięki niemu nie dostałem nożem. Może Rucker nie chciał mnie zabić, ale mogło go też ponieść, więc opanowanie Jessego bardzo się przydało.

Jesse wsiadł i rozejrzał się.

— Pierwszy raz w życiu siedzę w czymś takim z przodu — mruknął.

Zobaczyłem, że się przy tym kwaśno uśmiecha, i też parsknąłem śmiechem. To wystarczyło, byśmy przełamali lody i całą drogę w górę przegadaliśmy. Jazda nie trwała zbyt długo i po dziesięciu minutach dotarliśmy do miejsca, gdzie odchodził trakt Jessego, ale tego dnia nawiązała się między nami nić porozumienia. Podziękował za podwiezienie i ruszył wyżwirowanym traktem w stronę domu, przeskakując przez kałuże; po chwili zniknął we mgle. Cała przejażdżka nie była niczym wielkim, ale dzięki niej znaleźliśmy w sobie coś, co nam się spodobało. Od tej pory, gdy spotykaliśmy się gdzieś wśród ludzi, zawsze mówiliśmy sobie „cześć" i zamienialiśmy parę słów. Rozmawialiśmy głównie o sprawach, które nas obu obchodziły — o drużynach koszykarskich z Kentucky, o najlepszych miejscach na wędkowanie i o górskich ostępach, gdzie można było trafić największego byka w sezonie polowań na jelenie. Jesse był znany w całej okolicy jako specjalista od łapania ogromnych bassów, choć nikt nie wiedział, gdzie na nie chodzi. Mnie jednak zaufał na tyle, że pokazał mi drogę do niewielkiego stawu pod Fawley Mountain, który był jego sekretnym łowiskiem. Spędziliśmy tam razem cały jeden weekend na gadaniu o życiu i łowieniu ryb przy świetle gwiazd. Jesse miał wprawę w posługiwaniu się toporkiem, więc zbudowaliśmy nawet szałas na nocleg. Było tak fajnie jak kiedyś na letnich wycieczkach z bratem, kiedy obaj byliśmy jeszcze dziećmi.

Poza tym jednym wypadem na ryby nasze spotkania z Jessem były krótkie i dochodziło do nich zazwyczaj przy szafie z napojami na stacji benzynowej. Mimo to poznałem go nieźle. Mieszkał z wujostwem i trójką ich dzieci. Nigdy nie znał swojego ojca, a o matce w ogóle się nie mówiło. Z naszych rozmów wiedziałem też, że ma marzenia. Nie

było to nic szczególnie egzotycznego czy nadzwyczajnego. Chciał na kawałku ziemi zbudować dom i założyć rodzinę. Gdy go spytałem, skąd weźmie na to pieniądze, odpowiedział tak, jakby ta sprawa była od dawna przesądzona. „Wujek załatwi mi robotę w kopalni. Pod ziemią da się wyciągnąć niezłą kasę". No i już. Opowiadał o swoich planach z takim przekonaniem, że słuchając go, nie miałem wątpliwości, że postawi na swoim.

Jesse miał w sobie upór i przekonałem się, że jak się zaweźmie, to dopnie swego. Wiosną następnego roku przestał się pokazywać w miejscach, które wcześniej regularnie odwiedzał. Gdy nadeszło lato, a jego wciąż nie było w żadnym z ulubionych miejsc wędkowania, zacząłem podejrzewać, że śladem innych wsiadł do greyhounda i wyniósł się stąd. I wtedy nagle, tuż przed świętem 4 Lipca, zajechał z klekotem na stację benzynową tym swoim plującym spalinami i rzężącym szarym camaro. Dostał go od sąsiada w zamian za miesiąc pracy w obejściu, gdzie stare camaro od dawna porastało zielskiem. Zaholował je potem do siebie i każdą wolną chwilę poświęcał na doprowadzenie go do porządku. Wszyscy koledzy mu mówili, że stary grat nigdy nie ruszy z miejsca, ale to go nie zniechęciło. Włożył mnóstwo pracy w tę kupę złomu i udowodnił, że się mylili. Z okazji pierwszej jazdy zebrał się taki tłum, że można było pomyśleć, iż chodzi o jakieś najnowsze cacko prosto z salonu, a nie o ledwie dyszącego starego grata na łysych oponach.

A obok Jessego na miejscu pasażera siedziała Lindsey Calhoun i sam już nie wiem, z czego był bardziej dumny — z samochodu czy siedzącej obok ładnej dziewczyny. Lindsey była zielonooką blondynką o zaraźliwym śmiechu. Zresztą w podobny sposób śmiała się Darla, jej bliźniaczka. Ich

ojciec był kierownikiem supermarketu A&P, matka — kasjerką w miejscowym banku. Jesse i Lindsey tworzyli ładną parę.

— Ożenię się z Lindsey — oświadczył Jesse z przekonaniem. — Jak tylko skończę szkołę. Ona jest dla mnie. I będzie moja.

◆ ◆ ◆

Nad ranem wyrwały mnie ze snu majaki o Jessem. Poddałem się, zwlokłem z łóżka i nastawiłem maszynkę do kawy w nadziei, że zastrzyk kofeiny pomoże mi się zebrać w sobie przed tym, co mnie dziś czekało. Mister Coffee zaczął pyrkać, otworzyłem na oścież drzwi przyczepy i usiadłszy na schodkach z betonowych bloczków, patrzyłem na przecinkę między drzewami i na widoczne przez nią czyste, bezchmurne niebo. Było czarne jak smoła, rozświetlone tylko dalekimi punkcikami gwiazd. Rześkie powietrze pomogło mi otrząsnąć się z dawnych wspomnień. Aromat kawy spowodował, że wypiłem aż dwa pełne kubki, później opłukałem naczynie i odstawiłem na suszarkę. Czekał mnie długi i ciężki dzień i trzeba było brać się do roboty. Stałem właśnie przed lustrem w łazience i przyczesywałem włosy po wzięciu prysznica, kiedy znów to poczułem. W ciągu paru tygodni, które minęły od spotkania z Jessem, ucisk w klatce piersiowej zdążył już ustąpić, ale coś ciążyło mi na sercu jak kawał betonu.

Wkładając szary garnitur, zauważyłem, że od kolby mojego dziesięciomilimetrowego smith & wessona zrobiła mi się dziura w podszewce kieszeni, ale i tak było to moje najlepsze ubranie, toteż go nie zmieniłem. Uważałem, że Jesse zasłużył sobie na to, by go uhonorować najlepszym ubraniem. Nie miałem ochoty na to spotkanie. Szczerze

mówiąc, przyprawiało mnie ono o dreszcze, ale cokolwiek by powiedzieć, jednego Bo Stokesowi nie można odmówić: zawsze dotrzymuje słowa. I dlatego szykowałem się teraz do drogi do Eddyville. Wiedziałem, że wieczorem znów wrócę do tej samej przyczepy stojącej na tym samym wzgórzu, ale że już nic nie będzie takie, jak przedtem.

Siadając za kierownicą mojego wozu, położyłem na siedzeniu obok stary, metalowy termos. W wielu miejscach zlazła z niego farba i wyzierała, zmatowiała blacha. Wewnątrz miałem resztę porannej kawy, która miała mi pomóc przeżyć ten dzień. Zamontowane w podłodze policyjne radio milczało i tylko od czasu do czasu dobywały się z niego trzaski i słychać było zgłaszających się policjantów, którzy prosili o sprawdzenie numerów rejestracyjnych.

Odczekałem, aż centrala potwierdzi, że sprawdzany przez kogoś samochód jest czysty, i wziąłem do ręki mikrofon.

— Centrala, tu trzy-dwa-dwa, dziesięć-osiem.

— Dziesięć-cztery do trzy-dwa-dwa — odpowiedziała centrala. Nastąpiła przerwa, po czym ten sam głos powiedział: — Coś strasznie wcześnie wyruszacie, sierżancie Stokes.

— Dziesięć-cztery, Lydia — odparłem.

— Do Eddyville kawał drogi — dodała. — Proszę uważać i nie usnąć.

Uśmiechnąłem się. Lydia od dwudziestu lat zawiadywała trzecią zmianą policji stanowej Kentucky i nigdy nic nie uchodziło jej uwagi. Podziękowałem, włączyłem silnik i impal super sportem ruszyłem w kierunku szosy międzystanowej. Zawsze lubiłem prowadzić, wszystko jedno czy po krętej górskiej drodze, czy po prostej wstędze autostrady, gdzie ma się do towarzystwa tylko światła reflek-

159

torów i radio. Wsunąłem do odtwarzacza kompakt Chrisa Knighta i rzuciłem okiem na zegar. Pokazywał 4.42. Byłbym gotów przysiąc, że usłyszałem odgłos strzału sprzed dziesięciu lat.

◆ ◆ ◆

Tamtego roku, kiedy udało mu się uruchomić stare camaro, Jesse i Lindsey byli nierozłączni. Spotykali się przez całe lato i jesień, kiedy oboje rozpoczęli naukę w ostatniej klasie liceum. Wydawało się, że gdzie jest jedno, natychmiast pojawia się drugie. Byłem wtedy małą rybką w policyjnym stawie, więc na mnie spadały takie obowiązki, jak dyżury w piątkowe wieczory i pilnowanie, żeby po meczu miejscowych szkolnych drużyn futbolowych nie dochodziło do żadnych awantur. Pamiętam, że widywałem wtedy Jessego i Lindsey siedzących na ławce i zainteresowanych bardziej sobą niż akcją na boisku. Jak to nastolatki.

Nie poświęcałem zbytniej uwagi młodym zakochanym, bo miałem zbyt dużo swoich spraw na głowie. W domu próbowaliśmy z żoną jakoś sobie radzić i opiekować się dzieckiem — pierwszą z naszych dwóch córek. Kiedy teraz o tym myślę, widzę, jak strasznie szybko mija czas. Starsza zaczyna w tym roku liceum, a żona jest już moją byłą żoną. Lata spędzone w mundurze młodego, nieopierzonego policjanta oglądane przez różowe okulary wspomnień wyglądają całkiem atrakcyjnie, ale prawda była taka, że przy mojej ówczesnej pensji ledwo wiązaliśmy koniec z końcem. Tak więc miałem na głowie co innego i zimą straciłem Jessego z oczu, a na początku lata następnego roku dowiedziałem się, że tuż po maturze Lindsey z nim zerwała. Później usłyszałem jeszcze tylko, że Jesse zaczął pracę w kopalni,

a jesienią Lindsey i jej siostra bliźniaczka wyjechały na studia. I wszystko skończyłoby się jak wiele innych szkolnych romansów, gdyby Jesse nie pojechał za Lindsey do Richmond.

◆ ◆ ◆

Rozpamiętywanie przeszłości pozwoliło mi utrzymać dobre, równe tempo podróży i o wschodzie słońca dojeżdżałem już do Elizabethtown. Przed wjazdem do miasta zatrzymałem się na przydrożnej stacji, żeby zatankować i rozprostować nogi. Miałem tu też inną obietnicę do spełnienia. Objechałem budynek sądu i znalazłem się w starszej części miasta, gdzie wzdłuż ulic z rosnącymi na chodnikach koślawymi drzewami stały niewielkie domy z cegły.

Dłuższą chwilę pukałem do drzwi i wreszcie kobieta otworzyła. Czas pogłębił na jej twarzy zmarszczki wokół oczu i ust bardziej, niż przystało zadbanej kobiecie, ale patrząc na nią, mógłbym się domyślić, jak po latach będzie wyglądać Lindsey.

— Pani Calhoun? — upewniłem się.

— Teraz już Montgomery — odparła. — Ojciec Lindsey i ja rozwiedliśmy się sześć lat temu.

Kiwnąłem potakująco głową nie dlatego, że to pochwalam, tylko nie wiedziałem, jak inaczej zareagować. Po niezręcznej kilkusekundowej ciszy zaprosiła mnie do środka i zaprowadziła do kuchni. Usiadłem przy niewielkim blacie śniadaniowym, skąd roztaczał się widok na ogródek kwiatowy za oknem.

Jakby nie mogąc ścierpieć ciszy, pani Montgomery nie przestawała mówić.

— To nas od siebie oddaliło. Nie mogłam zostać w domu, z którym wiązało się tyle wspomnień. I wyglądało też na to,

161

że nie możemy zostać z sobą. Wtedy postarałam się o nową pracę w tutejszym banku.

I o nowe życie. Nie powiedziała tego głośno, ale pewnie tak by to nazwała. Pokiwałem tylko głową.

— Dziękuję, że pan przyjechał — dodała.

— To naprawdę drobnostka, proszę pani. — Zupełnie niespodziewanie zadzwoniła do mnie pół roku temu z tą dość niezwykłą prośbą. Odchrząknąłem

Ściągnęła usta w cienką kreskę.

— Ja tam nie pójdę — oświadczyła. — Już dawno tak zdecydowałam. Chciałam, żeby to był taki sam dzień, jak wszystkie inne. Chciałam normalnie pójść do pracy i przeżyć go, nie myśląc o tym wszystkim, co się wydarzy. Ale prasa nie daje mi spokoju i wszyscy mnie proszą o komentarz. Nie mogę się od nich uwolnić. Może zabrzmi to dziwnie, ale chciałabym, żeby było już po wszystkim.

Jej ostatnie zdanie przywołało wspomnienie. Niemal dokładnie to samo powiedział Jesse Brashear, gdy widziałem go po raz ostatni.

— Wiem, proszę pani — odrzekłem, starając się zachować spokój — Wyobrażam sobie, jakie to musiało być dla pani trudne, tylko nadal nie...

— Sierżancie Stokes, chcę tylko, żeby to się nareszcie skończyło — przerwała, stając na środku kuchni. — Pan zawsze był mi pomocny, mnie i mojej rodzinie. W trakcie rozprawy, potem podczas apelacji. Pan i śledczy Nokes.

Cholera, od lat nie myślałem o Bercie Nokesie. Był śledczym, któremu powierzono poprowadzenie obławy na Jessego w okręgu Clement. Niecały rok po przejściu na emeryturę zmarł na raka.

— Tkwił pan w tym cały czas — ciągnęła, zacierając nerwowo dłonie. — Wie pan najlepiej, jak długo się to

wlecze. I chcę, żeby to się wreszcie skończyło. Żeby już było po wszystkim.

Wyciągnęła ręce i spojrzała na nie tak, jakby ją coś w nich zawstydziło. Już dawno się nauczyłem, że nie wolno ludzi poganiać. Trzeba im dać czas, żeby mogli wydusić z siebie to, co im leży na sercu. Więc czekałem w milczeniu. Nie podnosząc głowy, zaczęła znów mówić.

— W Biblii jest powiedziane, że nie wolno odbierać życia innemu człowiekowi. Próbowałam znaleźć w swoim sercu miejsce na tę prawdę. Dużo się też modliłam, ale ja tego tak nie widzę. Nie wiem, czy tak jest słusznie, czy nie, ale chcę, żeby to się stało. Ten chłopak zabrał mi Lindsey i to, co zrobił, bez wątpienia przyczyniło się do rozwodu. Więc nie może być inaczej. Musi za to zapłacić. — Głos uwiązł jej w gardle, zamilkła i głęboko zaczerpnęła powietrza, jakby tlen miał jej ułatwić zachowanie spokoju. — Chcę od pana dwóch rzeczy — oznajmiła, osuwając się na krzesło naprzeciw mnie.

— Jeśli tylko będę mógł.

— Żeby mnie pan zawiadomił, jak już będzie po wszystkim. Kiedy go już nie będzie. To się tak długo wlecze i wciąż mi się śni, że słucham komunikatu przez radio, a on nagle staje za oknem. Wiem, że to szaleństwo. Ale pan zawsze był wobec nas szczery i otwarty, nawet gdy chodziło o drastyczne szczegóły. Kiedy od pana usłyszę, że on już nie chodzi po tej ziemi, będę pewna, że to prawda.

Zacisnąłem zęby, by powstrzymać napór własnych wspomnień, i kiwnąłem krótko głową.

— Zrobię to.

— Jak tylko będzie po wszystkim — powiedziała z naciskiem. — Nieważne, która to będzie godzina.

Potwierdziłem ruchem głowy, a ona wcisnęła mi do ręki

kawałek papieru. Spojrzałem na kwadracik różowego papieru listowego z ozdobnym szlaczkiem z bzów, na którym starannym pismem wykaligrafowała swoje nazwisko — jakby mi musiała przypomnieć, do kogo mam zadzwonić — i numery telefonów domowego i komórkowego.

— A druga sprawa, proszę pani? — spytałem, składając kartkę i chowając ją do kieszonki na piersiach.

— Chcę, żeby miał pan oko na moje dziecko — powiedziała cicho. Widocznie na mojej twarzy odmalował się wyraz zdumienia, bo matka Lindsey dodała szybko. — Na Darlę. Bliźniaczkę Lindsey. Ona tam będzie. Wśród świadków egzekucji. Próbowałam jej to wyperswadować, ale nawet nie chciała słuchać. Może pan ją widział w telewizji?

Pokręciłem przecząco głową. W miarę zbliżania się daty egzekucji celowo unikałem wszelkich wiadomości na ten temat.

— Często ją pokazują w telewizji. Wyszła za mąż i mieszka w Ohio — ciągnęła. — Ją i jej męża. Oboje należą do grupy aktywistów występujących przeciw karze śmierci. Gazety i telewizja aż się zachłystują, że choć jest siostrą ofiary, chce ułaskawienia jej mordercy.

— W sprawie Jessego też występują? — spytałem szybko.

— Nie — pokręciła głową — ale nie dlatego, że nie chcą. Z tego, co mi mówiono, gdyby grupa Darli oficjalnie wystąpiła w jego sprawie, mogłoby to zostać źle odebrane. Ale i tak robi wszystko, żeby go wyciągnąć z celi śmierci. Dzwoni do różnych ludzi. Pisze apelacje do gubernatora. Zawsze jej strasznie ciążyło na sumieniu to, że jej zeznanie przyczyniło się do wydania wyroku śmierci na Jessego. Pamięta pan, jak miejscowe gazety nazywały ją duchem siostry.

Przesunęła spojrzenie ponad moją głowę i utkwiła w ścianie. Nie podążyłem za nim, ale wiedziałem, na co patrzy. Zauważyłem to od razu po wejściu do kuchni. Wyblakłą rodzinną fotografię mężczyzny, kobiety i dwóch kilkuletnich dziewczynek, którzy wpatrują się prosto w obiektyw. Wcale nie jestem pewien, czy zeznanie Darli było gwoździem do trumny Jessego, ale z całą pewnością wpłynęło na atmosferę panującą na sali sądowej.

— Zawsze ją gryzło, że była wtedy taka młoda i naiwna. To wielkie obciążenie dla każdego, a cóż dopiero dla młodej dziewczyny.

— I to spowodowało, że zaczęła występować przeciw karze śmierci?

Pozwoliła sobie na blady uśmiech.

— Od chwili, kiedy jej ojciec się dowiedział, że walczy o ułaskawienie Jessego, nie zamienili z sobą ani słowa.

Wprost nie mogłem sobie wyobrazić, co musi się dziać w sercu tej kobiety. Jedna córka na cmentarzu, druga walczy o ułaskawianie zabójców, a wśród nich mordercy swojej siostry.

Jakby czytając w moich w myślach, kobieta kontynuowała:

— Przekonania Darli wywołały niejedną awanturę w domu. Pewnie to też przyczyniło się do rozpadu naszego małżeństwa. Nie potrafiliśmy się z sobą porozumieć. Patrząc na siebie, widzieliśmy Lindsey i zaczynaliśmy się kłócić.

— O Jessego?

— Nie, w tej sprawie byliśmy zgodni. — Uśmiechnęła się cierpko. — Oboje chcieliśmy, żeby zapłacił za śmierć Lindsey. Ale nie mogliśmy się zgodzić w żadnej innej sprawie. A potem jeszcze mąż zwrócił się przeciw Darli, jakby go zdradziła. Ja też się z nią nie zgadzam, sierżancie

Stokes, ale nie da się kochać jedno dziecko bardziej, niż drugie. A gdybym się odwróciła od Darli, byłoby tak, jakbym pamięć o Lindsey stawiała ponad miłością do żyjącej córki. Nie potrafiłabym.

Rozumiałem jej tok myślenia. Sam mam dwie córki, bardzo się od siebie różnią, ale kocham obie i oddałbym za nie życie.

— Darla wykorzystuje jedno z miejsc przysługujących rodzinie, żeby w ramach protestu uczestniczyć w egzekucji Jessego — powiedziała ze smutkiem w głosie. — To straszne patrzyć, jak ktoś umiera. Widział pan kiedyś umierającego, sierżancie?

— Tak, proszę pani. — Kiwnąłem głową. W ramach swoich obowiązków widziałem aż nadto trupów i konających.

— Ja też — szepnęła. — Jako nastolatka byłam w Lexington i przypadkiem znalazłam się na stacji benzynowej tuż po napadzie. Bandyci strzelili do kasjera, starszego mężczyzny, i leżał na podłodze w kałuży krwi. Zadzwoniłam na policję, a on mnie poprosił, żebym go potrzymała za rękę. Umarł, zanim przyjechali. To było straszne przeżycie. Nie umiem sobie wyobrazić, jak straszne będzie dla Darli patrzenie na śmierć kogoś, kogo znała. Dlatego proszę mieć na nią oko.

— Zrobię to — obiecałem. — Przypilnuję jej.

— Dziękuję panu.

◆ ◆ ◆

Pierwsze spotkanie twarzą w twarz z panią Calhoun było najtrudniejszym zadaniem, jakie trafiło mi się w mojej krótkiej karierze policyjnej. Spadło to na mnie jako najmłodszego mundurowego na zmianie. Stojąc na ganku ich

domu w kapeluszu nisko zsuniętym na oczy, czułem dochodzący przez otwarte okno zapach skwierczącego bekonu. Zapukałem i w drzwiach stanęła pani Calhoun, która wycierała dłonie w kuchenną ścierkę. Spojrzała na mnie i uśmiech zamarł jej na twarzy. Dałbym wtedy wszystko, żeby być gdzie indziej niż na tym zalanym słońcem ganku. Od razu się domyśliła.

— Nie przynosi mi pan dobrych wiadomości, prawda? — powiedziała cicho.

— Nie, proszę pani — szepnąłem i potrząsnąłem głową. — A właściwie to bardzo złe.

Nic z tego, co miałem jej wtedy do powiedzenia, nie było łatwe do przekazania. Dla niej to była po prostu tragedia. Nigdy nie jest łatwo zawiadamiać o śmierci kogoś z najbliższych. Ale najtrudniej jest mówić rodzicowi o śmierci jego dziecka. Jednak zebrałem się w sobie i wykonałem zadanie. Wziąłem ją za rękę, poprowadziłem do środka i powiedziałem prawdę. Lindsey i jej nowego chłopaka zamordowano w akademiku.

◆ ◆ ◆

— Myślisz czasem o niej? — spytał mnie Jesse jakiś miesiąc temu, podczas jedynego spotkania, jakie z nim miałem od chwili procesu. Niespodziewanie dostałem od niego list, w którym prosił, bym go odwiedził, wsiadłem więc w samochód i pojechałem. Zaskoczył mnie tym pytaniem. Siedzieliśmy na sali widzeń w więzieniu o zaostrzonym rygorze w Eddyville. Sala była duża i pełna przeciągów, w powietrzu wisiała typowa woń amoniaku i pleśni. Siedzieliśmy po przeciwnych stronach plastikowego stolika.

Miał na sobie więzienny kombinezon i łańcuchy na nogach, włosy wystrzyżone tuż przy skórze, mięśnie ramion

napakowane od ćwiczeń z ciężarkami. Spod kajdanek na rękach wyzierały sine kreski, które znikały pod rękawami kombinezonu, gdzie niewątpliwie przeradzały się w pełnowymiarowe tatuaże. Na karku miał wytatuowane dwie krzyżujące się błyskawice — znak rozpoznawczy więziennego gangu Aryjczyków. Wyraz twarzy i oczu też miał hardy. Ponad dwanaście lat w Eddyville daje takie efekty. Dwanaście lat oczekiwania.

Zniknął gdzieś wyraz młodzieńczej niewinności i widać było, że Jesse stał się zaprawionym w więziennym życiu skazańcem. I tylko mówił tak, jak dawniej. Przez godzinę rozmawialiśmy o dawnych czasach, o ulubionych miejscach wędkowania, o górskich szlakach przemierzanych podczas polowań. Wyraz jego oczu stał się nieobecny i wiedziałem, że odtwarza w myślach obrazy z rodzinnych stron. I dopiero pod koniec, kiedy nasza rozmowa zaczynała już zamierać, zadał mi to pytanie.

Nie odpowiedziałem, więc je powtórzył.

— Myślisz czasem o Lindsey?

— Zdarza mi się — odrzekłem.

— Mnie też. — Pokiwał głową. — Często. Myślę też o moich decyzjach.

— Nie były najmądrzejsze.

— Nie, nie były najmądrzejsze — potwierdził. Potem uśmiechnął się w ten swój diaboliczny sposób i wlepił we mnie wzrok. — Bo, chciałem zapytać, czy mogę cię poprosić o przysługę?

— Prosić możesz — odparłem. — Nie jestem pewien, czy to zrobię, ale prosić możesz.

— W porządku. — Znów się uśmiechnął. — Wiem, że apelacje już skończone i że w ciągu miesiąca umrę. Adwokaci wciąż jeszcze chcą walczyć o moje życie, ale ja już nie

jestem dla nich żywym człowiekiem. Dla nich jestem tylko sprawą. Kolejnym skazańcem, którego prawo chce uśmiercić. Wiem, że walka drogą sądową jest skończona. Wiem, że mnie przywiążą w komorze śmierci i zabiją. Większość ludzi za szybą będzie we mnie widziała tylko mordercę, nikogo więcej. A ja chciałbym móc podnieść głowę i zobaczyć za szybą twarz kogoś, kto mnie znał. Kto wie, że nie było we mnie samo zło.

— Może twoi wujostwo? — zaproponowałem.

Pokręcił przecząco głową.

— Nie, już i tak za dużo przeze mnie przeszli. Nie chcę ich tutaj. Ale w chwili śmierci chciałbym widzieć jakąś przyjazną twarz.

Przełknąłem głośno ślinę i obiecałem, że przyjadę na egzekucję.

Strażnik ponuro oznajmił, że czas widzenia się skończył. Wstałem od stolika, Jesse zrobił to samo.

— Chodzisz jeszcze czasem na Fawley Mountain? — zapytał, czekając, aż strażnik odepnie jego łańcuch od nogi krzesła i owinie go wokół nóg.

— Od czasu kiedy się wyniosłem z okręgu Clement, już nie — przyznałem.

— To było fantastyczne miejsce na ryby — powiedział Jesse, przewiercając wzrokiem mury więzienia. — I takie spokojne. Wiesz, wystarczy, że zamknę oczy i od razu je widzę tak, jak wtedy wyglądało. Czasem nawet czuję zapach stawu ogrzewanego letnim słońcem.

— To rzeczywiście było świetne miejsce na ryby — potwierdziłem. Strażnik pociągnął go za sobą, więc już nie dodałem, że gdy ostatni raz byłem w tamtych stronach, specjalnie podjechałem w okolice Fawley Mountain. Firma zajmująca się wyrębem lasu, która zbudowała tam drogę do

169

zwózki drewna, już zakończyła swoje dzieło i większość drzew, i gąszczu leśnego zniknęła. Ukochany staw Jessego zasypano, a terenem zainteresował się jakiś spekulant, który postanowił wykorzystać zbocze góry na teren pod plac przyczep.

Jesse nagle zatrzymał się i odwracając się do mnie, zawołał:

— Wiem, że nie da się cofnąć czasu, ale często myślę, że jedna sprawa między nami powinna się skończyć inaczej. Wiesz, co mam na myśli?

Pokręciłem głową na znak, że nie wiem, ale kłamałem. Dokładnie wiedziałem, co teraz powie.

— Powinieneś mnie wtedy zabić.

Kiedy dzięki śledztwu złożono poszczególne wątki w jedną całość, wyłoniła się z tego typowa historia, z jakimi gliniarze wciąż mają do czynienia. Jesse pojechał za Lindsey do Richmond w nadziei, że wszystko da się jeszcze uratować, i znalazł ją w objęciach nowego chłopaka. Miał z sobą swój nieodłączny toporek, więc go użył. Fotografie z miejsca zbrodni porażały okrucieństwem. Krew była wszędzie — na podłodze, ścianach, suficie. Patolog nie potrafił nawet dokładnie określić liczby ran. Sąsiedzi usłyszeli krzyki i wezwali policję. Siostra Lindsey mieszkała w tym samym skrzydle i to ona zauważyła, że z parkingu odjeżdża camaro Jessego. Sprawę przypieczętował krwawy odcisk dłoni Jessego na drzwiach do łazienki. Widać Lindsey próbowała się tam schronić, ale Jesse po prostu wyważył drzwi.

Już następnego dnia Jesse Brashear znalazł się na czele listy osób poszukiwanych w całym wschodnim Kentucky.

Jedni byli zdania, że spróbuje przedostać się do Kalifornii albo do Meksyku, inni uważali, że zaszył się gdzieś w Wir-

ginii Zachodniej. Każdy policjant stanowy i każdy lokalny gliniarz dysponował opisem przerdzewiałego camaro Jessego, ale nikt go nigdzie nie widział. Było tak, jakby się zapadł pod ziemię.

Kiedy ma się służbę w radiowozie, to albo dzieje się tyle naraz, że człowiek nie ma czasu się podrapać między kolejnymi wezwaniami, albo panuje taki spokój, że można umrzeć z nudów. Tamta noc należała do tych spokojnych, nie było żadnych wezwań i miałem dużo czasu na rozmyślania. I gdzieś tak w połowie swojej zmiany doznałem olśnienia. Przyszło mi do głowy, gdzie Jesse może się ukrywać. Teraz wszystko wydaje się proste i oczywiste. Gdybym był mądrzejszy, przed wyruszeniem na Fawley Mountain poprosiłbym o wsparcie. Ale tego nie zrobiłem. Bałem się, że jeśli się mylę, stanę się obiektem kpin. Dlatego ruszyłem sam wyboistym traktem, którego używano do zwózki drewna. Dojazd do sekretnego stawu Jessego był tak dobrze zamaskowany, że przy jeździe w górę go przegapiłem i dopiero wracając, odnalazłem i skręciłem w zarośniętą, leśną ścieżkę. Wzgórze było porośnięte gąszczem zarośli, a zwisające niemal do ziemi gałęzie drzew przesłaniały blask księżyca. Mimo to dojrzałem stare camaro zaparkowane nad brzegiem stawu. Było zupełnie ciemno, ale ustawiłem radiowóz tak, by reflektorami oświetlić wnętrze samochodu.

Dopiero teraz resztki rozsądku kazały mi wywołać centralę i poprosić o wsparcie, tyle że jednym z problemów działania policji w takim terenie jest to, że ściągnięcie posiłków może potrwać nawet pół godziny. Wiedziałem więc, że w razie kłopotów mogę liczyć tylko na siebie. Miałem nadzieję, że w moim głosie przez radio nie dało się wyczuć drżenia.

Wysiadłem, zostawiając włączone reflektory, do ręki wziąłem latarkę, którą też oświetliłem camaro. W środku nic się nie ruszało. W bezpiecznym kokonie radiowozu otuchy dodawały jeszcze rozmowy przez radio, teraz jednak otoczyła mnie cisza, w której słychać było tylko cichy szum silnika i odgłosy nocnych zwierząt.

— Policja stanowa! — krzyknąłem bez większego przekonania. Odpiąłem pasek na kaburze i położyłem dłoń na kolbie rewolweru.

Nagle w lewo ode mnie rozległ się tak przeraźliwy wrzask, że aż podskoczyłem. Potępieńcze wycie ani na chwilę nie ustawało, po czym w ciemnościach ujrzałem Jessego, który wypada z trzcin obrastających staw i pędzi ku mnie z toporkiem w ręku. We włosach miał liście, jego koszula i dżinsy były ubłocone, a on miotał się jak szaleniec. Gdy wspiął się po zboczu schodzącym do stawu i nasze oczy się spotkały, obaj na moment zamarliśmy. Poznał mnie, stanął w miejscu i ręka z toporkiem opadła. Zaraz ją jednak ponownie uniósł, a ja sięgnąłem po broń.

W tamtych czasach na służbowym wyposażeniu mieliśmy rewolwery smith & wesson 686, wielkie magnum kalibru .357. Bardzo mi ta sześćsetosiemdziesiątkaszóstka pasowała, zwłaszcza że zawsze miałem dobre oko i już w czasach, gdy byłem mały i polowałem z dziadkiem na wiewiórki, rzadko zdarzało mi się pudłować. Ale jak teraz opowiadam o tym, co się wtedy wydarzyło, zawsze kłamię. Zrobiłem tak w oficjalnym raporcie z akcji i robię tak zawsze, ile razy opowiadam tę historię kolegom policjantom. Mówię mianowicie, że gdy wyszarpnąłem rewolwer z kabury, niechcący nacisnąłem spust, nim zdążyłem wycelować. Ale to nieprawda. Patrzyłem na Jessego i po prostu nie chciałem go zabić, skierowałem więc lufę w dół i strzeliłem. Chciałem

go zapytać, dlaczego musiał zabić Lindsey. Chciałem, żeby pomógł mi to zrozumieć. Błysk ognia z lufy był jak błyskawica towarzysząca piorunowi i pocisk wbił się w ziemię tuż przed nogami Jessego. Odzyskawszy głos, powiedziałem: „Jesse, opanuj się", i kciukiem ponownie odciągnąłem kurek. W uszach mi dzwoniło i nie byłem pewien, czy Jesse mnie usłyszał, więc powtórzyłem niemal prosząco: „Nie zmuszaj mnie, żebym strzelił. Proszę".

Zamarł w bezruchu z wlepionym we mnie wzrokiem i przez kilka następnych sekund staliśmy tak naprzeciw siebie: ja z rewolwerem gotowym do strzału, on niecałe cztery metry ode mnie z zakrwawionym toporkiem w uniesionej ręce. Żaden z nas nie drgnął i czułem tylko, że moje serce zmieniło położenie i teraz wali mi w gardle. A potem łzy nabiegły mu do oczu, rzucił toporek na ziemię i zwiotczał, jakby uszło z niego życie.

Założyłem mu kajdanki, ale do radiowozu wsadziłem dopiero, gdy usłyszałem syreny policyjne. Do tego momentu siedzieliśmy obok siebie oparci plecami o tylne koło jego camaro. Patrzyliśmy w milczeniu na cudowne nocne niebo, a Jesse cały czas płakał. Wiedział, że już nigdy nie zobaczy swego ukochanego zakątka. I że już nigdy nie będzie miał własnego domu i rodziny.

— Bo, dlaczego do mnie nie strzeliłeś? — wyjąkał przez łzy.

Nie mogłem mu odpowiedzieć, bo prawda była taka, że nie chciałem go zabić. Mimo iż zrobił coś strasznego, wciąż go lubiłem i nie chciałem do niego strzelać. W wersji opowiadanej przy piwie zawsze w tym miejscu mówię, że Jesse był pewien, iż mój następny pocisk trafi go prosto między oczy. Cieszę się jednak, że nie musiałem tego sprawdzać. Jesse na pewno chciał, żebym go zabił i uśmie-

173

rzył jego ból. Musiał jednak dostrzec wyraz mojej twarzy i poddał się, by nie zmuszać mnie do podjęcia trudnej decyzji.

◆ ◆ ◆

Wszystko w życiu ma swoją cenę i nigdy nic nie przychodzi łatwo. I każdy musi za siebie płacić. Myślałem o tym tego ranka, w drodze do więzienia w Eddyville. Nie spotkałem Darli Calhoun i nie wiem, jak się zachowała w chwili śmierci Jessego. Nie wiem też, co się dzieje z nią i jej rodziną, i czy udało im się zasypać rodzinną przepaść. Wiem, że stałem w pomieszczeniu dla świadków wśród kilkunastu obcych mi osób i patrzyłem, jak krępują Jessego na stole i robią mu zastrzyk. Komora śmierci była tak rzęsiście oświetlona, że nie wiem nawet, czy Jesse mnie w ogóle widział. Myślę jednak, że wiedział, iż stoję za tą szybą, że robię to zarówno dla niego, jak i dla Lindsey. Wierzę, że nim jego serce przestało bić, przez głowę przemknął mu jeszcze ostatni obraz, jak pod Fawley Mountain zwilża żyłkę i szykuje się do rzutu.

Jesse Brashear nie był złym człowiekiem. Wiem, że zmasakrował dwie młode osoby z okrucieństwem, jakie nieczęsto się zdarza. Ale wiem także, że miał dobre serce. W swojej pracy musiałem się pogodzić z tym, że z gruntu dobrzy ludzie potrafią robić złe rzeczy, czasem wręcz potworne. Ale jak Jesse powiedział, nie da się cofnąć czasu i zmienić tego, co zrobiliśmy. Wszyscy musimy płacić za siebie. I tak wygląda twarda, naga prawda.

JEDEN STRZAŁ

P. J. PARRISH

One Shot © 2006 by P. J. Parrish

Dom wydał mu się bardziej przytłaczający, niż pamiętał. Nie pod względem wielkości, tylko bijącego od niego smutku. Nie chodziło o pokryte brudem szyby ani o porysowane drewniane podłogi. Ani o brakujące słupki w balustradzie przy schodach. Ani nawet o jasne prostokąty na wyblakłej tapecie, które zostały po wiszących tam niegdyś obrazach.

Chodziło o panującą tu atmosferę, coś, co go ogarnęło, gdy tylko włożył klucz do zamka i otworzył drzwi, a te wydały głęboki jęk, jakby dobywający się z samych trzewi domu.

Stał w salonie wsłuchany w ciszę zakłócaną tylko przez listopadowy deszcz miarowo bębniący o szyby. Westchnął głęboko i jego oddech zamienił się w obłoczek pary, który zawisł w nieruchomym powietrzu. Zdążył się już odzwyczaić od zimna. Trudno się dziwić, skoro już od dawna nie mieszkał w Michigan, a jego żyłami płynęła teraz rozrzedzona krew mieszkańca Florydy. A może też dlatego, że był teraz dużo starszy i wiele otaczających go rzeczy mu przeszkadzało.

Powiódł wzrokiem po pustych prostokątach na ścianach. Miał w pamięci obraz tego pokoju zalanego światłem słonecznym, w którym płowiała niebieska tapeta. Teraz te puste miejsca patrzyły na niego jak duchy przeszłości, a on za żadne skarby nie mógł sobie przypomnieć, co gdzie wisiało. Pamiętał jedynie, że na ścianach wisiało tyle obrazów ile w sklepie koło ich domu na Florydzie, w którym sprzedawano reprodukcje ze zwierzętami, landszafty i tandetne abstrakcje.

Leslie zaciągnęła go tam kiedyś, by mu pokazać oleodruk przedstawiający dom w bliżej nieokreślonym wiejskim otoczeniu. Kosztował pięćset dolarów i Leslie chciała go kupić. Powiedział jej wtedy, że nie życzy sobie w domu żadnych imitacji — ani roślin, ani obrazów, ani ludzi — i pojechał do Searsa po część do zepsutej piły łańcuchowej.

Dwa dni później Leslie przyniosła do domu obraz olejny, którego autorem był jakiś Thomas Kinkade. Przedstawiał uliczkę z domami udekorowanymi bożonarodzeniowymi stroikami, skąpaną w złocistym blasku bijącym z okien. Kosztował tysiąc sto dolarów, ale Leslie zapewniła go, że to autentyk. Do obrazu dołączona była odręczna nota, w której autor komentował swoje dzieło. „Dochodzę do wniosku, że najlepiej czuję się w miejscach przesyconych dobrosąsiedzką atmosferą... gdzie ludzie żyją w przyjaźni, a co najważniejsze, mieszkają w jasnych i ciepłych domach pełnych miłości...".

— Jest okropny, Leslie — powiedział. — Okropnie ckliwy kicz. Zęby mnie bolą, jak na to patrzę.

— Ależ to tylko obraz, Stuart. Dlaczego zawsze musisz tak wybrzydzać?

Poddał się i Leslie powiesiła obraz zatytułowany *Do domu na święta* w ich saloniku.

Nie mógł oderwać wzroku od pustych miejsc na niebieskiej tapecie. Dlaczego nie może sobie przypomnieć choćby jednego obrazu z tych, które tu wisiały? Gdzieś z ulicy dobiegło dudnienie rapu z głośników przejeżdżającego samochodu. Zamknął oczy, wsłuchując się w zbliżający się dźwięk, narastający jak crescendo, potem stopniowo zanikający. Czuł, jak jego serce bije w rytm oddalającego się dudnienia.

Boże, jak on nienawidził takiego łomotu. Tej okropnej, ogłupiającej, wdzierającej się wprost do serca i mózgu monotonii rytmu, która co wieczór nękała go zza ściany, kiedy chciał w spokoju obejrzeć *The McLaughlin Report*. W końcu musiał wstawać, iść do pokoju Ryana i waląc pięścią w drzwi, żądać, żeby to ściszył.

— Ryan, jak ty możesz słuchać tego okropieństwa?

— Jezu, tato, to przecież tylko muzyka. Dlaczego znów się czepiasz?

Samochód oddalił się i do domu powróciła cisza. Otworzył oczy. Co on tu właściwie robi? Czego szuka w tej ruderze?

Odwrócił się i wolno ruszył pod łukiem oddzielającym salon od pustej jadalni, w której ze ścian zwisały przewody do kinkietów. Za jadalnią była kuchnia, pogrążona teraz w mroku jesiennego popołudnia. Nic się tu nie zmieniło: kuchenne blaty wyłożone jasnozielonymi kafelkami, ściany oklejone tapetą z wzorkiem dzikiego wina — teraz już pożółkłą ze starości i od papierosowego dymu. Płytki zielonego linoleum na podłodze miały wywinięte narożniki. Czy ktoś tu w ogóle ostatnio mieszkał?

Usłyszał hałasy dochodzące z głębi domu. Skrzypnięcie drzwi, potem odgłos kroków na drewnianej podłodze. Nie był pewien, czy się nie przesłyszał, wstrzymał więc oddech i nasłuchiwał.

177

— Panie Bowen?

Nie zareagował.

— Jest tam kto? Panie Bowen?

Wypuścił powietrze i zawrócił do salonu.

Na środku stała pulchna kobieta w futrze, która na odgłos jego kroków raptownie się okręciła.

— Boże, ale mnie pan przestraszył! — Ruszyła w jego stronę z wyciągniętą ręką. — Jane Talley. Przepraszam za spóźnienie. Straszne korki.

Podał jej rękę i zrobił krok do tyłu, by nie musieć wąchać jej perfum.

— Można by pomyśleć, że na dzień przed Świętem Dziękczynienia nie będzie ruchu — powiedziała, ściągając czerwony szal z polakierowanej na sztywno blond fryzury. — Pewno wszyscy w ostatniej chwili przypomnieli sobie o indyku.

— Dziękuję, że się pani od razu zjawiła — powiedział.

— Nie ma sprawy. Znalazł pan klucz bez problemu?

— Tak jak pani mówiła. Był w skrzynce na listy.

— Świetnie. Cóż, jeśli pan pozwoli — dodała z uśmiechem — chciałabym od razu przystąpić do rzeczy. Muszę jechać na lotnisko po córkę. Przylatuje z Dallas z dzieciakami. Wie pan, jak to jest. Tradycyjny rodzinny zjazd pod znakiem indyka, obżarstwa, opilstwa, wypominania starych uraz i oglądania kolejnego przegranego meczu Lionsów.

Kiedy nie zareagował uśmiechem, kobieta odwróciła głowę i rozejrzała się po pokoju. Nie udało jej się w pełni ukryć grymasu niezadowolenia, ale gdy na niego spojrzała, na jej twarzy znów pojawił się profesjonalny uśmiech.

— Rozejrzał się już pan?

— Trochę.

Zdjęła z ramienia skórzaną torbę i sięgnęła do środka.

— Tu jest oferta — powiedziała, podając mu kartkę.

Rzucił okiem na treść: 989 Strathmore, Detroit, Wayne County, Michigan. 2/2 z jedną łazienką na piętrze. Rok budowy: 1945. Podatek gruntowy 2300 dolarów. Cena 145 000 dolarów. Kartka zawierała też czarno-białe zdjęcie domu, na którym pseudotudorską architekturę i kraty w oknach przesłaniały rozrośnięte iglaki.

Ulicą za oknem przejechał następny rapujący samochód. Słyszał narastające dźwięki, których dudnienie brzmiało jak elegia dla starego domu i umierającej okolicy. Odczekał, aż zupełnie ucichną, i dopiero wtedy podniósł wzrok na przedstawicielkę agencji nieruchomości.

Patrzyła na niego wyczekująco, jakby chciała jak najszybciej to zakończyć. I zapewne tak było. Mocno zacisnął powieki i przyłożył dłoń do skroni.

— Panie Bowen?

Z ogromnym trudem otworzył oczy. Powitała to z wyraźną ulgą.

— Może zajrzymy na górę? — zaproponowała.

Kiwnął potakująco głową i schował ofertę do kieszeni. Poszła przodem, ostrzegając, że na schodach trzeba uważać, bo nie są w najlepszym stanie, ale czego można oczekiwać po domu, w którym nikt od lat nie mieszkał, chociaż kiedyś był bardzo ładny, ale to było, zanim Detroit zaczęło schodzić na psy pod rządami burmistrza, który nie umiał odróżnić własnego tyłka od dziury w ziemi i pozwalał, żeby wszystko się waliło, i nieważne, co się teraz mówi, nowe kasyna na rzece i w greckiej dzielnicy nie przyciągną ludzi z powrotem do miasta, bo mamy teraz rok 1998 i któż by dziś nie wolał mieszkać za miastem, gdzie można w nocy bezpiecznie

179

chodzić po ulicy, a dzieci nie muszą przy wejściu do szkoły przechodzić przez bramkę z wykrywaczem metalu...

Gdy docierał do szczytu schodów, czuł, że mu zaczyna łupać w głowie.

— Boże, ależ tu ciemno — wykrzyknęła, bezskutecznie pstrykając wyłącznikiem na ścianie.

Wszedł do pierwszej z brzegu sypialni. Była nieduża, ze ścianami pomalowanymi na jasnopomarańczowy kolor z okropnym kwiecistym wzorkiem. Ale oczyma duszy widział, jak tu było kiedyś. Pozwolił unieść się wspomnieniom, które przywołały obrazy i głosy sprzed lat.

Pamiętał nieduże łóżko z brązową szenilową narzutą i etażerkę ze stertą komiksów. I niebieski, supełkowaty dywan z rozłożoną na nim planszą do clue*.

Pułkownik Musztarda, w bibliotece, rewolwerem! Proszę! Znów wygrałem!

Oszukiwałeś, Stu.

Właśnie, że nieprawda.

Właśnie, że tak.

Właśnie, że nie. Dobra, to zagrajmy jeszcze raz

Nie...

Richie, nie oszukiwałem. Słowo. Chodź, zagrajmy jeszcze raz.

Nie, już mi się ta gra znudziła.

Zdjął skórzaną rękawiczkę i przejechał palcami po krawędzi framugi, wymacując drobne nacięcia, którymi zaznaczano wzrost jego i Richiego.

— Tu był mój pokój — powiedział.

Kobieta z agencji spojrzała na niego ze zdumieniem.

---

* Clue (a właściwie cluedo) — gra planszowa, w której gracze wcielają się w detektywów próbujących odgadnąć, która z postaci, w jakim pomieszczeniu i jakim narzędziem popełniła morderstwo.

— Pański...?

— Wychowałem się w tym domu — rzucił, wychodząc z sypialni. Poszedł dalej, słysząc za plecami stukot jej obcasów na drewnianej podłodze. Zajrzał do dużej sypialni, potem do niewielkiej łazienki.

— To dlatego chce pan kupić ten dom? — spytała.

Bez słowa odwrócił się ku niej. Miała dość niepewną minę, która przez chwilę przypomniała mu wyraz twarzy Leslie, kiedy ją poinformował, że na dzień przed Świętem Dziękczynienia wybiera się do Michigan, żeby obejrzeć dom.

— Dlaczego? — spytała, zaskoczona

— Bo muszę — odpowiedział.

— Ale co z naszym świątecznym obiadem? Co z twoją rodziną? Cholera, Stuart, nie pojmuję. Nie rób mi tego. Przecież, na litość boską, to Święto Dziękczynienia. Powinniśmy wszyscy być razem.

— Dlatego muszę pojechać.

Ruszył schodami w dół, ignorując zadane przez kobietę pytanie. Nie miał zamiaru kupować tego domu. Po prostu chciał go tylko jeszcze raz zobaczyć. Zdawało mu się, że jeśli tu przyjdzie, może w końcu zrozumie to, co się tutaj stało.

— A czym się pan zajmuje zawodowo, panie Bowen? — spytała kobieta, zrównując się z nim i stając na środku pokoju.

— Uczę — odpowiedział.

— Naprawdę? Jak miło. Czego pan uczy?

— Literatury.

Ruszył ponownie w stronę kuchni, by uwolnić się od dalszych pytań. Nie chciało mu się jej wyjaśniać, że nie uczy zwyczajnie „literatury". Że jest profesorem filologii

181

klasycznej na uniwersytecie w Miami i prowadzi cykle wykładów w rodzaju „Myśl i edukacja moralna w starożytności". Miał pełny etat, dom w Grove, żonę zaangażowaną w działalność społeczną i syna niebiorącego narkotyków. Miał też nowe volvo, starzejącego się jamnika i schowany w szufladzie biurka rękopis niedokończonej powieści. Oraz — do czego się od czasu do czasu przyznawał, ale tylko przed sobą — problem z alkoholem.

Wszyscy jego znajomi uważali go za człowieka sukcesu, ale on w głębi duszy był przekonany, że jest nieudacznikiem. Czuł, że w którymś momencie swego życia wypadł z szyn i utknął w miejscu — on, Leslie i Ryan. Nie, nie utknął. Rozbił się. Jego życie uległo rozbiciu i w rezultacie wszyscy troje żyli teraz oddzielnie, borykając się z własnym bólem, samotnością i ranami, udając, że nie słyszą wołania o pomoc.

Wiedział, że winę za to ponosi on. I że musi coś z tym zrobić, jakoś to naprawić. I właśnie dlatego, chcąc ratować siebie i swoją rodzinę, przyjechał do tego domu. Chciał podjąć jeszcze jedną, ostatnią próbę.

Odwrócił się i jego wzrok spoczął na tych drzwiach.

Kobieta z agencji znów do niego podeszła.

— To tylko piwnica — wyjaśniła.

— Muszę tam zajrzeć.

Agentka spojrzała na zegarek i cicho westchnęła. Jej oddech w panującym chłodzie zamienił się w obłoczek pary i poszybował w górę. Czytał w jej oczach przelatujące przez głowę myśli: że wcale nie jest potencjalnym kupcem, tylko namolnym staruchem, który wybrał się w nostalgiczną podróż w przeszłość.

— Mmm, jeśli nie sprawi to panu różnicy, panie Bowen, to... bo robi się już naprawdę późno, a droga na lotnisko...

— Muszę zajrzeć do piwnicy — powiedział stanowczym tonem.

Zawahała się i wzruszyła ramionami.

— Jak pan chce. — Wraz z nadzieją na dopięcie transakcji opuściła ją również profesjonalna przymilność. — Pozwoli pan, że poczekam tutaj.

Drzwi w pierwszej chwili stawiły opór, potem poddały się z głośnym skrzypnięciem. Przez chwilę stał na szczycie schodów i wpatrywał się w panujący na dole mrok. Owionęło go chłodne, przesiąknięte wilgocią i zapachem pleśni powietrze.

Ruszył po schodach w dół.

Dopiero dotarłszy do końca drewnianych schodów, zdał sobie sprawę, że cały czas wstrzymuje oddech. Wypuścił go teraz i ze ściśniętym sercem rozejrzał się po piwnicy. Strasznie ją zaniedbali ci, co tu po nim mieszkali. Pozwolili, by przez lata zarastała brudem i porastała grzybem. Widać to było wyraźnie, choć przez niewielkie piwniczne okienko nie przedostawało się zbyt dużo światła. Piwnica była w ruinie.

Bar zbudowany przez ojca wciąż jeszcze jednak stał na miejscu, tyle że zawalony butwiejącymi kartonami. Na ścianach widać było okładzinę z sękatych sosnowych desek, które od brudu aż poczerniały. Zostały też półki, na których kiedyś stały kartony z ozdobami choinkowymi i słoiki z robionym przez mamę dżemem, choć kilka zwisało oderwanych i pokrytych szczurzymi odchodami.

Słyszał miarowy plusk kapiącej gdzieś wody. I głosy dochodzące do niego z przeszłości, wracające jak zapomniana melodia.

Stu? Stu, jesteś tam na dole?

Tak, mamo!

Chodź na górę. Muszę zdążyć do A&P przed zamknięciem.

Och, mamo, nie chce mi się. Wolę tu zostać z Richiem.
Już ci mówiłam. Żadnego siedzenia samemu w domu.
Mamo, mogę sam zostać! Mam już prawie trzynaście lat.
Pozwól mamo! Mamy tu z Richiem ważne sprawy!
Stu...
Nie ruszymy się z piwnicy. Obiecuję, mamo.
No, już dobrze... Będę za jakąś godzinę, ale jak tylko tata
wróci, siadamy do stołu.
Czy Richie może z nami zjeść?
Nie, tym razem nie. Richie musi wrócić do domu. Myślę,
że jego mama też by go chciała czasem zobaczyć.
Ale mamo...
Słyszałeś, co powiedziałam. Dzisiaj nie.

Pośrodku piwnicy stała stara kanapa. Miał ją wyraźnie przed oczyma — wygniecione siedzenia pokryte szorstkim czerwonym suknem i poduszki, które jemu i Richiemu służyły do budowania obronnych fortów. Stał tam też stolik do kart, przy którym ojciec z kolegami grywał w pokera, a na którym on z Richiem rozkładali bloki i kredki i z pochylonymi głowami w konspiracji rysowali komiksy. Swojego superbohatera nazwali Mózgoman, bo potrafił uśmiercać wrogów samymi myślami. On wymyślał przygody, Richie je rysował i robił to naprawdę pięknie! Mieli zamiar wydać swoje komiksy, jak tylko dorosną. I zrobić to wspólnie, ponieważ zawsze wszystko robili wspólnie. Taki mieli plan. Dorosnąć, zdobyć sławę i wszystkim pokazać. Pokazać ojcu Richiego, że rysowanie to nie żadne „pedalstwo". Pokazać Nate'owi Garsonowi i reszcie tych matołów ze szkoły, żeby pożałowali tego wszystkiego, co im robili, i tych wszystkich wstrętnych rzeczy, które na nich wygadywali. Dorosnąć, stać się bogatym i sławnym. Dorosnąć i zapomnieć o tym, jak Nate przewrócił Richiego na asfalt

i nawymyślał od durnych Polaczków; jak mu potłukł okulary i rozkwasił nos. Dorosnąć i zapomnieć o okropnych dziewuchach, które się na nich gapiły i śmiały się z nich. Dorosnąć i zapomnieć, że jak się poskarżyli, to dwa dni później znaleźli swojego kota wiszącego na znaku „stop". Dorosnąć tak, żeby tego pożałowali. Taki mieli plan. Stuart Bowen i Richie Koweski, bohaterowie komiksów.

Spojrzał w stronę najdalszego, najciemniejszego kąta piwnicy i ledwo widocznych w nim drzwi, za którymi znajdował się niewielki pokoik. Zamknął oczy i obrazy uleciały, ale głosy wciąż było słychać.

Richie? Co ci jest?

Nic.

Chcesz pójść do sklepu? Mam ćwierćdolarówkę. Możemy sobie...

Niee...

Chory jesteś?

Nie.

To co ci jest?

Już ci powiedziałem, nic!

A dlaczego nie byłeś dziś w szkole?

Nie wiem.

Okej... to co robimy?

Nie wiem.

Moglibyśmy pójść popatrzeć na pana Wizarda.

Mhm.

Chcesz popracować nad Mózgomanem?

Niee...

Kurde, Richie, jak nic nie chcesz robić, to może lepiej idź do domu.

Nie chcę iść do domu. W domu jest tata.

No i co z tego?

Siedzi i pije piwo.

Wielkie rzeczy. Mój tata też pije piwo.

Ale twój cię nie bije. Nie chcę iść do domu, Stu.

Tak, ale jak masz być taką łajzą, to może jednak lepiej idź.

Cisza. Wciąż miał jeszcze w uszach tamtą ciszę. Straszną ciszę, jaka wtedy zapadła w piwnicy i milczenie Richiego siedzącego z opuszczonymi ramionami na kanapie. I wciąż pamiętał myśl, która mu wtedy przyszła do głowy, że Richie wygląda jak taki gumowy worek do boksowania z namalowaną twarzą klauna, z którego uszło powietrze.

Jego wzrok znów powędrował do drzwi w kącie. Wiedział, że musi podejść i je otworzyć, ale nie mógł się zdobyć na żaden ruch. Czuł dreszcze, a gdy wycierał nos, zauważył, że drży mu dłoń. Przejechał tysiące mil i czekał czterdzieści lat, mając cały czas świadomość, że musi tam zajrzeć i stawić czoło temu, co znajduje się w środku. Jeśli nie zrobi tego teraz, jeśli się teraz wycofa, straci ostatnią szansę. Szansę dla siebie, Leslie i Ryana. Straci ją raz na zawsze.

Jego nogi same ruszyły, niosąc go w stronę drzwi, jakby był zdalnie sterowanym robotem. Sięgając do klamki, spojrzał na swoją dłoń, na sine żyły wyraźnie widoczne na białej, pomarszczonej skórze, i doznał dziwnego uczucia, jakby ta ręka należała do kogoś innego. Metalowa klamka była lodowata. Drzwi otwarły się do środka z cichym jęknięciem.

Jego nozdrza wypełnił smród zgnilizny. Blade światło jesiennego popołudnia, sączące się przez małe piwniczne okienko z wybitą szybą ledwo rozjaśniało mrok. Na wybrzuszonych półkach stały słoiki po dziecinnych odżywkach, pełne zardzewiałych gwoździ i śrubek. Drewniany stół warsztatowy był aż czarny od pleśni. Na betonowej podłodze stały kałuże śmierdzącej wody, obok leżały rozkładające się

szczątki szczura. Wiedział, że ten smród zgnilizny jest mieszaniną wszystkich woni.

Ale w pamięci miał jeszcze inną, jakby metaliczną woń. Woń, od której przez cały czas nie potrafił się uwolnić. Woń, która przylgnęła do niego na dziesiątki lat. Woń, która teraz przebijała się przez panujący tu smród i niosła tamto wspomnienie.

Nie dało się już tego uniknąć. Spadło to na niego jak lawina, której nic nie zatrzyma.

Metaliczna woń była wszędzie. I wszędzie była krew. A na betonowej podłodze leżał Richie.

Richie? Richie? Richie!

Cisza. Krew Richiego. Wszędzie było jej pełno, nawet na zawieszonym na ścianie kalendarzu z pociągami. Krew zmieszana z drobinami mózgu Richiego, które przylgnęły nawet do słoików po dziecięcych odżywkach i do narzędzi na ścianie.

I ten rewolwer w swojej dłoni.

Mamo! Mamo! O nie... Richie! Mamo! Zejdź tu szybko! Mamo...

Ale nikt się nie pojawił. W końcu usłyszał trzaśnięcie drzwi samochodu i kroki matki wchodzącej do kuchni z zakupami, i jej głos wołający jego imię. Ale nie mógł wydobyć z siebie głosu. Nawet słysząc jej kroki na schodach do piwnicy, wciąż nie był w stanie się odezwać. Siedział skulony w kącie z rewolwerem na kolanach i słuchał, jak matka zaczyna krzyczeć, i krzyczy, i krzyczy...

Potem dom wypełnił się tłumem obcych. Wielki mężczyzna w granatowym mundurze odebrał mu rewolwer i zaprowadził go na górę do kuchni. Inny mężczyzna w granatowym mundurze starł z niego krew. Ktoś kazał mu się

187

przebrać, potem posadzili go na krześle w pokoju i kazali się nie ruszać. Słyszał dochodzący z kuchni płacz matki.

Siedział więc nieruchomo, wsłuchując się we wszystkie odgłosy i czując, jak ciało mu kamienieje. I tylko jego oczy się ruszały, omiatając nerwowo pokój. Wpatrywał się w obrazy na oklejonych niebieską tapetą ścianach, bo wiedział, że dopóki nie oderwie od nich wzroku, dopóty nie zobaczy roztrzaskanej głowy Richiego. W końcu, zmęczywszy wzrok ciągłym patrzeniem to na jeden obraz to na drugi, wbił spojrzenie w jeden z nich — ten nad telewizorem, na którym Jezus trzymał w dłoniach swe promieniujące serce. Patrzył na Jezusa, a Jezus patrzył na niego.

A potem poczuł, że ktoś przed nim klęczy. Ktoś z pobladłą twarzą i oczami pełnymi łez. Ojciec? Co on robi w domu? Jakim cudem mógł tak szybko wrócić?

Stuart... musimy porozmawiać.

Ja nie chciałem. Tylko się na niego zezłościłem. Nawet się nie pokłóciliśmy.

Wiem.

Tylko że... tylko że... Richie czasami...

Stuart, posłuchaj.

Myślałem, że nie pamięta, gdzie on leży. Tylko jeden raz go oglądaliśmy. Tylko raz go wyjąłem i pokazałem Richiemu. Nie wiedziałem, że pamięta, gdzie on leży!

Ojciec podniósł głowę i spojrzał ponad jego ramieniem. W pokoju byli też jacyś inni ludzie, ale nawet nie zauważył, kiedy weszli. Czterech policjantów w granatowych mundurach. Jakiś mężczyzna w brązowym garniturze, zapisujący coś w notesie. Stary, łysy ksiądz od Świętego Jerome'a, pachnący sen-sen. Jeszcze jakieś twarze zlewające się w jedną niewyraźną plamę.

Ojciec położył mu ręce na ramionach.

Stuey, posłuchaj...

Ja nie chciałem...

Wiem.

On był chyba chory, tato. Nie był dziś w szkole i...

Stuey, bądź cicho.

Ja nie wiem... nie wiem, co się stało!

Poczuł mocniejszy nacisk ojcowskich dłoni na ramionach. Czuł ciepło ojcowskiego oddechu na twarzy.

To był wypadek, synku.

Co?

Bawiłeś się rewolwerem. Pokazywałeś go Richiemu i wtedy rewolwer wystrzelił. To był wypadek.

Ale Richie...

Synku, Stuey, posłuchaj mnie. Tak to się odbyło. To był wypadek. Ale wszystko będzie dobrze.

Wzrok ojca spoczywał na nim nieruchomo, ale on nagle nie mógł już na niego patrzeć. Spojrzał ponad ramieniem ojca na księdza i policjantów zbitych w grupkę w kącie pokoju. Potem jego wzrok powędrował po ścianie i odnalazł wizerunek Jezusa. Wpatrzył się w Niego tak intensywnie, że po chwili obraz mu się rozmazał i od tego momentu wszystko inne też już było rozmazane. Wyraźnie utkwiło w pamięci jedynie pakowanie jego komiksów rok później, gdy się stąd wyprowadzali. Natrafił wtedy na rysunek Richiego przedstawiający Mózgomana i schował do „Supermana", by go zachować na pamiątkę. I dopiero wiele lat później, kiedy już na studiach przyjechał do domu na święta, dowiedział się, że matka wyrzuciła do śmieci wszystkie jego stare komiksy.

— Panie Bowen!

Otworzył oczy i pokoik powoli nabrał ostrości.

— Panie Bowen, jest pan tam?

— Tak... — odchrząknął. — Tak!

— Naprawdę muszę już iść.

— Chcę tu jeszcze zostać. Potem za sobą zamknę.

— Panie Bowen, myślę, że to nie jest...

— Zostawię klucz w skrzynce na listy. Proszę. Bardzo proszę, niech już pani idzie.

Zapadła długa cisza.

— No dobrze. To życzę panu wesołych świąt, panie Bowen.

Popatrzył w górę schodów. Słyszał jak agentka nieruchomości idzie do wyjścia. Potem rozległo się trzaśnięcie drzwi i zapadła cisza, którą zakłócał już tylko miarowy plusk kapiącej wody. Pokoik zdał mu się równie ciemny i ciasny, jak konfesjonał u Świętego Jerome'a.

Przebacz mi, ojcze, że zgrzeszyłem.

Przebacz mi, ojcze, że wyjąłem twój rewolwer ze skrzynki z narzędziami.

Przebacz mi, matko, że przeze mnie płakałaś i nigdy nie przestałaś.

Przebacz mi, ojcze, że zgrzeszyłem. Że zastrzeliłem Richiego.

Matka zaprowadziła go do kościoła tydzień po pogrzebie Richiego. Miał wciąż w pamięci połyskującą przez kratkę konfesjonału łysinę księdza i zapach sen-sen w jego oddechu. I jego szept w uszach: *Bóg najbardziej kocha grzeszników, synu. To był wypadek, ale wszystko będzie dobrze. W ramach pokuty musisz...*

...przeżyć czterdzieści lat. Czterdzieści lat, podczas których będziesz się budził w nocy zlany potem; czterdzieści lat, podczas których będziesz podskakiwał, słysząc strzał z rury wydechowej samochodu; czterdzieści lat, podczas których będziesz odwracał głowę na widok każdego jasno-

włosego chłopca w ciemnych okularach; czterdzieści lat, podczas których zamkniesz serce przed innymi, bo jeślibyś kogoś do niego wpuścił, a ten ktoś by umarł, ból byłby nie do zniesienia. W piwnicy było zimno i czuł ogarniające go dreszcze. Raz jeszcze obrzucił wzrokiem wnętrze pokoiku. Nie mógł tu dla siebie znaleźć ani rozgrzeszenia, ani odkupienia. Ani odpowiedzi na pytanie, jak to się stało. Wyszedł i zamknął za sobą drzwi.

Wrócił na górę i przystanął na chwilę w salonie. Robiło się już późno i mrok zaczynał z wolna przechodzić w zapadającą jesienną noc. Sięgnął do kieszeni po rękawiczki, ale okazało się, że jest tylko jedna. Obszukał wszystkie kieszenie, potem rozejrzał się po podłodze i zajrzał nawet do kuchni, ale rękawiczki nigdzie nie było. Czarne skórzane rękawiczki dostał rok temu na Gwiazdkę od Ryana i nie chciał stąd wychodzić bez jednej z nich, ale jeszcze bardziej nie chciał ponownie schodzić na dół.

A potem przypomniał sobie, że zdjął rękawiczkę na górze, gdy dotykał framugi. Wszedł na górę i znalazł zgubę na podłodze w korytarzu. Schylił się, by ją podnieść, i wtedy nagle nastąpił przebłysk pamięci. Powoli się wyprostował.

Zajrzał do sypialni i doznał wrażenia, jakby ktoś nagle zapalił lampę i rozświetlił mrok, pozwalając mu wrócić pamięcią do tamtego dnia. Miał znów dwanaście lat i leżał rozciągnięty na szenilowej narzucie, obłożony komiksami. A potem zupełnie wyraźnie usłyszał pojedyncze *pach* skądś z zewnątrz, i już pamiętał. Przypomniał sobie nawet, że się wtedy zdziwił, jakim cudem ktoś zdobył petardy w listopadzie.

Teraz już wspomnienia płynęły ku niemu szerokim strumieniem.

Po czym poznał, że ten dźwięk nie pochodził jednak z zewnątrz? Co spowodowało, że wstał, ruszył na dół, przeszedł przez kuchnię i zawędrował do piwnicy? Dlaczego postanowił zajrzeć do warsztaciku ojca? Na żadne z tych pytań nie miał odpowiedzi. Nie pamiętał. Za to pamiętał...

O mój Boże.

Richie leżał na betonowej posadzce z rewolwerem tuż obok swej dłoni. I pamiętał teraz swój krzyk: *Richie! Richie! Coś ty zrobił!* I nagle wszystko wskoczyło na swoje miejsce i zaczęło się odtwarzać w jego umyśle jak taśma, która od dawna wydawała się skasowana. Pamiętał, jak nazwał Richiego łajzą i jak kazał mu iść do domu. Pamiętał, jak sam poszedł na górę do swojego pokoju i zostawił Richiego w piwnicy. A potem... potem już znów był w piwnicy i brał do ręki rewolwer, myśląc, że Richie może jeszcze żyje, po prostu chciał odsunąć broń jak najdalej od jego ręki. Pamiętał, jak patrzył na straszliwą ranę na głowie Richiego — buchała z niej krew — i jak wtedy zwymiotował. Pamiętał, jak przysiadł na zimnej betonowej podłodze w kącie, bo nie chciał zostawić Richiego samego. Pamiętał, jak wpatrywał się w plamę krwi na podłodze, która rozlewała się coraz dalej i znalazła sobie ujście do kratki ściekowej. Potem... potem już w pokoju na górze pamiętał przetaczane do wyjścia nosze na kółkach, z czymś niewielkim, okrytym niebieską płachtą. I zarys ojcowskiego rewolweru w plastikowej torebce w dłoni jednego z policjantów. Szloch matki w kuchni i łagodny głos księdza, który mówił coś do ojca Richiego. Widział ich teraz wyraźnie, zbitych w ciasną gromadkę, zerkających na niego i rozmawiających szeptem. Później... później twarz ojca tuż przed jego twarzą. Znów

czuł nacisk ojcowskich rąk na ramionach i znów słyszał jego słowa: „Bawiłeś się rewolwerem. Pokazywałeś go Richiemu i rewolwer sam wystrzelił. To był wypadek. Ale wszystko będzie dobrze".

— Nie!

Dźwięk własnego głosu go zaskoczył. Obraz pustej sypialni nabrał ostrości. Wszystko nabrało ostrości. Oni wiedzieli. Wszyscy o tym wiedzieli. Jego matka. Rodzice Richiego, policja, ksiądz i jego własny ojciec. Wszyscy oni wiedzieli, że Richie sam się zastrzelił. Wszyscy wiedzieli, co się naprawdę stało i tylko udawali przed nim, że było inaczej.

Brakowało mu tchu. Serce w jego piersi było jak konające zwierzę, obezwładnione przez ból, ale walczące o życie. Poczuł, że musi natychmiast wyjść z tego domu. Potykając się, zbiegł po schodach i przebiegł przez salon. Zatrzymał się na chodniku i zgiął się wpół, czując, że zaraz zwymiotuje. Wciągnął do płuc haust zimnego powietrza, potem jeszcze jeden i jeszcze jeden. Kiedy poczuł się trochę lepiej, wyprostował się i spojrzał na dom.

Do oczu napłynęły mu łzy i drżącą dłonią otarł twarz. Wolnym krokiem podszedł do samochodu z wypożyczalni, który zostawił przy krawężniku. Wsiadł do środka i pozbawionym wyrazu wzrokiem patrzył przed siebie. Padająca mżawka zamarzła na szybie i czarne, ogołocone z liści drzewa widziane przez warstewkę lodu nabrały surrealistycznych kształtów. Siedział w całkowitym bezruchu, opierając ręce na kierownicy i dysząc ciężko, a jego oddech przemieniał się w obłoki pary.

Dlaczego? Dlaczego rodzice, ksiądz i policja zawiązali ten spisek? Ci, którzy powinni go chronić, zdradzili go. Ojciec klęczał przed nim i kłamał. Wmawiał mu, że to był

wypadek, pozwalając, by wziął na siebie winę. I przekonywał, że wszystko będzie dobrze.

Ale to nie był wypadek i nic nie było dobrze.

Łzy same płynęły mu po policzkach. Powolnym ruchem wyciągnął rękę, otworzył schowek i wyciągnął lodowato zimny rewolwer. Przez chwilę mu się przyglądał, potem zważył go w dłoni, myśląc, o ile lżejszy się wydaje niż tamtego dnia.

Nikt nie wiedział, że go ma. Po śmierci ojca w 1972 roku przyjechał do domu pomóc matce w porządkach i natknął się na niego w kasetce schowanej w szafie. Widać było, że ojciec go regularnie czyścił i oliwił. W komorze był jeden nabój. Zabrał broń na uczelnię, owinął w stary sweter i schował do szafki pod łóżkiem. Szafka wraz z zawartością trafiła potem do jego pierwszego biura na Florydzie, wreszcie do ich domu w Grove. Gdy urodził się Ryan, wyjął go z szafki i schował do zamykanej na klucz skrzynki na narzędzia w garażu, gdzie przeleżał ostatnie siedemnaście lat. Aż do wczoraj, kiedy go wyjął i pieczołowicie zapakował do walizki, którą spakował na podróż do Michigan.

Zamknął oczy i zacisnął palce wokół rękojeści rewolweru. Nie musiał nawet sprawdzać. Wiedział, że w komorze wciąż jest jeden pocisk.

Deszcz monotonnie bębnił w przednią szybę. Ręka mu zadrżała i rewolwer nagle wydał mu się zbyt ciężki, by go tak dalej trzymać. Upuścił go sobie na kolana i oparł policzek o boczną szybę.

Jak długo tak przesiedział? Kilkanaście minut? Godzinę? Gdy w końcu otworzył oczy, odniósł wrażenie, że ktoś go obserwuje. Wytężył wzrok i dostrzegł, że w oknie domu naprzeciwko widać jakąś twarz. Przez oszronioną szybę

twarz była tylko jaśniejszą plamą na ciemnym tle, ale nie miał wątpliwości, że ten ktoś na niego patrzy.

Trwało kilka sekund, nim sobie uświadomił, że to przecież dom Richiego... w tym domu mieszkał Richie. Szybko opuścił szybę, ale twarz zniknęła.

Zamknął szybę, wyskoczył z samochodu i przebiegł na drugą stronę ulicy. Zdał sobie nagle sprawę, że w ręku wciąż trzyma rewolwer, więc go szybko wsunął do kieszeni płaszcza. Zbliżając się do ganku, ujrzał kolejny obraz wyłaniający się z mroków pamięci: pan Koweski koszący swój trawnik — najbardziej zadbany trawnik w całej okolicy. Teraz nie było już po nim śladu, a rozpadający się dom z kratami w oknach stał na błotnistym placu. Na ganku dostrzegł plastikowe worki ze śmieciami.

Nacisnął dzwonek. Obok drzwi umieszczono stary, niebieski plastikowy kontener pełen pustych butelek po alkoholu. Ponownie nacisnął dzwonek, potem odciągnął zwisające krzywo drzwi siatkowe i zapukał.

Po dłuższej chwili drzwi się uchyliły, ale tylko na tyle, by pomieścić w szparze twarz mężczyzny.

— Co jest?

W pierwszej chwili go nie poznał. Podświadomie spodziewał się ujrzeć potężnie zbudowanego mężczyznę z rozrośniętą klatką piersiową i gładko przylizanymi, czarnymi włosami — mężczyznę, którego pamiętał jako ojca Richiego. Stał przed nim staruszek z poszarzałą cerą i zmierzwioną siwą czupryną. I tylko te oczy... Pamiętał te jego czarne, świdrujące oczy.

— Pan Koweski?

— Nic nie kupuję.

— Niczego nie sprze... Panie Koweski, to ja, Stuart, Stuart Bowen.

— Co?

— Stuart Bowen... Kiedyś mieszkałem... — Zawahał się, potem ręką machnął za siebie.

Starzec przymrużył czarne oczy.

— Bowen... Bowen — Nagle przestał już mrużyć oczy. — Stuey? Synek Stuey?

Aż się przygarbił na dźwięk swego dawnego przezwiska. Synkiem nazywał go pan Koweski, a on tego serdecznie nienawidził, gdyż uważał, że to słowo go pomniejsza.

— Tak, tak... to ja, Synek Stuey.

Szczęka starca wyraźnie opadła i przez chwilę zdawało się, że zemdleje, jednak jego dłoń trzymała drzwi w żelaznym uścisku. Otworzył je szerzej.

— No to wchodź — powiedział. — Nie będę ulicy ogrzewał.

Cofnął się do mrocznego wnętrza i zamknął za sobą drzwi. Idąc za starcem do kuchni, odtwarzał w pamięci mglisty obraz tego domu. Ciemne kształty wysłużonych mebli, sterty pożółkłych gazet, przepełnione popielniczki. Mrokowi towarzyszyła zatęchła woń brudu, jakby o dawna nie zaglądały tu ani promienie słoneczne, ani ludzie. Przypomniał sobie nagle, że jakieś cztery lata po ich przeprowadzce jego ojciec natknął się w „Free Press" na nekrolog pana Koweskiego. „Na zawał serca", przeczytał. „Na złamane serce", poprawiła go matka.

Starzec podszedł do kuchenki, wziął do ręki czajnik, ale od razu odstawił go z powrotem na brudny od tłuszczu palnik.

— Zabrakło mi kawy — mruknął. — Chcesz drinka?

— Nie, dziękuję.

Stary machnął ręką w stronę stołu.

— Siadaj.

Osunął się na żółte plastikowe krzesełko. Pamiętał jak przez mgłę, jak przy tym stole jedli z Richiem cudacznie wyglądające kanapki przygotowane przez panią Koweski, która kręciła się po kuchni mizerna i zatroskana.

Starzec usiadł naprzeciw niego. Postawił przed sobą szklankę z przezroczystym płynem i opatulił się połami wyplamionego szlafroka.

— Synek Stuey — powiedział miękko, potrząsając głową.

Nie zareagował.

— Słyszałem, że wyniosłeś się na Florydę.

— Tak. Już dawno temu.

Stary pociągnął łyk ze szklanki i przejechał dłonią po zarośniętej twarzy.

— Dobrze ci poszło?

Zapadło milczenie i stary znów łyknął ze szklanki. Z daleka było czuć zapach ginu.

— Panie Koweski...

— Nie zapytałeś, ale i tak ci powiem, że u mnie nie najlepiej. Zresztą sam widzisz. Okolica zeszła na psy, a ja za długo czekałem ze sprzedażą. Żona nie chciała o tym słyszeć... mówiła, że bez względu na okoliczności ona chce tu zostać. A potem umarła, a ja tu siedzę.

W kuchni znów zapadło milczenie.

— To co ty tu u diabła robisz? — rzucił nagle starzec.

— Słucham?

— Po co tu wróciłeś?

— Richie. Wróciłem ze względu na Richiego.

Starzec przez chwilę wpatrywał się w niego w milczeniu, potem łyknął ginu i odwrócił głowę.

— Wiem, co się naprawdę stało, panie Koweski.

Wzrok starego spoczął na jego twarzy. Koweski nie poruszył się przy tym, nie drgnął mu ani jeden muskuł, nie

mrugnęła powieka. Mimo to zdawało się, że coś się w jego oczach zapada i kurczy, jakby w oczekiwaniu tego, co musi nadejść. Jak zamroczony ciosami bokser, który czeka na ostatnie, nokautujące uderzenie.

— To nie był wypadek. Wtedy tam w piwnicy. Ja tego nie zrobiłem.

W czarnych oczach widać było, że Koweski czeka na ciąg dalszy.

— Richie sam się zabił, panie Koweski.

Starzec wciąż trwał w bezruchu. Gdy w końcu powoli uniósł szklankę do ust, jego dłoń drżała. Dopił do końca gin, odstawił szkło na stół i przetarł usta ręką. Potem opierając się ciężko o stół, wstał i zabrał szklankę. Podszedł do zlewu i stanął nad nim odwrócony plecami i ze zwieszoną głową.

— Panie Koweski?

Cisza.

— Ja wiem, co się wtedy stało. Słyszy mnie pan? Wiem, że Richie sam się zabił.

— Milcz! — warknął starzec, gwałtownie się odwracając. — Nie mów o tym.

To go zaskoczyło i na moment zamilkł. Kiedy w końcu się odezwał, widać było, że z trudem nad sobą panuje.

— Muszę o tym mówić, panie Koweski, a tylko pan może mnie wysłuchać.

Starzec wlepił w niego spojrzenie.

— Nie! Nie będę o tym rozmawiał. Nie chcę rozmawiać o takich sprawach. Nie w moim domu! To dobry katolicki dom, a samobójstwo to grzech. Chcesz mi wmówić, że Richie zgrzeszył!

Wyplute z odrazą słowo zawisło między nimi w zimnym, mrocznym powietrzu kuchni i mógł się jedynie w milczeniu

wpatrywać w starca. Grzech? Czy o to właśnie chodziło w tej całej sprawie? Czy dlatego mu to zrobili? Rodzice Richiego, ksiądz, jego własny ojciec. Czy dlatego pozwolili mu żyć w poczuciu winy, by oczyścić Richiego z grzechu samobójstwa?

Uniósł ręce i zakrył dłońmi twarz. Słychać było tylko ciche brzęczenie lodówki.

— Stuey?

W szepcie starca słychać było błaganie, ale on nie chciał na niego patrzeć.

— Synku Stuey?

Odjął dłonie od twarzy i ze zdumieniem dojrzał łzy w oczach starego.

— To był tylko wypadek. Nie rozumiesz tego, Synku?

Patrzył na łzy spływające po policzkach starca i powoli, ale wyraźnie coś mu zaczęło świtać. Jakby ostatni fragment układanki trafiał wreszcie na swoje miejsce.

Łzy w czarnych oczach. Ręce na jego ramionach. I ta woń... woń oddechu tuż przy jego twarzy, oddechu przesiąkniętego alkoholem.

Synku Stuey! Nikt inny tak do niego nie mówił. To nie jego ojciec klęczał wtedy przed nim. I to nie jego ojciec wymyślił to kłamstwo i spowodował, że przestał wierzyć w ludzi, w których dotąd wierzył, i w siebie samego. Że przestał wierzyć w prawdę. W jego zamglonym umyśle wszystko zlało się w jedną rozmazaną plamę i dopiero teraz zdał sobie sprawę, że ojca w ogóle wtedy przy nim nie było. To był ojciec Richiego. To on przed nim klęczał i on z nim rozmawiał.

To był tylko wypadek, synku.

Sięgnął do kieszeni płaszcza i wyciągnął rewolwer. Na jego widok oczy starca rozwarły się szeroko.

— To był pan.

Stary zrobił krok do tyłu i wcisnął się w kąt kuchni.

— Co takiego?

— Już wiem, co pan mi zrobił, panie Koweski.

Starzec nie spuszczał wzroku z rewolweru.

— Ale już z tym koniec

Oczy starca spojrzały w górę. Były mokre od łez i pełne przerażenia. Ale teraz widział w tych czarnych oczach coś jeszcze — wstyd, poczucie winy, samotność i zmęczenie. Długotrwałe i obezwładniające zmęczenie, które dorównywało jego własnemu.

Stuart Bowen wstał od stołu.

— Już mi to niepotrzebne — powiedział, kładąc rewolwer na plastikowym stole. — Żegnam, panie Koweski.

Odwrócił się i ruszył do wyjścia. Nie przystając ani na chwilę i niemal wstrzymując oddech, ruszył ciemnym korytarzem i wyszedł na zimne, listopadowe powietrze. Dopiero w samochodzie powoli wypuścił wstrzymywane powietrze. Czuł, jak bijące w piersi serce odmierza spokojny, miarowy rytm jego życia. Uruchomił silnik i włączył ogrzewanie. Przez chwilę siedział wpatrzony w swój stary dom, czekając, aż wnętrze samochodu trochę się ogrzeje.

Zamknął oczy i głęboko odetchnął.

Na ostry dźwięk wystrzału aż podskoczył. Otworzył oczy i spojrzał na dom Richiego. W oknie nie było widać twarzy.

Przez chwilę — ale tylko bardzo krótką — zastanawiał się, czy nie zawrócić. Potem włączył bieg i ruszył przed siebie, ani razu się nie oglądając.

CYBERRANDKA.COM

TOM SAVAGE

Cyberdate.com © 2006 by Tom Savage

WITAMY W PORTALU CYBERRANDKA.COM, W KTÓRYM SPEŁ-
NIAJĄ SIĘ WSZYSTKIE WASZE ROMANTYCZNE MARZENIA! OD-
NAJDUJCIE SIĘ, ROZMAWIAJCIE I POZNAWAJCIE BLIŻEJ. MY
ZAPEWNIAMY KOMFORT I BEZPIECZEŃSTWO W NASZYCH SPE-
CJALNIE ZAPROJEKTOWANYCH POKOJACH CZATOWYCH! ZA
JEDYNE $ 1,25 ZA MINUTĘ MOŻECIE U NAS ZNALEŹĆ MIŁOŚĆ
I SZCZĘŚCIE. JESTEŚMY ŁĄCZEM RADOŚCI DLA MŁODYCH
SAMOTNYCH Z REJONU TRÓJSTANU*. SATYSFAKCJA GWARAN-
TOWANA! (TYLKO DLA OSÓB PEŁNOLETNICH; OBOWIĄZUJĄ
PEWNE OGRANICZENIA). WIĘC NIE CZEKAJCIE! ZAPISUJCIE
SIĘ I LOGUJCIE JUŻ DZISIAJ — MIŁOŚĆ JEST NA NACIŚNIĘCIE
KLAWISZA! (AKCEPTUJEMY WSZYSTKIE GŁÓWNE KARTY KRE-
DYTOWE).

◆ ◆ ◆

---

* Trójstan (*tristate*) to sąsiadujące z sobą stany Arkansas, Missisipi
i Tennessee.

SESJA NR 1

DATA: 16/10

POCZĄTEK POŁĄCZENIA: 21.12

KONIEC POŁĄCZENIA: 21.37

suzyq@connectme.com: Cześć.

littleboyblue@overlink.net: Cześć tobie!

Suzy Q: Co słychać?

Little Boy Blue: W porzo, dzięki. Podoba mi się twoje zdjęcie. Jesteś bardzo ładna.

SQ: Dzięki. Ty też jesteś niezły. W swoim profilu piszesz, że masz 19, ale na zdjęciu wyglądasz na mniej. Ile masz naprawdę?

LBB: 19, tak jak napisane.

SQ: Nie ściemniaj! Ile masz *naprawdę*?

LBB: Na prawdziwą prawdę?

SQ: Poproszę.

LBB: 16. A ty napisałaś, że masz 21, ale twoja fota też wygląda młodziej. Naprawdę nie masz 21, co?

SQ: Nie. Mam 15, ale za miesiąc już mi stuknie 16. Pasuje ci?

LBB: Pewno. Lubię młodsze kobiety.

SQ: Bardzo śmieszne.

LBB: Założę się, że wszyscy na tym czacie są naprawdę w naszym wieku i oszukują dlatego, że trzeba mieć najmniej 18.

SQ: Bankowo. Moja kumpela Jane poznała swojego chłopaka Biffa na tym czacie i są razem już od trzech tygodni.

LBB: Rany, poważna sprawa. W swoim profilu napisałaś, że mieszkasz w Nowym Jorku. Gdzie konkretnie?

SQ: Upper West Side, ale nic ci więcej nie powiem, póki się lepiej nie poznamy. Lubisz baseball i pasuje ci Lug Nutz. Też myślę, że są cool.

LBB: No, mam ich wszystkie albumy. Mój ulubiony numer to *Killer*.

SQ: Mój też! Mnie jeszcze kręci Rat A Tat Tat. Ale ich wcześniejsze numery, nie te ostatnie!

LBB: No, ten ostatni był do kitu. Znaczy oboje lubimy gyropunka, a ja jeszcze lubię krwawy rap. Death To White People jest super! Ci kolesie są naprawdę fantastyczni. A jak ty, Suzy Q? Lubisz DTWP?

SQ: Mogą być. Ale mój główny faworyt to Stephen Sondheim.

LBB: Kto?

SQ: Król Broadwayu. Wiesz, musicale. Nie przeczytałeś mojego profilu, Blue Boy? Hobby to cheerleaderka, clubbing, teatr amatorski. Napisałam teatr amatorski, bo nie chciałam pisać prawdy. Jestem w szkolnym kółku dramatycznym, ale bałam się, że to zdradzi mój wiek i te palanty z cyberandka.com mnie wykasują. Ale naprawdę mnie kręcą musicale na Broadwayu. Sondheim, Rogers i Hammerstein, Jerry Herman, Kander i Ebb — wiesz, Chicago, ten film z Renée Z. i Catherine Z.J. Lubisz takie rzeczy?

LBB: Bzzzzzzz...

SQ: Szkoda. Ale nieważne. Gdzie chodzisz do szkoły?

LBB: Podpuszczasz mnie, Suzy Q. Też jestem z Manhattanu, ale ci powiem gdzie, jak ty mi powiesz. :-)

SQ: Och, jakie śliczne. Uśmiechnięta buźka. No, naprawdę! Na pewno masz 16, a nie 10? Bo to taaaka piaskownica!

LBB: Aua! Dobra, odtąd bez grafiki.

SQ: Dzięki. Wpienia mnie to. Jestem „Suzy Q", bo naprawdę mam na imię Suzy. A ty?

LBB: Mike. Podpisuję się „Little Boy Blue", bo szukam miłości. A ty Suzy Q też szukasz miłości?

SQ: Jasne! Kto nie szuka? Robiłeś to już wcześniej, Mike?

LBB: Znaczy, czy czatowałem na cyberandka.com? Nie. Kiedyś z moim kumplem Joshem weszliśmy na lovemeup.com, ale okazało się, że to porno.

SQ: Uuu. Powinni takie serwisy pozamykać.

LBB: Bo ja wiem. W seksie nie ma chyba nic złego, nie uważasz?

SQ: Nie. Ale ludzie powinni się najpierw lepiej poznać, nie?

LBB: NSP.

SQ: Co to znaczy NSP.

LBB: Na sto procent.

SQ: Lepiej tego nie zaczynajmy. Nie znoszę tych wszystkich modnych akronimów.

LBB: „Modnych akronimów"? Na pewno masz tylko 15 lat, Suze? Bo wyrażasz się jak starsza pani.

SQ: Równe 15 w samych pończochach. I nie nazywaj mnie Suze. Nienawidzę tego. Mój ojczym tak na mnie mówi.

LBB: O, też masz ojczyma? Ja swojego nienawidzę. Tęsknię za tatą.

SQ: Ja też. Mieszka teraz w Seattle ze swoją nową żoną i ona jest chyba okej. Matce odbiło i wyszła za tego palanta, który ciągle chce mnie dotykać. Handluje ubezpieczeniami.

LBB: Bzzzzzzz...

SQ: Dokładnie. Więc też masz ojczyma? Mamy dużo wspólnego.

LBB: Zgadza się. To jak, chcesz się umówić?

SQ: Sama nie wiem. Dziewczyna musi być ostrożna. Bo skąd mam wiedzieć, że jesteś tym, za kogo się podajesz? Możesz być nawet Kubą Rozpruwaczem.

LBB: Kuba Rozpruwacz? Dobre. Jestem zwykłym chłopakiem, Suzy Q. Zwykłym fajnym chłopakiem, który szuka fajnej młodej kobiety.

SQ: Dziewczyny.

LBB: No, dziewczyny. Znaczy, mam fajne życie i kupę fajnych kolesiów i wszystko jest super, ale czegoś mi brakuje, jarzysz? Czegoś podstawowego. Jak w tej piosence Death To White People „Strzel mi w serce", gdzie Rancid mówi „Może odłoże giwere, wezme sobie zdzire". Ja się też tak czasem czuję. Trochę samotny, nawet w mojej pace. Kumple nie mogą być przy tobie 24/7 i czasem robi ci się pusto i żałko. Tak się mówi? Żałko?

SQ: Piękne słowo. Fajnie nawijasz, Mike. Jak poeta. Myślę, że masz duszę poety. I wiem *dokładnie*, o co ci chodzi z tą samotnością w tłumie. To tak jak Sondheim, który mówi w *Company* „Pokaż mi, że żyję". Ja się właśnie tak czuję, i to właściwie *przez cały czas*.

204

LBB: No, jakoś tak. To jak? Chcesz się spotkać z duszą poety, Suzy Q?
Moglibyśmy sobie pośpiewać nasze ulubione numery. Mogłoby być
cool. Jak myślisz?

SQ: Daj mi pomyśleć. Spotkajmy się tu jutro o tej samej porze, o dziewiątej.
Jeszcze sobie najpierw trochę poczatujmy.

LBB: Powaga?

SQ: XM♠&HTD!*.

LBB: No i kto teraz pisze akolity?!

SQ: Akronimy.

LBB: Wszystko jedno. Żegnaj się, gdzie chcesz, ale lepiej nie umieraj!

SQ: Okej. Muszę kończyć. O&O.

LBB: Dobra, ja też *over and out*. Do jutra o 9. O&O.

♦ ♦ ♦

SESJA NR 2
DATA: 17/10
POCZĄTEK POŁĄCZENIA: 21.01
KONIEC POŁĄCZENIA: 21.49

littleboyblue@overlink.net: Suzy Q, jesteś tam?

suzy@connectme.com: Cześć, Little Boy Blue.

LBB: No i od nowa.

SQ: No, od nowa. Jak ci leci?

LBB: Mam ci dokładnie opisać?

SQ: Bardzo śmieszne. Nie! Nie byłam pewna, czy się odezwiesz.

LBB: I wzajemnie. No więc jesteśmy.

SQ: Tak, jesteśmy. Już po kolacji?

LBB: Pewno. Mac z serem, jak zawsze. Bo w domu, no wiesz, moja mama
nie gotuje.

---

* *Cross my heart and hope to die* (dosłownie: żegnam się na sercu i niech
prędzej umrę).

SQ: A ja jadłam klopsa. Byłeś dziś w szkole?

LBB: Bzzzzz. Tak.

SQ: Jak wyżej. Mieliśmy klasówę z matmy. Fuj! Myślę, że mi nieźle poszło. Mojej kumpeli Jane też. Nasz kolega Johnny dał plamę, ale i tak dostanie pionę, bo ma fory.

LBB: Matematyczka go podrywa?

SQ: To on. Znaczy matematyk. Tak, podrywa go.

LBB: A ten Johnny jest gejem?

SQ: Metroseksem.

LBB: No to cool. Myślisz, że się załapie na tego nauczyciela.

SQ: Może. A ty zadawałeś się kiedyś z nauczycielką?

LBB: Niee. A ty?

SQ: Musiałabym cię lepiej znać, żeby odpowiedzieć. Ale z Wysp Dziewiczych nie jestem, jeśli o to ci chodzi. Założę się, że ty też nie. Wyglądasz na człowieka światowego. To gdzie jest w końcu ta twoja szkoła?

LBB: Ty i te twoje podpuchy, Suzy Q! Dowiesz się w swoim czasie. Co jeszcze dziś robiłaś w szkole?

SQ: Miałam trening cheerleaderek. Żebyś widział nasze nowe stroje. Moja mama dostanie szału, jak zobaczy. Mam nadzieję, że mi to pozwoli włożyć.

LBB: Chętnie bym cię w tym zobaczył.

SQ: HYH!*. Na razie tylko sobie czatujemy, pamiętasz?

LBB: W porzo, mogę konie przytrzymać. Ale ledwo, ledwo. Powinniśmy się spotkać.

SQ: Chciałbyś tego, Mike?

LBB: Na maksa, Suzy.

SQ: Hmmm. Dziś na treningu opowiedziałam Jane o tobie. Powiedziała, że pewno jesteś zgredem, który ma ze cztery dychy i poluje na młódki. To prawda, Mike? Jesteś DOM**?

---

* HYH — *hold your horses* (dosłownie: powstrzymaj konie) — wolnego, nie tak szybko.

** DOM — *dirty old man* (dosłownie: rozpustny staruch).

LBB: Cha, cha, cha! Nie jestem DOM tylko DYM, Dirty *Young* 16 lat w samych skarpetkach, wzrost 1,82 i wciąż rosnę. We wszystkich kierunkach.

SQ: I jesteś blondynem. Podoba mi się ta bródka.

LBB: Pewnie będę musiał ją zgolić. Dyro wziął mnie na bok i powiedział, że bez żadnego zarostu. Powiedziałem mu, żeby GFH*.

SQ: Nie wierzę! Założę się, że powiedziałeś: „Tak jest, panie dyrektorze, już się robi, panie dyrektorze".

LBB: No, to prawda. Tak było. Z władzą trzeba uważ⌐⌐ Mój ojczym mendzi coś o wojsku.

SQ: E tam! Naprawdę taki kozak z ciebie, Michael?

LBB: Właściwie to nie. Ale razem z moim kumplem Joshem i paroma chłopakami przyłapali nas w zeszłym miesiącu w klubie z X**. Więc muszę się teraz pilnować, żeby nie podpaść.

SQ: Nadal bierzesz X?

LBB: Czasami. Jak chcę poimprezować.

SQ: Cool. Od razu czuję się bardziej seksy.

LBB: Kiedyś ci podrzucę.

SQ: Zobaczymy, Michael.

LBB: Podoba mi się, jak tak na mnie mówisz. Znaczy, Michael. Nikt inny tak na mnie nie mówi.

SQ: Ale miałeś już dziewczynę, nie?

LBB: Parę.

SQ: I jak na ciebie mówiły?

LBB: Dupek. To żart! Mówiły Cas.

SQ: Cas? Dlaczego Cas?

LBB: Od Casanova.

SQ: Ach, rozumiem. To ty jesteś BMOC***?

---

* GFH — *go fuck himself* (dosłownie: żeby się odpierdolił).
** X — ecstasy.
*** BMOC (*Big Man On the Campus*) — szkolny ważniak, przy⌐ódca klasowy.

LBB: BMOC na maksa.

SQ: Światowy człowiek. Cool. Bardzo lubisz dziewczyny?

LBB: No pewno! A ty bardzo lubisz chłopaków?

SQ: Można tak powiedzieć. Ale miałam tylko jeden poważny związek.

LBB: Jak poważny?

SQ: Bardzo. Już ci mówiłam, że z W.D. nie jestem. Miał na imię Brad. Był rozgrywającym w szkolnej reprezentacji juniorów. Duży był. I blondyn, jak ty. Ale już z sobą nie jesteśmy.

LBB: A co się stało?

SQ: Bardziej mu się podobało pod prysznicami niż na boisku. Załapał się na trenera.

LBB: To obrzydliwe.

SQ: Niekoniecznie. Kto wie, Michael? Może tobie też się spodoba jakiś starszy gość.

LBB: O niee, dziękuję. Wolę zostać przy dziewczynach.

SQ: Przy jakiejś konkretnej?

LBB: Po to tu jesteśmy, nie? Opowiedz mi coś o tym twoim stroju cheerleaderki?

SQ: O, cha, cha, cha. Dużo widać. Bardzo obcisły.

LBB: Uaaa! Moja ostatnia dziewczyna też była cheerleaderką. I gimnastyczką. Na drążku. Dobra zawodniczka, jeśli wiesz, o czym mówię.

SQ: Wiem, o czym mówisz. I co się z nią stało?

LBB: Chodzi teraz z jednym studentem.

SQ: Czyli oboje straciliśmy kochanków przez starszych. Mamy z sobą dużo wspólnego.

LBB: Mhm, ale ja to mogę zrozumieć, Suzy. Starsi mają więcej doświadczenia. Wiedzą, co robią. Spotykałaś się kiedyś z kimś starszym?

SQ: Tylko raz.

LBB: Ile miał?

SQ: 17.

LBB: Nie taki stary.

SQ: Dwa lata starszy ode mnie!

LBB: I kto to był?

SQ: Jego stary był u nas portierem.

LBB: Portierem? Znaczy jesteś bogata.

SQ: Nie bardzo. Ale mieliśmy portiera.

LBB: I ten portier miał syna?

SQ: Mhm. Był odlotowy. *Wielki* koleś, wiesz o co mi chodzi? Ale nie wytrzymaliśmy długo. Szukał kogoś młodszego, kogoś w swoim wieku.

LBB: Zdawało mi się, że masz 15.

SQ: Sorki. Źle mi się napisało. Chciałam powiedzieć, że szukał kogoś *starszego*. Poza tym nie traktowałam go tak poważnie jak Brada.

LBB: Czy to znaczy, że szukasz kogoś na poważnie? Czy tylko dla zabawy?

SQ: Złóż ofertę, żartownisiu. Szukam wszystkiego, co się trafi.

LBB: To tak jak ja. Cokolwiek się trafi.

SQ: Och, czyyyżby? Znaczy miejski koleś, tak?

LBB: Jasne, miejski koleś. A ty też jesteś miejską babą?

SQ: W każdym razie dziewczyną. Mam 15, pamiętasz?

LBB: Pamiętam. Powinniśmy się spotkać, Suzy.

SQ: Za dwa tygodnie jest Halloween. Moglibyśmy założyć maski i spotkać się w jakiejś spelunie na Lower East Side. Mógłbyś się przebrać za Tarzana, a ja za Jane.

LBB: Za swoją kumpelkę Jane czy za tą od Tarzana?

SQ: Jane od Tarzana, głupku! Mojej Jane nikt by nie pomylił z Jane od Tarzana. Urwałaby się liana, wiesz, o czym mówię? A poza tym za bardzo się certoli.

LBB: Ale ty się nie certolisz?

SQ: Nie, ja nie. Jestem od niej dużo bardziej dojrzała.

LBB: O ile bardziej?

SQ: Dużo. A ty jesteś BMOC.

LBB: BMOC gigant.

SQ: Michael, czy my może mówimy o rozmiarach?

LBB: Przekonasz się sama.

SQ: Może tak, może nie. Za co się przebrałeś na ostatnie Halloween?

LBB: Za siebie. Nie przepadam za przebierankami. Lubię być sobą.

SQ: To tak jak ja. Wierzę w szczerość. Ale na ostatnim Halloween byłam Marilyn Monroe.

LBB: Bo jak ja jesteś blond, a na tym zdjęciu wyglądasz tak odjazdowo, że MM niech się schowa.

SQ: Dziękuję.

LBB: Proszę. Jak wysłałaś to swoje zdjęcie? Bo ja używam skanera X5-11 i Photo-Op. A ty?

SQ: Mam Maca. Używam MacScan i PhotoLab 3.7.

LBB: Masz portiera *i* Maca? Kurde, ty naprawdę *jesteś* bogata!

SQ: No więc dobra. Jestem bogata. Masz ochotę zadawać się z dziedziczką fortuny?

LBB: Cóż, lepiej tak niż nie. Ale mnie wiszą te, no wiesz, *fanty*.

SQ: Wiem. Fanty są nieważne. Ważni są ludzie.

LBB: TWS!

SQ: Co to znaczy TWS

LBB: „Twoje własne słowa"

SQ: Aha. Ale jakby ci ktoś zaoferował kupę kasy, żeby się z tobą zabawić, wszedłbyś w to?

LBB: Ktoś męski czy żeński?

SQ: Obojętne.

LBB: Pewnie by zależało od tego, jak dużą kupę.

SQ: 1000 dolców?

LBB: Tauzena? Bo ja wiem. Może. Za tyle mógłbym wyczaić całą furę X.

SQ: Pewno, że mógłbyś.

LBB: Nie wiem, może. Ale durna rozmowa. A ty?

SQ: Co ja?

LBB: Poszłabyś z kimś za tauzena?

SQ: To twoja najlepsza oferta, Mike?

LBB: Cha, cha, cha! Przecież wiesz, o co mi biega.

SQ: Tak, wiem, o co ci chodzi. Pewno, że bym poszła. Zwłaszcza jakby to był jakiś cool koleś, a nie śmierdzący DOM. Ale jakby był fajny...

LBB: I z kobietą też?

SQ: Za tysiąc?

LBB: Mhm.

SQ: Nie. A ty za tysiąc byś poszedł z facetem, tak?

LBB: Tego nie powiedziałem.

SQ: Właśnie, że powiedziałeś. Spytałeś „męski czy żeński", ja powiedziałam „obojętne", a ty wtedy powiedziałeś „no pewno".

LBB: Nie powiedziałem „no pewno". Powiedziałem „może". Sam nie wiem. Lepiej zmieńmy temat.

SQ: OK. Robiłeś to kiedyś z facetem?

LBB: I to ma być ta zmiana tematu?

SQ: Z ciekawości pytam. Bo taki jesteś światowy. Założę się, że pijesz koktajle i jeździsz porsche.

LBB: Przy mojej kasie? Coors light i autobus.

SQ: Bzzzzz.

LBB: Cha, cha, cha! Wiesz, co ci powiem, Suzy Q? Fajna jesteś.

SQ: To dzięki mojemu kółku teatralnemu.

LBB: Wszystko jedno. Ale jesteś fajna. Fajna i ładna. Założę się, że masz fajne nogi.

SQ: Niektórzy tak mówią.

LBB: Prawda za prawdę.

SQ: Co?

LBB: No wiesz, mówisz prawdę na moje pytanie, a ja na twoje.

SQ: OK, wal.

LBB: Nosisz majtki?

SQ: Tak.

LBB: Jaki kolor?

SQ: To są już dwa pytania. Białe. Biała bawełna. Teraz moja kolej. Byłeś w skautach?

LBB: W szczeniętach, skautach i orłach. Mam odznaki na dowód.

SQ: Jeździłeś na obozy?

LBB: Jasne, na sprawnościowe.

211

SQ: Graliście z chłopakami w jakieś świńskie gry?

LBB: To już są 3 pytania. Nosisz stanik?

SQ: Pewno, że noszę stanik. Dobra, starczy tego, Mike. Ślinimy się jak zgredy w prochowcach w ostatnim rzędzie w kinie.

LBB: Hej, mam paru dobrych kumpli wśród zgredów w prochowcach.

SQ: Nie wątpię. I pewno pozwalasz im się obmacywać.

LBB: No i kto się teraz ślini? Starczy już tej nawijki. Więc chcesz się ze mną spotkać czy nie?

SQ: Hej, wyluzuj, Michael. Luzik, luzik!

LBB: Przepraszam, ale czasem mnie trochę ponosi. No więc jak, Suzy? Chcesz się gdzieś spotkać, żebyśmy się mogli poznać osobiście?

SQ: Może. Ale teraz muszę już kończyć. Już prawie 10. Zróbmy tak, Blue Boy. Wymyśl gdzie i kiedy, i spotkajmy się tu jutro jeszcze raz o 9. Co ty na to?

LBB: Jasne. Ale słuchaj, nie podpuszczasz mnie, co? Znaczy, jak wymyślę jakieś miejsce, to naprawdę przyjdziesz, tak?

SQ: XM♠&HTD!

LBB: Słowo?

SQ: XM♠&HTD!

LBB: Cool! Do jutra wieczorem o 9. Dobranoc, Suzy Q. O&O.

SQ: Dobranoc, Michael. O&O.

♦ ♦ ♦

SESJA NR 3

DATA: 18/10

POCZĄTEK POŁĄCZENIA: 20.56.

KONIEC POŁĄCZENIA: 21.28.

littleboyblue@overlink.net: Little Boy Blue do Suzy Q. Zgłoś się, proszę.

suzy@connectme.com: O, cha, cha. Halo, Michael.

LBB: Halo, Suzy. I znowu jesteśmy. Co u ciebie?

SQ: Po staremu. A u ciebie?

212

LBB: SOSO. SSDD. SOSAD.

SQ: Pierwsze 2 znam, ale co to jest SOSAD?

LBB: „Same Old Song and Dance"*. Pomyślałem, że jak lubisz Rogera
i Ebsteina i takie tam, to ci się spodoba.

SQ: Rogers i Hammerstein. Kander i Ebb.

LBB: No, tych też. Wszystko jedno. Wypożyczyłem DVD z *Chicago*, bo
mówiłaś, że ci się to podobało.

SQ: Naprawdę? Jak mi miło! I co o tym myślisz?

LBB: Może być. Ale te wszystkie śpiewy i tańce — bo ja wiem. Chyba
bardziej dla starych.

SQ: Nie bądź dzieciak. Ten film zdobył Oscara za najlepszy film. To sztuka.

LBB: Death To White People to też sztuka. Aha, mam ich nową płytę. Jak
chcesz, to mogę przynieść na nasze spotkanie.

SQ: Pewno. OK. To gdzie i kiedy?

LBB: Poważnie?

SQ: Szybko, zanim się rozmyślę.

LBB: Jutro 10 wieczór, róg 3. ul. i al. B., str. północna, dwa domy od
B w stronę C. Jest tam naprawdę fajny stary dom. Teraz stoi pusty, bo
mają go rozebrać i zbudować coś nowego. Z tyłu jest bardzo fajny,
romantyczny ogród, zwłaszcza przy księżycu. Rośnie mnóstwo białych
kwiatków. Chcesz zobaczyć?

SQ: Chcesz się ze mną spotkać w pustym domu na 3. ulicy?

LBB: No! A co, masz jakiś lepszy pomysł?

SQ: Nie. Ale ten dom jest pewnie zabity deskami? Jak się tam dostaniemy?

LBB: Zamek na frontowych drzwiach jest wyłamany. Czasem tam chodzę,
jak chcę pobyć trochę sam. Naprawdę jest super.

SQ: A skąd znasz ten adres? Prowadzisz tam wszystkie swoje dziewczyny?

LBB: Nie. Nigdy tam z nikim nie byłem. Jest niedaleko od mojego domu,
dlatego go znam. Pomyślałem, że wezmę jutro iPoda i posłuchamy tej
nowej płyty DTWP. Lubisz czerwone wino?

---

* *Same Old Song and Dance* — dosłownie: ta sama stara piosenka i taniec.

213

SQ: Pewno.

LBB: Przyniosę butelkę. I trochę X.

SQ: Tylko słuchaj, Michael. Mam nadzieję, że to nie będzie jedna z „takich" randek, co? Nie chce mi się wlec taki kawał drogi na 3. ulicę po to, żeby się potem z tobą mocować.

LBB: Ależ skąd! Możemy najwyżej zatańczyć w ogrodzie przy świetle księżyca. Nic więcej. Obiecuję.

SQ: Hmmm. Mam nadzieję, że mówisz prawdę.

LBB: Słowo.

SQ: OK. Ale możemy to zmienić na 9? O 11 muszę już być gdzie indziej,

LBB: Następna randka, Suzy?

SQ: Cha, cha, cha. Chciałam oczywiście powiedzieć *w domu*! Na 11 muszę być w domu. Wiesz, następnego dnia szkoła. Będę o 9. Tylko Michael, musisz mi coś obiecać.

LBB: Wszystko, co chcesz.

SQ: Obiecaj mi, że podejdziesz do tego na luzie.

LBB: Wiedziałem! *Wiedziałem*, że masz więcej niż 15!

SQ: Nie o to mi chodzi.

LBB: Nie jesteś naprawdę cheerleaderką.

SQ: Och, naprawdę jestem cheerleaderką. Nie, chodzi mi o to, żebyś podszedł na luzie do całej sprawy, dobra?

LBB: Jasne.

SQ: OK. Więc liczę, że się zachowasz jak dżentelmen.

LBB: Zawsze, Suzy.

SQ: Obiecujesz?

LBB: XM¶&HTD! I ty też bądź na luzie. Będzie super, obiecuję. Naprawdę romantycznie.

SQ: OK.

LBB: Ale naprawdę przyjdziesz, co?

SQ: Tak, naprawdę przyjdę.

LBB: Nie wystawisz mnie, żebym musiał samotnie stać w ogrodzie w świetle księżyca?

214

SQ: Nie robię takich rzeczy, Michael. Nie jestem tego typu dziewczyną.

LBB: No to super. Jutro wieczorem o 9. Na głowie będę miał baseballówkę Metsów.

SQ: Cha, cha, cha. Jak by tam miał być tłum facetów do wyboru.

LBB: Nie, będę tylko ja. Tylko ja i ty, Suzy Q. My jedni na całym świecie.

SQ: Naprawdę masz duszę poety.

LBB: No! A ty jesteś moją małą Suzy Q.

SQ: Zobaczymy. Ale nie mogę się już doczekać, żeby się spotkać z tobą twarzą w twarz.

LBB: No to do jutra wieczorem.

SQ: Tak, do jutra wieczorem. Słodkich snów, Michael. O&O.

LBB: Dobranoc, moja mała Suzy Q. O&O.

THE DAILY NEWS
OFIARA MORDERSTWA ZIDENTYFIKOWANA

NYC, 21 października — Udało się jednoznacznie zidentyfikować zwłoki mężczyzny, znalezione dwa dni temu w przeznaczonym do rozbiórki budynku przy Wschodniej Trzeciej Ulicy, w pobliżu Alei B w East Village. Ofiarą jest Harold Frobish, lat 29, ostatnio zam. przy Zachodniej Siedemdziesiątej Czwartej Ulicy na Manhattanie. Denat miał liczne rany kłute twarzy i klatki piersiowej, które zadano mu między godziną dwudziestą pierwszą a dwudziestą trzecią w ostatni czwartek. Zwłoki, początkowo mylnie uznane za kobiece ze względu na kobiece przebranie i blond perukę, znalazł bezdomny w jednym z pokoi na parterze opuszczonego budynku.

Frobisha, aktora występującego w śródmiejskich klubach dla transwestytów pod pseudonimem „Suzy Q", zidentyfikował jego kolega z estrady Johnny Dillson, lat 26, transwestyta występujący pod scenicznym pseudonimem „Jane

215

Doe". Dillson i pozostali członkowie zespołu zaniepokoili się kiedy Frobish przez dwa kolejne wieczory nie zjawił się w pracy w Cheerleaders, popularnym klubie dla transwestytów w Chelsea.

Ofiara nie miała żadnych bliskich krewnych, natomiast była notowana na policji w wyniku dwukrotnego zatrzymania pod zarzutem stręczycielstwa, czynów lubieżnych w miejscach publicznych i molestowania nieletnich. W pierwszym wypadku zarzuty zostały wycofane przez rodziców chłopca, jednak w drugim ojciec chłopca będącego ofiarą oskarżył Frobisha o obrazę moralności. Mężczyzna ten pracował jako portier w domu oskarżonego. Frobisha uznano za winnego i osadzono na sześć miesięcy w więzieniu stanowym.

Bezdomny, który odmówił podania swoich personaliów, zeznał, że kiedy wchodził do budynku w poszukiwaniu schronienia, zauważył wybiegającego mężczyznę, w środku zaś natknął się na zwłoki. Uciekającego mężczyznę opisał jako masywnie zbudowanego osobnika rasy białej, ok. 182 centymetry wzrostu i ok. 100 kilogramów wagi, o bladej twarzy i ciemnych włosach, w wieku ok. 35—40 lat. Mężczyzna miał okulary i był ubrany w dżinsy, baseballówkę nowojorskiej drużyny Metsów i poplamioną krwią bluzę z logo popularnej grupy rapowej Death To White People.

Wszyscy mogący udzielić informacji w tej sprawie proszeni są o kontakt z najbliższym posterunkiem miejskiej policji lub...

♦ ♦ ♦

WITAMY W INTERMEET.COM., PORTALU, W KTÓRYM SPEŁNIĄ SIĘ WASZE WSZYSTKIE ROMANTYCZNE MARZENIA! POZNAWAJCIE SIĘ BLIŻEJ W KOMFORCIE I BEZPIECZEŃSTWIE, JAKIE ZAPEWNIĄ WAM NASZE PRYWATNE POKOJE CZATOWE. ZA

JEDYNE $ 1,50 ZA MINUTĘ POŁĄCZENIA MOŻECIE ZNALEŹĆ MIŁOŚĆ I SZCZĘŚCIE! (TYLKO DLA OSÓB PEŁNOLETNICH, OBOWIĄZUJĄ PEWNE OGRANICZENIA). NIE WAHAJCIE SIĘ DŁUŻEJ. (AKCEPTUJEMY WSZYSTKIE GŁÓWNE KARTY KRE-DYTOWE).

◆ ◆ ◆

SESJA NR 1

DATA: 04/12

POCZĄTEK POŁĄCZENIA: 21.15.

KONIEC POŁĄCZENIA: 21.56.

younggirl@compuline.com: Cześć.

littleboyblue@teklink.net: Cześć wzajemnie!

Young Girl: Co słychać?

Little Boy Blue: W porzo, dzięki. Podoba mi się twoje zdjęcie. Jesteś bardzo ładna. Tylko zanim to pociągniemy dalej, muszę cię o coś zapytać, Young Girl. To naprawdę bardzo, bardzo ważne, żebyś mi powiedziała prawdę.

YG: OK. Co chcesz wiedzieć?

LBB: Tylko że to sprawa na wagę życia i śmierci.

YG: Dobra, wal.

LBB: Young Girl, czy *naprawdę* jesteś młodą dziewczyną?

YG: Tak, jestem. No wiesz! O co ci chodzi? Myślałeś, że jestem jakąś staruchą?

LBB: Coś w tym rodzaju.

YG: No dobra, wiem, że w moim profilu napisałam, że mam 22, ale naprawdę mam 16. Nie pasuje ci to?

LBB: Jak najbardziej pasuje, Young Girl. Super. 16? To dokładnie to, czego szukam...

POWRÓT DO DOMU

CHARLES TODD

Home Coming © 2006 by Charles Todd

Po wejściu do domu od razu wyczuła czyjąś obecność. Eleanor nie miała wątpliwości. Ktoś tu był.

— Halo...? — zawołała niepewnie, zatrzymując się przy schodach. — Maddie? — dodała po chwili, choć wiedziała, że to nie jej dzień na sprzątanie. Maddie przychodziła w czwartki.

Nie było jej w domu najwyżej godzinę. Tyle, ile zajęło jej wstąpienie do zieleniaka, na pocztę i do piekarni po babeczki na podwieczorek. Harry tak je uwielbiał...

Na tę myśl serce skoczyło jej do gardła. Ale nie, Harry jest teraz we Francji i walczy. Gdyby dostał urlop, na pewno by ją o tym wcześniej zawiadomił telegraficznie.

Poza tym urlopy do domu dawali tylko rannym.

A o tym wolała nie myśleć.

Trochę skonsternowana powtórzyła głośno:

— Jest tam kto?

Nikt się nie odezwał.

Westchnęła, zbeształa się w myśli za histerię i poszła do kuchni rozpakować zakupy.

Nie mieli z Harrym dzieci. Pojechał na wojnę, zanim zdążyli się tym zająć. Czasem brakowało jej dziecka. Kogoś, kogo mogłaby otoczyć miłością i kto ożywiłby pustkę w domu. Wypełnił ją śmiechem. Ale i płaczem, dodawała zaraz w myślach. Dziecko jej siostry bez przerwy płakało, ale Sarah wyjaśniła, że mała ząbkuje.

Włożyła cebulę i marchew do miski, odłożyła babeczki na półkę i przeszła do pokoju z jedynym otrzymanym dziś listem. Był od matki. Przebiegła go szybko wzrokiem i upewniła się, że wszystko w porządku. Rodzicom przeszkadzała tylko nocna kanonada, która dobiegała z francuskich pól bitewnych. Zdaniem matki hrabstwo Kent leżało o wiele za blisko toczącej się wojny, za to ojciec spędzał noce na nadmorskim urwisku, wypatrując zeppelinów. Nie miał w tych sprawach żadnego doświadczenia, ale mimo podeszłego wieku i kalectwa wciąż go ciągnęły odgłosy bitwy. Jak starą wojskową szkapę, która na dźwięk trąbki strzyże uszami.

Skończyła czytać, schowała list do szuflady biurka i gwałtownie odwróciła głowę.

Wydało jej się, że na fotelu pod oknem ktoś siedzi...

Była gotowa przysiąc, że kątem oka coś dojrzała — kosmyk rudawych włosów, zarys ramion...

Nie było nikogo, choć dałaby głowę, że gdy odwróciła głowę, bujany fotel leciutko się zakołysał.

Nie rozumiem, skąd te nerwy, znów się ofuknęła. Zupełnie jakbyś wróciła do domu zupełnie inna, niż wyszłaś.

Ale w wiosce nie zaszło nic, co mogłoby ją tak odmienić. Zawsze tak samo chodziła na zakupy, przystawała pogawędzić z sąsiadkami i znajomymi, zaglądała do maleńkiej księgarni, czasem kupowała parę kwiatków na stół. Nie

dlatego, żeby w jej ogródku brakowało ulubionych kwiatów. Jej wzrok przyciągały zawsze kolory — ognista czerwień mieczyków albo biel pachnących bzów, albo żółć nagietków. Kupowała, bo jej się podobały i nie miało znaczenia, że w jej ogródku rosną łososiowe mieczyki, fioletowe bzy czy cynie w niemal identycznym kolorze.

Było pięknie, postanowiła więc zjeść podwieczorek na niewielkim tarasie, jaki Harry zbudował za domem tuż po ich ślubie. Był tak mały, że mieścił się na nim tylko jeden stolik i dwa krzesełka, ale za to roztaczał się z niego widok na ciąg ogródków. Od razu go pokochała i aż popiskiwała z zachwytu, gdy siedzieli we dwójkę i oglądali z niego zachody słońca nad wzgórzami Gloucestershire. Nie wyobrażała sobie nic piękniejszego.

Harry zawsze potrafił wyczuć jej pragnienia. Zupełnie jakby ją ciągle badał i odgadywał, co jej może sprawić przyjemność. Taras, huśtawka pod jabłonią, para białych kamiennych łabędzi na końcu ogrodowej ścieżki czy półka na książki obok łóżka, by mogła poczytać, kiedy nie będzie mogła usnąć. Ale leżąc obok Harry'ego, nigdy nie miewała kłopotów z zasypianiem i dopiero teraz, kiedy znalazł się tak daleko, musiała uciekać się do książek i czytać je godzinami po nocach, bo to był czas, kiedy najbardziej go jej brakowało. Zupełnie jakby i to przewidział...

Zaparzyła dzbanek herbaty, ułożyła babeczki na talerzu z porcelany Worcestershire, który dostali w prezencie ślubnym od siostry Harry'ego, i wyszła z tacą na taras. Wydało się jej, że coś za sobą słyszy, szybko się odwróciła, ale nikogo nie zobaczyła.

Z coraz mocniej walącym sercem położyła tacę na stole i usiadła. Nalała herbatę do filiżanki, dodała śmietanki i cukru i zaczęła mieszać. Trzeba było wziąć drugą filiżankę dla Harry'ego, pomyślała. Robiła tak czasem dla samej

przyjemności patrzenia na dwie filiżanki, bo przypominało to jej dawne czasy.

Poczuła na policzku lekki podmuch wiatru i uśmiechnęła się. Zupełnie jakby Harry przechodził obok i musnął ją ustami w policzek. Tak bardzo za nim tęskniła, tyle dni przepłakała po jego odjeździe. Nie mogła pojąć, dlaczego zabójstwo austriackiego arcyksięcia w jakimś śmiesznym bałkańskim miasteczku musiało doprowadzić do takiej strasznej wojny. Przecież to nie Anglicy go zabili i nie Anglików należało za to karać. To Austria powinna wziąć odwet na Serbii. Jaki ma sens, żeby Anglicy i Niemcy bili się we Francji o jakieś obce książątko.

Harry objaśnił jej zobowiązania wynikające z zawartych traktatów. Ale to mężczyźni zawierają traktaty, powiedziała wtedy. Żadna żona ani matka nie zgodziłaby się przystąpić do wojny tylko dlatego, że parę krajów zawarło ze sobą umowę na kawałku papieru. Zupełnie nie mogła się pogodzić z tym, że jej mąż musi ją opuścić, bo jakiś narwaniec uznał, że musi kogoś tam uśmiercić. I przecież od razu go tam wtedy za to zastrzelili, nie?

Harry roześmiał się wtedy i powiedział:

— To nie takie proste, jak ci się zdaje.

— Właśnie, że tak — odrzekła. — W gruncie rzeczy chodzi o to, że mężczyźni lubią maszerować w mundurach i popisywać się odwagą. A jeśli od dawna nie było żadnej wojny, to wystarczy im byle pretekst.

Wycałował ją wtedy.

Szybko odwróciła głowę, bo zdało jej się, że kątem oka coś dojrzała. Jakby ktoś tam stał.

Ale to tylko jej wyobraźnia wciąż przywoływała obraz Harry'ego. Na pewno dlatego, że tak bardzo go jej brakowało. Próbowała się roześmiać, ale jakoś nie mogła...

Jednak tam naprawdę ktoś jest. Przecież nie odchodzi od zmysłów i nie jest z niej rozhisteryzowana smarkula. Jest zamężną kobietą, która od blisko dwóch lat, od października 1914 roku, mieszka samotnie w dużym domu. Odstawiła filiżankę, podeszła do okna kuchennego i zajrzała do środka, ale nie było tam nikogo. Wciąż zaniepokojona weszła do domu i po raz pierwszy od niepamiętnych czasów zamknęła drzwi frontowe na klucz.

— Jest tam kto? — zawołała, spoglądając w górę schodów. Nikt się nie odezwał.

Pewnie to pies sąsiadów. Dojrzała nawet w krzakach mignięcie ogona i szybki ruch głowy.

Wróciła na taras, wzięła do ręki babeczkę i zaczęła jeść, rozkoszując się subtelnym smakiem. Usiadła z powrotem na krześle.

— To ta pora miesiąca — uspokoiła się w duchu. — Jestem trochę podminowana. Nic więcej.

Kiedy spostrzegła jednak, że wróbel i drozd, które buszowały w krzakach podleciały z furkotem i siadły na gałęzi jabłoni, pomyślała, że i w ogrodzie dzieje się coś dziwnego.

Nie wytrzymała długo na tarasie, choć jak na początek sierpnia nie było za gorąco, a w cieniu rzucanym przez dom wręcz przyjemnie chłodno. Dopiła herbatę, zabrała tacę i szybkim krokiem wróciła do domu.

Męczyło ją to przez cały wieczór. Wyraźnie czuła czyjąś obecność, wyczuwała ruch wokół siebie, czasem nawet zdawało jej się, że coś widzi, jednak ani razu nic konkretnego się nie wydarzyło. Pewnie mam coś z oczami, pomyślała, spoglądając na wskazówki zegara zbliżające się do dziesiątej. Będę musiała wybrać się do miasta i zbadać wzrok.

Nie wolno mi teraz oślepnąć, bo jakbym sobie sama dała radę? Nie chcę tu rodziców ani Sary z jej dzieckiem, ani

pielęgniarki. To mój dom, nie ich. Czuliby się tu obco, a ja musiałabym znosić ich współczucie...

Ale druk w książce, którą zaczęła czytać w łóżku, był zupełnie wyraźny. Nic się z nim nie działo, linijki tekstu nie rozjeżdżały się... Znużona wmawianiem sobie, że wszystko jest normalnie, w końcu usnęła. Książka wysunęła się jej z dłoni i z głośnym stukotem spadła na dywanik przed łóżkiem.

To ją raptownie wyrwało ze snu. Gorączkowo przypominając sobie, gdzie jest i co się z nią dzieje, nagle poczuła promieniujące z drugiej strony łóżka wyraźne ciepło. Przeraziło ją to tak, że gwałtownym ruchem szarpnęła kołdrę i jednocześnie wyskoczyła z łóżka.

Łóżko było puste i wyglądało na nietknięte, jeśli nie liczyć wgniecenia od jej głowy na poduszce. Pochyliła się i przejechała ręką po prześcieradle w miejscu, skąd poczuła ciepło. Poza miejscem, które przed chwilą ogrzała własnym ciałem łóżko było zupełnie zimne.

Odgarniając sobie z twarzy ciemne włosy, powiedziała na głos:

— Chyba tracę zmysły!

Myśl ta ją przeraziła. Tylko raz w życiu widziała wariatkę. Stara kobieta — babcia jej szkolnej przyjaciółki — rozmawiała z krzesłami i kłóciła się z szafą, jakby zamiast sukni i butów przebywali w niej żywi ludzie.

Próbowała ponownie usnąć, ale w końcu wzięła poduszkę i koc na dół i sztywno wyprostowana, z szeroko otwartymi oczami ułożyła się na kanapie. Udało jej się zapaść w niespokojny sen dopiero nad ranem, gdy do pokoju zajrzały pierwsze promienie letniego słońca.

Dzień okazał się jeszcze gorszy. Nie chciała wyjść z domu, bo bała się, że zrobi z siebie pośmiewisko, kiedy na ulicy

zacznie się oganiać od cieni. Ale bała się też zostać w domu, gdyż dręczyła ją świadomość, że nie jest w nim sama. Nie chciała się rozglądać na boki w obawie, że zobaczy coś strasznego, jakiś szalony wytwór swego znękanego umysłu.

Gdy nadeszła pora podwieczorku, poczuła, że nic nie przełknie. Wzięła tylko dzbanek z herbatą i rezygnując z babeczek i cieniutkich kanapek z ogórkiem, które tak lubiła latem, wyszła na taras. Łapczywie piła gorącą, słodką herbatę, jakby widząc w niej coś wiążącego ją z normalnością, trzymającego przy życiu. W gardle czuła gorycz, jakby przełknęła jakąś truciznę, ale były to tylko łzy. Dusiła je w sobie w obawie, że jeśli się teraz podda, osunie się w szaleństwo i już nigdy nie przestanie płakać.

Wraz z zapadaniem ciemności czuła narastający strach przed własnym domem. Miała wrażenie, jakby jej dotychczasowa ostoja spokoju i bezpieczeństwa zamieniała się w coś mrocznego, niepojętego i nieuchwytnego. Tak bardzo by chciała, żeby wszystko znów było jak dawniej, spokojne i bezpieczne. Żeby Harry znów był obok niej, albo gdzieś w pobliżu, żeby błyskała jego rudawa czupryna (jej siostra nazywała ją pomarańczową, ale ona sama wolała uważać ją za złocistą), kiedy pochylony w ogrodzie pielił albo w skupieniu nakręcał stojący zegar.

Zaczęła pisać do niego list, ale po paru zdaniach podarła go w obawie, że między wierszami wyczyta jej niepokój i domyśli się, że dzieje się z nią coś złego. Zaczęła pisać do matki, chcąc się dowiedzieć, czy w ich rodzinie zdarzały się przypadki szaleństwa, ale i ten szybko podarła. Czuła, że po jego otrzymaniu matka wsiadłaby w najbliższy pociąg i przyjechała sprawdzić, co się stało córce.

I wciąż coś się obok niej działo. Czasem wydawało się,

że wystarczy wyciągnąć rękę, by tego dotknąć. Ale nie potrafiła przekroczyć bariery otępienia i stawić temu czoło.

Następnego dnia z samego rana wyszła boso do mokrego od rosy ogrodu, nie zważając na to, co pomyślą jej sąsiedzi, gdy zobaczą, jak chodzi po ogrodzie w szlafroku. Poszła ścieżką aż do łabędzi i ławeczki na końcu ogrodu. Siedzący na jabłoni drozd skrzekliwie wyraził swoje niezadowolenie. Zwykle próbowała do niego przemawiać, ale dziś nie miała ochoty się do niego przymilać. Tak naprawdę na nic nie miała ochoty.

Stanęła obrócona twarzą do domu i z trudem opanowując drżenie w głosie, powiedziała głośno i wyraźnie:

— Idź sobie. Nie chcę cię tutaj. Odejdź i zostaw mnie w spokoju!

Poczuła, jakby się coś koło niej unosiło w powietrzu, jakby czyjąś wyraźną obecność.

— Naprawdę, nie chcę cię tutaj — powtórzyła. — Odejdź i zostaw mnie w spokoju. Na litość boską, odejdź stąd!

Czując, że po raz pierwszy od początku tej męki płyną jej z oczu łzy, powtórzyła raz jeszcze:

— Na litość boską...

Dopiero dochodzący z kuchni gwizd czajnika i obawa, że woda może się do końca wygotować, co zakończyłoby się przypaleniem czajnika, skłoniły ją do powrotu do domu.

Odstawiła czajnik i rozejrzała się za dzbankiem. Tak była zaabsorbowana myślą o wyjściu do ogrodu i próbą uporania się ze zwidami, że zapomniała wsypać do niego herbaty.

Pierwszą filiżankę wypiła w kuchni, nie mając ochoty przenosić się do pokoju czy na taras. Mocny, aromatyczny płyn zdawał się rozpływać żyłami i rozgrzewać lód zalegający w jej sercu.

Pijąc cały czas, czujnie nastawiała uszu, jednak nic się wokół niej nie działo.

Ostrożnie przeszła najpierw do pokoju, potem udała się na górę, wreszcie wyszła na skąpany w porannym słońcu taras.

Wszędzie wokół niej panował teraz spokój.

Szaleństwo nie opuszcza człowieka ot tak, ostrzegał ją jej racjonalny umysł. Nie rozwiewa się w powietrzu jak jesienna mgła.

Ale dom był najwyraźniej pusty. Głęboko oddychając, czujnie nasłuchiwała i rozglądała się, jednak niczego nie widziała ani słyszała.

Dom był wolny.

Z radością pobiegła na górę, wpadła do swego pokoju i na oścież otworzyła szafę. Wyciągnęła ulubioną sukienkę i zrzuciła koszulę nocną. Muszę to uczcić, pomyślała. To wymaga uczczenia.

Na moment zamarła w bezruchu, pewna, że usłyszała skrzypnięcie furtki. Potem przypomniała sobie, że jest czwartek i że to na pewno Maddie. Szybko włożyła bieliznę i sukienkę, potem otworzyła szufladę i rozejrzała się za pończochami.

Czuła się tak lekko i radośnie, jakby ktoś zdjął jej z ramion ciężar...

A jeśli to znów się powtórzy?

Usłyszała z dołu dźwięk otwieranych i zamykanych drzwi. Maddie.

Nie, już się nie powtórzy. To było tylko ostrzeżenie, że od zbyt dawna żyje w samotności i że powinna do swojego życia wprowadzić nieco radości i przyjemności, bo to jej pomoże uporać się ze smutkiem. Ale dopilnuje, by to się zmieniło.

Znalazła buty i wyszła na podest piętra.

— Maddie? To ty? — zawołała.

W odpowiedzi dotarł do niej jakiś dźwięk. Jakby wyraźne zawodzenie.

Ogarnięta nagłym strachem ruszyła w dół i na półpiętrze tak gwałtownie zakręciła, że omal nie spadła z drugiego ciągu schodów.

Maddie stała oparta plecami o drzwi frontowe. Miała twarz opuchniętą od płaczu i usta rozchylone w niemym krzyku, jakby nie mogła wykrztusić z siebie słowa.

Eleanor poczuła, że jakaś jej cząstka umiera.

— Maddie — powiedziała niepewnie. — Nie mów mi, że twój syn... Nie mów, że Bill...

Zbiegła szybko ze schodów i wyciągnęła ramiona, by objąć kobietę, która sprzątała u nich od dnia, gdy tylko się tutaj wprowadzili.

Ale Maddie ją uprzedziła i wyciągnęła rękę ze zmiętoszonym telegramem w dłoni.

— Dobry Boże, nie! To niemożliwe — wykrzyknęła Eleanor, bojąc się wziąć do ręki telegram i odczytać straszne słowa.

Bill miał dopiero siedemnaście lat. Dopiero siedemnaście!

Maddie zaczerpnęła powietrza i jęknęła zbolałym, płaczliwym głosem.

— Powiedziałam im, że go doręczę. Powiedziałam, że chyba będzie lepiej, jak ja to zrobię...

Podała jej telegram. Telegram był zaklejony.

Eleanor wyjęła go ze spracowanych palców Maddie i tak gwałtownie rozerwała kopertę, że o mały włos nie przedarła zawartości.

Rozprostowała telegram i spróbowała odczytać słowa, ale bezskutecznie. Litery zupełnie się rozmazywały.

Widząc jej bezradność, Maddie, wzięła telegram.

— Chodzi o pana Harry'ego — powiedziała. — Poległ w bitwie nad Sommą.

227

Eleanor miała wrażenie, że krzyczy z bólu, choć w rzeczywistości nie wydała żadnego dźwięku. Czuła, jak jej wali serce, ściskane przerażeniem.

— Nie, to pomyłka. Dostałam od niego list. Miał datę pierwszego lipca...

— Ginie strasznie dużo ludzi. Tysiące... — Chrapliwy głos Maddie uwiązł jej w gardle. — Lepiej niech pani usiądzie. — Zaprowadziła ją do pokoju, posadziła i odeszła. Po chwili wróciła z filiżanką herbaty, z której unosił się silny aromat whisky z zapasów Harry'ego. — Proszę to wypić — powiedziała. — Musi to pani wypić.

Eleanor umoczyła usta. Jej dłonie tak dygotały, że filiżanka głośno zadzwoniła o zęby. Pierwszy łyk niemal ją pozbawił tchu. Maddie nie pożałowała whisky. Harry na pewno nie byłby tym zachwycony...

Tylko że Harry'ego już nie ma.

Wkrótce potem dom wypełnił się ludźmi. Przyszedł pastor, kierowniczka poczty i paru sąsiadów, a nawet właścicielka księgarni i James z pubu. Potem straciła już rachubę, nie wiedziała, ilu ludzi ją odwiedziło i ile talerzy z jedzeniem podała zapuchnięta od płaczu Maddie.

Ktoś zaproponował nawet, że zostanie z nią na noc, ale myśl ta była nie do zniesienia. Ktoś inny podał jej talerz z jedzeniem, wzięła kęs do ust i oddała talerz.

Koło dziewiątej dom opustoszał i znów należał tylko do niej.

Cichy i pusty. Z daleka dochodziło tykanie zegara stojącego na podeście schodów. Kupił go jej Harry w prezencie ślubnym.

— Żeby odmierzał czas naszego wspólnego starzenia się — powiedział wtedy.

A teraz już nigdy więcej go nie usłyszy. Bo już tu nigdy nie wróci...

O Boże, o mój słodki Boże!

Zerwała się na równe nogi, zrzucając z siebie szal, którym ktoś ją opatulił, gdy dostała dreszczy.

— Harry? — zawołała w pustkę. — Harry, to byłeś ty? Chwilę odczekała.

— Harry... Och, błagam, wróć. Nie zrozumiałam! Nie wiedziałam, że to ty! Harry, gdybym wiedziała, nigdy bym ci nie kazała odejść... Harry!

Przez całą noc nie zmrużyła oka, ale nic się nie wydarzyło. Nie czuła niczyjej obecności, nie słyszała żadnego dźwięku, nie poczuła muśnięcia na policzku, nie dostrzegła kątem oka żadnego ruchu.

Wyczerpana bezsenną nocą patrzyła na wstające słońce. W domu nic nie mogło jej już przynieść pociechy.

Zdesperowana, zgnębiona i zagubiona, nie mogąc dłużej znieść głuchej pustki w domu, wyszła do ogrodu i ruszyła do ławeczki pod płotem. To w tym miejscu kazała mu odejść, więc może tu uda jej się znów go przywołać.

Wypowiedziała miękko i błagalnie jego imię, walcząc z sobą, by nie wybuchnąć płaczem. Zaczęła się też modlić, obiecując Bogu wszystko, jeśli tylko pozwoli mu jeszcze raz powrócić.

I nadal nie czuła wokół siebie niczego poza pustką i samotnością tak dojmującą, że aż bolała.

Nie potrafię żyć z tym, co zrobiłam, uznała w duchu po długim, nadaremnym czekaniu. Znajdę jakiś sposób, żeby się zabić i znów z nim połączyć. Nie zniosę tego!

Świadoma własnej głupoty, na uginających się nogach ruszyła wolnym krokiem w stronę domu i weszła do kuchni. Drozd zagwizdał na nią przejmująco, ale było jej to obojętne. Wszystko jej już zobojętniało.

— Harry, wybacz mi. Boże, wybacz mi! — Sięgnęła do szuflady po ostry nóż kuchenny, którego zwykle używała do dzielenia kurczaków.

Drozd nerwowo miotał się po ogrodzie, to odlatując i niemal znikając jej z oczu, to znów pojawiając się tuż za kuchennym oknem — jasna kępka piór.

Przez chwilę przypatrywała mu się w roztargnieniu.

Pies sąsiadów zaczął ujadać.

Czyżby drozdowi wylęgły się pisklęta? Zawiodła Harry'ego, ale nie może zawieść teraz drozda. Pies na pewno wywęszy młode i zagryzie. Nie mogła pozostać nieczuła na trzepotanie skrzydeł wystraszonego ptaka, który wyraźnie potrzebował jej pomocy. Nie mogła tak po prostu umrzeć i zostawić go na pastwę losu. Nie mogła tego zrobić po trzech latach obcowania z nim w ogrodzie. No to...

Odłożyła nóż, podeszła do tylnych drzwi i wyjrzała do ogrodu. Słyszała szczekanie psa, ale jego głos dochodził zza płotu, czyli stąd, skąd powinien. Na jej widok drozd pofrunął na jabłoń i zaczął się głośno skarżyć.

Chwilę stała nieruchomo.

— Harry? — spytała zduszonym głosem przez lekko uchylone drzwi.

Cisza. Cofnęła się do kuchni, potem jednak pomyślała, że musi wyjść na taras i uspokoić ptaka. Byłoby strasznie umierać z tym żałosnym zawodzeniem w uszach.

Słońce mocno już przygrzewało, zapowiadając na godziny popołudniowe prawdziwy upał.

W tym momencie do jej uszu dotarł nowy dźwięk, którego nie umiała zidentyfikować.

Może to odezwało się pisklę drozda i dlatego jego matka tak bardzo się niepokoi. Wypadło z gniazda i zgubiło się.

Ona i Harry nigdy nie mieli swoich piskląt. I nigdy już mieć nie będą...

Zajrzała pod stół, skąd zdawał się dochodzić ten żałosny głosik, i znów usłyszała to ciche, wystraszone kwilenie.

Zajrzała pod swoje krzesełko, ale niczego tam nie zobaczyła.

Odsunęła krzesełko Harry'ego i omal go nie przewróciła, tak ją ten widok zaskoczył.

Na siedzeniu leżał maleńki kotek, płaszcząc się ze strachu przed agresywnymi atakami ptaka.

Miał zamknięte oczy i mimo padających na niego promieni słońca cały dygotał.

Kotek był rudopomarańczowy... Skąd on się tu wziął? Żaden z sąsiadów nie miał kotów. Wszyscy trzymali psy, a przecież do miasteczka było zbyt daleko, by mógł stamtąd przywędrować.

Zezłościło ją, że swoim pojawieniem się przeszkodził jej w realizacji planu i w pierwszym odruchu chciała go przepędzić, co na dodatek uspokoiłoby drozda. Skoro przyszedł z tak daleka, to może sobie...

I wtedy poczuła w środku dziwne ukłucie. Opadła na kolana, wzięła kotka na ręce i przycisnęła go do piersi.

Jego sierść w promieniach słońca miała barwę włosów Harry'ego...

Zerwała się z kolan i czując spływające po twarzy łzy, wykrzyknęła:

— Och, Harry, Harry, niech Bóg ci to wynagrodzi...

Niemal biegiem zawróciła do kuchni.

Nalała mleka na talerzyk, postawiła obok kotka i poczuła, że jej dom znów żyje. Że ożywia go duch Harry'ego.

MASAŻYSTKA
Opowiadanie kryminalne

TIM WOHLFORTH

The Masseuse © 2006 by Tim Wohlforth

Leżałem wyciągnięty na stole do masażu, mając tuż nad sobą twarz Teresy, która tak nisko się pochylała, że jej długie, czarne włosy niemal kładły mi się na piersiach. Piwne oczy miała szeroko rozwarte i nieruchome jak w transie, z jej pełnych czerwonych warg dobywało się ciche nucenie, a długie, silne palce bezlitośnie ugniatały mi ramiona. Nie spuszczałem wzroku z jej pięknych regularnych rysów. Była Filipinką o ciemnej karnacji i czułem, jak głęboko penetruje moje wszystkie mięśnie barku.

Czy naprawdę potrzebowałem tego masażu? Sam masaż nie miał dla mnie większego znaczenia. Głównie chodziło mi o spędzenie godziny z Teresą. Kiedy piękna kobieta przez godzinę poświęca całą uwagę twemu ciału, niezależnie od przyczyny jest to cholernie przyjemne. A w dodatku na pożegnanie zawsze mnie czule obejmowała, wtulając we mnie swe jędrne piersi i szczupłe ciało. Godziny spędzane z Teresą szybko stały się główną atrakcją mojego dość monotonnego życia. A dzisiejsza cotygodniowa sesja była

232

jeszcze przyjemniejsza niż zwykle. Jej palce sięgały dziś głębiej, a jej ciało częściej ocierało się o moje. Przeszła od ramion do głowy i jej palce zaczęły muskać mi brwi, policzki i wargi. Uniosła mi głowę i zaczęła masować kark. Jej włosy łaskotały mnie w twarz, a nucenie przybrało na sile, jakby odmawiała modlitwę do jakiegoś bóstwa od rozkoszy cielesnych.

Znałem kolejność zabiegów i wiedziałem, że masaż zbliża się już do końca, choć wcale tego nie chciałem. Widać wyczuła mój nastrój, bo przysiadła na krawędzi stołu, nie przestając wodzić palcami po mojej twarzy, ale potem jej ręce nagle znieruchomiały i Teresa zajrzała mi wprost w półprzymknięte oczy.

— Śpimy? — spytała swym melodyjnym, pozbawionym obcego akcentu głosem.

— Tak jakby.

Rozejrzałem się po skromnie urządzonym pokoiku z oknem wychodzącym na jezioro Merritt w Oakland, choć dla mnie była to świątynia, w której oddawano cześć ciału. Na ścianie wisiała fotografia hinduski w ceremonialnej szacie, na półce leżały saszetki egzotycznych ziół, na innej rozłożono odłamki skał księżycowych. Powietrze przesycone było mieszaniną woni olejku i ziół.

— Musimy porozmawiać — oświadczyła.

— Cudownie.

Dawniej podczas naszych sesji prowadziłem z nią długie rozmowy. Opowiedziałem jej szczegółowo przebieg mojej batalii rozwodowej, wylewając swe żale jak kobieta swojej fryzjerce. Opowiadałem o swojej pracy, a ona mój zawód prywatnego detektywa uważała za fascynujący. Ja byłem zdania, że w gruncie rzeczy jest nudny. Stanowiłem połówkę dwuosobowej agencji specjalizującej się w ochronie firm.

233

W rezultacie albo ślęczałem nad stertą papierzysk, próbując dojść, kto wykrada jakie tajemnice, albo godzinami tkwiłem w samochodzie, sącząc zimną kawę i obserwując wyjście z jeszcze jednej firmy zajmującej się zaawansowaną technologią (zwykle biotechnologią), by przyłapać złodzieja wraz z dowodem rzeczowym w postaci twardego dysku w jego laptopie.

Ale Teresa wcale nie uważała tego zajęcia za nudne, a przynajmniej tak twierdziła. Bo dla mojej żony okazało się to tak śmiertelnie nudne, że aby trochę się rozerwać, postanowiła noce spędzane przeze mnie w pracy dzielić z moim wspólnikiem. Trochę potrwało, nim się zorientowałem, dlaczego wspólnikowi tak zależy na tym, żebym to ja prowadził nocną inwigilację. Niezły ze mnie detektyw, co?

I w taki oto sposób zostałem bez żony i wspólnika. Wspólnika specjalnie mi nie brakowało. Okazał się podstępnym skurwielem. Ale co do żony, to już inna sprawa. Może nie akurat tej konkretnej żony. Jakiejkolwiek. Nie jestem Sam Spade, Mike Hammer czy Philip Marlowe. Potrzebuję kobiety. I to nie tylko ze względu na seks. Nienawidzę powrotów do pustego domu. Ale przynajmniej była Teresa.

Wypytywała mnie, jak żyję, choć sama nigdy nic o sobie nie mówiła, a ja o nic nie pytałem. Zadawanie pytań zbytnio kojarzyło mi się z pracą. Jednak ostatnio zabrakło nam tematów do niezobowiązujących rozmów o niczym i wolałem pogrążać się w marzeniach, w czym bardzo pomagało mi jej ciche nucenie. Większość masażystek ułatwia sobie życie i nastawia kompakty z kosmiczną muzyką New Age. Teresa preferowała występy na żywo.

— Mam dla ciebie pewną propozycję.

— Jakiego rodzaju? — spytałem.

— Nietypową. Chcę ci zaproponować pewien układ, na którym oboje skorzystamy.

Zabrzmiało to dość podejrzanie. Czyżby chciała mnie prosić o pożyczkę? Czy znam ją na tyle dobrze, żeby jej zaufać? Przesunęła dłonią po mojej twarzy i zsunęła ją na klatkę piersiową.

— Jesteś spięty. Musisz się nauczyć unikać takich napięć. To, co mam do powiedzenia, w niczym ci nie zagraża. I zawsze możesz odmówić.

— Odmówić czego?

— Wejścia w ten układ — powiedziała z uśmiechem. — Pozwól, że ci wyjaśnię. Lubię swoją pracę masażystki. Ale zarobki w tym fachu nie są rewelacyjne. Odnoszę wrażenie jakbym stała w miejscu. I na koniec miesiąca zawsze mi brakuje na czynsz. Dlatego postanowiłam zmienić zawód.

— Będzie mi bardzo brakowało twoich masaży.

— Proponuję ci coś więcej niż tylko masaż. Muszę przestać pracować, żeby mieć czas na naukę nowego zawodu. Będę w tym okresie potrzebowała dachu nad głową, czegoś do jedzenia, kieszonkowego na drobne wydatki. Pomyślałam, że skoro jesteś teraz sam, może mógłbyś mnie przyjąć. Układ byłby absolutnie fair. Umiem dobrze gotować. Znam kuchnię, filipińską, francuską, włoską i tajlandzką. Pomogę ci utrzymać dom w czystości. I będę zaspokajać twoje potrzeby seksualne, podobnie zresztą jak ty moje. Obiecuję, że będziesz zadowolony.

Sięgnęła po butelkę olejku, psiknęła sobie na dłoń, wsunęła rękę pod prześcieradło i zaczęła mnie masować w miejscu, gdzie nigdy wcześniej się nie zapędzała. Boże, robiła to cudownie. Nie mogłem uwierzyć, że to się dzieje naprawdę. Znów wpadła w ten swój trans i zaczęła cicho nucić.

— Oczywiście — powiedziała, przerywając trans, ale nie masaż — będę oczekiwać, że ty mnie też zaspokoisz. Ale nie sądzę, żeby był z tym jakiś problem. Podobasz mi się i nauczę cię wszystkiego, czego trzeba. Ty też powinieneś mi wszystko powiedzieć o swoich potrzebach. Jak się teraz czujesz?

— Jak w bajce.

— Nie wolno się spieszyć. — Spowolniła ruchy ręki. — Zawsze będziemy mieć dużo czasu. Uprawianie miłości to sztuka, czynność wiążąca się ze sferą duchową.

Muszę przyznać, że Teresa umiała przekonywać. Do tego stopnia, że byłem gotów od razu wręczyć jej klucze do domu. Tyle że miałem je w kieszeni spodni, a te leżały na krześle w kącie pokoju.

— Jest natomiast jeden bardzo istotny warunek — powiedziała, a jej ręka zamarła w bezruchu. — Nie proponuję ci związku. Jedynie układ.

— Nie bardzo wiem, na czym polega różnica.

— Ma to kluczowe znaczenie. Nie mówimy o wzajemnym zaangażowaniu uczuciowym. Nie chcę nic wiedzieć o twoich innych kobietach ani o twoim życiu poza naszym chwilowo wspólnym domem. I nie chcę, żebyś się interesował moim życiem. Nie chodzi o miłość, tylko o wzajemne zaspokajanie potrzeb. Tak jak siadasz do smacznego posiłku. Bez żadnego zaangażowania. Każde z nas może zakończyć układ w dowolnej chwili i bez wypowiedzenia umowy. Czy wyrażam się jasno?

— Nie można jaśniej — usłyszałem swój głos.

— Zatem zawieramy układ?

— Tak.

Ta cudowna istota chciała ze mną zamieszkać bez żadnych zobowiązań. Był to rzeczywiście idealny układ. O czym

więcej może marzyć mężczyzna? Tylko czy nie brzmiało to zbyt pięknie, by mogło być prawdziwe?

— To świetnie. — Uśmiechnęła się. — Ale nie mogę cię tak zostawić. Nierozładowanie napięcia źle wpływa na zdrowie. — Wsunęła rękę pod prześcieradło.

♦ ♦ ♦

Następnego dnia pomogłem Teresie w przeprowadzce. Nie było to trudne, bo nie należała do miłośniczek dóbr doczesnych. Dwie walizki, jedna torba z ubraniami, pudło z kosmetykami i artykułami toaletowymi. Rozpakowała się od razu, rozmieszczając swoje rzeczy tak, by nie przekładać nic mojego. Wtopiła się w mój dom niezauważalnie, jakby jej w ogóle nie było. A jednocześnie czuło się ją niemal na każdym kroku. Pod postacią leciutkiego zapachu w powietrzu. Pod postacią porządku, jakiego tu nie było, gdy mieszkałem sam. Jej obecność czuło się wszędzie i było to bardzo miłe.

Teresa wręczyła mi listę zakupów. Nachyliłem się i pocałowałem ją w policzek. Nie cofnęła głowy, ale nie odwzajemniła pocałunku i objęła mnie w sposób przeznaczony dla klientów masażu. Po przyjacielsku, lecz z dystansem.

Wróciłem do domu obładowany egzotycznymi grzybami, mięsiwem, serami i produktami ekologicznymi. Wygoniła mnie z kuchni, usiadłem więc w salonie i zabrałem się do czytania gazety. Wszystko było takie dziwne, musiałam się z tym oswoić. Wkrótce z kuchni zaczęły dochodzić smakowite zapachy.

— George, nakryj do stołu — zawołała.

Po chwili wyniosła z kuchni parujące talerze. Filet mignon pod roztopionym serem roquefort z grzybami porcini i brandy. Ziemniaki w talarkach podsmażane na maśle z sosem

śmietanowym. Ugotowana na parze marchewka i brokuły. Wspaniałe cabernet jordan. Niezbyt to wszystko odchudzające, ale co tam. Od lat nie jadłem czegoś równie pysznego. Teresa okazała się też doskonałym kompanem przy stole, a także grzecznie okazywała zainteresowanie moją pracą. Byłem akurat w trakcie śmiertelnie nudnej sprawy patentu na określoną sekwencję genomów i siedząc przed komputerem, parę razy przysnąłem. Z trudem udało mi się jej wyjaśnić, o co w tym wszystkim chodzi, a mimo to już po chwili wdaliśmy się w ożywioną dyskusję. I sprawiała wrażenie, jakby ją to naprawdę interesowało.

Czułem, jak się odprężam. Z przyjemnością patrzyłem na jej śliczną, pełną życia twarz, filuterne błyski w oczach, lekkie falowanie prostych czarnych włosów i na sutki prężące się przez obcisłą białą bluzkę przy każdym oddechu.

Dotknęła mojej dłoni.

— Zostawmy talerze. Później się nimi zajmę.

Wzięła mnie za rękę i poprowadziła do sypialni.

◆ ◆ ◆

— Rozbierz się — powiedziała — tak jak do masażu. Wykonałem polecenie i spróbowałem ją objąć.

— Bądź cierpliwy — rzekła. — Mamy przed sobą cały wieczór. Usiądź na łóżku.

Stanęła obok i zaczęła się rozbierać. Zdjęła buty, rozpięła dżinsy i zsunęła je z siebie. Rozpięła bluzkę, ukazując mały, przeźroczysty biustonosz z białej koronki, przez który odznaczały się sterczące, ciemne sutki. Zupełnie jakby jej piersi dopominały się o wypuszczenie na wolność, bo nie potrzebne im żadne podtrzymanie. Potem sięgnęła ręką na plecy, rozpięła stanik i zsunęła go z ramion. Jej piersi były idealnie gładkie, krągłe i sterczące. Widać było gęsią skórkę

wokół sutków, a na lewej piersi miała wytatuowane różowe serduszko. Zsunęła z siebie koronkowe majteczki i stanęła przede mną kompletnie naga.

— Teraz się połóż — zarządziła. — Zrobię ci taki masaż, na jaki zawsze miałam ochotę.

I tym razem posłuchałem bez słowa sprzeciwu. Teresa rozprostowała długie, ruchliwe palce — palce, których dotyk tak dobrze znałem z wcześniejszych masaży — i zaczęła nimi wolno po mnie wodzić. A ja zacząłem reagować. Och, jak ja zacząłem reagować.

Uśmiechnęła się i powiedziała:

— Jeszcze nie teraz.

Położyła się obok mnie, przylgnęła całym ciałem i ułożyła moją dłoń na swojej piersi. Ale mnie nie pocałowała. Obróciła się na plecy, uniosła moją głowę i pociągnęła ją w dół, lekko przyciskając. Potem równie delikatnie ją uniosła i pociągnęła mnie na siebie.

— Nie spiesz się — szepnęła mi do ucha.

Bajka. Nie ma innego słowa na określenie tego, co później przeżyłem. Potem stoczyłem się z niej i wyciągnąłem na wznak.

— Chciałem ci... — zacząłem, ale mi przerwała, kładąc mi na wargach wysmukły palec.

Tak, wiem, nasze zasady. Cholerne zasady.

♦ ♦ ♦

Moje życie zaczęło się toczyć według ustalonego schematu. Rozkosznego, cudownego schematu. Teresa wniosła do niego znacznie więcej, niż obiecywała. Była boginią w łóżku i całkowicie bezkonfliktową towarzyszką życia. Robiła mi listy zakupów, co dzień wieczór gotowała, sprzątała po sobie (a nawet trochę po mnie) i była gotowa iść do

łóżka na każde zawołanie. Czasem moje, czasem jej. Nigdy w życiu nie czułem się tak szczęśliwy.

Wprowadziliśmy też szybko pewne ustalenia. Teresa wyczuła, że nie przepadam za rozmowami o pracy przy kolacji, natomiast uwielbiam dyskutować. Zauważyła też, że jestem namiętnym czytelnikiem gazet, więc też zaczęła czytać. Mnie pasjonowała polityka i sprawy międzynarodowe, ona czytała tylko — jak je sama nazywała — „wiadomości z dolnej połówki". Artykuły i reportaże o ludzkich losach, zagubionych dzieciach, egzotycznych zwierzętach i nietuzinkowych przestępstwach. Zdawaliśmy sobie wzajemnie relacje z tego, co znaleźliśmy w prasie, pałaszując scampi z bazylią i palczatką cytrynową albo szaszłyki z miecznika z rusztu i risotto z szafranem. Trochę oglądała telewizję, ale wolała poświęcać czas czytaniu opasłych thrillerów w twardych okładkach. Dni przechodziły w tygodnie, a te w miesiące. Teresa była osobą niezwykle spokojną i zrównoważoną. Ani razu nie widziałem na jej twarzy grymasu niezadowolenia, nigdy nie usłyszałem choćby jednego niegrzecznego słowa. Jakby nawet nigdy nie bolała jej głowa.

Podczas pierwszego wspólnego miesiąca nie poprosiła ani razu o kieszonkowe. Swoją naukę, podręczniki i benzynę opłacała widać z oszczędności z poprzedniej pracy. Wprawdzie później zaczęła o nie prosić, ale jej wymagania były nad wyraz skromne.

— Wszystko zapisuję i potem ci oddam — zapewniła mnie.

— Nie ma o czym mówić.

— To dla mnie kwestia zasad.

I na tym stanęło.

Nie byłem zachwycony tym ciągłym przywoływaniem zasad. Po paru miesiącach mieszkania pod jednym dachem

wciąż nic o niej nie wiedziałem. Każdego ranka wychodziła z domu równo ze mną. Ja do pracy, ona na zajęcia, które miały ją przygotować do nowego zawodu. Tak przypuszczałem, choć ona nic na ten temat nie mówiła. Raz, gdy podjechała pod dom po całodziennej nieobecności, na tylnym siedzeniu samochodu udało mi się wypatrzyć książkę. Podręcznik chemii. Czy to znaczy, że szkoli się na pielęgniarkę? Wiedziałem, że zasady zabraniają mi zapytać.

W ciągu czterech miesięcy wspólnego życia ani razu nie pocałowała mnie w usta. Rytm dnia wyznaczały nasze wyjścia i powroty do domu. I nic więcej. No i oczywiście namiętne sesje łóżkowe, które odbywaliśmy niemal co wieczór. Ale nie było w nich uczucia. Był to uczciwy, mokry od potu, porywający, satysfakcjonujący seks. I tylko seks. Powinno mi to, do cholery, wystarczyć, ale ja chciałem czegoś więcej. Czego więcej? Jej samej. Oddawała mi swoje ciało, ale odmawiała siebie.

Kim była? Czy miała jakąś rodzinę? Nigdy o nikim nie wspominała. Nigdy nie było żadnych telefonów. Wybrałem zawód prywatnego detektywa z uwagi na wrodzoną ciekawość. Lubiłem węszyć, szukać odpowiedzi, rozwiązywać zagadki. Teraz stanąłem przed największą zagadką życia, której na imię było Teresa.

Ale nauczyłem się tłumić w sobie niedosyt. Cowieczorne nagrody były zbyt wspaniałe, by ryzykować ich utratę przez zwykłe wścibstwo.

♦ ♦ ♦

Pewnego dnia, niemal dokładnie pięć miesięcy od jej wprowadzenia się, wróciłem do domu i od razu wyczułem, że coś jest nie tak. W powietrzu czuć było pustkę. Poszedłem

do naszej sypialni i zajrzałem do jej szuflad. Wszystkie były puste. Jej strona szafy też świeciła pustkami. Z szafki w łazience zniknęły wszystkie rzeczy Teresy. Przebiegłem pospiesznie resztę pokoi w poszukiwaniu jakichkolwiek śladów, ale nie było nic, nawet jednego włoska. Pakowanie, sprzątanie i pucowanie musiało jej zająć cały dzień i dom wyglądał teraz tak, jakby nigdy w nim nie mieszkała.

Wskoczyłem w samochód i pognałem do jej dawnego salonu masażu nad jeziorem Merritt. Miałem nadzieję, że któraś z jej dawnych koleżanek ma numer telefonu Teresy, jakiś adres, kontakt z kimś z rodziny. Zaparkowałem obok jeziora, przeszedłem przez ulicę i ruszyłem w stronę otynkowanego na biało piętrowego budynku. Gdy w dawnych czasach przyjeżdżałem tu na masaże, po drodze od jeziora widywałem jej sylwetkę za panoramiczną szybą i wiedziałem, że czeka na mnie. Tym razem za szybą nie było nikogo. Przyspieszyłem kroku i wszedłem po schodkach prowadzących do wejścia. Na drzwiach wisiała tabliczka „DO WYNAJĘCIA". Zapukałem, ale nikt się nie odezwał. Przechyliłem się przez barierkę i zajrzałem przez okno. W środku było zupełnie pusto.

Usiadłem na podeście pod drzwiami, czując, jakby życie całkiem ze mnie wyciekło. Dopiero po chwili z wolna wróciła zdolność myślenia. Uprzedziła mnie przecież, że układ kiedyś się skończy. I powiedzmy, że nawet udałoby mi się ją odnaleźć, to co dalej? Przecież do mnie nie wróci, a próba jej odszukania będzie złamaniem zasad. Nie pozostawało mi nic innego, jak wrócić do domu. I mieć nadzieję. Tylko na co? Że to jej cholerne nowe zajęcie nie wypali i że wróci do mnie z ogonem podkulonym między zgrabne nóżki? Tylko że ona nie ma ogona. A poza tym jest tego

rodzaju osobą, że jeśli postanowiła odnieść sukces, to go na pewno odniesie. Należało się z tym pogodzić. Było już po wszystkim. Raz na zawsze.

♦ ♦ ♦

Jakiś miesiąc później wróciłem do domu i znalazłem na stole w jadalni kopertę i klucze do domu. Niecierpliwie rozerwałem kopertę, ale wypadły z niej tylko banknoty i trochę bilonu, który potoczył się po podłodze. Dwieście siedemdziesiąt dwa dolary i trzydzieści sześć centów. Kieszonkowe, które dostawała ode mnie na drobne wydatki. Tak, jak powiedziała, musiała wszystko zapisywać. Przyjrzałem się kopercie. Była bez adresu, całkowicie anonimowa. Po omacku poszukałem krzesła i ciężko usiadłem. Wizyta Teresy tylko odświeżyła mój ból.

Postanowiłem, że muszę ją odnaleźć. Choćby tylko po to, żeby ją z daleka zobaczyć. Byłem dobry w prowadzeniu obserwacji z ukrycia. Nie miałem zamiaru jej nękać. Chciałem tylko na nią popatrzeć. Miałem nadzieję, że pomoże mi to zamknąć całą sprawę.

Tylko od czego zacząć? Nic o niej nie wiedziałem. W domu nie zostawiła po sobie żadnych śladów. Salon masażu, w którym kiedyś pracowała, już od dawna nie istniał. Należało przeanalizować chwile spędzone razem. Coś musiało jej się wypsnąć, musiała się zdradzić z czymś, co pozwoli podjąć trop i do niej dotrzeć.

I wtedy coś sobie przypomniałem. Któregoś ranka jak zwykle przejrzałem główne wiadomości i wręczyłem jej pierwszą część „New York Timesa", a ona ją jak zwykle złożyła, by zajrzeć na dolną połówkę strony. A potem powiedziała do siebie półgłosem:

— Tak, o takie miejsce chodzi.

— Miejsce na co? — spytałem.

— Och, nic ważnego, George. Tak sobie tylko marzę.

— O czym?

Obrzuciła mnie wtedy tym swoim surowym spojrzeniem, bo znów złamałem zasady. A potem wzięła z sobą gazetę, czego nigdy wcześniej nie robiła. I pewnie dlatego scena ta zapadła mi w pamięć.

Kiedy to było? Tak, dzień po Halloween. Pamiętałem to dobrze, bo poprzedni wieczór spędziliśmy w domu, chowając się przed inwazją dzieciaków z sąsiedztwa, które chodziły po domach, domagając się słodyczy, a ja zapomniałem zrobić odpowiedni zapas. Należało to do moich obowiązków, więc myślałem, że Teresa będzie na mnie zła. Nie tylko nie była, ale obróciła to nawet w zabawę. Kazała mi pogasić wszystkie światła przed domem i w salonie i po ciemku ukryliśmy się w sypialni. I kochaliśmy się jak szaleni. Całkiem niezły sposób na spędzanie Halloween.

Musiałem odnaleźć ten egzemplarz gazety. Internet nie mógł mi w tym pomóc, bo potrzebna mi była tytułowa strona drukowanej wersji „New York Timesa". Popędziłem do miejskiej biblioteki w Oakland i zacząłem przeglądać mikrofilmy w archiwum. I znalazłem. Na dolnej połówce strony była wiadomość z Seattle. Hordy rozwydrzonych smarkaczy w ramach obchodów Halloween zdemolowały Pionier Square, wybijając szybę wystawową w księgarni.

Zadzwoniłem do Alaska Airlines i zrobiłem rezerwację.

◆ ◆ ◆

Przespałem noc w hotelu i od rana ruszyłem na poszukiwania. Nie miałem w ręku nic konkretnego, ale żywiłem przekonanie, że jeśli będę uparty i wytrwały, uda mi się ją odnaleźć. Czułem się też silnie zmotywowany. Kiedy wiedliśmy wspólne życie, miesiącami hamowałem cieka-

wość, teraz chciałem to sobie powetować. Dlatego musiałem ją odnaleźć. I byłem pewien, że mi się uda.

Zacząłem od obchodu szpitali. Uczyła się chemii, może więc podjęła pracę technika medycznego, bo na zdobycie pełnych kwalifikacji pielęgniarki miała za mało czasu. Ale niczego nie wskórałem. Potem przyszła kolej na laboratoria medyczne, później na instytuty badawcze z zakresu biotechnologii, w końcu machnąłem ręką na branżę medyczną. Pomyślałem, że może jej plan przekwalifikowania się nie wypalił i po prostu wróciła do masażu. Albo przynajmniej dorabia sobie w ten sposób na boku. Szybko zorientowałem się, że liczba salonów masażu w Seattle dorównuje tylko liczbie kawiarni. Znów zabrnąłem w ślepą uliczkę. Później zajrzałem jeszcze na uniwersytet w nadziei, że może postanowiła kontynuować naukę, ale też bez rezultatu.

Trzy dni później przyszła mi do głowy nowa myśl. A może błędnie zinterpretowałem tę notatkę w gazecie? A może to Pionier Square miał dla niej jakieś szczególne znaczenie? Może była tu kiedyś na wakacjach i zakochała się w tym miejscu. Każdy ma jakieś swoje ukochane miejsce, gdzie lubi wpadać na kawę, muzykę lub jedzenie. I może Pionier Square był takim właśnie miejscem w nowym życiu Teresy. Postanowiłem podjąć obserwację placu i zachować cierpliwość. Poświęcić na to co najmniej kilka dni.

Położony tuż przy nabrzeżu plac kipiał tłumem ludzi szukających rozrywki, którzy ciągnęli do niezliczonych klubów jazzowych, dyskotek, restauracji i kawiarni. Wyglądało to obiecująco.

Zajrzałem do księgarni Pionier Books. Może to tu Teresa kupowała swoje ulubione thrillery. Sklep miał dużą witrynę od strony ulicy i to pewnie tę właśnie szybę wybito podczas burd opisanych w „Timesie". Bez trudu mogłem się za nią

245

zaczaić i udając, że oglądam rozłożone książki, obserwować przepływający tłum. Spędziłem tak trzy kolejne wieczory. Nadeszła sobota, a ja wciąż byłem w punkcie wyjścia. Stałem, gapiąc się przez szybę na lekką mżawkę i czując, że zmęczone oczy coraz bardziej zachodzą mi mgłą. Musiałem walczyć z sobą, by nie odwrócić wzroku. Ulica była niemal pusta, a ja coraz bardziej odnosiłem wrażenie, że marnuję czas i energię. W końcu podejrzewałem tylko, że wyjechała do Seattle. Postanowiłem, że to będzie mój ostatni wieczór. Rano się poddam i wrócę do domu. Przynajmniej będzie ciepło i słonecznie.

I właśnie wtedy zobaczyłem idących wolnym krokiem dwoje ludzi. Para przeszła obok ulicznej latarni i nie miałem wątpliwości. Kobietą była Teresa. Poznałbym ją wszędzie: te włosy, sylwetka, nogi. Oczyma wyobraźni widziałem, jak idzie naga w padającym deszczu, z jej sterczących sutków spływają krople i skapują na zgrabne nogi, a włosy tańczą nad gładkimi ramionami w kolorze kawy z mlekiem.

Przeszła tuż obok wystawy szczelnie opatulona i uczepiona ramienia jakiegoś faceta. Jakiegoś cholernego bubka. Wybiegłem za nimi na ulicę. Wiedziałem, że nie powinienem, ale to było silniejsze ode mnie. Musiałem dowiedzieć się czegoś o tym człowieku i jej nowym życiu. Życiu beze mnie.

Postawiłem kołnierz marynarki, skuliłem ramiona i kryjąc się w załomach budynków, zacząłem ich śledzić. Ich sylwetki chwilami niemal ginęły w mroku, jednak co chwila uliczne latarnie je z niego wydobywały. Przyspieszyłem kroku. Skądś dobiegały strzępy muzyki. Dixieland. *When the saints go marchin' in...* Poczułem ogarniające mnie dreszcze. Marynarka nasiąkła mi wodą niczym gąbka.

Stopniowo ich doganiałem. Minąłem wejście do New Orleans Jazz Club, skąd dobiegały szpiczaste dźwięki trąbki,

zawodzenie klarnetu i chrapanie puzonu. *I want to be in that number...* Jak dotąd, ani razu się nie obejrzała. No i bardzo dobrze.

Nagle Teresa pociągnęła swego towarzysza w prawo. Gdzie ona go ciągnie? W pobliżu nie było żadnej kawiarni ani restauracji. Skręcają w zaułek. Dlaczego ona go tam prowadzi? Żeby się z nim całować? Może nawet coś więcej? Nie idź za nimi, próbowałem sobie wyperswadować. Narazisz się na katusze, jeśli będziesz musiał na to patrzeć. Ale nie usłuchałem. Musiałem to zobaczyć.

Dotarłem do zaułka, wszedłem i rozpłaszczyłem się na zimnej, mokrej ścianie. Miałem nadzieję, że w panującym mroku jestem niewidzialny. Teresa i jej towarzysz byli już mniej więcej w połowie uliczki. Mój wzrok na tyle przywykł do ciemności, że widziałem, iż się całują. Tak naprawdę, w usta. Cholera, czyli jednak potrafi okazać uczucie.

Obejmując go jedną ręką, drugą sięgnęła do zwisającej z ramienia skórzanej torebki. Czego ona tam szuka? Czyżby kondoma? Chce mu go wręczyć i zrobić to z nim tu, na samym środku ulicy?

Światła przejeżdżającego samochodu na moment rozświetliły mrok zaułka. W jej dłoni zalśniła stal. Pistolet. Nieduży, ale z długą lufą. Z tłumikiem. Przyłożyła lufę do skroni mężczyzny i usłyszałem ciche „pyk". Jak stuknięcie zamykanej książki. Mężczyzna osunął się na ziemię. Pochyliła się, przyłożyła mu lufę do czoła i ponownie strzeliła. Potem wyprostowała się, rozejrzała wokół i mnie zobaczyła.

◆ ◆ ◆

— Nie powinieneś mnie śledzić — powiedziała spokojnym, beznamiętnym głosem, ruszając w moją stronę. — Złamałeś wszystkie zasady. Dlaczego?

— Nie mogłem... nie mogłem się powstrzymać.

— No to teraz już wiesz.

— Co wiem?

— Wiesz, w czym się szkoliłam, mieszkając u ciebie.

— Mówisz poważnie?

— Stawki są wyższe niż za masaż. Dużo wyższe. Nauczyłam się, że główną cechą potrzebną w tym zawodzie jest umiejętność zachowania dystansu. W tym tkwi moja siła. Dzięki naszemu układowi mogłam poznawać właściwości broni palnej, ćwiczyć na strzelnicy, chodzić na uniwersyteckie zajęcia z medycyny sądowej, poznawać najnowsze techniki testów DNA, włókienek, drobin kurzu.

— To dlatego zostawiłaś dom tak wyczyszczony.

— Nie został ani jeden odcisk palca, ani jeden włosek, ani jedno włókienko.

Nie podobał mi się wyraz jej oczu. Patrzyła na mnie zimno i zupełnie obojętnie. Nic się nie zmieniła. Aura romantyzmu, jaka ją swego czasu otaczała, była wytworem mojej wyobraźni.

— Ale popełniłam błąd — ciągnęła. — Źle cię oceniłam. Myślałam, że potrafisz tak jak ja zachować dystans i nie angażować się. Mężczyźni zawsze twierdzą, że pragną seksu bez komplikacji. I właśnie to ci zaoferowałam. Ale ty chciałeś czegoś więcej. A to prowadzi do komplikacji.

— I co masz zamiar zrobić?

— Jestem profesjonalistką.

Wycelowała pistolet w moją głowę i położyła palec na spuście.

Furia wzięła górę nad strachem. Cholera! Chce mnie zabić za to, że ją pokochałem! No to jeszcze zobaczymy. W wojsku służyłem w żandarmerii, potem przez parę lat byłem gliniarzem i co nieco wiedziałem o broni palnej.

248

Miała w ręku ćwiczebny pistolet kalibru .22 o poddźwiękowej szybkości pocisku. Dobry do zabijania z bliskiej odległości, ale o dość twardym mechanizmie spustowym. Została mi mniej niż sekunda. Podbiłem jej rękę i jednocześnie zrobiłem unik. Strzeliła i spudłowała. Dwa błędy, jeden po drugim. Wykręciłem jej rękę, tak że upuściła broń na ziemię. Potem walnąłem ją pięścią w twarz i zwaliłem z nóg. Podniosłem pistolet i przystawiłem go jej do skroni.

— I co teraz czujesz?

— Adrenalinę.

Chyba po raz pierwszy doszukałem się w jej głosie śladu emocji. Pokręciłem głową, wyprostowałem się i ruszyłem przed siebie. Przy końcu zaułka obejrzałem się, ale już jej nie było. Wiedziałem, że powinienem zgłosić morderstwo policji i ją wydać. Z całą pewnością ona by tak zrobiła, gdyby tylko pasowało to do jej planów. Była kompletnie pozbawiona uczuć. Ale ja nie. W środku całkowicie się od siebie różniliśmy.

Przeszedłem na drugą stronę ulicy, wytarłem rękojeść pistoletu i wrzuciłem go do cieśniny Puget.

TAKI DROBNY GEST

JEFF ABBOTT

A Few Small Repairs © 2006 by Jeff Abbott

Frank wiedział, że nie był dobrym synem. Podobnie jak jego ojciec nie był dobrym ojcem. Mimo to stał teraz przy jego łóżku, chcąc mu powiedzieć „witaj" i „żegnaj". Środek dezynfekcyjny, lekki różany zapach mydła używanego przez pielęgniarkę i woń śmierci roztaczana przez umierającego starego człowieka tworzyły trudną do wytrzymania mieszaninę. Wtulił twarz w bukiet, który siostra kazała mu przynieść, i wciągnął w nozdrza zapach róż, bo nagle zakręciło mu się w głowie.

— Niech pan zobaczy, kto do pana przyszedł! — zaświergotała pielęgniarka sztucznie radosnym tonem, z czego wynikało, że musieli o nim rozmawiać. Albo go obgadywać. Podszedł do odtwarzacza CD i wyłączył cichy trel klasycznych skrzypiec. Nie wiedział, kto jest kompozytorem, ale nie miał wątpliwości, że wykonawcą był jego brat Greg.

— Cześć, Tarapat — powiedział ojciec, posługując się jego starym przezwiskiem, jakby tych pięciu długich lat nie było.

— Cześć, tato.

Położył kwiaty na stoliku, zdjął z głowy baseballówkę i miętosił w dłoniach.

— Boże święty. — Ojciec skrzywił się, wyciągając rękę na przywitanie — Jeszcze nie leżę na katafalku. Możesz włożyć czapkę.

Frank uścisnął chłodną, suchą dłoń ojca i nałożył baseballówkę.

— Zostawię was teraz samych, żebyście mogli sobie swobodnie porozmawiać — rzuciła pielęgniarka. Klepnęła Franka w ramię i ruszyła do wyjścia.

— Dzięki, Therese — powiedział ojciec. Frank założył ręce do tyłu, potem skrzyżował je na piersiach, wreszcie wsadził do kieszeni dżinsów.

Ojciec popatrzył na logo na baseballówce.

— Widzę, że dzięki Bogu wciąż kibicujesz Kowbojom.

— No. Teraz i zawsze. To Greg tak grał? — Frank wskazał głową odtwarzacz. — Chyba nigdy tego nie słyszałem.

— Nie interesujesz się jego karierą?

— On moją też nie.

— To trzeci koncert Mozarta. Z orkiestrą filharmonii w Sydney. Nie pojmuję, dlaczego nie mógł tego nagrać w domu ze starymi, dobrymi muzykami amerykańskimi. Dać im trochę zarobić. Płyta ukaże się w grudniu. Powiedziałem mu, że jak Bóg pozwoli doczekać, to ją wtedy obejrzę w sklepach, ale słuchać mogę już teraz. Nie zależy mi na jakichś duperszwancach na okładce.

— Wiem, że jesteś z niego bardzo dumny. — Pilnował się, by w jego głosie nie usłyszał goryczy. — Ja też jestem dumny. — Oto moja pierwsza gałązka oliwna, pomyślał.

— Dumny, tobyś był, jakby go zaprosili na występy podczas wyścigu NASCAR albo w przerwie meczu o Super

Bowl. — Parsknięcie ojca przeszło w atak suchego kaszlu. — I jakby grał country albo swing, a nie rzępolił europejskich kompozytorów w perukach, co? Powtórzę mu to, żeby zobaczyć, jak się uśmiechnie i skrzywi jednocześnie. — Twarz mu spochmurniała. — Stoisz i gapisz się, jakbym już leżał w trumnie.

Frank usiadł na krześle w kącie pokoju.

— Możesz usiąść bliżej — prychnął ojciec. — To nie jest zaraźliwe.

Frank podniósł się i piszcząc gumowymi podeszwami po posadzce, przyciągnął krzesło bliżej łóżka i usiadł.

— No to co u ciebie? — spytał ojciec.

Najchętniej odpowiedziałby. „Cóż, tato, ostatnie pięć lat były jednym pasmem udręk, tylko że ty się tym nigdy nie interesowałeś". Zamiast tego rzekł:

— Wszystko dobrze.

— Wciąż jesteś z Michelle?

— Mhm. U niej też wszystko dobrze — dodał szybko, zanim ojciec zapomni zapytać.

— Uda się wam mieć dzieci, zanim umrę?

— Nie. Przykro mi. Na razie wolimy tak, jak jest.

— Niedobrze. — Ojciec pokręcił głową. — Dzieci to takie błogosławieństwo.

Frank zamilkł. Gałązka oliwna w ręku ojca, ale taka, która smaga po twarzy.

— Umieram, Frank. Kłótnie w takiej sytuacji, synu, są trochę bez sensu.

Synu!

— Nie wiedziałem, że nagle stałem się błogosławieństwem.

— Pewnie, że tak. Jezu, Frank. To, że byłem na ciebie wściekły, nie znaczyło, że cię nagle przestałem kochać.

— Chyba nigdy mi tego nie powiedziałeś.

— Słowa są nieważne. Ubierałem cię, karmiłem i chowałem, tak czy nie? — Ojciec przymknął powieki. W oczach Franka był połową tego dawnego mężczyzny. Zapadnięte policzki, przekrwione oczy, ciało odstające od kości, skóra w kolorze obranego jabłka.

— Bez sensu było to wściekanie się za to, że się ożeniłem z Michelle.

— I tu masz rację. Jesteście wciąż małżeństwem i będziecie nim, kiedy mnie już zabraknie. Ale byłem też wściekły o wiele innych spraw. O to, że przerwałeś studia, że brałeś narkotyki, że mi podkradałeś pieniądze. Kiedyś spisałem sobie wszystkie twoje występki. W razie jakbym dostał alzheimera i zaczął zapominać.

Frank pominął zaczepkę milczeniem.

— Razem z Michelle jesteśmy czyści. Już od dwóch lat nie bierzemy. Oboje pracujemy. Ona w telemarketingu, ja współpracuję z firmami od pielęgnacji trawników. — Frank wyrzucił z siebie te informacje w pośpiechu, jakby w obawie, że ojciec umrze, nim zdąży mu wszystko powiedzieć. — Pracuję z doskoku, bo chcę wrócić do nauki. W specjalności grafika.

— Nie mam zamiaru przepraszać, że cię wykopałem, jak ćpałeś, ale myliłem się w sprawie Michelle. Wygląda na to, że jest akurat dla ciebie. I za to przepraszam.

Wyciągnął ręce na pościeli.

— Pewno powinienem teraz powiedzieć: dziękuję.

— Przepraszam to przepraszam — rzekł ojciec. — I pierwszy to powiedziałem. Czasem do wyrównania starych uraz wystarczy drobny gest. Ja go zrobiłem, kiedy poprosiłem, żebyś do mnie przyszedł.

— Znaczy oglądasz ten serial o psychulcach, tak?

— Nie. Ale jak człowiekowi zostaje mało czasu, to mu się poszerzają horyzonty.

— Okej. Więc ja też przepraszam, że... że z tobą nie rozmawiałem.

— Nikt jakoś nie lubi teraz ze mną rozmawiać. — Wykrzywił twarz w ironicznym uśmiechu. Zawsze dużo się uśmiechał, pomyślał Frank. Tyle że te jego uśmiechy wcale nie świadczyły o dobrym humorze i często wywoływały w nim dreszcze.

— Ale ja tu jestem.

— I chwała Bogu, bo potrzebna mi twoja pomoc, Frank. Nie mogę się z tym zwrócić do nikogo innego. — Podciągnął się na łóżku. — Mógłbyś przymknąć drzwi? Wszyscy tu mają wielkie uszy.

Frank zamknął drzwi.

— Wiesz, że umieram, tak?

— Wiem.

— Został mi jakiś rok. Może sześć miesięcy.

— Wiem.

— Mam nadzieję, że tylko sześć. Bo ból będzie tak straszny, że mogę tego nie wytrzymać. I dlatego potrzebna mi twoja pomoc.

— Chcesz, żebym ci znalazł innego lekarza?

— Nie — odparł ojciec. — Chcę, żebyś... wybawił mnie od tego bólu.

Pod Frankiem ugięły się kolana.

— Miła propozycja na dzień dobry.

— Nie mogę się z tym zwrócić ani do Grega, ani do Laury — powiedział ojciec. — Oni by tego nie zrobili.

— A ja tak! Ja ci pomogę się zabić, tak? Miły komplement.

— Ale taka jest prawda. Możesz zdobyć takie prochy,

254

jakie będą mi potrzebne. I w takiej ilości, żeby sprawę zakończyć.

Zaniósł się kaszlem.

— Nie zajmuję się już prochami.

— Ale wiesz, jak je zdobyć, Frank. To pewnie tak, jak z jazdą na rowerze. Nigdy się nie zapomina.

— To już może lepiej cię po prostu zastrzelę. Albo uduszę poduszką.

— Proszę, poduszkę masz pod ręką. — Ojciec się uśmiechnął. — A mój rewolwer leży pod łóżkiem, tam gdzie zawsze. Dam ci klucze do domu.

— Ty to mówisz poważnie.

— Oczywiście.

— Nie mogę cię zabić.

— Frankie, czy przez te wszystkie lata choć raz nie życzyłeś mi śmierci? Przyznaj się, bo i tak ci nie uwierzę.

— Zawarliśmy pokój, tato, a teraz chcesz, żebym cię zabił. Co to u diabła za pomysł?

— Już ci powiedziałem. Bo nie mogę o to poprosić ani Laury, ani Grega.

— Bo ich naprawdę kochałeś. I nimi się zajmowałeś, kiedy ja cię potrzebowałem. Kiedy trafiłem na ulicę...

— Sam dokonałeś wyboru — rzekł ojciec. — Nie miej teraz pretensji do mnie. Ja ci nie wbijałem igieł w rękę. Ani nie pakowałem do nosa koki.

— A ja nie wypaliłem tych wszystkich papierochów, od których masz nieoperacyjnego raka — odgryzł się Frank.

— A właśnie, jakby ci się udało z prochami przemycić tu paczkę, byłbym ci ogromnie wdzięczny. — Ojciec kiwnął głową.

— Nie zrobię tego.

255

— Po raz pierwszy w życiu potrzebuję twojej pomocy, a ty odmawiasz. Pewnie to twoja słodka zemsta.

— Pewnie tak.

— Słuchaj, oni mi tu podają oxycontin. Jakbyś mi załatwił większą ilość, to pomyślą, że im to podprowadziłem. Potrzeba mi tego mnóstwo, bo już się częściowo uodporniłem. Ale ja nie połknę tych prochów w całości, tylko je sobie rozgniotę, więc nie będą się uwalniać stopniowo. Zadziałają uderzeniowo i będzie po krzyku.

— Nie.

— Tobie niczym to nie grozi.

Dopiero w tym momencie Franka olśniło.

— To dlatego nie chcesz prosić Grega ani Laury. Są zbyt cenni. Nie to, co ja, zakała rodziny.

— Greg ma karierę, której nie wolno mu ryzykować — rzekł ojciec. — Laura ma trójkę dzieci. A dla ciebie, to żaden problem.

— Ani dla ciebie. Ty już nie będziesz żył, za to mnie zwinie policja. Nie. Nie ma mowy.

— Nigdy cię o nic nie prosiłem. Nawet o to, żebyś został przyzwoitym człowiekiem. A teraz cię proszę, Frank. Pomóż mi. Proszę cię, pomóż mi.

Frank wstał z krzesła.

— Przykro mi, że umierasz. Ale jeszcze bardziej mi przykro, że chcesz, bym ci w tym pomógł.

— Nie wychodź.

— Myślę, że tak będzie lepiej.

Ojciec sięgnął po rękę Franka, jednak ten stał zbyt daleko i nie przysunął się bliżej. Ręka chorego opadła bezwładnie na pościel.

— To rzeczywiście lepiej idź — mruknął. — Zresztą i tak zaczyna się mój program.

— Twój program?

— Quiz „Dobra cena". Therese mnie namówiła, żeby to oglądać.

— Cieszę się, że umiesz sobie zagospodarować czas.

— Mhm, zwłaszcza że wygląda na to, że został mi jeszcze cały rok. Dzięki, że wpadłeś. I za kwiaty też.

Frank przez chwilę stał w milczeniu i patrzył na ojca, który już odwrócił głowę. Ojciec wspominał coś o drobnych gestach, ale on na taki nie był gotów. Co to, to nie.

— Jeśli pozwolisz, to jeszcze do ciebie zajrzę.

— Drzwi są zawsze otwarte — powiedział ojciec, obserwując uczestniczkę, która z okrzykiem radości zerwała się z miejsca i przeciskając się wśród wiwatującej publiczności, ruszyła biegiem na środek.

Nie oglądając się, Frank wyszedł z pokoju, przeszedł obok roześmianej Therese i wyszedł na skąpany w oślepiającym blasku parking przed hospicjum.

◆ ◆ ◆

— Jak ci poszło? — spytała go Laura. Siedziała naprzeciw Franka przy stoliku w kawiarni Starbucks i co chwilę obrzucała czujnym spojrzeniem trójkę swych chłopców, którzy posadzeni w narożniku próbowali pić lemoniadę i jednocześnie kolorować książeczkę z rysunkami walczących ninja.

Frank przesunął ku siostrze filiżankę kawy za cztery dolary. Nigdy przedtem nie był w żadnej z tych szpanerskich kawiarni, w których o wpół do jedenastej rano nie było ani jednego wolnego stolika, a przy wielu siedzieli młodzi ludzie ze wzrokiem utkwionym w ekrany swych laptopów. Co oni wszyscy tak naprawdę robią? — przemknęło mu przez głowę.

— W porządku — odpowiedział.

— Nie kłam. Przecież widzę, że nie. Mówiłam, że powinnam pójść z tobą.

— Nie. Nawet mnie przeprosił. Coś w tym rodzaju. — Pociągnął łyk gorącej kawy.

— Wyciągnął do ciebie rękę, Frank. U taty to bardzo dużo. — Odgarnęła z czoła kosmyk tym razem blond włosów i ostrzegawczo uniosła palec, dając najstarszemu synowi znak, że ma się dzielić z braćmi kredkami.

— Pewnie tak.

— Jesteś uparty jak on, ale też wyciągnąłeś rękę. To dobrze.

— Chciał, żeby... — Pragnął podzielić się z siostrą ponurą tajemnicą ojcowskiej prośby, jednak w ostatniej chwili stchórzył. Pewnie zarządziłaby przytroczenie ojca pasami do łóżka. Albo by go kazała przenieść na zamknięty oddział psychiatryczny. Znów upił trochę kawy.

— Czego chciał?

— Myślę, że chciałby umrzeć prędzej niż później. Boi się bólu. Albo wyczekiwania na śmierć. Wiesz, że nigdy nie grzeszył cierpliwością.

— Będzie walczyć do samiutkiego końca — powiedziała Laura. — Nie rozstanie się tak łatwo z życiem. — Oczy jej się rozjarzyły. — Hunter! Oddaj zaraz Tylerowi tę niebieską kredkę. Nie zmuszaj mamusi, żeby musiała to zrobić za ciebie.

Bitwa o niebieską kredkę dobiegła końca.

— Nie sądzę, żeby chciało mu się walczyć. Myślę, że się podda. — Sam był ciekaw, co ojciec teraz zrobi. Czy znajdzie kogoś innego, kto mu pomoże zejść z tego świata? Jeśli nawet, to na pewno nie Laurę. Obserwował, jaka jest zapatrzona w swoje dzieci i nie miał wątpliwości, że ojciec

był w jej życiu postacią drugoplanową. Już jej na nim nie zależało. Został zredukowany do procesu biologicznego, który musi dobiec końca.

Laura zmarszczyła czoło i umoczyła usta w pokrytej pianką kawowej miksturze.

— Nigdy się tak łatwo nie poddawał — powiedziała.

— Ale teraz chyba będzie chciał — rzekł Frank.

♦ ♦ ♦

— Dzwonił twój ojciec — oznajmiła Michelle, gdy wrócił z pracy. Właśnie szykowała się do wyjścia na dyżur przy telefonie. Miała wydzwaniać do ludzi w porze kolacji i proponować zrefinansowanie długu hipotecznego. Od czasu gdy oboje przestali ćpać, trochę utyła, ale było jej z tym do twarzy. Patrząc na nią, często wspominał pewną noc sprzed dwóch lat, kiedy półprzytomni leżeli na ulicy oparci o kontener na śmieci, z którego rozchodził się mdlący smród gnijącego kurczaka *kung pao*, a ich aż skręcało z braku działki. Obejmował ją, czując, że zostały z niej już same kości. Że właściwie z obojga już nic nie zostało i że skutecznie się zatracili. Dzięki Bogu te czasy należały już do przeszłości.

— Rozmawiałaś z nim? — zapytał Frank.

— No a jak? Przecież odebrałam telefon.

— Chodzi mi o to, czy trochę porozmawialiście.

— Tak. Przeprosił, że mnie nie akceptował. — Przejechała po wargach szminką.

— I co mu powiedziałaś?

— Dziękuję i że mi przykro z powodu jego choroby. Byłam słodka jak cukiereczek. Chociaż potraktował cię jak śmiecia.

— Bo byliśmy śmieciami.

259

— Ale już od dawna nie jesteśmy — powiedziała. — Nie dam się nabrać, Frank. Twój ojciec nawet nie kiwnął palcem, żeby zapanowała zgoda. Robi to dopiero teraz, kiedy wszyscy mu współczują i mają dla niego dobre słowo.

— Chciał nam tylko powiedzieć, że jest mu przykro — rzekł Frank.

— I przyjąłeś te jego przeprosiny?

— Tak. Prosił mnie też, żebym mu pomógł umrzeć. Załatwił większą ilość środków przeciwbólowych.

Spojrzała na niego z niepokojem.

— Odmówiłem — zapewnił ją.

— Tupetu to mu nie brak — rzekła po dłuższej chwili. — Albo mu już odbiło z bólu.

— Nie sądzisz chyba, że mnie specjalnie wrabia, co? Żeby mnie zakapować, jakbym mu załatwił te prochy.

— Cóż to za idiotyczny pomysł — parsknęła, obrzucając go zdziwionym spojrzeniem.

— On mnie nigdy nie kochał tak jak Laury czy Grega.

— Nie, tak samo nie. Myślę, że cię kocha, tylko jakoś inaczej.

— I mnie potrzebuje. Zupełnie mnie tym zaskoczył.

— Albo to jeszcze jeden jego sposób, żeby przed śmiercią wzbudzić w tobie poczucie winy. Nie może zapanować nad śmiercią, ale wciąż może rządzić swoimi dziećmi.

Objął ją, a ona odchyliła głowę, żeby nie pobrudzić mu koszuli szminką. Wtulił twarz w jej pachnące szamponem, gęste włosy.

— Powiedziałem mu, że nie ma mowy. Możesz już nie zawracać sobie tym głowy.

◆ ◆ ◆

Michelle pojechała do pracy przeszkadzać mieszkańcom Wschodniego Wybrzeża w kolacji, Frank został w domu, ale nie chciało mu się oglądać telewizji. Podniósł się z wygniecionej kanapy i stanął w oknie. Wyobraził sobie Laurę w jej odpicowanym podmiejskim domu, gdzie siedzą teraz całą rodziną przy kolacji, a chłopcy grymaszą na brokuły. Wyobraził też sobie Grega śpiącego gdzieś w Berlinie, Londynie czy Oslo po dniu intensywnego myślenia o utworach dawno zmarłych ludzi, podczas gdy powinien myśleć o żyjącym jeszcze ojcu. A potem wyobraził sobie ojca, który czeka na śmierć w obcym łóżku w hospicjum i który na niego kiwa, żeby się przysunął z krzesłem. I który zwraca się do niego ze swą pierwszą i jedyną prośbą.

Frank wiedział, że powinien zostać w domu. Że odwiedzanie znanych mu z dawnych czasów spelun jest ryzykowne. Była o tym mowa na grupowych zajęciach terapeutycznych. Mimo to sięgnął po kluczyki, czując w sercu dobrze znany niepokój. Odbył długą, powolną turę po miejscach budzących jakże przykre wspomnienia z dawnych czasów. Odwiedził wąską uliczkę w bok od Guadalupe niedaleko kampusu uniwersyteckiego, miejsce w północno-wschodnim rejonie Austin, gdzie stojący na końcu ślepego zaułka dom był prawdziwą oazą dla każdego ćpuna, i elegancki apartamentowiec w West Lake Hills, gdzie znudzona życiem była miss piękności, znana w środowisku narkomanów jako Gillian Piguła, handlowała środkami farmakologicznymi.

Nie powinienem się tu kręcić, myślał, skręcając w uliczkę prowadzącą do domu Gillian.

To zły pomysł, przemknęło mu przez głowę w chwili, gdy gasił silnik.

Jego prośba jest bez sensu, powtarzał sobie, naciskając dzwonek do drzwi.

Gillian była w domu. Gdy otworzyła, posłużył się starym hasłem dla wtajemniczonych.

— Zapomniałem swojej komórki.

— Dawno niewidziany, dawno niesłyszany, dawno niekupujący. Już cię chyba nie znam.

— Potrzebna mi twoja pomoc.

— A komu niepotrzebna? — Uchyliła szerzej drzwi i Frank wszedł do środka. — Wszyscy przypominają sobie o Gillian, jak dostają w kość od życia. — Mówiła rzeczowym, pewnym siebie tonem, który jej został po latach licealnej świetności.

Postanowił nie przyznawać się, że prochy nie są dla niego.

— Chcesz drinka? — spytała Gillian. Trzymała w ręku miniaturową buteleczkę z szampanem, z której wystawała słomka..

— Nie, dzięki. Świetnie wyglądasz.

— Naprawdę? Jaki jesteś miły. Uwolniłam się od kofeiny. Mam jeszcze trochę samokontroli — parsknęła, obracając w palcach słomkę.

— Gratuluję.

— To jakiej trucizny szukasz? — spytała i jej żarcik aż go zmroził.

— Oxycontin. Ze dwadzieścia tabletek. Ile możesz załatwić i po ile?

Gillian zmarszczyła brwi i pociągnęła łyk szampana.

— Czterdziestomiligramowe chodzą po jakieś trzydzieści dolców sztuka.

Sześćset dolarów pomyślał.

— Okej.

— Muszę podzwonić. Możesz zaczekać?

— Może być na jutro. I tak nie mam przy sobie forsy. Chciałem się tylko upewnić, że możesz to załatwić.

Gillian zmarszczyła brwi.

— Nie robię za cennik, Frankie.

— Ale ja biorę. Tylko że jutro.

Postukała słomką w dno buteleczki.

— To musisz dać mi zastaw. Nie jesteś już stałym klientem, a ja muszę mieć pewność, że jak wyłożę kasę na twoje cacuszka, to się tu jutro zjawisz. — Nigdy nie używała słowa pigułki. Nazywała je cacuszkami, jagódkami albo łakociami. I zawsze zdrabniała.

— Jestem słowny. Nigdy cię nie zawiodłem.

— Ale ostatnio się nie pokazywałeś.

Zsunął z palca obrączkę.

— Proszę. Ale przysięgam, jestem słowny.

— Bądź jutro o pierwszej — powiedziała, biorąc obrączkę. — Wieczorem idę na przyjęcie, więc całe popołudnie będę drzemać.

◆ ◆ ◆

Godziny odwiedzin już się skończyły, ale Therese nie zwykła sztywno przestrzegać regulaminu. A już na pewno nie wobec syna, który przez pięć lat nie widywał się z ojcem. Spytała tylko pacjenta, czy chce teraz odwiedzin i wpuściła Franka do środka. Ojciec oglądał powtórkę *Nowojorskich gliniarzy*.

— Cześć, Tarapat — powiedział.

Frank zgasił telewizor.

— Myślałem, że będziesz słuchał nowej płyty Grega.

— Nie da się żyć samym Mozartem.

— Przemyślałem twoją prośbę.

Ojciec ponownie włączył telewizor.

— Nie chcę, żeby ktoś nas podsłuchał — wyjaśnił.

— To ty miałeś być rodzicem. To ty miałeś się mną

opiekować, nie na odwrót. Ale kiedy cię potrzebowałem, odwróciłeś się do mnie plecami. I miałem zamiar nigdy ci tego nie wybaczyć. Ale wychodzi na to, że będę musiał, bo okazałbym się nie lepszy od ciebie. A ja chcę być od ciebie lepszy, tato. Czyli muszę ci pomóc, chociaż ty nigdy tego nie zrobiłeś.

— Nie jesteś ode mnie lepszy. Jesteś dokładnie taki sam jak ja.

— Chcesz, żeby ci pomóc? To mnie nie obrażaj.

— Nie chcę, żebyś mnie zabijał, jeśli miałoby ci to sprawić przyjemność — powiedział ojciec z krzywym uśmieszkiem. — To by nie było w porządku.

— Odzywasz się do mnie po pięciu latach milczenia i chcesz, żebym ci pomógł umrzeć. Może mi powiesz, jak według ciebie mam się czuć?

— Jak ktoś kochany — odrzekł ojciec.

Frank opadł na krzesło.

— Nie mogę poprosić Grega ani Laury. Zresztą Grega i tak nigdy nie ma. Przestałem pić piwo, żeby zaoszczędzić na jego lekcje muzyki. I co z tego mam? Syna, którego cała reszta świata obchodzi bardziej niż własny ojciec. A Laura potrafi zagadać człowieka na śmierć, ale nic nie zrobi. Widziałeś, jak ona musztruje tych swoich chłopaków? Jak dorosną, to tak jej dadzą popalić, że będzie się cieszyć każdą odrobiną uwagi, jaką jej raczą poświęcić. Rzygać się chce. — Ojciec popatrzył na Franka. — Ale ty? Ty mnie rozumiesz.

— Chyba jednak nie. Chyba bym nie potrafił. — Głos Franka był schrypnięty. — Mogę posiedzieć i pooglądać z tobą telewizję? Tylko przez chwilę.

— Pewno — odparł ojciec. — Przysuń się bliżej.

♦ ♦ ♦

Wydębił od Laury sześćset dolarów pod pretekstem, że chce kupić ojcu prezent.

— Już mu, kochany, zrobiłeś prezent, odwiedzając go — powiedziała, a jej mąż Brad pokiwał potakująco głową. Zdaje się, że reagował w ten sposób na każdą jej wypowiedź.

— Ominęło mnie pięć urodzin taty, dni ojca i prezentów pod choinkę — odparł Frank. — Chciałbym mu kupić coś naprawdę ładnego. Obiecuję, że ci oddam. Właśnie podpisałem umowę z nową firmą od trawników i zaczynam od poniedziałku. — Rzeczywiście tak było. Praca nie była wprawdzie na stałe, ale pozwoli mu spłacić Laurę w drobnych ratach. A Michelle nawet tego nie zauważy.

— Wiem, że jesteś słowny — powiedziała Laura, a Brad pokiwał głową. — Hunter! — wrzasnęła nagle nad ramieniem Franka. — Odłóż zaraz ten kij! Nie wolno się bawić w zabijanie brata. Mamusi się to nie podoba. — Spojrzała z uśmiechem na Franka. — Chcesz znać rozmiary taty? Bo Brad ma bardzo podobne.

Brad pokiwał głową i też się uśmiechnął.

— Tak, to dobry pomysł.

♦ ♦ ♦

— Cacuszka... dla szczęśliwych... ludzi — zanuciła Gillian, odliczając tabletki oxycontinu do pojemnika. Położyła na wierzchu jagodziankę i docisnęła wieczko.

— Gotowe, możesz zmykać — powiedziała.

— Dzięki.

Wręczył jej pieniądze, a ona je z wprawą dwukrotnie przeliczyła, zwilżając palec językiem, potem wetknęła zwitek do tylnej kieszeni markowych dżinsów.

— Mogę cię o coś spytać? — rzekła cicho i trochę niepewnie.

— Jasne.

— Długo byłeś czysty. Dlaczego nagle do tego wracasz? Wiedział, że lepiej byłoby skłamać. Ponieważ Greg był znaną postacią, informacja o śmierci jego ojca na pewno trafi do gazet. W dodatku nazywali się Montgomery, czyli niezbyt oryginalnie. Był jednak pewien, że Gillian nie skojarzy go ze śmiercią Rogera Montgomery'ego.

— Życie nigdy nie układa się tak, jakbyśmy tego chcieli — powiedział. Potem przyszły mu na myśl słowa ojca i dodał: — Czasem trzeba mu pomóc — potrzasnął pojemnikiem — kilkoma drobnymi gestami.

◆ ◆ ◆

Zatrzymał się pod sklepem i kupił paczkę papierosów i sześć budyni czekoladowych. Pamiętał, że ojciec woli karmelowy, bał się jednak, że pokruszone tabletki będą łatwiejsze do wykrycia w budyniu o jaśniejszej barwie. Schował tabletki do kieszeni dżinsów, budyń i papierosy włożył do papierowej torby na zakupy.

Zastał ojca czytającego gazetę i słuchającego wydanej w ubiegłym roku płyty Grega, na której grał Vivaldiego. Na widok syna odłożył gazetę.

— Chodźmy na spacer — zaproponował Frank.

— Okej. — Ojciec kiwnął głową.

Pomógł ojcu usiąść na wózku i wytoczył go na zewnątrz. Słońce przebłyskiwało zza niewielkich obłoczków, ale było dość chłodno. Widział, jak ojciec ubrany w pomarańczową wiatrówkę trzęsie się z zimna.

— Mam dla ciebie te parę drobnych gestów — powiedział.

— Tak też to można nazwać. Dzięki.

— I papierosy.

— Nie wiem, za co mam ci być bardziej wdzięczny. Zapal mi jednego, synu.

Frank przyłożył zapałkę i podał ojcu zapalonego papierosa.

— Therese dziś nie ma — powiedział ojciec. — Dziś ma dyżur faszystka Bernice. Jak zobaczy, że palę, to nas obu rozstrzela.

— To by też rozwiązało twój problem.

Ojciec zaciągnął się, zakasłał i oczy zaszły mu łzami.

— O Jezu! Ależ to smakuje. — Splunął na trawę. — Chcę, żebyś wiedział, że z całej waszej trójki ciebie lubiłem najbardziej. Wszystkich was jednakowo kochałem. Ale ciebie najbardziej lubiłem.

— Nigdy mi tego nie powiedziałeś.

— Bo o czymś takim się nie trąbi. Ale ludzie śmiertelnie chorzy mają specjalne fory.

— Tato, dlaczego nigdy mi nie pomogłeś?

Ojciec wypuścił z ust obłoczek dymu.

— Musiałeś sam dojść do tego, że chcesz uratować swój tyłek. Cokolwiek bym ci wtedy powiedział, nie wyciągnęłoby cię to z rynsztoka.

— Nigdy już się nie dowiemy — rzekł Frank ze smutkiem, ale gorycz, jaka w nim dotąd tkwiła, gdzieś się nagle rozpłynęła. Jak chmura po pogodnym, letnim niebie.

— Patrzysz na mnie leżącego na tym łóżku, wiesz, że na nim umrę, i zaczynasz mi współczuć. Nie chcesz widzieć, jak cierpię, bo cię to boli. Ja też nie mogłem patrzeć, jak się zabijasz. Jestem zbyt słaby.

— Kiedy to zażyjesz?

— Dziś po północy. Kiedy faszystka Bernice wpełznie już do swojej nory.

— Mogą zacząć podejrzewać, że ci pomogłem.

— Zostawię list. Napiszę wyraźnie, że to był mój pomysł. Nikt nie będzie miał do ciebie pretensji.

— Nie rób tego — powiedział Frank.

— Prędzej czy później muszę odejść. A im później, tym bardziej boli.

— Ale później to też więcej czasu. Czasu, który można spędzić razem.

Dotknął ramienia ojca, bo nic więcej nie przychodziło mu do głowy.

— Dobra, Tarapat — rzekł ojciec. Wyciągnął rękę i chwycił syna za nadgarstek. Potem spojrzał w niebo i zamrugał. — Zaczekam. Ze względu na ciebie jeszcze trochę zaczekam.

Siedząc na powietrzu, zjedli po budyniu czekoladowym i wypalili jeszcze jednego papierosa, potem Frank zawiózł ojca do pokoju. Wrócił do domu z tabletkami wetkniętymi w kieszeń dżinsów.

♦ ♦ ♦

Po sześciu tygodniach ból zwyciężył. Bolało tak, jakby ktoś łamał kości, gotował krew na wolnym ogniu i podłączał mózg do prądu, więc któregoś wieczoru Frank pojawił się w hospicjum z budyniami i prochami.

Usiadł przy ojcu i wkruszył wszystkie tabletki do gęstej brei.

— Czekolada na ostatni posiłek — zauważył ojciec. — Mogło być gorzej. — Przymknął oczy. — Jeśli ktoś spyta, to ja cię o ten budyń poprosiłem. A o tabletkach nic nie wiedziałeś.

— Tak, wiem. — Frank kiwnął głową, przekładając czekoladową breję do plastikowego kubka. Od zapachu czekolady trochę go zemdliło.

268

Wypowiadane chrapliwym szeptem słowa ojca brzmiały tak, jakby wydobywały się ze skalnej szczeliny.

— Powiedz wszystkim, że kiedy mnie ostatni raz widziałeś, byłem szczęśliwy.

— Jasne.

Ojciec przymknął oczy.

— Po prostu zostaw to wszystko na tacy, synu. — Powiedział to tak pogodnie, jakby tylko chodziło o deser, na który chwilowo nie ma ochoty.

— Jasne. Potrafisz to zrobić? Samemu?

Ojciec otworzył oczy.

— Znaczy, chciałbyś mi trochę pomóc? To miło z twojej strony.

— Ja tylko... — Frankowi zamarł głos. Wolałby wyjść na egoistę i zakrzyknąć: „Nie, proszę nie! Proszę, nie rób tego!".

Ojciec otworzył dłoń i podał mu dwie tabletki.

— Podwędziłem je w tym tygodniu. Wsadź je do szuflady pod skarpetki. Therese i lekarz pomyślą, że już od dawna gromadziłem sobie zapas.

Frank wsunął tabletki pod stertę ojcowskich skarpetek. Odniósł wrażenie, jakby składał kwiaty na grobie i ręka mu zadrżała. Usiadł wygodniej na krześle.

— No, dobra — powiedział ojciec. — Jestem gotów na deser. Lepiej już sobie idź.

— Okej — rzekł Frank, nie ruszając się z miejsca.

Ojciec wyciągnął rękę i chwycił go za dłoń.

— Bądź dzielnym chłopcem — szepnął.

Frank wstał niepewnie, pochylił się nad ojcem i ucałował go w czoło, a potem w policzki. Skóra ojca wydała mu się chłodniejsza, niż powinna.

— Frank.

— Tak.

— Jesteś naprawdę cholernie dobrym synem.

— Tato...

— Nic nie mów. Obu nam się zrobi smutno i będzie jeszcze trudniej.

— Okej.

— Zmykaj stąd, Tarapat.

Puścił dłoń Franka, który odwrócił się, wyszedł na korytarz, minął siedzącą w dyżurce Therese, która obdarzyła go pożegnalnym uśmiechem, i wyszedł w zimny, przejmująco wilgotny mrok.

◆ ◆ ◆

Wrócił do domu i rozpoczął czekanie. Dyżur Michelle był ustawiony na porę kolacji mieszkańców Zachodniego Wybrzeża, do których miała dziś dzwonić. W każdej chwili oczekiwał telefonu z hospicjum, zwłaszcza jeśli po jego wyjściu Therese zajrzała do pokoju ojca i przyłapała go na korzystaniu z prywatnej apteczki. Ale telefon milczał.

O dziesiątej włączył wiadomości, które zaczęły się informacją o aresztowaniu Gillian Piguły. Kamera pokazała, jak ją w kajdankach wyprowadzają z apartamentowca dla bogatych pań. Szła z twarzą odwróconą od kamery. Głos reportera zza kadru informował, że Gillian Burke, niegdyś finalistka konkursu Miss Teksasu, została aresztowana pod zarzutem nielegalnego handlu narkotykami, zwłaszcza środkami przeciwbólowymi. Aresztowana miała podobno zapowiedzieć pełną współpracę z policją, więc należy oczekiwać, że w wyniku jej zeznań może dojść do aresztowań osób zamieszanych w obrót fałszywymi receptami. Wśród nich mogą się znaleźć osobistości z najwyższych sfer Austin, ponieważ aresztowana utrzymywała bliskie kontakty towarzyskie mię-

dzy innymi z żoną gubernatora, z którą dziesięć lat wcześniej startowała w tym samym konkursie piękności.

Frank opadł bezwładnie na łóżko, czując, jak jego kości zamieniają się w galaretę. Gillian na pewno go wyda. Wypluje z siebie każdy najdrobniejszy zapis z czarnego notesu, bo wciąż jest boginią piękności z lat szkolnych i to jej klienci zasłużyli na karę, nie ona. Siedział na krawędzi łóżka, myśląc gorączkowo, co powie Michelle. Dlaczego to zrobił. Bo miłość to nie tylko pomaganie sobie. Miłość to także wzajemne poświęcenia. I jak trzeba, zdobycie się czasem na drobny gest.

Dwie godziny później niemal równocześnie zadzwonił telefon i rozległo się pukanie do drzwi. Wstał z łóżka. Puk, puk. Dryń. Puk, puk. Dryń.

Wziął do ręki słuchawkę i idąc do wejścia, wcisnął klawisz. Przez siatkowe drzwi widać było dwóch policjantów w mundurach. Ze słuchawki płynął histeryczny szloch jego siostry. Sięgnął do klamki.

PLAN CHELLINIEGO

JIM FUSILLI

Chellini's Solution © 2006 by Jim Fusilli

Chellini wyglądał na znacznie starszego. Żona Sycylijka, dwie rozbrykane sześciolatki bliźniaczki i wiecznie bolące nogi pozbawiły go werwy typowej dla Włochów z rejonu Puglii. Nie bez znaczenia była też jego mocno zaokrąglona sylwetka, lekko kabłąkowate nogi i sumiasty wąs, który zapuścił po zwolnieniu z amerykańskiego lotnictwa w 1946 roku. Wówczas, ledwie siedem lat temu, wąs był jeszcze ciemnobrązowy.

Chellini starał się z całych sił, by jak przystało na człowieka urodzonego na słonecznym południu Włoch, traktować wszystko z odpowiednią dozą nonszalancji, ale życie w powojennej Ameryce było dla niego trochę za intensywne i zbyt męczące. Nie mówiąc o kąśliwym języku żony Lydii, wiecznie rozrabiających córkach i pracy kelnera we włoskiej restauracji koło siedziby NBC w Rockefeller Center. Ale mimo otaczającego go zgiełku starał się wieść żywot, który sam nazywał „wypranym z emocji". Nie miał żadnych specjalnych ambicji, chciał jedynie zapewnić córkom maksimum szczęścia oraz skłonić Lydię, by go kochała tak, jak dawniej.

Chellini miał też buldoga o imieniu Ambroży, z którym łączyła go niechęć do szybkiego chodzenia. Obaj poruszali się takim samym powolnym, ciężkim krokiem i co wieczór po męczącej kolacji, podczas której Ava i Rita nie przestawały rozrabiać, a Lydia narzekać na okropne życie, jakie im wszystkim zgotował, Chellini brał psa i wychodził na długi spacer uliczkami swego miasteczka w New Jersey. Chodząc wolno wybrukowanymi ulicami, starał się odzyskać spokój. Kroczący równie wolno Ambroży trzymał się jego nogi, a on puszczał wodze fantazji i oddawał się marzeniom, w których zazwyczaj siedział pod drzewem oliwkowym w Bovino, gryząc źdźbło trawy i zerkając na niewielkie stadko kóz pasących się w pobliżu, kwitnące na biało migdałowce na skraju pola i dom z kamieni, w którym spędził dzieciństwo, a w którym czekała na niego jego niewielka rodzina.

Podczas tych spacerów Chellini często tracił poczucie czasu i gdy wracał do domu, Lydia już spała, odwrócona plecami do jego połowy łóżka. Podczas gdy Ambroży chłeptał wodę, Chellini podchodził na palcach do łóżka córek w dużym pokoju, całował je obie we wnętrza dłoni i zaciskał im paluszki w pięści, tak by aż do rana pozostały w nich ślady jego czułości. Potem szedł do sypialni i kładł się z nadzieją, że przyśni mu się księżycowa poświata i jasnooka dziewczyna z Ragusy o imieniu Lydia, która wstydliwie przyjmuje jego zaproszenie do tańca.

Kilka dni temu Chellini zorientował się, że nogi przywiodły go z powrotem do włoskiej dzielnicy wcześniej, niż zamierzał, poszedł więc dalej w stronę trafiki Tartuffa, pod którą gromadzili się mężczyźni z sąsiedztwa. Ciepły, letni wieczór przyciągnął sporą gromadkę ciemnolicych mieszkańców o dość oprychowatym wyglądzie, którzy siedzieli

na chodniku, grając w tysiąca po cencie za punkt i paląc cygaretki. W odróżnieniu od Chelliniego większość przyjechała do Stanów już po wojnie. Niektórzy z nich mieli za sobą służbę w armii Mussoliniego, inni przesiedzieli wojnę w domach, świadomie narażając się na upokorzenia ze strony niemieckiego okupanta.

Chellini wolał ich unikać, uważając ich nie tylko za kłótliwych, ale i agresywnych. W jego mniemaniu byli leniwymi malkontentami potrafiącymi dużo gadać, którzy — gdy przyszło co do czego — nie ruszyli palcem i pozwolili nazistom odebrać sobie domy, kobiety i honor.

Z drugiej strony uliczki dobiegło go wołanie.

— Chellini, *dove andate*?

Głos należał oczywiście do tego, którego najbardziej ze wszystkich nie lubił.

— Chellini, mówię do ciebie — powtórzył Emilio Marzano, którego akcent zdradzał pochodzenie z regionu Ligurii, choć on sam starał się pozować na sycylijskiego zabijakę. — Co ty sobie myślisz? Że mówię do twojego psa?

Jego kompani parsknęli zjadliwym, pełnym wyższości śmiechem

Chellini zatrzymał się na moment w błękitnawym świetle latarni, poprawił na głowie kapelusz i bez słowa ruszył dalej. Ambroży nie odstępował jego nogi.

Mężczyźni coś między sobą poszeptali, jakby przekazując sobie jakiś sekret. Tartuffo, karykaturalnie gruby właściciel trafiki i boss lokalnego gangu bukmacherów, potrząsnął potężną głową i pogardliwie machnął ręką.

— Hej, ty tam, bohaterze wojenny! — zawołał Marzano szyderczo. — Zaczekaj.

Podniósł się ociężale z krzesełka i choć był zbudowany równie masywnie jak Chellini, puścił się przez uliczkę czymś

w rodzaju truchtu. Głowę miał przykrytą brązową włóczkową czapeczką, upstrzoną barwnymi odznakami kilku związków zawodowych i organizacji, do których najwyraźniej należał. Zajmował się wywózką starych rupieci, których ludzie chcieli się pozbyć. Ładował je na swoją rozklekotaną ciężarówkę i zawoził na miejskie wysypisko. Mówiło się, że to samo zrobił też kiedyś z chorym na wściekliznę psem Benny'ego i złodziejaszkiem Stucchim.

— Chellini, co jest z tobą? Nie możesz się zakumplować?

Ambroży niechętnie obwąchał ubłocone buty Marzana, a Chellini bez słowa wzruszył ramionami.

— Lepiej mnie wysłuchaj. Bo to chodzi o Lydię. O twoją żonę.

Chellini potarł podbródek. Wiedział, że Lydia kupuje w trafice pisma filmowe i papierosy, i że dzięki swojej otwartości i gadatliwości — czym tak bardzo różniła się od niego — musiała wpaść w oko Tartuffowi, Marzanowi i całej reszcie.

Marzano odsunął się nieco, by umożliwić kompanom lepszy widok.

— Tylko muszę cię uprzedzić, że to nic przyjemnego.

Chellini w milczeniu ruszył w dalszą drogę, Ambroży podążył za nim.

Marzano zachichotał.

— Co, nawet nie chcesz wiedzieć kto?

♦ ♦ ♦

Następnego dnia rano Chellini jak zwykle odwiózł córki do szkoły, ale potem, zamiast pojechać do pracy, zawrócił i usiadł na ławce w Columbus Park. Pokruszył psiego suchara i obserwując dziobiące go gołębie i odrapaną kamienicę, w której mieszkał, przystąpił do obmyślenia strategii działania. ·

275

Nie miał wątpliwości, że Marzano mówił prawdę. Dobrze pamiętał zachowanie kilku łajdusów z 64. skrzydła bombowców, którzy ze złośliwą satysfakcją żerowali na nieszczęściu innych, czerpiąc z tego znacznie większą przyjemność niż ze zwyczajnych kawałów. Banda niewydarzonych mafiosów rozpartych na kuchennych krzesełkach pod trafiką Tartuffa bardzo mu przypominała tamtych cwaniaczków w mundurach. Mimo iż ci byli Włochami, wcale nie wyglądali na lepszych od tamtych.

Parę minut przed dziesiątą pojawił się jakiś mężczyzna — jak się później okazało, niejaki Hans Koppel — który wszedł na schodki prowadzące do wejścia z taką pewnością siebie, że musiał to już robić wcześniej.

Chwilę później w wychodzącym na maleńki park oknie mieszkania na drugim piętrze stanęła Lydia i zaciągnęła zasłony. Wciąż jeszcze była w szlafroku, w którym siadała do śniadania. Kiedy pojawiła się w nim znów pół godziny później, miała na sobie halkę, której Chellini nie pamiętał, a która z trudem zakrywała jej obfity biust. Ciemne kręcone włosy były w nieładzie i Chelliniemu wydało się, iż na twarzy dostrzega nie tylko czujność, ale także wyraz obleśnej satysfakcji z dokonanej zemsty.

Wpatrując się w dziobiące z zapałem gołębie, Chellini doszedł do wniosku, że musi coś z tym zrobić. Coś, co jednoznacznie rozwiąże zaistniały problem. I zanim jeszcze intruz zdążył wyjść z domu, Chellini miał już w głowie gotowy plan.

Wyszedł z parku i ruszył śladem Koppla — szczupłego blondyna w okularach w drucianej oprawce, z włosami zaczesanymi do tyłu i ubranego w dobrze skrojony, brązowy, dwurzędowy garnitur i jaskrawoczerwony jedwabny krawat. Po drodze do przystanku, gdzie miał wsiąść w autobus

jadący do Zarządu Portu na Manhattanie, Koppel zatrzymał się przed sklepem z reklamą State Farm na wystawie i dzwonkiem nad drzwiami wejściowymi. Na oczach Chelliniego przywitał się serdecznie z podobnie do niego ubranym mężczyzną — zapewne Aichbergerem, właścicielem — od którego otrzymał teczkę pełną papierów. Ich krótka rozmowa zakończyła się jakimś żartem rzuconym przez właściciela, po którym obaj mężczyźni parsknęli śmiechem, a jasnowłosa ekspedientka w zielonym czepku zachichotała i zarumieniła się.

Gdy Koppel wsiadł do autobusu jadącego do Nowego Jorku, Chellini usiadł kilka rzędów za nim. Kiedy potem przesiadł się do metra jadącego w górę miasta, Chellini wsiadł za nim do tego samego wagonu.

♦ ♦ ♦

Koppel wyszedł z metra na ulicę i Chellini usłyszał, jak stanąwszy przy starszej parze, wdaje się z nią w krótką pogawędkę po niemiecku. Potem przeszedł na drugą stronę Osiemdziesiątej Szóstej i wszedł do baru Ideal Diner, gdzie także po niemiecku porozmawiał chwilę z jasnookim mężczyzną za kontuarem, po czym zamówił lunch: dwa jajka sadzone z wiejską kiełbasą i kapustą czerwoną, do tego butelka schlitza i filiżanka czarnej kawy. Przez cały czas Chellini obserwował go przykucnięty za maską buicka super, rocznik 1949, w kolorze błękitnym.

Gdy Koppel wstał i podszedł z paragonem do kasy, Chellini ze zrozumieniem pokiwał głową i szybko wyliczył czas potrzebny na powrót do stacji metra przy Herald Square i dojazd do domu tą samą trasą i o tej samej porze co zwykle. Chciał o zwykłej porze otworzyć drzwi i wziąć

w ramiona Avę i Ritę, które jak zwykle rzucą się na niego z okrzykiem: „Papa, papa" i jak zwykle będą starały się wzajemnie przekrzyczeć.

♦ ♦ ♦

— Co, żadnych napiwków? — burknęła Lydia.

Od otwarcia drzwi nie minęły jeszcze trzy sekundy, a on już popełnił pierwszy błąd. Zwitek banknotów i garść drobnych, które wrzucił do słoja po kruchych ciasteczkach, nie tylko nie urosły od wyjścia z domu, ale nawet się zmniejszyły o koszt biletu autobusowego, hot doga i oranżady w Nedicks na Trzydziestej Czwartej, oraz parę centów wydanych tu i tam.

Pełne radosnego wrzasku powitanie bliźniaczek zwolniło go od konieczności zmyślenia jakiegoś kłamstwa.

— Wiem, Chellini, że z ciebie nie jest hazardzista — powiedziała Lydia po włosku, opierając ręce ma swych wydatnych biodrach i stojąc w rozkroku. — Nie wytrzymałbyś takich emocji.

— Papa, papa! — przekrzykiwały się bliźniaczki.

Chellini poszedł obejrzeć ich rysunki ze szkoły.

— Pewno, idź sobie, idź — prychnęła Lydia. — Dlaczego nie miałbyś iść? Po co w ogóle ze mną rozmawiać? Jestem tylko twoją żoną. Matką tych dwóch... Tych dwóch! Więc idź sobie, Chellini, idź.

Kotlet wieprzowy panierowany, jaki mu tego wieczoru rzuciła na talerz, był suchy jak podeszwa, a chianti w karafce było o krok od stadium octu. Na szczęście chleb był świeży i obie piętki miał na miejscu, toteż dziewczynki były w pełni usatysfakcjonowane.

Czego nie dało się powiedzieć o Lydii.

— Chellini — oznajmiła. — W piątek wieczorem chcę iść do Avalon.

Chellini zmienił podkoszulek i nałożył maść na rany, które mu zostały po ostrzelaniu nad Adriatykiem.

— Kirk Douglas, Lana Turner, Gloria Grahame, Gilbert Roland, Dick Powell. *Źli i piękni*, Chellini.

Chellini wzruszył ramionami. Nie był to chyba najlepszy moment, żeby powiedzieć żonie, że Dick Powell co najmniej dwa razy w tygodniu wyskakuje ze studia NBC i siada przy jednym z jego stolików. I zawsze zostawia tak suty napiwek, jakby przed chwilą wygrał na loterii. A na widok klopsów wielkości pięści i mdłych kiełbasek zawsze się promiennie uśmiecha.

— Chellini, mam dwadzieścia cztery lata i nie urodziłam się na niewolnicę zaharowującą się w kuchni. Ja chcę żyć, Chellini. Żyć!

Wykrzyknęła to tak głośno, że aż zadźwięczały kieliszki. Zawsze kiedy krzyczała, żyły na jej szyi nabrzmiewały tak, że zdawało się, iż zaraz pękną.

Rita zrobiła komicznie groźną minę i zaczęła matkę przedrzeźniać, podrzucając głowę i bezgłośnie kłapiąc otwartymi ustami. Ava zakryła oczy, żeby nie parsknąć śmiechem.

— Chellini, jeśli nie pozwolisz mi żyć, to zrobię coś takiego, że do końca życia popamiętasz!

Lydia miała w ręku patelnię, do której przywarły okruchy przypalonej panierki.

— Chellini! Odezwij się do mnie!

Chellini wzruszył ramionami. Nie miał nic do powiedzenia, a nowo zdobyta wiedza jeszcze osłabiła jego pozycję.

Lydia zrezygnowała. Wróciła do zmywania i dosypała mydła w proszku do lejącej się wody. Chellini odsunął talerz i dopił do końca skwaśniałe wino.

Jak na sygnał Ambroży wstał, otrząsnął się ze snu i ruszył do przedpokoju po smycz.

◆ ◆ ◆

Ukryty w mroku pod wiaduktem Chellini przyglądał się, jak Marzano wysuwa się zza kierownicy, przekręca klucz i otwiera drzwi garażu, potem wsiada z powrotem i wprowadza swoją pustą ciężarówkę do środka.

Podchodząc bliżej wraz z nieodstępującym go na krok Ambrożym, Chellini myślał, czy na betonowej podłodze garażu były kiedyś plamy krwi zaginionego Stucchiego.

Wyłaniająca się z ciemności sylwetka przeraziła Marzana.

— Matko Boska! — wrzasnął po włosku. — Chellini, ale mnie wystraszyłeś!

Warknięcie Ambrożego wydobyło się z głębi trzewi.

— I jeszcze ten twój pies! Co to za zwyczaje! Straszne!

Odwrócił się plecami do Chelliniego, zamknął drzwi na klucz i dla pewności nacisnął klamkę.

Fort Knox to to nie jest, pomyślał Chellini.

Poprawiwszy sobie czapkę na głowie i podciągnąwszy opadające spodnie, Marzano wsadził obie ręce do kieszeni i bez słowa ruszył w stronę dzielnicy włoskiej, od której dzieliło ich sześć kwartałów.

Chellini i Ambroży ani drgnęli.

Marzano zatrzymał się.

— Chciałeś czegoś, Chellini?

Chellini wbił wzrok w śmieci rozrzucone wokół swych nóg.

Marzano zawrócił i przekrzywił głowę.

— Chodzi ci może o Lydię?

Chellini kiwnął głową.

Marzano przejechał wierzchem dłoni po wargach.

— No więc?

— *Grupo Azione Patrioti* — powiedział Chellini.

— *Grupo Azione Patrioti?* — Marzano zmarszczył brwi. — Znaczy GAP?

Chellini potaknął, widząc, że tamten zaczyna już łapać.

— Chcesz powiedzieć, że ten sukinsyn jest nazistą? — upewnił się Marzano, wchodząc w mrok, gdzie stał Chellini z Ambrożym. Zewsząd otaczał ich smród moczu i benzyny. Chellini wzruszył ramionami. Było zbyt ciemno, by mógł zauważyć, że uszy i kark Marzana spurpurowiały. Czuł, że serce wali mu jak młot.

— Jebani naziści — syknął Marzano. — Siostrę mi zgwałcili.

Chellini w to nie wierzył, choć Marzano często to wszystkim powtarzał. Przypuszczał, że siostra Marzana pewnie znalazła sobie niemieckiego kochasia za żywność i ochronę, jakie dzięki temu miała. Niestety, robiło tak wiele młodych kobiet, i to nie tylko w San Remo, gdzie Marzano urodził się i wychował.

— Zrobili z nas pośmiewisko — warknął, dźgając się w pierś wyprostowanym palcem, który następnie skierował prosto w niebo.

Ambroży obwąchiwał rozrzucone śmieci, odczytując wiadomości pozostawione tu przez tabuny psów.

Marzano położył sobie prawą dłoń na sercu.

— Przyrzekłem wierność GAP — powiedział uroczyście — choć sam byłem za młody, żeby czynnie się udzielać.

Też nieprawda, pomyślał Chellini. Marzano miał teraz co najmniej trzydzieści pięć lat, może nawet czterdzieści. GAP jako luźno zorganizowany ruch partyzancki we Włoszech przyjmował w swe szeregi nawet nastolatków. Wystarczyło, że chcieli walczyć z nazistowską okupacją. Kiedy naziści zajmowali Włochy, Marzano musiał mieć dobrze po dwudziestce.

281

— I teraz ta bezbożna świnia tutaj ryje! Znów nam kradnie kobiety! Kto wie ile?

Chellini wzruszył ramionami, choć teraz gest ten wyrażał uznanie dla Marzana za jego precyzję w ocenie sytuacji.

— Zostaw to mnie — rzekł Marzano, klepiąc Chelliniego po ramieniu. — Sprawi mi to prawdziwą przyjemność. Cholera, nawet zrobię to dla ciebie za darmo.

Chellini skinął głową, jednak gdy Marzano odwrócił się i ruszył w drogę, zawołał go po imieniu.

Raz jeszcze Marzano zatrzymał się i spojrzał w ciemność.

— *Avrete bisogno di una lama splendida* — powiedział Chellini.

Marzano podrapał się po brodzie.

— Dobry nóż, powiadasz? — uśmiechnął się ze zrozumieniem. — Czyli zemsta na całego. Mądrze.

◆ ◆ ◆

Następnego dnia rano Chellini pojechał metrem na Christopher Street w Greenwich Village, po czym bocznymi uliczkami dotarł na Canal Street. Nie chciał chodzić po Little Italy w obawie, że ktoś mógłby w nim rozpoznać celowniczego, który w czasie wojny wrócił do Puglii, by tam walczyć z Niemcami.

Fryzjer, który mu zgolił wąsy, był Chińczykiem i Chellini nie rozumiał ani jednego słowa z jego paplaniny. Na szczęście Chińczyk znał swój fach i Chellini wyszedł z zakładu zadowolony, czując pod nosem lekkie szczypanie jakiegoś tajemniczego orientalnego balsamu.

W sklepie z ekwipunkiem wojskowym przy Baxter Street kupił bagnet, który musiał kiedyś należeć do jakiegoś członka faszystowskich bojówek Mussoliniego. W sklepie ze sprzętem kuchennym na Bowery wyostrzono mu go jak

brzytwę, pobierając skromną opłatę i nie zadając żadnych pytań. Jedyną niedogodnością była konieczność wysłuchania namolnego polskiego Żyda, który koniecznie chciał mu wcisnąć ogromną lodówkę. Zniechęcony milczeniem zrezygnował i zaczął wypytywać Chelliniego o pochodzenie brązowej włóczkowej czapeczki, którą ten zdjął z głowy i położył na kontuarze, a także o znaczenie wpiętych w nią kolorowych odznak.

Chelliniemu udało się wyjść bez słowa wyjaśnienia, po czym jego czapeczka powędrowała pod stojącego na Delancey Street zdezelowanego oldsmobile'a, a idiotyczne odznaki kupione poprzedniego dnia na Herald Square trafiły przez kratę do szybu wentylacyjnego metra, gdzie dołączyły do papierków po gumie do żucia, kapsli od butelek z piwem i tysięcy niedopałków.

Metrem i autobusem pospiesznym Chellini dotarł do pracy tylko z kilkuminutowym opóźnieniem. Brak wąsów stanowił jednak dla wszystkich wystarczające wytłumaczenie, zwłaszcza że koledzy kelnerzy powitali jego decyzję przyjaznym poszturchiwaniem, więc i szef akordeonista nic nie powiedział. Chellini schował bagnet do szafki na ubranie, przebrał się i ruszył do pracy. Wkrótce jego rewir zapełnił się gośćmi z Wisconsin, Pensylwanii, a nawet Kalifornii, którzy ze smakiem zajadali się podawanymi tu daniami. Nie mieli przy tym pojęcia, że to, co jedzą, nie ma nic wspólnego z potrawami jadanymi gdziekolwiek we Włoszech.

Pod koniec pracy zjawił się aktor Powell, który pogratulował Chelliniemu nowego wyglądu i zapewnił go głosem znanym milionom miłośników kina — a ostatnio także słuchaczom serialu radiowego *Richard Diamond, prywatny detektyw* — że bez wąsów wygląda dużo lepiej i młodziej.

Jak zwykle suty napiwek zostawiony przez Powella z nawiązką pokrył koszty wizyty u fryzjera, kupna bagnetu, naostrzenia go i przejazdów komunikacją miejską.

♦ ♦ ♦

— Papa, Pa...

Ava i Rita stanęły jak wryte, wpatrując się w zmienioną twarz ojca. Nigdy przedtem nie widziały go bez wąsów. Lydia przyjrzała mu się bez słowa, ale widać było, że z wyraźną aprobatą. Bez wąsów wydał się jej niemal przystojny i na pewno młodszy. Ale nie miała zamiaru mówić tego głośno.

— Wielki eksperyment — mruknęła po włosku.

Ambroży łypnął na pana i nieporuszony spokojnie na powrót zamknął oko.

♦ ♦ ♦

Chellini wrzucił pieniądze do słoja po ciasteczkach i przykucnął, by córki mogły mu się lepiej przyjrzeć. Obmacały mu twarz swymi ciepłymi, ciekawskimi paluszkami.

Po chwili Chellini wstał i spoglądając w stronę sypialni, powiedział:

— Wychodzę.

W trakcie otwierania szafy i sięgania do stojącej w głębi skrzynki z narzędziami, słyszał nieustający jazgot Lydii.

— Cóż to za odmiana, Chellini! Najpierw nowa twarz, a teraz okazuje się, że umiesz mówić! Tylko, Chellini, skoro masz zamiar wyjść, to do drzwi idzie się w drugą stronę.

Poutykał po kieszeniach bagnet, śrubokręt i kilka kartek papieru, zadowolony, że córki nie wpadły na pomysł, by mu towarzyszyć. Pochłonęła je kłótnia o nowy wygląd ojca. Rita zdawała się go aprobować, Ava była przeciwnego zdania.

— Idź, Chellini. Idź, zanim się rozmyślisz — ponagliła go Lydia.

I poszedł.

◆ ◆ ◆

Chellini rzadko wracał myślami do czasów służby w lotnictwie, choć całą wojnę przesłużył z prawdziwym zaangażowaniem, które zdawało się też towarzyszyć wszystkim jego kolegom z 64. skrzydła bombowców stacjonującego w San Severo. Zrzucane przez niego bomby spadały na urządzenia portowe, cielska okrętów podwodnych, mosty, pociągi i zbiorniki paliwa, co oczywiście było rezultatem zbiorowego wysiłku całej załogi. Został ranny w ramię, gdy ostrzelał ich messerschmitt BF 109, jednak rany nie były zbyt poważne i nie uważał się za bohatera. Podczas tej samej pechowej misji zginął ich drugi pilot Leonard McMillan, wesoły chłopak z Iowa, z którym Chellini pił kawę tuż przed startem. Zdaniem Chelliniego to właśnie tacy jak rudowłosy McMillan byli bohaterami, bo choć nękały go nocne koszmary i paraliżował paniczny strach podczas startu, gdy przychodziło co do czego zawzięcie i nieustraszenie walczył za swój kraj i pozostawioną w domu rodzinę.

Gdy jednak mieszkańcy Puglii dowiedzieli się, że ich rodak z Ameryki dla Włoch naraża życie, szybko narodziła się legenda bohatera z San Severo. Wiadomość o tym dotarła do dowództwa i gdy Chellini leżał ranny w szpitalu, z Bovino sprowadzono jego matkę, która siedząc przy łóżku, karmiła go kurczakiem pieczonym z rzepą — jego ulubionym daniem z dzieciństwa. W „Journal-American" ukazało się zdjęcie udostępnione przez Wojskowy Serwis PR i wkrótce wymizerowany i okutany w bandaże Chellini stał się

znany także w Stanach, choć w zasadzie tylko wśród ziomków mieszkających w Nowym Jorku i okolicach.

Idąc do garażu pod wiaduktem, Chellini wspominał, jak Lydia wycięła wtedy notatkę z jego zdjęciem i schowała do szkatułki otrzymanej na szczęście od księdza Gregoria — tego samego, który ich ze sobą poznał na potańcówce u Świętego Franciszka. Wyciągając z kieszeni śrubokręt, zastanawiał się, czy pożółkły wycinek wciąż jeszcze leży wetknięty w stertę bielizny i białej koronki z kupionej z drugiej ręki sukni ślubnej.

Po kilku ruchach dłoni zamek puścił i Chellini wkroczył do ciemnego wnętrza. Wybrał miejsce na ścianie, na które musiały paść światła reflektorów ciężarówki, i zawiesił bagnet. I to zadanie okazało się całkiem łatwe dzięki wystającemu ze ściany gwoździowi, który umożliwił umieszczenie bagnetu na wysokości oczu. Powietrze w garażu śmierdziało starym olejem, znad głowy dochodził łoskot pojazdów pędzących po wiadukcie. Chellini wymacał pojemnik na śmieci i zagrzebał w nim paragony ze sklepów z wyposażeniem wojskowym i kuchennym. Wyszedł z garażu, po ciemku przykręcił z powrotem osłonę zamka, wytarł dłonie i ruszył w drogę powrotną. Mimo bolących nóg szedł tak raźnym krokiem, że Ambroży miał szczęście, iż tym razem mu nie towarzyszył, bo zapewne dostałby zadyszki.

◆ ◆ ◆

Hansa Koppla znaleziono w jego mieszkaniu przy Osiemdziesiątej Dziewiątej między First a York Avenue z gardłem — jak to napisano w notatce na piątej stronie „Daily News" — poderżniętym od ucha do ucha. Nie bawiąc się w subtelności, reporter donosił, że z Niemca wyciekło tyle krwi, iż przesiąkła przez szpary w podłodze i utworzyła

plamę na suficie piętro niżej. Nowojorską policję powiadomiła sąsiadka z dołu po tym, jak na białym futrze kotki Geli rasy turecka angora znalazła krwiste czerwone plamki.

Jeszcze tego samego wieczoru w lokalnym tabloidzie ukazał się artykuł zatytułowany: „Bojownik włoskiego ruchu oporu aresztowany", w którym powołano się na anonimowy donos otrzymany przez policję. W garażu Marzana znaleziono zagrzebane w śmieciach paragony, a sprzedawcy w sklepach, skąd pochodziły, zapamiętali gładko ogolonego, przysadzistego Włocha w śmiesznej brązowej mycce z licznymi odznakami.

Na rękojeści bagnetu trzymanego przez Marzana beztrosko w mieszkaniu znaleziono jego odciski palców, a na jego ubłoconych butach były ślady krwi Koppla.

Marzano oświadczył policji, że niczego nie żałuje. Według relacji zamieszczonej w „Daily News" miał powiedzieć, że zabił Niemca w obronie honoru wszystkich włoskich kobiet. Powiedział też, że był fanatycznym partyzantem w San Remo, gdzie Niemcy gwałcili i hańbili włoskie kobiety, i że jego żądza zemsty nie wygasła wraz z zawieszeniem broni.

Wojenne losy Marzana tłumaczyły — przynajmniej zdaniem reportera „Daily News" — dlaczego na czole Koppla znaleziono wyrżnięte litery GAP.

Na zakończenie artykułu autor sugerował, że we włoskiej społeczności Nowego Jorku i okolic może się znaleźć spora liczba osób, które doceniając odwagę i determinację Marzana, uznają go za bohatera, oraz że Hans Koppel mógł być aktywnym działaczem ruchu, który dąży do przywrócenia ideologii faszystowskiej tam, gdzie niegdyś odbywały się marsze brunatnych koszul.

Emilio Marzano, pomyślał Chellini, uśmiechając się w duchu, bohater z Yorkville.

Zrobił, co do niego należało, więc niech sobie będzie bohaterem, byle tylko był nim za kratkami.

Tego samego wieczoru, gdy fioletowe chmury zasnuły już bezgwiezdne niebo, na zakończenie nocnego spaceru z Ambrożym Chellini znów znalazł się koło trafiki Tartuffa. Patrząc na tłumek mężczyzn rżnących w karty i popijających tanie wino, Chellini czuł, że nie tylko wszyscy zgodnie unikają tematu Marzana, ale byliby gotowi przysiąc, że go nigdy nie widzieli. Zmęczony wzrok Chelliniego prześlizgnął się po zwalistej postaci Tartuffa. Okazało się, że Tartuffo też na niego patrzy i jakby po chwili wahania lekko skłania swą potężną głowę.

Chellini bez słowa odnotował ten gest i wraz z Ambrożym spokojnie ruszył w dalszą drogę. Jednak w chodzie człowieka i jego psa uważny obserwator mógłby się teraz dopatrzeć czegoś w rodzaju ledwie dostrzegalnej dumy.

♦ ♦ ♦

Nadzieje Lydii, że zamordowanie Koppla przez Marzana było dziełem przypadku, musiały się rozwiać, nim jeszcze Chellini wrócił ze spaceru.

Choć było już po jedenastej, na kuchence pyrkał dzbanek z kawą, a na środku kuchennego stołu stał talerz świeżo usmażonych i posypanych cukrem pudrem faworków. Okrywającej stół serwety z frędzlami Chellini nie widział już od lat.

— Chellini? — odezwała się Lydia niepewnie.

Ambroży zajął się chłeptaniem wody, Chellini poszedł do córek i delikatnie zamknął im w piąstkach swoje pocałunki. Przez chwilę pozwolił też sobie na luksus pławienia się w dumie, że udało mu się uratować rodzinę.

Gdy wrócił do kuchni, na jego miejscu na stole stała już gotowa filiżanka mocnej, aromatycznej kawy.

Chellini usiadł za stołem i gestem zaprosił żonę, by usiadła obok niego.

Posłusznie wykonała jego polecenie.

— Chellini?

Bijący od niej strach zupełnie nie sprawiał mu satysfakcji. Wiedział dobrze, że strachu i miłości nigdy nie da się pogodzić. Jednak nie od razu zareagował.

Okrągła lampa nad ich głowami lekko migotała i cisza była taka, że oboje słyszeli jej ciche bzyczenie.

Chellini upił łyk espresso.

Kiwnął głową z uznaniem i milcząco dał jej znak, że sobie też może nalać.

— *Grazie*, Chellini — powiedziała, napełniając swoją filiżankę i nie spuszczając z niego wzroku.

Chellini wciąż jeszcze czekał.

— Lydio — powiedział wreszcie i sięgnął do kieszonki kamizelki.

Wyciągnął kartkę papieru i przesunął ją po stole w stronę żony, dzięki której w niewielkiej kuchni panował taki podniosły nastrój.

Rozłożyła kartkę i przeczytała jej treść.

„Lydio, twój mąż cię kocha".

Chellini patrzył, jak wczytuje się w treść i jak potem spogląda na podpis.

„Twój przyjaciel, Dick Powell".

Chellini sięgnął po faworka.

— Ten film w piątek — powiedział. — To na którą idziemy?

Lydię tak zatkało, że nie mogła wykrztusić słowa.

I gdy tak siedziała nieruchomo ze wzrokiem wbitym w kartkę, młody Chellini opuścił rękę pod stół.

Ambroży z wdzięcznością zlizał mu z palców cukier.

JEDYNA PRAWDZIWA MIŁOŚĆ

LAURA LIPPMAN

One True Love © 2006 by Laura Lippman

W pierwszej chwili go nie poznała. Zresztą on jej pewnie też. Jakby to przewrotnie nie zabrzmiało, jej specjalnością nie były twarze. Kiedy dawno temu pracowała jeszcze na ulicy, ze względów bezpieczeństwa bardzo uważnie przyglądała się twarzom mężczyzn. Nie dlatego, że chciała rozpoznawać klientów po twarzach. Wręcz przeciwnie, wcale jej na tym nie zależało. Wiedziała jednak, że jeśli nie zachowa ostrożności i nie wyczuje niebezpieczeństwa, ma dużą szansę wylądować w miejskiej kostnicy i nikt tego nawet nie zauważy. A już na pewno nie Val, choć niewątpliwie wkurzyłby się jak zawsze, kiedy ktoś odbierał mu coś, co on uważał za swoją własność. I choć Bradowi zdawało się, że ją kocha, jak się umiera, to się umiera, i koniec. Co komu wtedy po uczuciach?

Dlatego życie nauczyło ją uważnie przyglądać się potencjalnym klientom. Czasem samo takie wbicie wzroku wystarczyło, żeby się facet spłoszył i wycofał, co paradoksalnie świadczyło o tym, że akurat ten był niegroźny. Inni wytrzymywali spojrzenie i patrzyli na nią równie uporczywie,

jakby ją prowokując. Tego rodzaju zachowanie zawsze przyprawiało ją o dreszcze. Najlepsi byli ci lekko zmieszani, ale nie nazbyt nerwowi. Bardzo wymowne były też przejawy pogardy dla samego siebie. W rezultacie dość często zdarzało jej się rezygnować z zapewne zupełnie nieszkodliwych, których jedynym problemem był pechowy los w wielkiej loterii genetycznej: spierzchnięte wargi, mętne spojrzenie czy pryszczata twarz. Zwłaszcza ta ostatnia cecha kojarzyła jej się zawsze ze złymi zamiarami, do czego przyczyniły się z reguły ospowate gęby niedobrych facetów w niedobrych filmach. To tylko dowód na to, jak mało wiedzą ci, co kręcą filmy. Trudno było wyobrazić sobie gładszą cerę niż na twarzy Vala. Ale i tak nigdy nie żałowała swojej ostrożności, choć zdarzało się, że musiała za nią boleśnie płacić, kiedy Val tłukł ją za niewykonanie dziennego planu. Ale udało jej się przeżyć i teraz nikt już nie podnosił na nią ręki, chyba że za odpowiednio wysoką opłatą. Przebyła długą drogę.

Ściśle mówiąc, czterdzieści cztery kilometry, bo tyle dokładnie wynosiła odległość od motelu z pokojami na godziny, w którym został poczęty jej syn, do szkolnego boiska piłki nożnej, na którym grał teraz w ataku drużyny „Robin Hoodowie z lasu Sherwood". Był dobry technicznie i zwinny i to nie tylko zdaniem dumnej matki. Latami wmawiała sobie, że wcale nie jest podobny do ojca, co jej pozwalało bez zastrzeżeń akceptować jego długie kończyny, ogniście rudą czuprynę i skórę usianą piegami. Scott to Scott, jest tylko jej. Broń Boże go nie rozpieszczała, ale kiedy był gdzieś w pobliżu, nikt inny się dla niej nie liczył. Tak też było podczas weekendowych meczów, gdy nie odrywała od niego wzroku. Nie mogła pojąć, jak niektórzy rodzice mogą tak mało interesować się grą własnych dzieci i zamiast na nie patrzeć, gadają z sobą albo przez komórki.

291

A kiedy podczas przerwy także i ona próbowała z kimś porozmawiać, rozmowa wyraźnie się nie kleiła. Chciała pogadać o sprawach, o których pisali w „Economist" albo mówili w publicznym radiu, a których znajomość była jej potrzebna z uwagi na wymagania jej klienteli. A ci chcieli z nią rozmawiać o ataku mszyc albo o tym, gdzie można dobrze zjeść. Z ulgą witała początek drugiej połowy i koniec udręki.

Nigdy nie zwróciłaby uwagi na mężczyznę siedzącego po drugiej stronie boiska, gdyby jego syn nie zderzył się ze Scottem. Zderzenie było z gatunku tych, które w głowie matki natychmiast rodzi sprzeczne myśli. Rozsądek podpowiada, że nic się nie stało, ale wyobraźnia podsuwa najgorszy z możliwych scenariuszy: szwy, wstrząs mózgu, paraliż. Grę przerwano, a ona wbiegła na wciąż wilgotną od rosy murawę. Nagły przypływ adrenaliny spowodował, że jej zmysły gwałtownie się wyostrzyły, dzięki czemu popatrzyła na siebie oczami innych i uświadomiła sobie swój wygląd. Dosłyszała też uwagę zrobioną półgłosem przez jedną z matek — pulchną blondynę, która do siedzącej obok wyleniałej rudej powiedziała: „No, nie do wiary! Na szkolny mecz wkłada Todsa i spodnie od Prady". Istotnie nie należała do kobiet, które paradują po mieście w kostiumie do jogi czy w dresie, choć akurat ćwiczyła jogę i każdego ranka biegała.

Scottowi nic się na szczęście nie stało. Podobnie jak temu drugiemu chłopcu. Duma obydwóch chłopców bardziej ucierpiała niż ciało, ale na użytek kolegów trochę się powykrzywiali i pokuśtykali, by wszyscy zobaczyli, jak bardzo ucierpieli. Dobre wychowanie nakazywało, by przedstawić się ojcu chłopca, wyciągnęła więc rękę i powiedziała:

— Heloise Lewis.

— Bill Carroll — odrzekł. — Eloise?

— Heloise. Z „h" na początku.

Potrzasnął głową. Od razu skojarzyła to nazwisko, bo należał do klientów płacących kartą kredytową. William F. Carroll. Jemu zajęło to chwilę dłużej, ale w końcu znał ją jako Jane Smith. Nazwisko niezbyt oryginalne, ale swoje zadanie spełniało. Pewnie ktoś gdzieś tak się naprawdę nazywał, ale Jane Smith brzmiało tak jednoznacznie fałszywie, że w rezultacie nabierało cech autentyzmu.

— Heloise — powtórzył. — Miło cię poznać, Heloise. Twój syn chodzi do Dunwood?

Artykułował samogłoski przesadnie starannie, co miało świadczyć o jego otwartości i szczerości, a to zawsze zły znak. Większość jej stałych klientów była zaprawionymi w boju kłamcami. Musieli nimi być, by zapanować nad podwójnym życiem, jakie prowadzili. Ona też potrafiła dobrze kłamać i Bill Carroll nie grał w jej lidze.

— Mieszkamy w Hamilton Point, ale syn chodzi do prywatnej szkoły. A państwo mieszkają...?

— Jestem rozwiedziony — przerwał jej. — Weekendowy tatuś. Co drugą sobotę przyjeżdżam aż z Waszyngtonu, specjalnie na to nudziarstwo.

To wszystko wyjaśniało. Niczego nie zawaliła, tyle że jej system okazał się nie tak szczelny, jak myślała. Zanim jej firma przyjmowała zgłoszenie od nowego klienta, Heloise zawsze skrupulatnie go sprawdzała i po numerze rejestracyjnym docierała do domowego adresu. (A jeśli brak było domowego adresu, klienta spotykała odmowa). Ktoś mający ten sam co ona kod pocztowy, a nawet kod z sąsiedniego rejonu, był z miejsca odrzucany, choć zdarzało się, że kierowała go wtedy do jednej ze swoich współpracownic. Nie uwzględniła natomiast rozwodów i wynikających

z nich podwójnych adresów. Przeoczenie typowe dla kogoś, kto sam nigdy nie był w związku małżeńskim.

— Miło cię poznać — powiedziała.

— To mnie miło poznać ciebie — odparł z uśmiechem. Od razu wyczuła, że będą z tego kłopoty. Nie wiedziała jeszcze jakie, ale na pewno będą.

◆ ◆ ◆

Gdy krótko po urodzeniu Scotta Heloise postanowiła wynieść się z miasta, pomysł wydawał się posunięciem praktycznym i rozsądnym, a także zgodnym z panującą tendencją. Czyż nie tak postępowali niemal wszyscy rodzice? Nie przewidziała jednak, jak niezwykłe wyda się ludziom to, że samotna matka z małym dzieckiem kupuje sobie dom na jednej z najdroższych uliczek w jednym z najlepszych rejonów okręgu Anne Arundel. Dom był z tych, które świeżo rozwiedzione, samotne matki sprzedają, bo nie stać ich na spłacenie byłego męża. Heloise zdecydowała się na niego głównie ze względu na liczącą prawie cztery tysiące metrów kwadratowych działkę, która zapewniała jej maksimum prywatności. Cena nie grała roli. Potem jeszcze zapisała Scotta do prywatnej szkoły, co było kolejnym sygnałem. No bo kto się przeprowadza w takie miejsce, jeśli stać go na prywatną szkołę? W rezultacie niemal od razu zaczęły się plotki i sąsiedzi zaczęli snuć domysły, co jej jednak wcale nie przeszkadzało. Tak, wdowa! Straszny wypadek, o którym nie chce rozmawiać. Naturalnie, jest wdzięczna swemu świętej pamięci mężowi za pragmatyzm i umiejętność przewidywania, jakie wykazał przy wyborze polisy ubezpieczeniowej, choć oczywiście wolałaby, żeby wciąż żył. No, oczywiście.

„No, oczywiście" powtarzały za nią jej nowe znajome,

choć niektóre nie sprawiały wrażenia w pełni przekonanych. Potrafiła sobie niemal wyobrazić ich tok myślenia: Gdybym ja też mogła pozbyć się męża i zatrzymać dom, to nie byłoby źle. Prawdziwym wyczynem w rozumieniu tutejszych mieszkańców było rozwieść się i nie stracić domu. (Okolice szkoły Dunwood nie były już tak drogie i zapewne to tłumaczyło, dlaczego byłej żonie Billa Carrolla udało się zatrzymać dom). Heloise po prostu nie przewidziała, że jej prywatne życie zostanie poddane tak drobiazgowej analizie przez sąsiadów.

Liczyła natomiast, że uda jej się stworzyć taką atmosferę wokół swej pracy, że szybko zniechęci to wszystkich ciekawskich. Zwłaszcza że większość niepracujących żon i tak nie interesowała się zbytnio czyjąś pracą zawodową. „Pracuję, jako lobbystka — wyjaśniała. — W Akcji na rzecz Pełnego Zatrudnienia Kobiet. Zależnie od potrzeb wyjeżdżam do Annapolis, Baltimore czy Waszyngtonu. Walczę o równe traktowanie i pełne wynagrodzenie dla kobiet wykonujących tradycyjne zawody kobiece. Czyli o tak zwane różowe kołnierzyki".

— A co z równym traktowaniem i wynagradzaniem takich jak my? — oburzały się wtedy jej słuchaczki. — Czy ktoś pracuje ciężej od niepracującej gospodyni domowej?

Tak, na przykład kopacze rowów, odpowiadała w duchu. Dozorcy i ogrodnicy. Inkasenci. Dziewczyny sterczące całymi dniami w smażalniach i dostające za to minimalną płacę. Robotnicy sezonowi i pracujący dorywczo. Wystający na rogach ulic i przyjmujący każdą oferowaną pracę. Setki kobiet, które widzicie codziennie, a których niemal nie uznajecie za istoty ludzkie. Prostytutki.

— Nikt nie pracuje ciężej od matek — mówiła wtedy głośno i okraszała to szerokim, szczerym uśmiechem. —

Bardzo chciałabym nas jakoś zebrać razem, zorganizować, wyliczyć w dolarach i centach naszą wartość dla społeczeństwa. Może kiedyś.

I rzeczywiście obowiązki rodzicielskie były trudniejsze od obowiązków wynikających z uprawianej przez nią teraz odmiany prostytucji. Sama ustalała swoje godziny pracy i zarabiała ogromne pieniądze. Była własną szefową i sprawną menedżerką. Dzięki wyjątkowo dyskretnej niani mogła tak sobie organizować życie, że zawsze znajdowała czas na mecze szkolnej drużyny albo na szkolne przedstawienia. I jeśli w tym celu należało sypiać z cudzymi mężami, to trudno. Nie potrafiła wyobrazić sobie lepszego zawodu dla samotnej matki.

Od ośmiu lat wszystko funkcjonowało jak w zegarku, a jej dwa nurty życia nigdy się na siebie nie nakładały.

A potem Scott zderzył się na boisku z synem Billa Carrolla i wprawdzie w wyniku tego zderzenia nie pękły kości i nie polała się krew, to jednak Heloise nabrała przekonania, że jeszcze przez długi czas będzie odczuwała jego skutki.

◆ ◆ ◆

„Musimy porozmawiać" brzmiała wiadomość zostawiona w poczcie głosowej komórki, której z zasady nie odbierała. Numeru tego używała wyłącznie do odsłuchiwania nagranych wiadomości, co pozwalało łatwo wyprzeć się wszystkiego, gdyby wiadomość została przechwycona. Powiedział to tonem suchym i stanowczym, jakby mu wyrządziła jakiś afront. „Musimy porozmawiać, i to jak najszybciej".

Nie, nie musimy, pomyślała. Musimy przejść nad tym do porządku dziennego. Ty wiesz i ja wiem. I wiem, że wiesz, że ja wiem. I wiesz, że wiem, że ty wiesz. I dlatego jedyną rzeczą, której nie musimy zrobić, to rozmawiać.

Mimo to oddzwoniła.

— Koło mojego biura jest Starbucks — powiedział. — Spotkajmy się tam przypadkiem za jakąś godzinę. Wiesz, na zasadzie: Czy to nie ty jesteś mamą Scotta? Czy to nie ty jesteś tatą Billy'ego juniora? Ple, ple, ple, trele morele.

— Nie sądzę, żeby było o czym rozmawiać.

— A ja tak. — Przyszło jej do głowy, że teraz jest dużo bardziej stanowczy niż podczas ich intymnych spotkań. — Musimy sobie parę rzeczy wyjaśnić. I kto wie, jak wszystko pójdzie gładko, to może ci nawet naraję nowych klientów.

— Ja w ten sposób nie pracuję, doskonale o tym wiesz — obruszyła się. — Nie przyjmuję nikogo z rekomendacji klientów. To niedobrze, kiedy klienci się znają.

— Tak, to jest właśnie jedna z tych spraw, o których musimy porozmawiać. Zasady, jakimi kierujesz się w pracy. I jakimi będziesz kierować się od teraz.

♦ ♦ ♦

Nie on pierwszy chciał się na niej wyżywać. Ten wątpliwy zaszczyt przypadł jej ojcu, który, gdy znudził się maltretowaniem żony, zabierał się do dręczenia córki. „Jak ty z nim wytrzymujesz?" — pytała wielokrotnie matkę. „W życiu ma się tylko jedną prawdziwą miłość", odpowiadała matka, nigdy nie tłumacząc, czy miała na myśli ojca Heloise, czy jakiegoś innego mężczyznę, który zniknął z jej życia i skazał ją na ten ponury los.

Następnym był jej chłopak z liceum, który ją namówił do rezygnacji ze studiów i wyjazdu do Baltimore, gdzie szybko ją porzucił. Znalazła sobie pracę tancerki w całkiem z przyzwoitym klubie, ale próbując pogodzić pracę z nauką w college'u, wpadła w straszne długi. I wtedy w jej życiu pojawił się Val. Pracowała dla niego przez blisko dziesięć lat, nim

wyrwała się z jego szponów i stanęła na własnych nogach, a i to wymagało dużo szczęścia. Dużo szczęścia i trochę nielojalności.

Różnego autoramentu eksperci z programów typu talk-show i domorośli psychologowie mieli dla niej mnóstwo dobrych rad, jak należy postępować z despotami. „Despoci rezygnują, kiedy stawić im czoło. Bo despoci to naprawdę w środku tchórze".

Gówno prawda. Jeśli nawet Val był w środku tchórzem, umiał to doskonale ukryć pod maską despotyzmu. Dwukrotnie trafiła przez niego do szpitala i była pewna, że jeśli jeszcze raz popełni błąd i spróbuje mu się postawić, za trzecim razem już się z tego nie wyliże. Stawianie się Valowi nic jej nie dało. Za to knucie za jego plecami przy jednoczesnym uśmiechaniu się w twarz okazało się bardzo skuteczne. Po raz pierwszy przyszło jej wtedy wieść podwójne życie: uśmiechnięta służka Vala i tajna informatorka Brada. W porównaniu z tamtym, jej obecne życie było dziecinnie proste.

— Chai latte — powiedziała dziewczynie za kontuarem w Starbucks przy Dupont Circle. Dziewczyna była śliczna, miała śniadą cerę i zielone oczy. Z takim wyglądem mogłaby sobie znaleźć dużo lepiej płatne zajęcie. Takie, które zapewniłoby jej nawet ubezpieczenie zdrowotne. Za dziewczęta, które zgłaszały się do pracy w ramach Akcji na rzecz Pełnego Zatrudnienia Kobiet, Heloise płaciła takie ubezpieczenie. Płaciła też za nie składkę emerytalną i ubezpieczenie socjalne — wszystko, czego wymagało prawo.

— Ma pani może ochotę na babeczkę? — spytała dziewczyna, stosując modną technikę sprzedaży sugestywnej. Heloise sama z niej korzystała.

— Nie, dziękuję. Tylko chai, duży.

— Heloise! Heloise Lewis! Cóż za spotkanie!

W ciągu siedemdziesięciu dwóch godzin, jakie minęły od ich spotkania na boisku, jego zdolności aktorskie nie uległy poprawie. Przyglądał się jej nachalnie z takim uśmieszkiem, jakby chciał wszem wobec ogłosić: Wiem, jak wyglądasz nago.

Oczywiście mogła powiedzieć to samo o nim, ale nie było to wspomnienie godne specjalnego pielęgnowania w pamięci.

Heloise nie ubrała się specjalnie na to spotkanie. Nie nałożyła też makijażu, ani nie zmieniła swego zwykłego uczesania w koński ogon. Zrobiła to w nadziei, że jej codzienny wygląd uprzytomni Carrollowi, iż ma przed sobą matkę, takiego jak on rodzica jednego z uczniów. Poza jego preferencjami zapisanymi specjalnym szyfrem w kartotece właściwie nic o nim nie wiedziała i mimo zaczepnego tonu, jakim z nią rozmawiał przez telefon, mógł się okazać całkiem sympatyczny.

— Według mnie — zaczął, sadowiąc się na miękkim siedzeniu i zostawiając dla niej zwykłe drewniane krzesło — masz więcej do stracenia niż ja.

— Żadne z nas nie musi niczego tracić. Nigdy nie ujawniłam swojego klienta i nigdy tego nie zrobię. Z punktu widzenia biznesu nie miałoby to sensu.

Rozejrzał się po sali, ale kawiarnia była stosunkowo pusta. Zresztą i tak nie sprawiał wrażenia kogoś, kto potrafi mówić cicho.

— Jesteś dziwką — parsknął.

— Wiem, jak zarabiam na życie.

— To przestępstwo.

— Tak. W równym stopniu dla obu stron. Płacący i opłacana tak samo łamią prawo.

— W każdym razie właśnie straciłaś jednego płacącego. Czyżby tylko o to mu chodziło? Więc może nie jest aż takim łobuzem, na jakiego wygląda.

— Rozumiem. Jeśli chciałbyś utrzymać kontakt z jedną z moich współpracownic...

— Nie zrozumiałaś. Po prostu przestaję ci płacić. Wiem, kim jesteś i gdzie mieszkasz, więc od teraz powinnaś obsługiwać mnie za darmo.

— Dlaczego miałabym to robić?

— Dlatego że jeśli tego nie zrobisz, to wszystkim powiem, że jesteś dziwką.

— I sam ujawnisz się jako mój klient.

— Co z tego? Jestem rozwiedziony. A poza tym, jak udowodnisz, że byłem twoim klientem? Mogę cię wydać, nie ujawniając siebie.

— Nie zapominaj o płatnościach kartą kredytową. — Posługiwał się American Express Business Platinum. Taką, na którą zbiera się bezpłatne mile lotnicze. Lepiej pamiętała karty swoich klientów niż ich twarze. Karty były czymś konkretnym, namacalnym, łatwiejszym do rozróżnienia niż ich właściciele. — Wydatki służbowe. Opłaty konsultacyjne, prawda? Tak jest napisane na rachunku. Po co specjaliście od odszkodowań powypadkowych konsultacje z kimś z Akcji na rzecz Pełnego Zatrudnienia Kobiet?

— Żeby ustalić, jak właściwie wyceniać zdolność zarobkowania kobiet, które ulegają wypadkom podczas pracy w tradycyjnych zawodach różowych kołnierzyków — wyrecytował, uśmiechając się triumfująco i zarazem zjadliwie. Najwyraźniej dokładnie to sobie przemyślał i zaskoczenie jej tą odpowiedzią sprawiło mu dużą satysfakcję. Zaraz jednak zmarszczył brwi i zmrużył nieduże oczy. Dzięki tym małym oczkom i różowemu, szerokiemu, mocno zadartemu

nosowi najbardziej pasowało do niego określenie „świński ryj". — Skąd wiesz, że zajmuję się odszkodowaniami?

— Dość dokładnie sprawdzam swoich klientów.

— No to może najwyższy czas, żeby teraz ciebie ktoś dokładnie sprawdził. Na przykład gliny. Albo jakiś prokurator żądny rozgłosu. Call girl z towarzystwa. Jak ci się podoba taki tytuł?

— Bill, jeśli się martwisz naszymi dawnymi układami biznesowymi, zapewniam cię, że nie mam zamiaru nikomu o tym mówić.

— Martwi mnie to, że jesteś taka cholernie droga i chętnie bym obniżył swoje koszty o wydatki na ciebie. Twoje stawki za godzinę są wyższe od moich. Jak ci się udaje brać aż tyle?

— Udaje się, podobnie jak tobie. Wiesz przecież, że wystarczy, żebym tylko kiwnęła palcem...

— Milcz! — Powiedział to z takim naciskiem, że jego głos wybił się ponad gwar i dotarł do uszu dziewczyny za kontuarem, która popatrzyła na nich i wymieniła z Heloise spłoszone spojrzenie. Jeszcze chwilę temu Heloise jej współczuła, teraz ona zaniepokoiła się o nią. Oto jak szybko wszystko się kręci.

— Słuchaj, sprawa wygląda tak. Albo do końca życia mam u ciebie bezpłatną obsługę, albo dopilnuję, żeby wszyscy się dowiedzieli, kim jesteś. Wszyscy. W tym także twój słodki chłoptaś.

Włączenie do rozmowy Scotta było z jego strony sprytnym posunięciem. Scott był jej słabym punktem, miejscem podatnym na atak. Zanim zaszła w ciążę, martwiła się tylko o siebie i niezbyt jej na takich sprawach zależało. Ale Scott wszystko zmienił, i to nim jeszcze pojawił się na świecie. Była gotowa zrobić wszystko, żeby go chronić. Nawet prosić

Brada o pomoc, choć nienawidziła być w czymkolwiek od niego zależna.

W razie potrzeby była nawet gotowa zwrócić się do ojca Scotta, choć ten o swoim ojcostwie nic nie wiedział, a ona nie planowała go informować. A już w żadnym razie nie chciała go prosić o przysługę. Ojciec Scotta uważał się za jej dłużnika, a ona chciała utrzymać stan równowagi oparty na tym kłamstwie.

— Nie stać mnie na pracę za darmo.

— To nie będzie co tydzień. I przyjmuję do wiadomości, że będę musiał ustępować pierwszeństwa płacącym klientom. Będzie tak jak dotąd, raz albo dwa razy w miesiącu, tyle że za darmo. To będą jakby zwykłe randki, tyle że bez całej nudnej towarzyskiej otoczki. Jak to nazywają młodzi? Koleżeńskie rąbanko.

— Muszę to przemyśleć — powiedziała.

— Nie, nie musisz. Do zobaczenia w najbliższą środę.

Nawet nie zaproponował, że zapłaci za jej chai albo że postawi jej babeczkę.

◆ ◆ ◆

W pierwszym odruchu zadzwoniła do Brada, ale gdy ujrzała go siedzącego w starym barze obiadowym na Eastern Avenue, poczuła, że popełniła błąd. Wprawdzie Brad przysięgał służyć i ochraniać, ale jego przysięga dotyczyła osób przestrzegających prawa, a nie tych, którzy je notorycznie łamią. Zrobił dla niej więcej, niż miała prawo oczekiwać, i nie miał wobec niej żadnych zobowiązań.

Ale niełatwo jest kobiecie — jakiejkolwiek kobiecie — nie korzystać z bezwarunkowej miłości mężczyzny. Nie zaglądać czasem do tej studni i nie sprawdzać, czy da się coś z niej jeszcze zaczerpnąć. Brad ją znał i kochał. A ściśle

mówiąc, zdawało mu się, że ją zna, a kochał taką, za jaką ją uważał. Czyli w sumie zbytnio się nie mylił.

— Ślicznie wyglądasz — powitał ją i Heloise była pewna, że w jego ustach nie jest to pusty komplement. Bradowi bardziej podobała się codzienna Heloise niż jej wersja wieczorna. Zawsze tak było.

— Dzięki.

— Dlaczego chciałaś się spotkać?

Bo potrzebuję rady, jak się pozbyć wrednego i nachalnego pasożyta. Ale nie chciała od tego zaczynać. Byłoby to zbyt prostackie.

— Strasznie dawno cię nie widziałam.

Położył ręce na jej dłoniach i docisnął do chłodnego, plastikowego blatu, zapominając nawet o zamówionej kawie. Zresztą kawa była tu zawsze okropna. Nie miała sentymentu do tych prymitywnych, starych knajp. Starbucks zawojował świat lepszą jakością produktów i zmienianiem świadomości konsumentów w zakresie tego, co im się należy i na co mogą sobie pozwolić. W głęboko skrywanych marzeniach widziała siebie, jako twórczynię Starbucksa seksu na wynajem, który zapewni gwarantowaną jakość usług dla ludzi w podróży. Nie, nawet w myślach nie nazywała tego Starfucks, choć w Internecie natknęła się już na ten kalambur. Po pierwsze, taka nazwa kojarzyłaby się z parodiowaniem sław. Po drugie, nie brzmiała elegancko. Znalazłaby jakieś słowo czy pojęcie nieużywane dotychczas w tym kontekście i nadałaby mu nowe, sympatyczne, niekojarzące się bezpośrednio z seksem znaczenie. Coś jak... *zefir.* Ale nie zefir, bo słowo to kojarzyło się z pośpiechem, a ona chciała, by oferowana przez nią usługa seksualna była jak relaksująca wizyta w męskim salonie odnowy biologicznej. Całodzienna czy całonocna sesja pławienia się w rozkoszy z długą listą

dostępnych opcji i usług. Więc nie zefir, ale jakieś słowo o podobnym wydźwięku. Coś, co by oddawało atmosferę swobody i elegancji, a jednocześnie miało określony walor semantyczny, który — dotąd niewykorzystywany — przemawiałby do ludzkiej wyobraźni. Przykładem takiej nazwy mógł być Amazon.com. Albo eBay. Brzmiące znajomo, ale jednak nowe.

Tylko te jej marzenia zdawały się teraz jeszcze odleglejsze niż dotąd. Teraz należało się skupić na ratowaniu tego, co już miała.

— Poważnie, Heloise, co jest grane?

— Brakowało mi ciebie.

Powiedziała to bez przekonania, choć nie była daleka od prawdy. Brakowało jej adoracji Brada, która zdawała się nie mieć granic. Przez długi czas liczyła, że w końcu z kimś się ożeni i założy rodzinę, którą chciał tworzyć z nią. Ale teraz, kiedy oboje dobiegali czterdziestki, zaczynała dochodzić do wniosku, że Bradowi odpowiada takie życie, jakie prowadził. Wystarczyło mu, że adorował kobietę, której nie mógł zdobyć. Nie musiał się żenić ani mieć dzieci. Kiedy urodził się Scott, Brad gotów był wierzyć, że to on jest jego ojcem, i nawet zaproponował, że podda się badaniu DNA, by to ostatecznie potwierdzić. Musiała mu delikatnie i taktownie wytłumaczyć, że tak nie jest i że nie chce, by w jakiejkolwiek formie stał się częścią życia jej syna. Nawet jako jego wujek czy „przyjaciel" mamusi. Nie mogła dopuścić, by Scott miał jakikolwiek, choćby najbardziej niewinny kontakt z jej dawnym życiem.

— Wszyscy zdrowi? Ty, Scott? Melina? — Melina była jej nianią i drugą co do ważności osobą w jej życiu. Jej dziewczęta przychodziły i odchodziły, ale bez Meliny nie wyobrażała sobie życia.

— U wszystkich w porządku.

— Więc o co chodzi?

— Już ci powiedziałam. Stęskniłam się za tobą.

Tym razem powiedziała to z większym przekonaniem.

— Oj, Weezie, Weezie. — Posłużył się jej przezwiskiem, którego ze względu na przykre skojarzenia ze starym sitcomem nikomu poza nim nie wolno było używać. — Powiedz, dlaczego nam nie wyszło?

— Po prostu dlatego, że po ślubie chciałam nadal pracować. Tak uważam.

— Tak, wiem, tylko... ja nie byłem przeciwny temu, żebyś pracowała, tylko chodziło o to, że... no wiesz, gliniarz nie może mieć żony prostytutki.

— Ale to jest mój zawód.

Był to jej zawód, ale też jej wymówka. Wiedziała, że niezależnie od jej zawodu Brad nie byłby dla niej właściwym partnerem życiowym. Zaopiekował się nią na ulicy i niczego nie żądał w zamian, a ona z wdzięczności za wszystko, co dla niej zrobił, wzięła go parę razy do łóżka. Ale nigdy nie łączyły się z tym żadne większe emocje. Bardziej przypominało to wręczenie bezpłatnej próbki towaru. Czegoś, co w ramach przyjaznych relacji rozdaje się w swoim środowisku zawodowym. Bezpłatnej próbki sprezentowanej komuś, kogo szczerze polubiła, ale tylko próbki i nic ponadto. Jak promocyjna saszetka płynu do prania, którą ci wrzucają do skrzynki na listy. Może nawet coś w niej wypierzesz, ale na dłuższą metę nie zmieni to twoich przyzwyczajeń.

Trzymali się za ręce, przyglądając się ruchowi na Eastern Avenue. Brad opowiedział, że od pewnego czasu robią w tym rejonie naloty i uliczny biznes prawie zamarł. Ale oboje wiedzieli, iż jest to tylko chwilowe zwycięstwo. Po pewnym

czasie dziewczyny i ich chłopcy wrócą, a zaraz za nimi pojawią się mężczyźni. Zawsze wszyscy wracają, wyrastają wszędzie jak grzyby po deszczu.

◆ ◆ ◆

Spotkanie z ojcem Scotta w sali widzeń w SuperMax trwało jeszcze krócej niż kawa z Bradem. Ojca Scotta jej widok specjalnie nie zaskoczył, bo odwiedzała go co parę miesięcy. Robiła to, by podtrzymywać zmyśloną wersję, że nie miała nic wspólnego z jego trafieniem za kratki. Po latach odsiadki jego płomiennie rude włosy straciły dawny blask, choć mogło też wpływać na to jaskrawopomarańczowe tło więziennego drelichu. Wmawiała sobie, że nie widzi w nim żadnych cech wspólnych z synem, bo nie chciała, żeby był do niego podobny. Bała się, że zewnętrzne podobieństwo do ojca oznaczać też będzie podobieństwo wewnętrzne, a tego by nie zniosła.

— Moja niewierna Heloise — powiedział Val z wyrzutem.

— Przykro mi. Wiem, że powinnam cię częściej odwiedzać.

— Uśmiercenie człowieka w Marylandzie wlecze się strasznie długo, ale w końcu się do tego zabiorą. Na pewno będziesz tęsknić, kiedy mnie zabraknie.

— Nie chcę, żeby cię uśmiercili. — Wystarczy, żeby cię tu trzymali do końca życia. Boże spraw, żeby cokolwiek się zdarzy, już nigdy stąd nie wyszedł. Bo jeden rzut oka na Scotta i od razu się zorientuje. Było wystarczająco trudno uwolnić się od niego jako alfonsa. Aż trudno sobie wyobrazić, jak by to wyglądało z nim jako ojcem. Odebrałby mi Scotta tylko dlatego, że mógłby to zrobić. Bo Val nigdy dobrowolnie nie rezygnował z czegoś, co było jego. —

Wiesz jak to jest, kiedy się pracuje na swoim. Ciągle człowiek jest zabiegany, ciągle bierze za dużo pracy.

— Jak ci idzie? Ile masz dziewczyn?

W odróżnieniu od Brada Val wykazywał prawdziwe zainteresowanie jej pracą. Może dlatego, że uważał, iż wszystkiego ją nauczył. Gdyby jednak przebywał na wolności, nigdy by nie dopuścił, żeby zaczęła działać na własną rękę. Tak jest zawsze, kiedy lichwiarz, u którego siedzisz w kieszeni, staje się też twoim alfonsem. Nigdy się spod niego nie wyrwiesz. Dosłownie i w przenośni.

Ale teraz, kiedy nie mógł już jej kontrolować, pogodził się z tym, że się usamodzielniła. Z dwojga złego lepsze to, niż gdyby miał ją przejąć ktoś inny.

— Wszystko idzie dobrze. Myślę, że za jakieś pięć lat wycofam się i zajmę tylko zarządzaniem.

— Dziesięć. Dobrze się trzymasz. Jak na swoje lata całkiem dobrze wyglądasz.

— Dzięki. — Bezwiednie zatrzepotała rzęsami. Od lat przywykła z nim flirtować i w ten sposób go obłaskawiać. — Tylko jest jedna sprawa... jeden facet chce mi narobić smrodu. Próbuje mnie szantażować. Wpadliśmy na siebie w prawdziwym życiu i teraz on mi grozi, że jeśli nie będę mu dawać za darmo, to mnie wyda.

— Blefuje. To stary, zimnowojenny numer.

— Co?

— Facet ma tyle samo do stracenia co ty. Tylko tak straszy. To tak, jakby on był Związkiem Radzieckim, a ty Stanami Zjednoczonymi w latach osiemdziesiątych. Bez względu na to, kto zacznie, obie strony wylecą w kosmos.

— Jest rozwiedziony. I jest pracownikiem od odszkodowań powypadkowych, więc nie wiem czy mu specjalnie zależy na reputacji. Może się nawet ucieszyć z rozgłosu.

307

— Nie. Zaufaj mi. On ci tylko tak podsrywa.

Val oczywiście nic nie wiedział o Scotcie i dopóki będzie to od niej zależało, dopóty się nie dowie. Problem polegał na tym, że nie mogąc powołać się na Scotta, nie mogła mu też wyjaśnić, dlaczego wpadła w taką panikę.

— Mam w tej sprawie złe przeczucie — powiedziała tylko. — Jest nieprzewidywalny i pozbawiony zasad. Zawsze mi się zdawało, że przychodzący do mnie faceci trochę się w sposób naturalny wstydzili z powodu tego, co robią. On nie.

— No to daj mi jego nazwisko. Coś zorganizuję.

— Dasz radę zrobić to stąd?

— Siedzę w celi śmierci. — Wzruszył ramionami. — Co mam do stracenia?

Na taką jego reakcję liczyła i po to tu przyszła. Nigdy by go o to nie poprosiła, ale skoro sam zaproponował... Cóż, czy to by było aż takie złe? Jednak mimo wszystko nie potrafiła się przemóc. Podjęła próbę i podeszła do krawędzi przepaści zwanej Val. Dała mu się kusić tym, co w nim było najgorszego.

Nie mówiąc już o tym, że skoro Val mógł zaaranżować stąd zabójstwo jakiegoś nieznanego mu klienta, mógłby również... nie chciała nawet o tym myśleć.

— Nie. Nie. Już sama coś wymyślę.

To nie jest twarz mojego syna, powiedziała sobie w duchu, gdy się nachyliła, by go cmoknąć w policzek. To nie są piegi mojego syna. To nie jest ojciec mojego syna. Ale wiedziała, że jest i nic tego nie zmieni. I choć odwiedzała go głównie po to, by wierzył, iż nie miała nic wspólnego z aktem oskarżenia, który prokurator oparł na zeznaniu tajnego agenta wydziału antynarkotykowego (ów agent

nazywał się Brad Stone i szczęśliwym trafem natknął się na rewolwer, z którego zastrzelono młodego mężczyznę), bywała tu również z wdzięczności za dar otrzymany od Vala w postaci Scotta. Nienawidziła go każdą komórką swego ciała, ale nie potrafiła zapomnieć, że gdyby nie on, nie byłoby też Scotta.

Zatem może jednak wiedziała co nieco o rozwodach.

◆ ◆ ◆

Minęło pięć wypełnionych pracą dni. Kongres wznowił obrady, a to zawsze niosło ożywienie w biznesie. I coraz bardziej oswajała się z koncepcją Carrolla. Nie był z niego żaden Związek Radziecki, a ona nie była Stanami Zjednoczonymi. Okres zimnowojenny dawno minął. Był jak terrorysta w zbuntowanej republice, który jest zdecydowany osiągnąć cel za wszelką cenę. Dotrzymywał słowa, a jego słowo było groźne, nienawistne i niebezpieczne. Tak jak sobie tego życzył, spotkała się z nim w jednym z waszyngtońskich hoteli i nawet zapłaciła za pokój, czym zwykle obciążała klientów. Na koniec zostawił na toaletce dwa dolary. „Dla pokojówki, nie dla ciebie", powiedział, wybuchając chrapliwym rechotem. Widać było, że świetnie się bawi.

Zamówiła do pokoju coś do jedzenia, potem wsiadła w samochód i ruszyła do domu. Nastawiła radio, by wysłuchać komunikatu o warunkach na drodze, choć zwykle o tej porze nie było już korków. W wiadomościach podano, że w Rock Creek Park znaleziono właśnie zwłoki młodej kobiety. Z komunikatu aż biła obojętność i Heloise nie miała wątpliwości, że rzecz dotyczy kogoś bez znaczenia. Pewnie jakiejś bezdomnej albo prostytutki. Zrobiło jej się żal ofiary, bo od razu pomyślała, że tajemnica jej śmierci

nigdy nie zostanie wyjaśniona. Mogła to być przecież jedna z jej dziewczyn. Albo nawet ona sama. Człowiek stara się zachować maksymalną ostrożność, ale nigdy nie ma się stuprocentowej pewności. Choćby ta jej historia z Billem Carrollem. Nie da się wszystkiego przewidzieć. Jej błąd na tym właśnie polegał, że była pewna, iż wszystko przewidziała.

Bill Carroll.

Dojechała do domu i zadzwoniła do najsprytniejszej ze swych dziewcząt. Trini była studentką Uniwersytetu Jerzego Waszyngtona, która brała gotówkę z ręki do ręki i nigdy nie zadawała zbędnych pytań. Tym razem też szybko i sprawnie weszła w swoją rolę i już po godzinie zadzwoniła na policję z informacją, że widziała jak z niebieskiego mercedesa ktoś w parku wyciągał ciało. Tak, było już ciemno, ale w świetle lampki we wnętrzu samochodu widziała twarz mężczyzny, a biorąc pod uwagę okoliczności, prędko tej twarzy nie zapomni. Trini podrzuciła policji tylko parę okruchów — cała porcja wyłożona na talerz wzbudziłaby podejrzenia — ale to wystarczyło, by już następnego dnia policja dotarła do Carrolla i wzięła go w obroty. W tym czasie Heloise w Google'u znalazła jego zdjęcie w Internecie i przesłała je Trini, która następnie bez trudu rozpoznała go w trakcie policyjnego okazania.

Od pierwszej chwili Carroll zarzekał się, że niejaka Heloise Lewis może potwierdzić jego alibi. Nie wspomniał jednak ani słowa o łączącym ich specjalnym układzie, mówiąc, że chodziło o zwykłą schadzkę dwojga dorosłych, co z formalnego punktu widzenia było zgodne z prawdą. Upierał się też, że nie wchodziły w grę żadne pieniądze. Zapewne uznał, że jako przesłuchiwany w sprawie o morderstwo prostytutki nie powinien się przyznawać do zada-

wania się z inną prostytutką. Wezwana przez policję Heloise w pełni potwierdziła jego wersję. Poinformowała śledczych, że spotkali się w miejscowym hotelu. Nie, rezerwację pokoju zrobiła na swoje nazwisko. To znaczy niezupełnie na swoje, tylko na zmyślone nazwisko „Jane Smith", jest bowiem samotną matką i stara się zachować maksimum ostrożności. Czyż doktor Laura* nie powtarza wciąż, że samotni rodzice powinni trzymać dzieci z dala od swych przygodnych związków? Tak, to prawda, w hotelowym rejestrze odnotowano tylko jej nazwisko. Tego sobie życzył jej partner. Nie, nie jest pewna dlaczego. Nie, nie sądzi, by ktoś z obsługi hotelowej zauważył jego przyjście lub wyjście. Tak, po jego wyjściu zamówiła do pokoju kanapki i herbatę, dlatego o godzinie 23.00 przebywała w pokoju sama. Odpowiadała na pytania, często się myląc i zacinając. Ani na jotę nie odstąpiła od prawdy, mimo to jej zeznanie wypadło bardzo niewiarygodnie. Potrafiła naprawdę po mistrzowsku kłamać. Zrobić tak, by prawda w jej ustach brzmiała jak kłamstwo, a kłamstwo jak prawda.

Mimo wszystko dostarczone przez nią alibi było na tyle silne, że policja odstąpiła od oskarżenia. W końcu brak było jakichkolwiek śladów w jego samochodzie, a w zeznaniu Trini podała tylko dwie cyfry z tablicy rejestracyjnej. Wiedziano też, że świadkowie mogą się mylić — nawet osoby tak spostrzegawcze i inteligentne, jak pełna dobrych chęci studentka Uniwersytetu Jerzego Waszyngtona.

I wtedy Heloise oświadczyła Billowi, że jest gotowa odwołać swoje zeznania i powiadomić policję, że ich okłamała, by chronić swego stałego klienta.

---

* Dr Laura Schlessinger — gwiazda medialna, prowadząca liczne programy radiowe i telewizyjne z poradami.

— Jeśli mi nie przyrzekniesz, że zostawisz mnie w spokoju, pójdę na policję i powiem, że na twoją prośbę wszystko zmyśliłam.

Siedzieli znów w Starbucksie przy Dupont Circle, ale tym razem ślicznej dziewczyny nie było. Albo akurat miała wolne, albo już zmieniła pracę.

— Ale wtedy się dowiedzą, że jesteś dziwką.

— Dziwką, która na twoją prośbę dostarczyła ci fałszywe alibi.

— Przecież ja nic nie zrobiłem!

Powiedział to jękliwie i z pretensją w głosie. W końcu próbowano go oskarżyć o coś, czego nie zrobił, dlatego jego rozdrażnienie było zrozumiałe.

— Słyszałam, że policja ma świadka, który cię rozpoznał podczas okazania. A to cię łączy z miejscem zbrodni. Kiedy więc przyznam, że jestem dziwką, wyjdzie na jaw, że jesteś facetem, który zadaje się z dziwkami. A to ci specjalnie nie pomoże. Przy okazji poinformuję policję, że mnie zmuszałeś do czegoś, czego nie chciałam zrobić. Czegoś tak obrzydliwego i upokarzającego, że nawet nie chcę o tym mówić.

Doszło do awantury i wyszedłeś z pokoju, trzaskając drzwiami, wściekły i zawiedziony. Może ta biedna dziewczyna po prostu zapłaciła życiem za tę twoją wściekłość i zawód.

Nie musiała go długo przekonywać. Trochę poburczał i ponarzekał, ale kiedy w końcu wyszedł z kawiarni, była pewna, że już go nigdy więcej nie zobaczy. Łącznie ze szkolnym boiskiem. Zapisała Scotta do ligi międzyszkolnej, upewniwszy się wcześniej, że syn Billa Carrolla nie ma szans na dostanie się do bardziej zaawansowanych rozgrywek. Wiedziała, że będzie musiała temu poświęcić znacznie więcej czasu, ale dla Scotta nigdy go jej nie brakowało. Tak układała swoje życie, by zawsze być blisko niego. Nie

wyobrażała sobie lepszego sposobu na wychowywanie syna przez samotną matkę.

Jedyną zadrą pozostawała śmierć dziewczyny w parku. Dług wdzięczności wobec ofiary odczuwała jak złą karmę, która w niej narastała i z którą pewnego dnia będzie musiała coś zrobić. Był też ten nieszczęsny chłopak, którego Val zabił tylko za to, że tamten ośmielił się podśmiewać z jego imienia Valery. Chłopak był dealerem narkotyków i Heloise zdradziła mu sekret Vala, chłopak się z tym wygadał i Val go zabił. Zabił go, a potem wsiadł do jego samochodu i zaczął nim jeździć tylko dlatego, że miał taką fantazję. Tyle że w Marylandzie kradzież samochodu jest przestępstwem karanym śmiercią. I choć Heloise pocieszała Vala, jak mogła, i w jego imieniu zanosiła garściami pieniądze różnym adwokatom (podbierając dla siebie tyle, na ile się odważyła), równocześnie dostarczała Bradowi informacji potrzebnych policji do zbudowania solidnego oskarżenia. Bez mrugnięcia okiem wykorzystała śmierć chłopaka do zbudowania sobie nowego życia.

A teraz doszła jeszcze ta nieznana dziewczyna. Jej śmierć pozostawała niewyjaśniona, a przecież dziewczyna była podobna do niej. Gdyby się to działo w Baltimore, mogłaby wykorzystać Brada i spróbować wyciągnąć od niego posiadane przez policję informacje. Ale chodziło o Waszyngton, a tam nie miała żadnych znajomości. Ani w policji, ani w Kongresie, którego stosunki z władzami miejskimi były jak zwykle napięte. Akcja na rzecz Pełnego Zatrudnienia Kobiet wyznaczyła nawet nagrodę za informację, która doprowadzi do ujęcia mordercy, jednak na nic się to nie zdało.

No i wciąż musiała sobie radzić z licznymi „chwilowymi zgonami", jak je nazywają Francuzi. Tymi wszystkimi ję-

czącymi i wzdychającymi mężczyznami, którzy bezwładnie walą się na łóżko (albo na dywan, albo na fotel, albo do wanny), przez chwilę całkowicie wypluci i bezwolni, ponieważ nie ma bardziej bezbronnej istoty niż mężczyzna chwilę po orgazmie. Nawet Val bywał w tym momencie łagodny jak baranek. Ilu ich było podczas ośmiu lat pracy dla Vala i dziewięciu na własny rachunek? Wolała nie liczyć.

Ważniejsze było to, że gdy wychodziła z pracy i wracała do domu, mogła stanąć w drzwiach pokoju syna i patrzeć, jak chłopiec śpi. I czuć wdzięczność do losu za tę jedyną prawdziwą miłość.

ŻONKA

R. L. STINE

Wifey © 2006 by R. L. Stine

Wszyscy wiedzieli, że Frank ma fioła ma punkcie Ruby i kocha ją bardziej niż cokolwiek innego na świecie. Tak był w tej suce zakochany, że przezwałem ją nawet Żonką, bo rzeczywiście czasem się zachowywali tak, jakby byli małżeństwem.

Ja wolę koty. A już szczególnie nie przepadam za wielkimi psami, takimi jak Ruby. Jako mieszaniec czarnego labradora z owczarkiem była rosła, miała potężną klatkę piersiową, wielki łeb i długi kudłaty ogon. Uwielbiała szczekać przy każdej okazji i z radości skakać na człowieka. Wystarczyło, żeby mnie dojrzała za domem, a od razu pędziła do mnie przez dwa podwórka i taranowała łbem, zwykle przewracając mnie przy tym na plecy. Nie muszę dodawać, że swoimi niedźwiedzimi łapami dokładnie paćkała mi garnitur błotem i zabierała się do lizania po twarzy, zostawiając na niej coś obrzydliwie lepkiego.

Tak więc nie przepadałem za Ruby.

Jednak kiedy Frank zapisał mi ją w testamencie, omal się nie rozpłakałem.

Bo powiedzmy sobie szczerze: jestem facetem dość sentymentalnym. Moja mama zawsze powtarzała:

— Jake, jesteś skręcony ciaśniej, niż jo-jo karzełka.

Czy to w ogóle coś znaczy? Nie sądzę. Ale mama miała miliony powiedzonek, którymi mnie gasiła.

Za bardzo się przejmujesz, mówiła zawsze. Nie mogła zrozumieć, że tylko gdy człowiek się przejmuje, może coś na tym świecie osiągnąć.

— Jake, wskocz do miksera i włącz się.

Mówiła tak, kiedy bez celu łaziłem po domu. Może to miało być śmieszne.

Wiele kobiet użalało się na mój brak poczucia humoru. Tak jakby to była nie wiadomo jaka wada. Zawsze im wtedy mówiłem, że jeśli nie parskam śmiechem co minutę, to dlatego że za bardzo się przejmuję. Ale spróbujcie wytłumaczyć coś kobiecie.

Spróbujcie na przykład wytłumaczyć to Sonii Gordon. Sonia dokonała wyboru i wybrała pogodnego i kontaktowego Franka.

Kontaktował... kontaktował... aż się wyłączył.

Nie płakałem po Sonii, możecie mi wierzyć. Jednak gdy przyszedł list od prawników Franka i zobaczyłem elegancko wytłoczony nagłówek „Kancelaria Prawnicza Dunville, Mahoney i Berg", przebiegłem wzrokiem parę akapitów prawniczego bełkotu i dotarłem do miejsca, w którym mnie informowano, że zostałem wymieniony w testamencie Franka... No cóż, wtedy mnie wzięło.

W końcu Frank i ja byliśmy kumplami. Mieszkaliśmy obok siebie w podmiejskim czyśćcu, w którym obu nam się podobało, i wspólnie pracowaliśmy. Młodzi, rozwojowi architekci z przyszłością, choć żaden z nas specjalnie się nie rozwijał. Nasze budynki rosły coraz wyżej, ale my

zdawaliśmy się przykuci do parteru. Choć trzeba przyznać, że zarabialiśmy całkiem nieźle. Udało nam się uniknąć bycia właścicielami firmy i robiliśmy to, co kochaliśmy. W każdym razie ja. Brałem udział w omawianiu projektów i spędzałem mnóstwo czasu przy desce kreślarskiej. Na Franka spadło dokonywanie uzgodnień, przekupywanie, kogo trzeba, w celu uzyskania potrzebnych zezwoleń i wystawanie w długaśnych kolejkach do miejskich urzędasów, by zebrać wszystkie potrzebne podpisy. Takie sprawy też należą do obowiązków młodego, rozwojowego architekta. To jest ta tak zwana ciemna strona zawodu.

Frank i ja mieliśmy ze sobą wiele wspólnego. Niemal każdego dnia rano jechaliśmy do pracy jednym samochodem i bardzo często jedliśmy razem lunch. No i oczywiście na swój sposób łączyła nas też Sonia.

Dlatego wzruszyłem się, gdy się okazało, że Frank uwzględnił mnie w swoim testamencie. Parę dni później zasiadłem w niezwykle eleganckiej sali konferencyjnej ze stołem z polerowanego dębu, miękkimi fotelami, mahoniowymi regałami na książki od podłogi do sufitu i ciemnozielonym, puszystym dywanem na podłodze. Puszystym, ale nie pretensjonalnym. Może ożywiłbym to czymś jaśniejszym i nowszym, ale nikt mnie o zdanie nie pytał.

Adwokat nie kazał na siebie długo czekać. Był dryblasem z rudą czupryną jak u Conana O'Briena, która sterczała mu sztywno na szpiczastej głowie. Choć trzeba też przyznać, że miał na sobie świetnie skrojony, włoski garnitur w drobne prążki. Przedstawił się, ale jego nazwisko natychmiast wyleciało mi z głowy.

Pożałał się trochę nad Frankiem, potem otworzył skoroszyt i zaczął grzebać w pliku papierów. Kiedy mnie poinformował, że Frank zapisał mi Ruby, coś mnie ścisnęło w gardle

i niewiele brakowało, żebym pokropił łzami ten wypolerowany dąb.

Wszyscy przecież wiedzieli, jak bardzo Frank kochał tego psa. Sami więc rozumiecie, że przekazanie go mnie głosiło całemu światu, iż Frank uważał mnie za swego najlepszego przyjaciela. Najbardziej godnego zaufania, solidnego i uczciwego — najsympatyczniejszego faceta na świecie.

Z wciąż jeszcze pikającym sercem pożegnałem się z adwokatem i wyszedłem z sali. Dumając o Franku i jego podarunku, wsiadłem do windy, zjechałem na dół i wpadłem w holu na... samą pannę Sonię.

Jak wyglądała? Nie najgorzej. Nawet w żałobie Sonia wiedziała, jak ma wyglądać. Tylko ona mogła sobie pozwolić na tak króciutko przycięte włosy. Ale jak się ma tak wysokie kości policzkowe i ogromne zielone oczy, włosy są niepotrzebne. Na palcach miała plastikowe obrączki, z uszu zwisały jej czerwone kolczyki, w małym szpiczastym nosku tkwił malutki diamencik.

Jak była ubrana? Nie zdążyłem zobaczyć, bo rzuciła się na mnie jak futbolista na boisku, objęła mnie i wtuliła swą gorącą i mokrą od łez twarz w moją. Myślę, że wstrząsające nią drgawki miały znaczyć, że szlocha czy coś w tym rodzaju.

Po jakiejś minucie oderwałem ją od siebie i zapewniłem, że bardzo mi przykro z powodu Franka.

— W końcu był moim najlepszym przyjacielem.

— Moim też — załkała i łzy znów popłynęły jej po policzkach.

A potem spytała, czy nie zjedlibyśmy razem lunchu.

— Może ci to ulży, Jake, jeśli będziesz mógł o nim porozmawiać — dodała, mnąc mi rękaw marynarki w palcach mokrych od łez.

Nie, nie chciałem o nim rozmawiać. Wyjaśniłem jej, że muszę pojechać po Ruby. Biedna suka siedziała zamknięta w jakiejś psiej przechowalni w Scarsdale. Podkreśliłem, jak bardzo jestem poruszony tym, że Frank powierzył Żonkę mojej opiece, i rzuciłem się do ucieczki. Sonia zdążyła jeszcze przyłożyć rękę do ucha, wyprostować dwa palce w imitacji słuchawki i ułożyć wargi w bezgłośne: „Zadzwoń".

— Jasne — rzuciłem, pomachałem jej i podążyłem do wyjścia, spoglądając na mokry, zmięty kawałek rękawa. Czyżby Sonia chciała wrócić na moje boisko? Ciekawe...

Wsiadłem do samochodu zaparkowanego po drugiej stronie ulicy i ruszyłem na północ trasą Henry'ego Hudsona. Była pierwsza po południu, ale na drodze panował taki ruch, jakby już się zaczął popołudniowy szczyt. Posuwając się w żółwim tempie, miałem dużo czasu na myślenie.

Nie, nie myślałem o psie. Jeszcze wtedy nie dotarło do mnie, że wzięcie do domu wielkiego psa oznacza wielką i rzutującą na moje życie zmianę. Wciąż czułem wdzięczność do starego kumpla Franka, że pamiętał, jakim zawsze byłem serdecznym przyjacielem.

Kiedy go zabijałem, nawet nie przyszło mi do głowy, że Ruby może trafić do mnie. Bo któż by pomyślał, że Frank w ten sposób da wszystkim do zrozumienia, jaki to dobry ze mnie człowiek. Przecież nie zostawia się ukochanego psa pod opieką człowieka, który cię morduje, nie?

Ale prawda jest taka, że rzeczywiście Franka zamordowałem. I to nawet nie z przyczyn osobistych. Chodziło o sprawy zawodowe.

Tak, istotnie poniosło mnie i dostałem ataku szału. Takiego, jaki w dzieciństwie doprowadzał mnie do walenia

pięściami w ścianę, szarpania na sobie ubrania i wrzasku, od którego cały siniałem.

— Jake, wstrzymaj oddech — mawiała wtedy mama. — Wstrzymaj oddech i policz do miliona. To cię uspokoi.

Świetna rada, mamusiu. Może tylko ciut wredna. Liczyć do miliona na wstrzymanym oddechu? Choć nie sądzę, by nawet to uratowało Franka.

Słuchaj, zabrałeś mi dziewczynę, tak? Okej, przeżyję to. I rzeczywiście przeżyłem. Może gdzieś w głębi kipiało we mnie trochę złości, ale przeżyłem.

Ukraść mi Sonię? Nie ma sprawy. Ale ukraść moje rysunki?

Co to, to nie. I wierzcie mi, nie miałem cienia wątpliwości. Oczywiście Frank i ja wielokrotnie omawialiśmy projekt tego apartamentowca w Tucson, ale to były tylko luźne rozmowy przy lunchu albo zza biurka. I to prawda, że wspólnie narysowaliśmy nawet parę wstępnych szkiców.

Ale rysunki, które przedstawił Graverowi i Robinsonowi, były moim dziełem. Znalazł widać moment, żeby mi je zabrać i im przedstawić. Bardzo spodobała im się stylizacja i proste, czyste linie. I zachwycił ich pomysł krytego parkingu na górze.

Wszystko to było moje!

Frank nawet podpisał każdy rysunek z osobna tym swoim śmiesznym zawijasem, z którego zawsze był taki dumny. Podpisał nim moje projekty!

Co on sobie wyobrażał? Musiał przecież wiedzieć, że nie ujdzie mu to na sucho, prawda? Obaj wiedzieliśmy, że ten projekt daje szansę wybicia się. Czy aż tak bardzo mu na tym zależało, że był gotów stratować swojego najlepszego przyjaciela? Że pomyślał: Pieprzyć Jake'a. Teraz mój ruch i nic mnie nie powstrzyma.

Cóż, mam dość bogate słownictwo i są w nim takie słowa, jak sprzeniewierzenie.

Kiedy przybiegł do mnie Graver, żeby pokazać rewelacyjne projekty „Franka", nie pisnąłem słowa i nie pokazałem po sobie, jak to mną wstrząsnęło. Tak kurczowo zacisnąłem dłonie na krawędzi biurka, że aż złamałem sobie mały palec. Ból był nieznośny i niemal sparaliżował mi całą rękę, ale i tak był niczym w porównaniu z bólem, jaki rozrywał mi serce.

Graver stał i czekał na moją reakcję. Czułem, jak dostaję wypieków, ale udałem, że nic się nie dzieje. I mimo bólu nadal zaciskałem dłonie na krawędzi, żeby nie dostrzegł drżenia moich rąk. Bąknąłem, że jestem pod wrażeniem i że chciałbym zobaczyć więcej. I już w tym momencie wiedziałem, że będę musiał zabić Franka.

Bo cóż innego mi zostało? Mam dwadzieścia osiem lat i jestem już za stary, żeby sinieć ze złości.

Czy to było morderstwo z premedytacją? Nazwijcie to, jak chcecie. Wiedziałem, że muszę go zabić, ale tak naprawdę nie zaplanowałem, jak to zrobię. Na kolację wypiłem z pół butelki johnny'ego walkera, więc moje myślenie straciło nieco na precyzji. Ruszając za domami w stronę jego podwórka, wyobrażałem sobie, że chwycę, co mi wpadnie w rękę — jakąś lampę czy wazon — i zatłukę go na śmierć.

Kiedy człowiek jest tak wściekły, że aż go zatyka, zabicie kogoś wydaje się prostą sprawą. Wszedłem na ścieżkę obok ogródka, w którym Heimer hoduje pomidory, spojrzałem na jego dom. W oknach na szczęście było ciemno, co znaczyło, że Heimera i jego żony nie ma w domu. Czyli jeśli Frank zacznie wrzeszczeć, nie przybiegną mu na pomoc ani nie zadzwonią po gliny.

Dom Heimera oddziela dom Franka od mojego. Jego właściciel jest zrzędliwym facetem w średnim wieku, który szuka ucieczki przed zrzędliwą żoną w średnim wieku w kolejnych sześciopakach budweisera i ciągłym przesiadywaniu w ogródku z pomidorami. Heimer zawsze bardzo podejrzliwie przygląda się Frankowi i mnie. Intrygują go dwaj faceci mieszkający samotnie w domach pod miastem i wiem, że uważa nas za gejów. I ma wieczne pretensje do Franka o Ruby. Odgraża się, że poskarży się glinom, bo Ruby lubi sobie czasem pokopać w tym jego ogródku.

U Franka też jest ogródek, ale tylko z kwiatami. Rosną w nim głównie mieczyki, petunie i parę krzaków róż. Wszedłem na ganek na tyłach domu i usłyszałem płynącą ze środka muzykę. Chyba Grateful Dead, albo jeden z tych niekończących się kawałków Phish, które tak lubi.

Oczywiście nie w głowie mi były teraz jego muzyczne gusta. Bardziej myślałem o ciężkiej lampie stojącej przy fotelu, na którym zwykł siadać i czytać. Była wysmukła i ołowiana, jakby stworzona do tego, żeby mu nią rozwalić łeb na miazgę.

W głowie mi łupało. Kolacja w płynie nie była najlepszym pomysłem. Zajrzałem przez okno i przez kuchnię zobaczyłem Franka, który siedział rozwalony na fotelu w salonie i czytał. U jego stóp rozpościerało się jak cień ciemne cielsko Ruby.

Ten sielankowy obrazek dodatkowo mnie rozjuszył. Jakby mi w żołądku coś eksplodowało i niewiele brakowało, żebym od razu wyrżnął pięścią w szybę. Jakoś się jednak opanowałem, rozejrzałem się i zobaczyłem parę rękawic. Grubych rękawic ogrodowych, białych z zielonymi i brązowymi plamami.

Wciągnąłem je na dłonie. Pasowały jak ulał i reszta należy już do historii.

Wpadłem do salonu. Ruby podniosła łeb, poznała mnie i opuściła go z powrotem na podłogę. Frank odłożył magazyn i wstał, żeby mnie powitać. Powiedział „Hej, Jake...", ale więcej nie zdążył. Nie zawracałem sobie głowy lampą. Po prostu złapałem go za gardło i z całej siły wcisnąłem kciuki w jego krtań.

Nie miał nawet czasu zdziwić się i specjalnie nie walczył. Wszystko odbyło się tak bezszmerowo, że Ruby w ogóle nie otworzyła oczu. Ściskałem tak długo, aż usłyszałem chrupnięcie w środku. Jego twarz zszarzała, parę razy cicho zacharczał, potem powieki mu opadły, ciało zwiotczało i nagle zdałem sobie sprawę, że gdybym go nie trzymał za głowę, padłby na podłogę.

Frank zmarł niespodziewanie, usadziłem go więc na powrót w fotelu i położyłem mu na kolanach magazyn, który wcześniej czytał. Odwróciłem się i zobaczyłem Ruby, która siedziała z nisko opuszczonym łbem, wpatrując się we mnie jarzącymi ślepiami. Nie drgnęła ani nie zawarczała. Siedziała zupełnie nieruchomo, wbijając we mnie wzrok, lekko dysząc i lekko marszcząc pysk, tak że widać było jej zęby.

Czyżby miała zamiar mnie zaatakować? Czując, jak mi się kręci w głowie, zrobiłem krok do tyłu i siadłem na kolanach Franka. Jego głowa poleciała do przodu i stuknęła mnie w plecy. Machinalnie przytrzymałem jego wiotkie, bezwładne ręce, ale nie ruszyłem się. Musiało to dość komicznie wyglądać — morderca siedzący bez ruchu na kolanach ofiary.

Ruby jeszcze przez chwilę się wpatrywała, potem podniosła się i z ogonem wtulonym między nogi przeniosła się

w róg pokoju koło regału. To mnie na tyle uspokoiło, że wstałem, podszedłem do półki i wyłączyłem odtwarzacz. Nie chciałem ryzykować, że zjawi się Heimer z pretensjami o zbyt głośną muzykę.

Wypita whisky utrudniała mi trochę precyzyjne myślenie, ale i tak wpadłem na pomysł, że powinienem upozorować napad rabunkowy. Bałem się wybić szybę, żeby Ruby się nie wściekła, uchyliłem więc tylko okno w pokoju i narobiłem bałaganu, choć znów po cichu, żeby jej nie prowokować. Przewróciłem stojak z kompaktami i powyciągałem mnóstwo szuflad. Może należało naprawdę coś ukraść, ale wtedy o tym nie pomyślałem.

Po prostu zrobiłem tylko bałagan, później cicho zamknąłem drzwi kuchenne i wróciłem przez podwórka do domu. Dopiero chwyciwszy klamkę, uprzytomniłem sobie, że wciąż mam na rękach te rękawice. Dobra, nie szkodzi, pomyślałem, wezmę je jutro do miasta i wyrzucę do śmieci. Nie ma problemu.

W kuchni czekała na mnie Fritzi, moja kotka. Ma już trzynaście lat i biedactwo zaczyna ślepnąć i tracić pamięć. Ale o kolacji nigdy nie zapomina i teraz też siedziała obok swej miski i patrzyła na mnie z wyrzutem, bo się spóźniłem.

— Przepraszam cię, Fritzi — powiedziałem, ściągając rękawice. — Niedobry pan. Wiem, że niedobry.

Jadąc tydzień później po Ruby, zastanawiałem się, jak Fritzi zareaguje na nowego członka rodziny. Miałem nadzieję, że zwinie się w kłębek i spokojnie uśnie, bo tak właśnie spędzała ostatnio większość czasu. Była kochanym zwierzakiem, bardzo ją lubiłem i z przykrością patrzyłem, jak powoli odchodzi. Człowiek tak się przywiązuje do zwierząt.

Na ścianach poczekalni wisiały fotografie psów i kotów. Byłem troszkę niespokojny, bo nie wiedziałam, czego się spodziewać. Kiedy pracownik przyprowadził Ruby, ta bez mrugnięcia okiem przebiegła obok mnie i stanęła przy oszklonych drzwiach wejściowych. Potem sapiąc z podniecenia i gwałtownie machając ogonem, zaczęła się nerwowo rozglądać. Wiedziałem, o co jej chodzi. Szukała Franka.

— Wszystko dobrze, staruszko — powiedziałem, pochylając się nad nią i obejmując ją za szyję. — Wszystko dobrze. Teraz ja tu jestem. Będę się tobą dobrze opiekował.

Pracownik schroniska uśmiechnął się, ale Ruby w ogóle nie zareagowała. Stała jakby zmartwiała i z opuszczonym łbem i uszami położonymi po sobie patrzyła na mnie spode łba pełnym żałości wzrokiem.

Wziąłem ją na smycz i poprowadziłem do samochodu, mojej nowej srebrnej beemy, za którą zapłaciłem dopiero drugą ratę leasingową. Ruby już się chyba uspokoiła, bo bez wahania wskoczyła na tylne siedzenie. Cały czas mówiłem coś do niej łagodnym, uspokajającym tonem, chcąc ją ośmielić. Miałem zamiar zatrzymać się po drodze przy supermarkecie i kupić worek karmy dla psów i parę paczek psich sucharów, jednak ujechałem zaledwie parę mil, gdy spojrzałem w lusterko i ujrzałem Ruby w charakterystycznym przysiadzie.

— Hej, ty! Przestań. Ruby! Cholera jasna!

Nic nie pomogło i Ruby zwaliła ogromną kupę na samym środku tylnego siedzenia obitego skórą.

Zupełnie jakby przez wszystkie dni w przechowalni specjalnie się powstrzymywała. O Chryste! Wszelkiego rodzaju smród powoduje, że od razu robi mi się niedobrze, a tu nawet otwarcie wszystkich okien niewiele pomogło. Ogra-

niczę się do stwierdzenia, że Żonka nie była w tym momencie ulubionym członkiem mojej rodziny.

Myślałem, że po tygodniu w przechowalni będzie strasznie wygłodzona, ale okazało się, że się nawet nie zainteresowała miską iam's chunks, którą jej podsunąłem. Fritzi gdzieś się schowała i od naszego przyjazdu do domu jeszcze jej nie widziałem.

— No dalej, jedz — zachęcałem ją. — Ruby głodna.

Ale suka obrzuciła mnie tylko żałosnym spojrzeniem i podkuliła ogon pod siebie. Patrząc na nią, można było odnieść wrażenie, że jest niemal myślącą istotą. Zupełnie jakby chciała mi coś powiedzieć.

Ale dopiero dużo później dotarło do mnie co.

Od czasu tragicznej śmierci Franka spałem jak nowo narodzone dziecię, ale tej nocy nie mogłem jakoś usnąć. Chodził mi po głowie projekt apartamentowca w Tucson, który próbowałem w myślach rozpracowywać, choć te wracały co chwilę do Sonii Gordon. Zastanawiałem się, jak długo powinienem odczekać, zanim do niej zadzwonię.

A potem usłyszałem hałas dochodzący z holu. Poderwałem głowę z poduszki. Ciężkie kroki po wykładzinie dywanowej. Sięgnąłem do łańcuszka lampy, ale w pośpiechu nie udało mi się go namacać. Drzwi sypialni otwarły się z impetem i rąbnęły w ścianę. Podciągnąłem się na łóżku i w tym momencie usłyszałem, że ktoś ku mnie biegnie. Coś walnęło mnie w piersi i zrzuciło na podłogę.

Próbując się odczołgać, dojrzałem parę wpatrzonych we mnie ślepi, które lśniły tępym blaskiem. Dłonią wymacałem wreszcie łańcuszek i pociągnąłem. Tak jak myślałem, była to Ruby. Wpijając mi pazury w pierś i dysząc, z wywalonym jęzorem wlepiała we mnie te swoje czarne ślepia i patrzyła... patrzyła...

O Chryste. Może nie od razu, ale w końcu zrozumiałem, o co temu psu chodzi.

Policja była niezwykle skrupulatna i całymi godzinami przesłuchiwała mnie, kolegów w biurze, rodzinę i wszystkich przyjaciół Franka. Zapomnieli tylko o jedynym naocznym świadku.

Zapomnieli o Ruby. Była na miejscu, kiedy go zabijałem, i wszystko widziała. I teraz mi o tym przypominała. Można to było wyczytać w jej wzroku i w wyrazie pyska. I nagle pojąłem, co mi próbuje powiedzieć. Że wszystko widziała, wszystko wie i nie pozwoli, żebym o tym zapomniał.

Poczułem łaskotanie na karku. Sięgnąłem za siebie i chwyciłem ją za pysk.

— Słuchaj, Ruby — powiedziałem spokojnie. — Tak, to ja, i ty o tym wiesz. Ale wiemy o tym tylko ja i ty, więc odpuść sobie.

I ścisnąłem ją za pysk. Nie za mocno. Tak żeby jej nie zabolało, ale żeby wiedziała, kto tu rządzi.

Zaskowyczała, a mnie zrobiło się trochę głupio. Przypomniałem sobie słowa tresera psów, który szkolił naszego springera, kiedy byłem jeszcze dzieckiem. Nazywał się Pete jakoś tam i mówił, że pies koncentruje się przez dziesięć sekund. Co dziesięć sekund jego umysł oczyszcza się i zwierzę kieruje uwagę na coś innego.

Więc czym ja się przejmuję? Ruby po prostu gapiła się na mnie pozbawionym wyrazu wzrokiem. W jej małym móżdżku nie kłębiły się żadne myśli. Strąciłem ją z siebie, wsunąłem się z powrotem pod kołdrę i zamknąłem oczy.

Następnego dnia rano — a była to sobota — siedziałem właśnie, pijąc poranną kawę i czytając „Timesa", gdy pukanie do drzwi poderwało Ruby na równe nogi. Zaczęła warczeć i wiercić się niespokojnie. Otworzyłem drzwi

i ujrzałem młodą, około dwudziestoletnią dziewczynę. Była ładna, miała kręcone blond włosy, które poprzetykane ciemniejszymi pasemkami opadały jej w niesfornych lokach na szerokie czoło i jasnoniebieskie oczy. Ubrana była w dżinsy opuszczone tak nisko, że między ich krawędzią a purpurową bluzką widać było z dziesięć centymetrów gładkiej, nagiej skóry. Bardzo rajcownie.

Już ją miałem spytać, czego sobie życzy, kiedy Ruby gwałtownie mnie odepchnęła i z radosnym skowytem skoczyła na dziewczynę, wachlując ogonem. Była autentycznie uradowana i z łapami wspartymi ma ramionach dziewczyny lizała ją po twarzy.

Ta kucnęła i przytuliła psa.

— Wszystko dobrze, staruszko? Cieszysz się, że przyszłam? Tak się o ciebie martwiłam. — Gdy się pochyliła, na jej prawej piersi mignął mi wytatuowany kwiatek. Poklepała Ruby i spojrzała na mnie z uśmiechem. — Wygląda, że wszystko u niej w porządku. Jestem Cindy. Psia spacerowiczka.

Patrzyłem na nią w milczeniu. Psia co?

Wstała i odgarnęła włosy z czoła.

— Codziennie po południu brałam Ruby na spacer w czasie, kiedy Frank był w pracy. Przyszłam spytać, czy pan też będzie chciał skorzystać z moich usług.

— Aha, tak — bąknąłem. Nawet się nie zastanawiałem nad popołudniowymi spacerami Ruby. Właściwie niczego jeszcze nie przemyślałem i nie zaplanowałem. — Świetnie, Cindy. Angażuję cię.

— Frank był superfacetem — ciągnęła. — Taki był dobry. Trochę... trochę się z nim zaprzyjaźniłam. Bardzo fajnie nam się gadało. Byliśmy całkiem blisko.

Ciekawe, czy ją rżnął? Byłem gotów się założyć, że tak.

— Wygląda na to, że ona cię naprawdę lubi — powiedziałem.

Uśmiechnęła się do Ruby niemal seksownie, rozchylając lekko wargi i ukazując zęby.

— Nawiązało się między nami porozumienie. To aż dziwne, ale naprawdę się rozumiemy. Zupełnie tak... jakbyśmy z sobą rozmawiały.

Ruby z nią rozmawia? W żadnym razie nie życzyłem sobie rozmów z Ruby.

Cindy znów się pochyliła i znów ujrzałem kwiatek na jej piersi. Ujęła w dłonie łeb Ruby, która siedziała bez ruchu, wpatrując się w nią tymi swoimi krowimi oczami.

— Widać, że jest smutna — zauważyła Cindy. — Ale to nic dziwnego, prawda? I jest też bardzo... bardzo spięta. Z jakiegoś powodu jest mocno spięta i podenerwowana. Może chodzi o przeprowadzkę do nowego domu.

— Może.

— Bo ja jestem trochę medium — dodała Cindy. — Potrafię czytać w myślach zwierząt. Poważnie.

Zaczęło mi świtać, że dziewczyna musi być nieźle walnięta, ale wcale mnie to nie uspokoiło. Oświadczyłem, że jestem teraz trochę zajęty, dałem jej klucz do domu i zapłaciłem za tydzień z góry. Po dwadzieścia dolców od spaceru.

Przed wyjściem jeszcze raz przytuliła Ruby.

— Cześć, staruszko. Nie smuć się. Przyjdę w poniedziałek, to sobie porozmawiamy — powiedziała na pożegnanie.

Gdy tylko zamknęły się za nią drzwi, Ruby opuściła łeb i ogon i powróciła do swej poprzedniej smętnej pozy, nie przestając łypać na mnie ponuro.

— Nie radzę ci z nią rozmawiać — powiedziałem, wycelowując w nią groźnie palec. Wyobrażacie sobie coś takiego?

Facet ostrzegający durnego psa! W każdym razie udało mi się wreszcie odnaleźć Fritzi, która siedziała na górze w mojej pracowni, schowana za kanapą. Zniosłem ją na dół i nakarmiłem. Później zobaczyłem, jak Ruby z zapałem wylizuje miskę Fritzi. Nie ma się co oszukiwać. Psy to zwierzęta.

Na niedzielne popołudnie zaplanowałem sobie trochę machania kijem na polu treningowym, ale nagle zjawiło się dwóch gliniarzy, których zapamiętałem z poprzednich wizyt. Oświadczyli, że mają jeszcze parę pytań. Usiedliśmy w salonie, Ruby położyła się na podłodze i przez całą rozmowę nie spuszczała z nich wzroku. I znów poczułem się trochę nieswojo. Wyglądała zupełnie tak, jakby za chwilę miała zacząć mówić i mnie wydać.

Ale gliniarze wyraźnie docenili to, że Frank powierzył mi swoją ulubienicę. Udało mi się też przypomnieć im, jak bardzo Frank i ja byliśmy zaprzyjaźnieni i jak bardzo go brakuje mnie i Ruby. Odniosłem wrażenie, że wyszli w pełni przekonani. Naprawdę.

Wieczorem dałem Ruby dodatkowego suchara, ale już następnego ranka tego pożałowałem. Budzik zadzwonił o siódmej. Zwlokłem się z łóżka i zszedłem do kuchni, żeby nastawić kawę. Ziewając i przecierając oczy, nadepnąłem na coś zimnego i twardego.

Jezu, serce podeszło mi do gardła. Na podłodze leżała martwa Fritzi. Moje biedactwo. Westchnąłem głęboko, choć już od dawna byłem na to przygotowany. Pewnie serce jej nie wytrzymało.

Przykucnąłem, wziąłem ją na ręce i przytuliłem do piersi. I wtedy poczułem, że jej futerko na szyi jest wilgotne i lepkie. „Fritzi...!" — zacząłem, ale nie dokończyłem, bo przechyliwszy jej łepek, ujrzałem wielką gulę śliny wiszącą jej u pyszczka.

Nie musiałem się nawet zastanawiać, co się stało. Zwłaszcza że parę kroków ode mnie siedziała z opuszczonym łbem Ruby, zimno się we mnie wpatrując. Ta cholerna suka coś do mnie mówiła. A ja to głośno i wyraźnie słyszałem. *Zabiłeś Franka, Jake, więc ja zabiłam Fritzi. Dokładnie w taki sam sposób.* Położyłem Fritzi na podłodze, podszedłem do Ruby i walnąłem ją na odlew w łeb. Nawet nie warknęła. Wiedziała, że zawiniła. Cicho zaskowyczała, podniosła się i z podkulonym ogonem wyszła z kuchni.

— Już cię tu nie ma! — wrzasnąłem za nią. — Już nie żyjesz, słyszysz? Robaki się tobą pożywią! — Krzyczałem tak, dopóki mi trochę nie przeszło. Nie przejmowałem się, że Heimer może usłyszeć moje wrzaski. Musiałem się wykrzyczeć.

Ile razy wracał obraz biednej Fritzi zaduszonej przez tę sukę i leżącej bez życia na podłodze, od nowa zalewała mnie fala wściekłości. Wziąłem do ręki słuchawkę. Chciałem zadzwonić do informacji i dowiedzieć się o najbliższą rakarnię, ale się powstrzymałem.

Ruby była jedynym naocznym świadkiem tragicznej śmierci Franka i wyraźnie mi o tym przypominała. Najwyraźniej traktowała swoją rolę Żonki z całą powagą. Ale musiałem się z nią pomęczyć jeszcze parę tygodni, przynajmniej do zakończenia śledztwa. Dla policji była ważnym dowodem przemawiającym na moją korzyść. Byłem tego pewien.

Wyciągnąłem z garażu szpadel i zakopałem Fritzi pod wielkim sasafrasem, który rośnie na końcu podwórza. Widziałem, jak Ruby obserwuje mnie przez okno w kuchni, i zalała mnie nowa fala wściekłości.

Tej nocy miałem idiotyczny sen, który spowodował, że w środku nocy obudziłem się zlany zimnym potem. Śniło

mi się, że Ruby bierze udział w jakimś telewizyjnym talk-
-show i rozparta na kanapie, wysokim dziecinnym głosikiem
opowiada o tym, jak zamordowałem Franka.

Leżałem w ciemnościach, cały dygocąc, kiedy nagle
uzmysłowiłem sobie, że to wcale nie był wysoki dziecinny
głosik. To był głos Cindy, psiej spacerowiczki! Zapaliłem
lampę. W gardle drapało mnie tak, jakbym połykał żyletki.
No i oczywiście! Z łbem tuż obok mojej twarzy siedziała
Żonka i wlepiała we mnie oskarżycielskie spojrzenie.

— Wynoś się! Cholera! Wynoś mi się stąd!

Wygoniłem ją z sypialni i zamknąłem drzwi, ale nie
mogłem opanować dygotu. Nie czułem się bezpiecznie
nawet we własnej sypialni. Nawet we własnych snach!

Następnego dnia nie mogłem skupić się na pracy i wciąż
rysowałem psie kości. Urwałem się wcześniej z roboty.
Podjeżdżając pod dom, natknąłem się na Cindy, która właśnie wracała z popołudniowego spaceru z Ruby. Miała na
sobie szpanerskie stare dżinsy rozdarte na kolanach i obcisły
żółty T-shirt. Jej figura prezentowała się ponętnie.

— Ruby ze mną porozmawiała — oświadczyła, gdy
wysiadłem z samochodu. — Wciąż jest bardzo smutna
i strasznie spięta.

Sam się zaczynam robić smutny i strasznie spięty, jak
tego słucham, pomyślałem.

Poklepała Ruby po boku.

— Musimy jeszcze trochę odczekać, prawda? O to ci
chodzi, staruszko?

Ruby wyraźnie kiwnęła głową. Przysięgam, że nic nie
zmyślam. One naprawdę z sobą rozmawiały. Serce waliło
mi jak młot. Prędzej czy później wszystko się wyda...

Przez następne kilka nocy nie zmrużyłem oka. Drzwi
sypialni zamykałem na klucz, ale nie na wiele się to zdało.

Słyszałem kroki Ruby łażącej po całym domu i wiedziałem, co teraz myśli. Wyobrażałem sobie to jej oskarżycielskie spojrzenie. I to jej przytakiwanie podczas rozmowy z Cindy. Po paru nocach zacząłem ją zostawiać na zewnątrz, ale i to nie pomagało mi usnąć.

Przez cały tydzień byłem w pracy do niczego i myślę, że Graver to zauważył. Co jakiś czas wychodził ze swojego narożnego gabinetu i przechodził obok mojego boksu, a ja wtedy pochylałem się nad monitorem, żeby nie zauważył, że na ekranie nic nie ma.

Znów urwałem się wcześniej do domu i cudem uniknąłem dwóch wypadków. Oczy mi się kleiły z niewyspania, w głowie mi się kręciło. W pierwszej chwili nie zauważyłem Ruby. Zresztą nigdy nie wybiegała mi na powitanie jak każdy normalny pies. W końcu znalazłem ją w gościnnej sypialni, gdzie siedziała sztywno wyprostowana przy swoim legowisku. Na jej materacu leżał jakiś ciemny przedmiot.

Podszedłem bliżej, wziąłem go do ręki i rozchyliłem. Portfel Franka z grubym plikiem gotówki i prawem jazdy, z którego spoglądała jego twarz na zdjęciu.

— Skąd to wzięłaś? — wrzasnąłem, wymachując jej przed nosem portfelem. Nawet nie drgnęła i nie cofnęła głowy, tylko wlepiała we mnie nieruchomy wzrok. — Skąd to wzięłaś? Chyba się nie włamałaś do domu Franka, co? Włamałaś się? — Boże święty! Rozmawiam z nią jak z rozumnym człowiekiem. I co ja mam teraz zrobić z tym cholernym portfelem?

Żonka wyraźnie próbowała mnie wrobić, a to znaczyło, że muszę cały czas być o krok przed nią. Ruszyłem po domu, szukając jakiejś dobrej kryjówki dla portfela. Od samego trzymania go w ręku robiło mi się niedobrze. Nie mogłem się skupić. Pobiegłem do sypialni i zacząłem go

wpychać w szufladzie pod stertę bielizny. I wtedy natknąłem się na rękawice.

Cholerne ogrodowe rękawice. Zupełnie o nich zapomniałem. Miałem je wyrzucić do śmieci gdzieś w mieście. Jak mogłem je tu zostawić? Jake, weź się w garść, skarciłem się w myślach. Chwyciłem rękawice, zniosłem na dół i położyłem na kanapce w holu, żeby nie zapomnieć o nich rano, kiedy będę wychodził do pracy.

Potem nalałem sobie dużą porcję whisky, chcąc spokojnie przemyśleć całą sprawę. Ruby trzeba się pozbyć, żeby nie wiem co. Było to zupełnie oczywiste. W sobotę zawiozę ją do najbliższego schroniska dla zwierząt i żegnaj na zawsze.

Podjęcie tej decyzji powinno było trochę mnie uspokoić. Wiedziałem, że jak pozbędę się tego psa, od razu poczuję się bezpieczniej. Ale mimo wszystko nie mogłem tej nocy usnąć. Chyba już czwartą noc z kolei...

W piątek rano ledwie zwlekłem się z łóżka. Głowę miałem ciężką jak z ołowiu, gardło mnie bolało, a w uszach dzwoniło. Przyszło mi nawet do głowy, żeby sobie odpuścić i wrócić do łóżka, ale przypomniałem sobie o spotkaniu o dziesiątej w sprawie dwóch nowych domów w Hamptons. Gdybym to zawalił, Graver by mi nie wybaczył.

Prysznic trochę mnie orzeźwił. Ubierając się, wypiłem dwa kubki kawy bez mleka, chwyciłem kluczyki do beemki, ruszyłem do tylnych drzwi i... przypomniałem sobie o rękawicach. Na kanapce w holu od frontu, upomniałem się. Dziś pozbędę się rękawic, jutro psa i wszystko znów wróci do normy.

Pobiegłem do holu i chwyciłem rękawicę. Jedną rękawicę. Przyglądałem się na przemian jej i pustej kanapie. A druga? Gdzie jest druga rękawica?

Ukląkłem i zajrzałem pod siedzenie. Rękawicy nie było. Zerwałem się na równe nogi, i rozejrzałem po holu. Nic. W holu jej nie było. Popędziłem na górę, przeskakując po dwa stopnie i czując, jak mi krew pulsuje w skroniach. Wyciągnąłem szufladę i zacząłem wszystko wyrzucać na podłogę. Czyżbym zostawił ją w szufladzie? Nie, tu też nie było rękawicy. Spojrzałem na zegarek. Dobrze już, dobrze, teraz pojadę na spotkanie, potem wrócę i znajdę tę cholerną rękawicę. Nie ma problemu.

W drodze do pracy trzymałem rękawicę na siedzeniu obok. Miałem mnóstwo czasu na myślenie i moje podejrzenia ostatecznie skrupiły się na Ruby. Na noc zostawiłem ją na zewnątrz, ale gdy wychodziłem rano, nigdzie jej nie było. Czyżby to ona zabrała rękawicę? Możesz zgadywać do trzech razy, pomyślałem. Wyobraziłem sobie, jak teraz chodzi od drzwi do drzwi z rękawicą w pysku i pokazuje wszystkim sąsiadom jako coś, czego użyłem do zamordowania Franka.

Zostawiłem samochód na parkingu przy Czterdziestej Drugiej Ulicy, wrzuciłem rękawicę do pierwszego z brzegu pojemnika na śmieci i popędziłem na spotkanie. Poszło mi doskonale. Klientami było małżeństwo w średnim wieku: mąż, który właśnie przejął po ojcu firmę odzieżową, i jego kipiąca energią, atrakcyjna żona. Obojgu wyraźnie przypadły do gustu i moje pomysły, i ja sam. Do tego stopnia, że Graver nawet się do mnie uśmiechnął. Szkoda, że nie miałem aparatu.

Po lunchu powiedziałem asystentce, że mam ważną sprawę do załatwienia w domu, co zresztą było zgodne z prawdą, i urwałem się wcześniej. Gdy troszkę ponad godzinę później podjechałem pod dom, okazało się, że Ruby siedzi z tyłu na ganku. Zatrzasnąłem drzwi samochodu i wolno do niej

podszedłem. Nie machnęła nawet ogonem i nie wyglądała na uradowaną moim widokiem. Specjalnie mnie to nie zaskoczyło.

— Ruby, gdzie ona jest? — spytałem łagodnie. — Dobra suka. Pokaż mi tę rękawicę. Gdzie ona jest?

Siedziała nieruchomo, wlepiając we mnie spojrzenie. Byłem pewien, że rozumie i postanowiła rozegrać to po swojemu.

— Gdzie ona jest? — Szarpnąłem ją za obrożę. — Wstań i pokaż. Gdzie jest ta cholerna rękawica? Gdzie ją schowałaś?

Ku memu zdumieniu zeskoczyła z ganku, pobiegła przez podwórze i skręciła w stronę domu Franka. Głowę trzymała przy ziemi, jej wyprostowany ogon poruszał się miarowo jak wahadło. W domu Franka. No oczywiście. Byłem pewien, że mnie tam zaprowadzi. Należało się domyślić.

Ale w połowie drogi przez podwórze Heimera stanąłem jak wryty na widok kopczyka świeżo skopanej ziemi w ogródku z pomidorami. Ruby też się zatrzymała i spojrzała na kopczyk. Potem do niego podbiegła i zaczęła węszyć, rozgrzebując nosem luźno przysypaną ziemię.

Zakopała tu rękawicę.

Nie było mowy, żebym mógł ją tak zostawić. W samym środku ogródka, w miejscu, gdzie Heimer musiałby ją znaleźć. Czy Żonce o to właśnie chodziło?

Fatalnie. Musiałem jak najszybciej ją stąd wykopać. Spojrzałem na dom Heimera, ale wszędzie panowała głucha cisza. Zajrzałem do jego niewielkiej szopy na narzędzia. Tak, na szczęście był w niej oparty o ścianę szpadel. Zabrałem go z szopy, zaniosłem do ogródka i wbiłem ostrze w miękką ziemię. Pochyliłem się i zacząłem kopać.

Wykopanie rękawicy zajęło mi mniej niż minutę. Rozejrzałem się za Ruby, ale nigdzie w pobliżu nie dostrzegłem suki. Szkoda, bo chciałem, by wiedziała, że udaremniłem jej wredny plan. Rzuciłem szpadel na ziemię, schyliłem się i podniosłem rękawicę.

Właśnie zacząłem ją otrzepywać z ziemi, gdy za plecami usłyszałem okrzyk:

— Ach, tu pan jest! Nie mogłam pana znaleźć — Zza domu wynurzyła się Cindy z Ruby przy nodze. Czyżby Ruby ją do mnie przyprowadziła? — Przyszłam zabrać Ruby na spacer... — zaczęła, ale przerwała w pół słowa. Zobaczyłem, że gapi się na rękawicę w mojej dłoni.

— Ta rękawica — powiedziała, pokazując głową. — Dziś rano pisali w gazecie... Policja twierdzi, że Franka zamordował ktoś w ogrodowych rękawicach na dłoniach. Podobno... podobno na jego gardle znaleźli włókna, a... a pan ją teraz zakopuje, prawda!

— Nie, nieprawda... — zacząłem, ale dałem spokój, wiedząc, że i tak nie potrafię się z tego wytłumaczyć.

— Pan... pan ją zakopuje! — krzyknęła Cindy. — To pan go zabił!

Nawet przez chwilę się nie zastanawiałem. Chwyciłem szpadel, wyprostowałem się i zamachnąłem. Miałem szczęście. Trafiłem Cindy w policzek i skroń, które zaskakująco głośno chrupnęły. Oczy wyszły jej z orbit, z rozchylonych ust dobył się cichy jęk, kolana się ugięły i runęła na ziemię. Jej głowa z impetem uderzyła w ziemię, a ona jakby cała się zwinęła.

No i co teraz? Nie miałem czasu się zastanowić. Za plecami usłyszałem szczekanie psa, odwróciłem się i zobaczyłem biegnących w moją stronę dwóch policjantów.

— Pół godziny temu dzwonił do nas pański sąsiad ze

skargą — rzekł jeden z nich. — Poskarżył się, że pański pies wykopuje mu sadzonki pomidorów.

I tak to się skończyło. Gliniarze zobaczyli ciało dziewczyny na ziemi, rękawicę mordercy w mojej dłoni i szpadel leżący obok. A wszystko przez Ruby. Sukę, która mówi. Bo wszystkiemu była winna ta suka, czyż nie? Niczego nie zmyśliłem.

I to zrobiła z własnej inicjatywy. Cholerna suka. Mój adwokat mnie uspokaja, że sprawa może nawet nie trafić do sądu. Mówi, żebym tylko ani na chwilę nie przestał opowiadać o Ruby. Mówi, że stanowi to idealną linię obrony. Dlatego też trzymają mnie w tym szpitalu, a nie w więziennej celi.

Jestem skręcony ciaśniej, niż jo-jo karzełka. Nie bardzo się orientuję, do czego zmierza mój adwokat, ale wiem jedno. Jak mnie stąd wypuszczą, to ja już dopilnuję, żeby ta suka do końca życia miała o czym mówić.

POPCHNIĘTA CZY UPADŁA

JAY BRANDON

Pushed or Was Fell © 2006 by Jay Brandon

„Upadła: taka, która prowadzi niemoralne, nieetyczne życie".

Uniwersalny Słownik Języka Polskiego

Od pierwszych chwil ich małżeństwo było nieudane.

Każdego ranka podczas rejsu Walt budził się zagubiony, nie wiedząc ani co tu robi, ani dlaczego obok śpi ktoś jeszcze. Nie należał do ludzi łatwo adaptujących się do zmian, a Sharon mu w tym nie pomagała, co wpływało na niego stresująco.

Ale każdy, którego życie odmieniłoby się tak zasadniczo i tak raptownie, miałby prawo czuć się zagubiony. Walter powinien teraz jak zawsze siedzieć za biurkiem w swoim boksie na dwudziestym trzecim piętrze ogromnego, anonimowego biurowca w centrum Dallas i cieszyć się spokojną atmosferą firmy ubezpieczeniowej, w której pracował od ukończenia college'u cztery lata wcześniej. Rutyna obowiązująca w jego życiu zawodowym była tak wielka, że często gdy siedział przy biurku, nie pamiętał momentu przebudze-

nia się rano. Miło było funkcjonować w ramach stałego schematu — prysznic, kawa, samochód, biurko — jednak coś mu musiało w nim przeszkadzać, bo przecież inaczej nigdy by się nie wybrał na ten piknik PAL przed dwoma miesiącami.

Walter nie należał do PAL — Paralegals and Associates League* — lecz zaproszono go jako gościa, a piknik zorganizowano po części w ramach akcji rekrutacji nowych członków. Walter nie był z wykształcenia prawnikiem, ale w imieniu swojej firmy ubezpieczeniowej wykonywał prace o charakterze prawniczym. „Czyli kwalifikuje się pan jako ktoś wykonujący zawód pokrewny", zapewniła go uśmiechnięta hostessa, przypinając mu do koszuli plakietkę z napisem GOŚĆ. „Bardzo szanujemy członków reprezentujących zawody pokrewne". Może i szanują, pomyślał Walter, ale tych *Associates* dodali głównie ze względu na zgrabny skrót.

Piknik odbywał się ostatniego dnia maja, po pracy. Mieszkańcy Dallas mieli już za sobą Dzień Pamięci i raczej z niechęcią niż radością myśleli o rozpoczynającym się długim i skwarnym lecie, zwłaszcza że trafiły im się już trzy dni z temperaturą dochodzącą do czterdziestu stopni Celsjusza. Jednak zmrok zapadający nad parkiem niósł z sobą złudzenie ochłodzenia i Walter z piwem w ręku błąkał się bez celu wśród uczestników pikniku. Po jakimś czasie rozluźnił krawat, potem całkiem go zdjął. Po blisko półhektarowym terenie wynajętym na piknik kręciło się około pięćdziesięciu osób. Większość mężczyzn z wyglądu i zachowania przypominała Waltera. Byli młodzi, stonowani i wyciszeni, jakby ich młodość uległa stłamszeniu

---

* Liga Zawodów Prawniczych i Pokrewnych.

w wyniku wykonywania zawodów wieku średniego. Kobiety okazywały nieco większą przedsiębiorczość i pierwsze uśmiechały się do nieznajomych. Walter odpowiadał uśmiechem, ale nawet nie próbował wdawać się w rozmowy. Umiejętność nawiązywania znajomości nie należała do jego mocnych stron.

Teren wynajęty na piknik znajdował się w wielkim publicznym parku w sąsiedztwie basenów i kilkoro uczestników wzięło kostiumy kąpielowe, a teraz dołączyło do kąpiących się. Walter stanął na brzegu i tęsknie patrzył na pluskających się w chłodnej wodzie. Było ich niewielu, w większości leniwie unosili się na wodzie tylko kilka osób pływało. Walter już miał zawrócić, gdy usłyszał głośny plusk i zobaczył młodą kobietę, która właśnie wskoczyła do basenu. Wynurzyła się dopiero po przepłynięciu kilkunastu metrów pod wodą, po czym zaczęła płynąć tak szybko, że jej białe ramiona tylko migały, a za nią tworzył się wyraźny ślad na wodzie. Walter przyglądał się, jak kobieta dopływa do końca basenu, robi szybki nawrót i zaczyna płynąć z powrotem. Bez zastanowienia ruszył w stronę końca basenu, skąd wystartowała i dokąd teraz zmierzała. Gdy wynurzyła się z wody, stał tuż obok i znów bez zastanowienia wyciągnął ku niej plastikową szklankę z ciepławym piwem.

— Nie, dziękuję. — Pokręciła głową, ale okrasiła odmowę miłym uśmiechem.

Usiadła na krawędzi basenu niemal wcale niezdyszana, zdjęła czepek i potrząsając głową, roztrzepała niezbyt długie, brązowe włosy. Potem wyciągnęła nogi z wody i Walter zobaczył, że ma na stopach płetwy. To dlatego tak szybko pruła wodę.

— Widzę, że jest pani profesjonalistką — powiedział Walter.

Kobieta spojrzała na niego niechętnie, jednak ujrzawszy jego minę, lekko się uśmiechnęła.

— Chciałam się tylko ochłodzić. Strasznie dziś gorąco. Walter pokiwał głową ze zrozumieniem. Gdy się podnosiła stał tuż obok i ich spojrzenia nagle się skrzyżowały. Była dość przeciętnej urody i niewątpliwie najatrakcyjniejszym fragmentem jej twarzy był nieduży kształtny nosek. Chwilę później odnotował też, że ma niezwykle zgrabne długie nogi. Odprowadził ją wzrokiem, by obejrzeć je w całej okazałości. Gapił się na nią tak bezwstydnie, że gdy w pewnej chwili obejrzała się i zauważyła jego wzrok, na jej twarzy odmalowało się lekkie zmieszanie.

Walterowi po raz pierwszy przyszło wtedy do głowy, że może nie jest całkiem taki, za jakiego zawsze się uważał. Miał się za dżentelmena do tego stopnia nieczułego na wdzięki, że właściwie nie czuł potrzeby spotykania się z kobietami. Dlatego tak go zaskoczyło to, co poczuł, patrząc za oddalającą się młodą kobietą w kostiumie kąpielowym, a co musiało odmalować się na jego twarzy tak wyraźnie, że aż ją zmieszało. Widząc, jak wtyka sobie palce pod brzeg kostiumu i obciąga go na pośladkach, zaczął zazdrościć tym palcom.

Natknął się na nią pół godziny później. Ubrana już była w szorty i bluzkę bez rękawów. Obie części garderoby były zupełnie suche, czyli nie miała pod spodem kostiumu. Musiała więc znaleźć jakieś miejsce w parku, żeby się przebrać. Przemknął mu przez myśl podniecający obraz jej przez chwilę nagiego ciała gdzieś w samochodzie czy w damskiej toalecie, ale widać tym razem nie odczytała tego z jego twarzy, bo się do niego uśmiechnęła.

— To pan też jest na pikniku — powiedziała.

— Tak, proszę pani — rzekł Walter. — Zastanawiam się nad wstąpieniem do PAL.

— I powinien pan. Potrzebna nam świeża krew. Dobrze, tym razem skorzystam. — Wyjęła mu z dłoni szklankę i wypiła kilka łyków. Nawet nie zdawał sobie sprawy, że znów wyciągnął ku niej rękę.

— Sharon — powiedziała.

— Co proszę?

— Sharon. Próbował pan odczytać moją plakietkę, prawda?

— Aa. Tak, dziękuję.

— A pan jest...? — Było już ciemno i imię wypisane przez hostessę na jego plakietce było prawie nieczytelne.

— Walt...

— Walt, jak miło — rzekła, w ten prosty sposób dokonując w nim kolejnego wyłomu.

— Jesteś prawniczką? — zapytał.

— Tak. Pracuję w kancelarii Jima Thorntona. Mecenasa Thorntona.

Znał to nazwisko. Słynni adwokaci reprezentujący powodów w procesach cywilnych budzili w firmach ubezpieczeniowych grozę porównywalną z przerażeniem w obliczu samego Lucyfera.

Ich rozmowa na pikniku nie trwała długo, ale wystarczyła do utwierdzenia Walta w zamiarze wstąpienia do PAL. Natknął się na nią zaraz podczas następnego zebrania członków. Była dla niego dość miła, ale w jej wzroku wciąż dostrzegał niepewność i strach. To go tak ośmieliło, że zaproponował jej wieczorne spotkanie.

♦ ♦ ♦

Po dwóch wieczornych randkach Walt przyjechał do biura Sharon, by ją zabrać na lunch. Randki miały dość typowy przebieg: kolacja, podczas której mogli sobie opowiedzieć nudnawe historie swego życia, i kino, gdzie mogli posiedzieć

blisko siebie w ciemnościach. Obie zakończyły się pocałunkami na dobranoc pod drzwiami mieszkania Sharon. Pierwszy był szybki i zdawkowy, drugi dłuższy i zakończony przez Sharon, która położyła mu dłoń na piersi, jakby go chciała odepchnąć.

Potem przyszło to spotkanie w porze lunchu i Walt zjawił się po nią w kancelarii mecenasa Jima Thorntona, specjalisty od roszczeń ubezpieczeniowych, przez co poczuł się trochę jak szpieg w obozie wroga. Odnalazł Sharon w gabinecie dwukrotnie większym niż jego boks, tyle że dużo miejsca zajmowały w nim regały z książkami i szafki z dokumentami. Na jego widok Sharon uśmiechnęła się radośnie, ale jednocześnie jakby dość nieobecnie.

— Chodźmy stąd — powiedziała, jednak w drzwiach raptownie się cofnęła. — O Boże. Poczekaj chwilę.

I zrobiła coś nieoczekiwanego. Wciągnęła Walta z powrotem do pokoju i przygarnęła do siebie. Położyła mu rękę na plecach, ustami przylgnęła do jego ust, udem naparła na jego uda. W ciągu paru sekund wzbudziła w nim takie pożądanie, że poczuł się zupełnie zagubiony. Mimo to udało mu się też ją objąć i stwierdzić, że jest wiotka i podatna na uścisk jego ramion. Usta miała tak miękkie i delikatne, że dosłownie rozgniótł je swoimi wargami. Przywarła do niego całym ciałem, sprawiając wrażenie tak bezwolnej i poddanej jego woli, że mógłby ją teraz dowolnie uformować.

W końcu oderwali się od siebie, Sharon westchnęła i spojrzała na niego rozmarzonym wzrokiem, ale zaraz potem na jej twarz powrócił ten sam wyraz czujności. Podeszła do drzwi i ostrożnie rozejrzała się w obie strony.

— W porządku. Już sobie poszedł.

— Kto? — spytał Walt, ale Sharon potrząsnęła tylko głową i odpowiedziała dopiero, gdy już siedzieli w jego samochodzie.

— Tam był mój szef.

— Mecenas Thornton? O co chodzi? Czy on...?

Sharon wzruszyła ramieniem.

— Czasem trochę się do mnie dobiera. Ale to nic poważnego — dodała szybko i położyła mu rękę na ramieniu, jakby dostrzegając na jego twarzy mordercze błyski i chcąc go uspokoić. — Wszystkie pracujące kobiety muszą być na coś takiego przygotowane. Ale dlatego bałam się, że jeśli mnie zobaczy z obcym mężczyzną, może mu przyjść do głowy, że... Przepraszam, że cię na to naraziłam.

Został narażony przez kobietę? Coś takiego! Waltowi bardzo się to podobało, a w dodatku miał za sobą najlepszy pocałunek w życiu. Może zawiniło tempo wydarzeń i jego całkowity brak doświadczenia, ale w ciągu tych kilku sekund zapadł w ciemność, poczuł, że ulatuje gdzieś z tego świata. Do tego stopnia, że nawet nie usłyszał kroków jej szefa. Wspomnienie tego pocałunku wracało do niego podczas całego lunchu. Wydawało mu się, że ona też go tak przeżywa, bo gdy ich spojrzenia się spotykały, odwracała wzrok i tak jak on łagodnie się uśmiechała. Poczuł, że jest tak mu bliska, że z niechęcią myślał o puszczeniu jej z powrotem do pracy. Uparł się, że wejdzie z nią do starego gmaszyska, w którym mieściła się kancelaria Thorntona, i odprowadzi ją do gabinetu. Czuł, że pierś wypełnia mu duma, a mięśnie rąk same się prężą. W przeciwieństwie do niego od chwili wejścia do gmachu Sharon jakby się w sobie zapadła. Szła z opuszczoną głową i niemal nie reagowała na pozdrowienia mijanych ludzi. Podchodząc do swoich drzwi, jeszcze bardziej się skuliła, otworzyła je, ostrożnie zajrzała do środka, potem spojrzała na Walta.

— Dzięki, Walt. Dziękuję za wszystko.

Tylko jej oczy się nie skuliły. Wciąż były duże, brązowe

i wpatrzone w niego. Może to jej niewypłakane łzy powodowały, że zdawały się tak ogromne. Zacisnęła usta.

— Zostanę z tobą — powiedział Walt. — Może powinienem z nim porozmawiać.

— Och, nie! — prawie krzyknęła. — Nie trzeba, Walt. Dam sobie radę. W końcu muszę tu pracować.

— Wcale nie musisz.

Sharon spojrzała na niego zaskoczona.

— Oczywiście, że muszę. A skąd bym...

— Chodźmy — rzekł Walt, obejmując ją ramieniem. Nigdy w życiu nie czuł się tak władczy i podniecony. Pomyślał, że całe to gmaszysko wokół nich jest jak pusta skorupa. Jak kartonowa scenografia na planie filmowym i gdy tylko zechcą, oboje z Sharon mogą przejść przez te ściany. Bo tylko oni dwoje są tu prawdziwi. Wciąż pamiętał dotyk jej uda i długość nóg. Nie oglądał ich od dnia pikniku.

— O czym ty mówisz, Walt? — powiedziała Sharon zduszonym głosem. — Czy ty mnie prosisz...?

— Żebyś za mnie wyszła — dokończył za nią.

Zaskoczył siebie samego na równi z nią. Poczuł, jak mu serce rośnie i było to jeszcze jedno nowe doznanie. Nigdy w życiu nie działał pod wrażeniem chwili. Ale akurat w tym momencie impulsywne zachowanie bardzo mu się podobało.

Sharon uśmiechnęła się, choć w jej uśmiechu wciąż można było dostrzec ślad niepewności. Jakby się trochę obawiała tych wszystkich gwałtownych zmian w Walcie.

◆ ◆ ◆

Dwa tygodnie później byli już na statku. Ślub zorganizowali bez trudu, bo żadne z nich nie miało bliskich przyjaciół. Jedynymi świadkami uroczystości ślubnej w biurze sędziego pokoju byli nieco oszołomieni rodzice Walta i kolega z pracy

Sharon. Sharon wyglądała ślicznie w białym stroju, który był bardziej kostiumem niż suknią. Przyglądając się jej, jego matka spytała szeptem: „Jesteś pewien?", ale Walt był nieporuszony. Wszyscy dookoła mieli wątpliwości, ale on i Sharon byli pewni swego.

Przyjęcie weselne odbyło się w eleganckim hotelu w Dallas i szampan lał się strumieniami. Walt wypił go tyle, że poza oplecionymi wokół niego nogami Sharon niewiele pamiętał z tego, co się działo później. Następnego dnia Sharon była lekko zawstydzona, ale i rozochocona. Jego łupało w głowie i lot do Miami specjalnie mu w tym nie pomógł.

— Zawsze marzyłam o takim rejsie — oświadczyła Sharon. — A ty?

Jej pytanie uświadomiło mu ukryte pragnienie, o którym nawet nie miał pojęcia. Morze, tropik, statek pełen obcych ludzi i piękna młoda żona u boku.

♦ ♦ ♦

Nie mógł nawet twierdzić, że po ślubie w Sharon zaszła jakaś zmiana, bo znał ją zbyt mało, ale już sam fakt codziennego przebywania z kimś drugim był dla niego trudny do zaakceptowania. Wieczorami siedziała tak długo w łazience, że gdy w końcu przychodziła do łóżka, on już prawie spał ukołysany falowaniem morza. Któregoś ranka znalazł swoją szczoteczkę do zębów na podłodze w łazience. Zapewne spadła pod wpływem kołysania statku, ale Walt i tak poczuł się urażony.

— Coś nie tak? — spytała Sharon, ale on potrząsnął tylko głową, poirytowany jej troskliwością.

Sharon okazała się rannym ptaszkiem. Zwykle on też się wcześnie zrywał, ale przypuszczał, że podczas rejsu będą

347

wiedli leniwe życie. Zapewne ją też irytowały niektóre jego przyzwyczajenia i wyczuwał z jej strony chłód, gdy obudziwszy się w pustym łóżku, wyruszał nadąsany na poszukiwania i odnajdywał ją gdzieś na statku.

Któregoś ranka znalazł ją w basenie. Płynęła właśnie pod wodą z rękami ułożonymi wzdłuż ciała, wykonując długie, spokojne ruchy nogami. Mając za sobą tydzień codziennego obcowania z nią, Walt wciąż uważał, że choć nie jest specjalnie urodziwa, w wodzie robi piorunujące wrażenie. Widział przypatrujących się jej dwóch mężczyzn, którzy półgłosem dzielili się uwagami. Zauważył też innego, który wskoczył do basenu i zaczął płynąć w jej kierunku. Twarz Walta poczerwieniała.

Sharon wyszła z basenu i odgarnęła włosy z twarzy. Przed wyjazdem kupiła nowy, dwuczęściowy kostium, który nie był szczególnie odważnie wycięty, ale Walt i tak był zdania, że poza świeżo poślubionym mężem nikt nie powinien oglądać tak dużo jej nagiego ciała. Nie miała obfitego biustu, ale gdy tak stała na krawędzi basenu, jej nogi zdawały się ciągnąć bez końca, a wycięcie majtek odsłaniało uda niemal do pasa. Idąc w stronę Walta, złożyła ręce do tyłu i wetknąwszy palce pod brzeg majtek, obciągnęła je sobie na pośladkach. Mężczyźni po drugiej stronie basenu nie spuszczali z niej wzroku.

— Cześć, kochanie. — Klepnęła go w piersi w drodze do leżaka, obok którego stała szklanka z sokiem pomarańczowym. Walt przytrzymał ją za ramię i przyciągnął ku sobie.

— Dzień dobry! — powiedział znacząco i pocałował ją.

— O rany — mruknęła po chwili.

— Chodź do kabiny.

Nie próbowała udawać, że nie wie, o co mu chodzi.

— Kochanie, jestem cała mokra — zaprotestowała łagodnie.

— Nie szkodzi. Mogę się zmoczyć. Jeszcze nie byłem pod prysznicem.

— Zauważyłam — przejechała dłonią po jego zarośniętym policzku.

— Poszedłem od razu cię szukać. Nigdy cię nie ma, kiedy się budzę.

— Czekałam. — Wzruszyła ramionami. — Ale tak długo spałeś...

— Chodźmy do kabiny — powtórzył. Przyciągnął ją do siebie i wsunął palce pod brzeg jej majtek. Sharon szarpnęła się tak gwałtownie, że niewiele brakowało, by zebrani wokół basenu mogli ją obejrzeć w pełnej krasie.

— Walt! — sapnęła.

— Jesteśmy w podróży poślubnej.

Powiedział to o wiele za głośno. Czuł, że wszyscy się na nich gapią.

Sharon zarumieniła się, chwyciła szlafrok i szybkim krokiem się oddaliła. Walt odwrócił się i zobaczył, że mężczyźni patrzą na niego, porozumiewawczo się uśmiechając.

♦ ♦ ♦

Gdy potem w nocy próbowała się do niego przytulić, był tak śpiący, że jej dotyk go zirytował, zamiast podniecić. Drażniło go, gdy gubiła się gdzieś na statku, ale po latach życia w samotności równie męczące było jej ciągłe towarzystwo. Walta zaskakiwały własne reakcje. Spodziewał się, że znacznie łatwiej przystosuje się do życia małżeńskiego.

— Musimy się tak stroić?

— Walt — upomniała go z wyrzutem. Była ubrana

w długą czarną suknię z kunsztownie wszytymi ramiączkami, dzięki czemu jej ramiona były niemal gołe, a rozcięcie z boku sięgało do pół uda. Irytował go ten jej mentorski ton. — Jeśli chciałeś cały czas chodzić w szortach i T-shircie, to powinniśmy byli zostać na plaży. Rejsy to także wieczorne wyjścia.

— Okej. — Machnął ręką.

Sharon tkwiła przed lustrem. Stanął za nią, pomógł jej zapiąć naszyjnik ze sztucznych pereł, potem pocałował w kark, objął i przytulił się. Sharon lekko odwzajemniła uścisk i dotknęła dłonią jego policzka, ale zaraz wyzwoliła się z jego objęć. W tym momencie poczuł, że mógłby ją zabić, a ona na dodatek obróciła ku niemu twarz i uśmiechnęła się pytająco.

Okazało się, że niektórzy goście kasyna w Freeport rzeczywiście byli ubrani w szorty i hawajskie koszule i na ich widok Walt poczuł, że się niepotrzebnie wystroił. Choć musiał też przyznać, że było kilka par w strojach wieczorowych, a nawet paru mocno starszych panów w smokingach. Sharon od razu pożeglowała w ich stronę, pociągając za sobą Walta. Widząc, jak rozgląda się radośnie podniecona, pomyślał, że wygląda teraz jak szesnastolatka, w której mógłby się od nowa zakochać.

Potem jednak przybrała pozę starej wyjadaczki i wdała się w dyskusję z grupką elegancko ubranych gości. Urok młodości momentalnie zniknął, a on mógł już tylko ze złością zagryzać zęby. Po chwili od niechcenia poprosiła go o kupienie sztonów.

— Nie trzeba, kochana — wtrącił jeden z elegancko ubranych mężczyzn. Był mocno opalony, znacznie młodszy od reszty i nie miał obok siebie partnerki. — Pozwól, że obstawię za ciebie.

— To zbyteczne — mruknął Walt. — Pójdę po sztony.

— Pozwól tylko ten jeden raz — poprosił przymilnie mężczyzna, ale w uszach Walta zabrzmiało to, jakby mówił: „Pozwól tylko ten jeden raz się pomacać". Sharon spojrzała na niego wyczekująco i Walt wzruszył ramionami, co mogła uznać za obojętne przyzwolenie, po czym z rękami w kieszeniach przyglądał się, jak Sharon i Spalona Gęba naradzają się, na co postawić.

Przez cały wieczór czuł się okropnie. Nigdy nie był lwem salonowym, ale też nigdy w życiu nie czuł się tak nieswojo, jak w tym kasynie. Wprawdzie próbował dorównać reszcie w swobodnym, a jednocześnie eleganckim zachowaniu, ale czuł się odepchnięty i narastała w nim wrogość. Stał ponury i milczący i z zaciśniętymi pięściami obserwował Sharon, która jakby była w swoim żywiole.

Raz na oczach wszystkich spróbował przyprzeć ją do filara i pocałować, ale z wyraźną niechęcią go odepchnęła. W taksówce wiozącej ich na statek zrobił awanturę i nie zważając na to, czy kierowca zna angielski, nawrzeszczał na nią, wymachując przy tym rękami. Twarz miał zaczerwienioną z wściekłości i dlatego, że dużo wypił.

— Ubierasz się w te... te ciuchy... i ten kostium kąpielowy, i wszystkim wszystko pokazujesz, a potem nie pozwalasz mi się nawet dotknąć!

Sharon patrzyła na niego zdumiona. Jej mina trochę go rozbroiła. Ale nie był już sobą. Zmieniał się w jakieś monstrum.

Speszona odwróciła się i powiedziała cicho:

— Kupiłam te rzeczy, bo pierwszy raz w życiu chciałam wyglądać uwodzicielsko. I chciałam też... chciałam być uwodzona.

— Pięknie! — prychnął Walt, czując, że jego rozdraż-

351

nienie znów przybiera na sile. Czyli ma bezustannie uwodzić własną żonę! Wciąż od nowa się do niej zalecać!

To mu zupełnie nie pasowało. Czuł, że powinien ją przeprosić, ale i to mu nie pasowało. Spojrzał na Sharon, która siedziała wtulona w kąt taksówki, i pomyślał, że pewnie ten moment zapamięta najlepiej z całego rejsu. Widział, że Sharon czuje się nieszczęśliwa i że oczekuje pociechy, ale nie było w nim dla niej współczucia. Zbytnio się od niego różniła, za bardzo była złożona. Nie chciało mu się do niej docierać, przebijać przez jej kolejne warstwy. Ważniejsze od niej było jego dawne życie. I w tym momencie postanowił, że wystąpi o unieważnienie ich małżeństwa.

Później zarzekał się, że wówczas nie myślał o niczym innym. Tylko o unieważnieniu.

♦ ♦ ♦

Po nocy, którą przespali odwróceni do siebie plecami, Walt obudził się bardziej przygnębiony niż zły. Współczuł sobie i wolałby być sam, ale ona mu nie pozwoliła.

— Walt — zaczęła pojednawczym tonem, czując, że dzieje się z nim coś niedobrego.

Potem poszła za nim na pokład i długo go nie odstępowała, choć on naprawdę chciał, by go zostawiła w spokoju. Czuł, jakby od czasów, kiedy mógł być sam, minęły już całe wieki.

— Nic — odburkiwał, gdy raz za razem pytała, co mu jest, a kiedy w końcu ujęła go za rękę, wyrwał ją z uścisku i odwrócił się do niej tak gwałtownie, jakby chciał się na nią rzucić. Dopiero przerażenie na jej twarzy uświadomiło mu, że znów zacisnął pięści.

Później widział, jak siedziała na leżaku i z oczami pełnymi łez rozmawiała z jedną ze starszych pasażerek. Chciał nawet

do niej podejść, ale akurat wtedy obie kobiety uniosły głowy i spojrzały w jego stronę, odgradzając go od siebie niewidzialnym murem.

Był to już ostatni dzień rejsu i późnym popołudniem mieli wpłynąć do portu w Miami. Na statku trwała wzmożona krzątanina, choć wielu pasażerów tak jak Walt stało na pokładzie, wypatrując lądu. Później do Walta dołączyła Sharon i stanęła obok niego przy barierce, trzymając torbę wielkości niedużej walizki. Wyglądało na to, że jest już gotowa do opuszczenia statku.

— Jak ty to wszystko widzisz? — odezwała się.

— Chcę po prostu wrócić do domu — odrzekł.

— Jest trudniej, niż myśleliśmy, prawda?

Spojrzał na nią, jej kształtny nos i ciemne, przymrużone oczy i pomyślał, że należy do tych kobiet, które ładnie się nie zestarzeją. Postanowił być brutalnie szczery.

— Sharon, po prostu popełniliśmy błąd.

To ją jednak chyba zaskoczyło.

— A ja mam być tą, która za ten błąd zapłaci? — spytała z goryczą.

— O czym ty mówisz? Po prostu oboje wrócimy do...

Przerwała mu potokiem cichych, pełnych jadu słów, które z kolei zaskoczyły jego. Widać było, że daje upust złości na mężczyzn w ogóle, a Walta w szczególności.

— Myślałam, że będziesz moim wybawcą, moim bohaterem. Nie mogę uwierzyć, że okazałeś się takim tchórzem.

— Nie jestem tchórzem — żachnął się. Ten wybuch jeszcze bardziej go utwierdził w przekonaniu, że nie należało się z nią wiązać.

— Zabiorę ci wszystko, co masz. Przez lata mi się nie wypłacisz.

Jej słowa nim wstrząsnęły i zrobił krok do tyłu.

— Ja po prostu tylko odchodzę.

— O nie! Nie odejdziesz!

Wyciągnęła ręce i choć próbował się wyrwać, z całej siły uczepiła się jego ramion. Co ona robi, przecież jest bez szans, pomyślał. Jej uścisk był jednak mocny i czuł pieczenie na skórze. Gwałtownie wyrzucił ramiona w górę i uwolnił się. Prychnęła i znów się na niego rzuciła. Nie mógł na to pozwolić. Znów poczuł wściekłość, i pchnął Sharon w pierś.

Krzyknęła, zatoczyła się do tyłu i przeleciała przez sięgający do pasa reling, a za nią pofrunęła torba, którą trzymała w ręku. Ale Sharon nie spadła. Uchwyciła się relingu i zawisła na jednej ręce. Walt skoczył w nadziei, że zdąży ją złapać, ale tylko dotknął jej dłoni. Sharon krzyknęła, jej palce się rozwarły i poleciała w dół.

Walt rozpaczliwie rozejrzał się wokół i zobaczył, że wszyscy się w niego wpatrują. Wprawdzie paru mężczyzn rzuciło się do relingu, ale większość nawet nie drgnęła i tylko ze zgrozą mu się przyglądała. A gdy zrobił krok w ich kierunku, wszyscy się cofnęli, jakby mieli przed sobą bestię.

♦ ♦ ♦

— Świadkowie mówią, że żona mogła się uratować. Że złapała się relingu, ale wtedy pan podbiegł i uderzył ją albo oderwał jej dłoń, i dopiero wtedy spadła — poinformował go zwalisty gliniarz w pomiętym brązowym ubraniu.

— Nie, to nieprawda — wykrzyknął Walt. — Chciałem ją ratować.

— A potem się pan rozmyślił? — zdziwił się policjant.

Walta aż zatkało, ale zanim zdążył zaprotestować, uzmysłowił sobie, że jest to jedno z tych wrednych pytań w rodzaju: Czy przestał pan już bić żonę? Walt popatrzył na szeroką,

szczerą, tak amerykańską twarz policjanta i doszedł do wniosku, że to pewnie tylko maska, za którą kryją się mroczniejsze myśli. W końcu był oficerem śledczym po cywilnemu, a nie zwykłym posterunkowym.

Siedzieli w niewielkim saloniku na piętrze pasażerskiego terminalu portowego. Z saloniku wychodziło się na niewielki balkon, z którego widać było zacumowany przy nabrzeżu ich statek wycieczkowy. Sharon wypadła w chwili, gdy byli już niedaleko brzegu i do czasu przybycia policji członkowie załogi zamknęli Walta w kabinie. Policjanci weszli na pokład i sprowadzili go na ląd, ale na razie postanowili zatrzymać go w porcie. Chcieli od razu spisać nazwiska i adresy wszystkich świadków i ich przesłuchać, zanim się rozjadą po kraju. W tym czasie śledczy chciał mieć Walta pod ręką, by w razie potrzeby móc dokonać konfrontacji. Był pewien, że ma do czynienia z przerażonym człowieczkiem, który w chwili zaćmienia zrobił coś strasznego, ale który lada chwila się załamie i zacznie szlochać. Spodziewał się, że uzyska przyznanie się do winy, zanim zdąży wyjść z saloniku.

— Nie zabiłem jej — powtórzył Walt.

Śledczy spojrzał na niego ze zdumieniem.

— Twierdzi pan, że to było samobójstwo?

— Nie. — Walt próbował spokojnie odpowiadać. — Twierdzę, że nie chciałem jej skrzywdzić i że jej mocno nie popchnąłem. — Wyciągnął rękę, jakby chciał zademonstrować tamto popchnięcie, ale śledczy nie wykazał zainteresowania.

— Wie pan, co to jest? — spytał, podając mu dokument.

Walta na chwilę zamurowało, bo już wiedział, do czego to wszystko zmierza..

— Polisa ubezpieczeniowa — odparł głucho.

— Pańskiej żony.

— Nas obojga. To był jej pomysł. Coś w rodzaju prezentu ślubnego. Powiedziała, że nie wnosi posagu, ale że dzięki temu wzrośnie jej wartość.

Walt spróbował się przy tym uśmiechnąć, podświadomie gniotąc papier. Policjant uważnie mu się przypatrywał.

— Ale pan to podpisał — zauważył.

— Tak.

— I polisa została wystawiona przez pańską firmę?

— Tak, ale...

— Ale wymyśliła to pańska żona?

Walt zamilkł i śledczy postanowił porzucić postać przyjaznego gliny. Widział teraz w przesłuchiwanym bijącego żonę łajdaka, który przyparty do muru zaczyna się wić. Uznał, że już swoje zrobił i że ktoś inny może to za niego skończyć. Wstał i bez słowa ruszył do wyjścia.

Walt chwycił jedno z drewnianych krzesełek, uniósł je jak piórko i grzmotnął nim policjanta w głowę. Śledczy skulił się i padł na kolana. Walt wiedział, że za chwilę drzwi się otworzą i w saloniku zaroi się od policji. Ruszył w przeciwną stronę i wybiegł na balkon. Kiedy usłyszał za plecami krzyki, przechylił się przez balustradę i skoczył.

♦ ♦ ♦

W oddziale swojego banku podjął całą zawartość z konta. Czekał na wypłatę pełen obaw, że do pomieszczenia banku może w każdej chwili wkroczyć policja. Potem starał się unikać wszelkich zamkniętych przestrzeni i z ogromną ulgą powitał nadejście nocy. Uznał, że podróż samolotem i wynajęcie samochodu będą zbyt ryzykowne i po paru godzinach wewnętrznych zmagań postanowił zrobić coś, czego nigdy

wcześniej nie robił: pojechać autostopem. Zdziwiło go, że ktoś w ogóle się zatrzymał, a jeszcze bardziej, że zrobiła to kobieta.

Prowadziła wielką ciężarówkę, była trochę za tęga, ale miała przemiły, choć nieco ochrypły głos. Gdy wsiadł do kabiny, przyjrzała mu się badawczo i przez kilkanaście mil prowadziła jedną ręką, trzymając lewą obok siedzenia, gdzie zapewne trzymała coś do obrony. Miała prawo mu nie ufać.

Jednak najwyraźniej doskwierała jej samotność i była gotowa zaryzykować w zamian za towarzystwo w podróży. Walt zdawkowo odpowiadał na jej pytania. Od chwili wejścia do jej kabiny aż się skręcał ze strachu. Nie bał się, że kobieta rozpozna w nim zbiega ściganego przez prawo. Obawiał się własnych reakcji.

Bo co będzie, jeśli mu się spodoba? Jeśli wdadzą się w przyjazną pogawędkę, a potem przypadną sobie do gustu? Wyobraźnia podpowiadała mu realną szansę na co najmniej jeden szczęśliwy, pełen miłości i uniesień weekend.

Tylko co będzie, jeśli go potem czymś zdenerwuje?

— Ale ja jej nie zabiłem!

— Co? — Sprawiała wrażenie raczej zaskoczonej niż wystraszonej, a on sobie uzmysłowił, że nieświadomie wymamrotał pod nosem prześladującą go myśl.

— Nic, przepraszam. Coś sobie przypomniałem... że o mało jej nie zgubiłem. Kurtki.

Lewa ręka kobiety znów zawisła przy siedzeniu. Za oknami była czarna noc i reflektory wydobywały z niej tylko niewielki, jasno rozświetlony kawałek autostrady. Siedzieli w kabinie umieszczonej wysoko nad drogą i patrząc w dół, Walt odniósł wrażenie, że balansują na krawędzi

wzniesienia. Podświadomie wyciągnął przed siebie rękę, żeby się przytrzymać i grzmotnął w deskę rozdzielczą z taką siłą, że aż zabrzęczała popielniczka.

♦ ♦ ♦

Wysiadł w Nowym Orleanie, który podał kobiecie jako cel podróży. Był w połowie drogi do domu, ale i tak nie miało to żadnego znaczenia, bo naprawdę nie miał już domu. Kupił gazetę wychodzącą w Miami i znalazł notatkę o tragicznie zakończonej podróży poślubnej. Czytał ją bez emocji, jakby nie dotyczyła jego. Reporter informował, że ciała Sharon dotąd nie odnaleziono i tylko ten jeden szczegół go zainteresował.

Czuł, że jego ubranie jest brudne i przepocone, wszedł więc do sklepu i kupił nową, kolorową koszulę. W kieszeni starej miał egzemplarz polisy ubezpieczeniowej, który pokazał mu gliniarz z Miami. Przełożył go do tylnej kieszeni spodni. Znalezienie się w wielkim mieście na tyle go ośmieliło, że wsiadł do autobusu i zapłacić za bilet gotówką. Wiedział, że nie ma czego szukać w Dallas, ale i tak postanowił pojechać do Teksasu. To ogromny stan, więc łatwo będzie się w nim zgubić.

Tyle że co mu z tego przyjdzie? Jeśli nawet uda mu się uniknąć odpowiedzialności za to, co zrobił, i zacząć od nowa, już nigdy nie będzie mógł wrócić do normalnego życia.

W autobusie usnął i zaczął śnić, jak ją morduje. Jego dłonie we śnie były tak ogromne, że w chwili gdy popychał Sharon, niemal całą ją przesłoniły. Widział, jak krzycząc ze strachu, leci w dół, uderza w wodę i wtedy wszystko cichnie. Ale jego wzrok przebijał toń i nadal za nią podążał. Patrzył, jak opada coraz niżej i stopniowo zrzuca z siebie ubranie.

Poruszała się przy tym z gracją, jak zawsze gdy znajdowała się w wodzie.

Obudził się ze wzdrygnięciem, jakby coś go wytrąciło ze snu, ale otaczała go tylko ciemność i smród własnego potu. Wyciągnął z kieszeni polisę, zapalił nad głową lampkę i przebiegł wzrokiem treść polisy. Znalazł swoje nazwisko, ale nie tego szukał. W następnym paragrafie było wymienione inne nazwisko, o którym nigdy wcześniej nie słyszał.

Polisa zadrżała mu w dłoniach. Może nie znał zbyt dobrze samego siebie, ale w tej chwili się przekonał, że Sharon nie znał wcale. A jeśli ona była zupełnie inna, niż myślał? Walt umiał czytać żargon prawniczy. Wytężając wzrok w bladym świetle lampki i wciąż jeszcze mając w pamięci niedawny sen, natrafił na klauzulę, z którą już się kiedyś zetknął: „W razie upadku moralnego ubezpieczonego...". Sformułowanie jak ulał pasowało do kogoś ściganego przez prawo. Czyżby Sharon była przebieglejsza niż myślał?

Wysiadł na następnym przystanku i przesiadł się do autobusu jadącego w innym kierunku.

♦ ♦ ♦

Walt obserwował ją przez szerokość ulicy małego miasteczka. Poczucie strachu już go opuściło i czuł, że znów wszystko nabiera sensu.

Znajdował się w sympatycznej, rolniczo-turystycznej miejscowości Fredericksburg, w górzystej części Teksasu. Tu miała rzekomo mieszkać druga beneficjentka polisy na życie Sharon — jej siostra Karen, o której istnieniu Walt nigdy wcześniej nie słyszał. Przeciwnie, Sharon skarżyła się, że jest na świecie sama jak palec. Przyglądał się, jak „Karen" wchodzi właśnie do staromodnego drugstore'u.

Była przeciętnie wyglądającą młodą kobietą, choć jej urodę trudno było ocenić, bo twarz przysłaniał kapelusz i wielkie okrągłe okulary przeciwsłoneczne. Ale nawet z tej odległości widać było kształtny, mały nosek.

Czekając, aż wyjdzie, Walt układał sobie w myślach zeznanie dla śledczego z policji w Miami. „Wiedziałem, że nie popchnąłem jej na tyle silnie, żeby miała wypaść za burtę. Zrobiła to celowo, by upozorować swoją śmierć. Pewnie jej torby też nie znaleziono, prawda? Ale ja już wiem, co w niej było: płetwy i kamizelka ratunkowa. Dzięki nim bez trudu dopłynęła do brzegu, możecie mi wierzyć. W rezultacie miała mnóstwo świadków swojej »śmierci«, a jednocześnie mogła odebrać odszkodowanie z polisy".

Dalszy ciąg stanowił odpowiedź na pytanie śledczego, który powie: „Chce pan powiedzieć, że wybrała sobie pana spośród wszystkich mężczyzn w Dallas? Że specjalnie pana zwabiła?".

— Czy nie dostrzega pan perfidii jej planu? — mruknął pod nosem. — To wcale nie musiałem być ja. To mógł być ktokolwiek. Ktokolwiek, kto by się nią zainteresował. Ktoś, kto dałby się nabrać na jej bezbronność. Może zresztą próbowała już z innymi, tylko nie udało jej się doprowadzić sprawy do końca. Mógł to być każdy, bo nie szukała kogoś bogatego, żeby mu się dobrać do majątku. Chodziło jej tylko o odszkodowanie z polisy, które firma ubezpieczeniowa wypłaci zmyślonej siostrze, a którą w rzeczywistości była ona sama.

Tym torem biegły myśli Walta. Był pewien, że nie kipiała w nim ukryta nienawiść do Sharon, która mogłaby go pchnąć do zabójstwa. Przeciwnie, pamiętał swoją opiekuńczość wobec niej z początków ich znajomości. I dopiero podczas

tego nieszczęsnego miesiąca miodowego świadomie doprowadziła go do granicy wytrzymałości. Ale znała go i wiedziała, że tej granicy nie przekroczy.

◆ ◆ ◆

Jego teoria zachwiała się nieco po rozmowie z kasjerką w drugstorze.

— Przepraszam. Zdawało mi się, że wychodziła stąd pewna moja dawna znajoma. Czy to może była Karen Miller?

W młodej kasjerce nie wzbudził nawet cienia podejrzenia.

— Tak, to ona.

— Poznałem ją w Dallas, podczas wizyty u jej siostry Sharon.

Strzał był w ciemno i tym razem dziewczyna nieco uważniej mu się przyjrzała.

— Nic nie wiem o żadnej siostrze — mruknęła. — Ale Karen mieszka tu już ładnych parę lat. Pamiętam, że jak jeszcze chodziłam do liceum, to uczyła u nas na zastępstwie.

Walt ruszył śladem nieznajomej. Kobiety, która chyba naprawdę nazywała się Karen Miller.

◆ ◆ ◆

Chodząc za nią przez resztę dnia, wieczorem dotarł do niedużego domku na peryferiach, w którym najwyraźniej mieszkała sama. Wyglądało, że prowadzi spokojne życie i ma skromne wymagania finansowe, mieszkaniowe i towarzyskie. Cały czas przyglądał się jej z oddali, bojąc się zbliżyć, by nie wzbudzić jej podejrzeń. Z daleka przypominała Sharon sylwetką i — na ile mógł to stwierdzić — także rysami twarzy. Miała natomiast inny chód. Bardzo chciałby zobaczyć jej nogi, bo to by ostatecznie przesądziło sprawę.

Gdy ktoś się do niej zwracał, tak jak Sharon bojaźliwie kuliła głowę w ramionach.

Walt znalazł w pobliżu pokoje gościnne i postanowił tam przenocować. W środku nocy obudził się i od nowa przemyślał swoją teorię.

♦ ♦ ♦

Pierwszą połowę dnia znów poświęcił na jej obserwację. Ranek spędziła w domu przy stole pod oknem na szyciu laleczek w regionalnych strojach. Pewnie dostarczała je do sklepów z pamiątkami przy głównej ulicy Fredericksburga. Co pewien czas przymykała oczy, wyciągała szyję i odchylała się do tyłu. Walt widział oczyma wyobraźni, jak stoi za nią i masuje jej ramiona. Potrzebowała kogoś takiego. Jej dom sprawiał wrażenie bardzo skromnie urządzonego. Okno było wprawdzie przesłonięte firanką, ale tak już spraną i poprzecieraną, że praktycznie przezroczystą. Ogródek przed domem był maleńki i mieścił tylko jedną rabatkę z kwiatami.

Potem jednak przypomniał sobie, z kim ma do czynienia, i przestał jej żałować. Znów wyobraził sobie swoje dłonie na jej karku, tylko że teraz robiły zupełnie co innego.

Potem „Karen" wyszła z domu i zaczęła chodzić po miasteczku. Wstąpiła do herbaciarni, gdzie zamówiła herbatę bez żadnych dodatków. Była pora lunchu, ale chyba nie było jej stać na jedzenie poza domem, bo ograniczyła się do samej herbaty. Jasne, pomyślał Walt, musi się przecież pokazywać. Ludzie muszą ją widzieć w mieście. Herbaciarnia była duża i miała w rogu stoisko z pamiątkami. Siedząc na drugim końcu dużej sali, Walt widział, jak znów gimnastykuje sobie kark, wyginając go na wszystkie strony. Zdjęła przy tym okulary, ale kapelusz wciąż przesłaniał jej pół

twarzy. Widać też było, że uważnie wsłuchuje się w gwar rozmów wokół. Jemu też zdarzały się takie lunche, kiedy traktował ludzi przy sąsiednich stolikach jak aktorów mających za zadanie go rozerwać i rozproszyć jego samotność. Ale zaraz się otrząsnął. Właśnie tak dał się złowić Sharon, która odegrała samotną kobietę wabiącą samotnego mężczyznę. Nagle podjął decyzję, przeszedł przez salę i usiadł przy stole młodej kobiety. Krzesełko było tak rachityczne, że niewiele brakowało, by się pod nim załamało. Kobieta aż podskoczyła.

Walt wyciągnął rękę nad stolikiem i zerwał jej z głowy kapelusz. Po karku rozsypały się tak dobrze mu znane, kasztanowe włosy.

I tylko niebieskie oczy, którymi wpatrywała się w niego przestraszona, były mu zupełnie obce. Sharon miała oczy brązowe.

— Przepraszam — bąknął. — Zdawało mi się, że...

Patrząc na jej twarz, coraz wyraźniej dostrzegał podobieństwo. Musiały być chyba siostrami, choć twarz tej kobiety była zdecydowanie młodsza i subtelniejsza niż jego żony. Jej dolna warga drżała, ale na szczęście kobieta nie krzyknęła.

— Jeszcze raz przepraszam — powtórzył. — Myślałem, że jest pani moją znajomą z... — Chciał powiedzieć „Miami", ale w ostatniej chwili się zreflektował. — ...Dallas. — Zamiast na tym poprzestać i wstać, sam nie wiedząc czemu mówił dalej. Pewnie skłonił go do tego wyraz jej oczu, które patrzyły z coraz mniejszym lękiem i z rosnącym zaciekawieniem. I pewnie tylko dlatego dodał. — Nazywała się Sharon Miller.

— To moja siostra — powiedziała i uśmiechnęła się.

— Czytałem o niej w gazecie. Moje kondolencje.

Przez jej twarz przemknął cień bólu.

— Dziękuję — kiwnęła głową.

Teraz nie mógł już po prostu wstać i odejść. Został przy jej stoliku, a gdy zjawiła się kelnerka, pomimo protestów zamówił lunch dla obojga i dopilnował, by zjadła zupę i połowę kanapek. Cały czas dyskretnie się w nią wpatrywał, doszukując się podobieństw z Sharon i coraz bardziej utwierdzając w przekonaniu, że Karen nią nie jest. Jego zmyślną teorię diabli wzięli i powrócił strach, ale pojawiło się też zupełnie nowe uczucie. Pod nieśmiałym uśmiechem Karen czuł targające nią sprzeczne uczucia, ale i ciche pogodzenie się z losem. Czuł, że ją rozumie.

Szybko zmyślił swą znajomość z Sharon, by móc ją popytać o ich przeszłość. Jako nastolatki zostały sierotami i przez następne lata Sharon była dla niej starszą siostrą i matką, choć różnica wieku wynosiła zaledwie trzy lata. Potem Sharon wyjechała do Dallas. Chciała, by Karen z nią pojechała, ale ta wolała zostać w Fredericksburgu.

— A czemu nie została pani etatową nauczycielką, zamiast brać dorywcze zastępstwa? — zapytał.

Karen spojrzała na niego ze zdziwieniem i Walt uświadomił sobie, że ani słowem nie wspomniała o pracy nauczycielki. Mimo to odpowiedziała.

— Bo nigdy... wie pan, nigdy nie umiałam się zdecydować, co tak naprawdę chcę w życiu robić.

O tak, znał to aż za dobrze.

— Ciągle się jeszcze waham... — zaczął, ale przerwał, bo ona zrobiła dokładnie to samo i oboje parsknęli śmiechem.

Zapłacił rachunek i wyszli z herbaciarni, potem ruszył razem z nią ulicą, a Karen nie zaprotestowała. Czuł jej bliskość obok siebie i wiedział, że i ona zerka na niego

ukradkiem. Policzki Karen nabrały rumieńców. Jej nie-śmiałość i brak pewności siebie nie budziły w nim chęci dominacji, jaką czuł wobec Sharon. Miał chęć wziąć ją za rękę i jak Jaś Małgosię poprowadzić przez ciemny las ku lepszemu światu.

Ale myśl o wzięciu jej za rękę przypomniała mu, czym już splamił swoje ręce, a także iż nie potrafi wyrwać się z matni. I gdyby nawet zdarzył się cud i mógł rozpocząć wspólne życie z Karen, ryzyko było zbyt duże. Jej nieżyjąca siostra wpoiła mu przeświadczenie, że tkwi w nim bestia, która nieoczekiwanie może się przebudzić i zacząć kąsać.

Gdyby tylko poznał Karen pierwszą.

Przechodnie ich pozdrawiali, uśmiechali się, niektórzy stawali, by złożyć kondolencje. Skręcili w pustą uliczkę i ruszyli w stronę domu Karen. Zwolniła kroku i Walt raz jeszcze jej się przyjrzał. Była smutna, ale nie przybita jak ktoś, kto dopiero co stracił ukochaną siostrę.

Dotarli do domu i skręcili w dróżkę prowadzącą do wejścia. Karen weszła na ganek, ale nie zrobiła żadnego zapraszającego gestu. Oparła się plecami o drzwi i spojrzała mu prosto w oczy.

— To ty, prawda? Ty byłeś mężem Sharon.

Nawet nie przyszło mu do głowy, żeby się wypierać. Od chwili gdy stało się jasne, że Karen to nie Sharon, jego życie i tak już było skończone. I nie miało większego znaczenia, czy złapie go policja, czy będzie musiał wciąż uciekać.

— Czy mogę ci wszystko wyjaśnić? Możemy to zrobić tutaj. Nie bój się, nie chcę cię skrzywdzić.

— Wiem — odparła ze smutkiem i tym go zaskoczyła. Popatrzył jej prosto w oczy i zorientował się, że ten smutek udziela się i jemu.

Opowiedział jej całą historię, podkreślając, że bardzo szybko doszedł do wniosku, iż popełnił błąd. Tak, to prawda, że wściekł się na Sharon, tylko że...

— Wiem, jaka potrafiła być — przerwała mu cicho. A więc dlatego tak na niego patrzyła. Spojrzał jej w oczy i dostrzegł w nich coś na kształt współczucia.

Wyłuszczył jej też swoją teorię. Że Sharon nie zginęła i że wymyśliła sobie siostrę po to, by ją umieścić w polisie ubezpieczeniowej jako drugą beneficjentkę. Wiadomo było, że jako sprawca jej śmierci nie będzie mógł skorzystać z przywileju pierwszego beneficjenta. Nie dodał już, że jego teoria legła teraz w gruzach.

— A potem pomyślałem, że może to nie siostra została zmyślona, tylko właśnie Sharon. Że może od dawna mieszkała tu jako Karen, a do Dallas pojechała jako Sharon jedynie po to, żeby poszukać... — Poszukać ofiary swojego perfidnego planu, dodał w myślach. Tak, to było możliwe. Karen żyła tu tak cicho i na uboczu, że mogłaby stąd znikać na całe dni czy nawet tygodnie i nikt by tego nie zauważył. Kiedy zerwał jej z głowy kapelusz, był pewien, że spojrzy w oczy Sharon. Tej, która wymyśliła sposób, jak skorzystać na własnej śmierci.

Zobaczył jednak inne oczy i od razu poczuł sympatię do Karen. Tym razem postanowił nie popełnić błędu. Czując gwałtowne bicie serca i przypływ nadziei, postanowił działać. Wziął Karen za rękę i zduszonym głosem powiedział:

— Karen, wyjedź ze mną. Tak strasznie żałuję tego, co się stało. Gdybym tylko mógł wszystko cofnąć, zrobiłbym to bez wahania. Wszystko, od pierwszej chwili znajomości z twoją siostrą. Gdybym jakimś cudem mógł poznać ciebie, a nie ją. Wiem, że to, co mówię, to szaleństwo, ale jeśli ty też tak czujesz...

Czuł, że tak jest, bo wskazywał na to wyraz jej oczu. Tyle że to naprawdę szaleństwo. Jak może ją prosić, by uciekła z mordercą własnej siostry? Jak może oczekiwać, że któreś z nich zapomni, kim jest?

Jednak oboje mieli tak mało do stracenia, że przez chwilę odniósł wrażenie, że to się może udać. Ale los chciał inaczej. Wpatrując się w smutne oczy Karen, usłyszał za plecami chrzęst opon. Odwrócił się i niemal z ulgą zobaczył podjeżdżający radiowóz policyjny.

Nie stawiał oporu i aresztowanie przebiegło szybko i sprawnie. Gdy jeden z policjantów sadzał go na tylnym siedzeniu radiowozu, Walt obrócił głowę i zawołał: „Przykro mi, przepraszam". Drugi z policjantów skończył rozmawiać z Karen i dołączył do partnera. Obaj stanęli obok radiowozu i wdali się w cichą pogawędkę. Karen bez oglądania się za siebie weszła do domu.

Jej też było przykro. Żal jej było Walta. Była jedyną osobą, która wiedziała, co musiał przejść. Od pierwszej chwili, gdy ruszył w jej kierunku przekonany, że jest kimś innym, wydawało się jej, że wie, co się dzieje w jego wnętrzu. I gdy ich oczy się spotkały, ona też poczuła dziwną więź.

Odłożyła kapelusz na krzesło, ale choć w domu panował popołudniowy mrok, a od dwóch sypialni na tyłach domu ciągnął dziwny chłód, nie zapaliła światła. Stała nieruchomo, czując ten chłód. Po chwili na jej ramionach spoczęły czyjeś dłonie.

— Prawie mu się udało — powiedziała Sharon. — Ale nie do końca.

Trzymając siostrę za ramiona, przysunęła głowę i swawolnie polizała ją w ucho.

Karen nie odrywała wzroku od pustej ulicy, z której już odjechał policyjny radiowóz. W sercu też czuła pustkę.

PUŁAPKA

HARLAN COBEN

Entrapped © 1997 by Harlan Coben

— Chciałam zgłosić zaginięcie męża — oświadczyłam.
Odczekałam na reakcje sierżanta Hardinga, ale wydawał
się całkowicie pochłonięty widokiem na pół zjedzonego
croissanta, który trzymał w prawej dłoni.

Moim zdaniem miał około pięćdziesiątki i był ubrany
w garnitur, wyglądał, jakby przeleżał w koszu z brudami od
czasów Watergate. Zresztą to samo można było powiedzieć
o nim samym.

Z westchnieniem odłożył croissanta i wziął do ręki długopis. Uśmiechnął się przy tym, ukazując zęby w kolorze
nadgniłej cytryny.

— No więc tak! — zagaił.

Ze wszystkich sił starałam się nie zemdleć.

— Czyli od jak dawna nie ma pani męża, pani...?

— Kimball — przedstawiłam się. — Nazywam się Jennifer Kimball. Mój mąż ma na imię Edward i nie ma go od
dwóch dni.

Zapisał wszystko, prawie nie patrząc na notatnik.

— Adres?

— Markham Lane trzy.

— Markham Lane? — powtórzył. — Czy to nie tam, gdzie ostatnio pobudowali takie wielkie rezydencje?

Kiwnęłam głową, poprawiłam na ręce złotą bransoletkę — prezent od Edwarda — i założyłam nogę na nogę. Wzrok mu się rozjarzył i rozpełznął po moim ciele jak robale.

— Przenieśliśmy się z mężem do New Jersey dopiero tydzień temu — wyjaśniłam. — Z Arizony, z okolic Phoenix.

Spojrzał na mnie ze zdziwieniem.

— Pochodzisz z tych stron, słoneczko?

Poza „dziecinką" i „cukiereczkiem" niewiele jest słówek, które mnie bardziej irytują od adresowanego do mnie „słoneczka". Szczególnie gdy pada z ust takiego charyzmatycznego samca, szczycącego się jakże rzadką kombinacją wytwornego gustu i dbałości o uzębienie.

— Dlaczego, na litość boską, miałoby to pana obchodzić...?

— Niech pani pamięta, pani Kimball, że jestem po pani stronie. — Powiedział to tym protekcjonalnym tonem, jakiego mężczyźni czasem wobec mnie używają. — Też chciałbym się dowiedzieć, co się stało. Ale proszę się postawić na moim miejscu. Przenosi się tu pani z Phoenix i parę dni później znika pani mąż. Muszę wziąć pod uwagę i taką ewentualność, że doszło między wami do sprzeczki małżeńskiej albo że...

— Nie było żadnej sprzeczki — przerwałam mu. — Mój mąż zaginął. Nie ma też jego samochodu.

— Co to za samochód?

— Niebieski mercedes pięćsetka z dziewięćdziesiątego siódmego roku — odrzekłam. — Bordowe wnętrze. Nowiutki.

Gwizdnął z uznaniem.

— Pięćsetka, tak? Rejestracja z Jersey czy z Arizony?

— New Jersey. AYB siedemset osiemdziesiąt trzy.

Zapisał.

— Czym zajmuje się mąż, pani Kimball?

— Handlem międzynarodowym — odparłam enigmatycznie. — Ale jeszcze nie zdążył tu uruchomić biura.

— Ma w tych stronach jakichś przyjaciół albo rodzinę?

— Nikogo.

— Ma pani może jego fotografię?

Pogrzebałam w torebce i wyciągnęłam nieduże zdjęcie Edwarda.

— Wygląda sympatycznie — zauważył Harding.

Pominęłam jego uwagę milczeniem.

— Od jak dawna jesteście małżeństwem?

— Od sześciu miesięcy.

Zadzwonił jego telefon.

— Harding — powiedział. — Co? O, to dobrze. Świetnie. — Odłożył słuchawkę i podniósł się z miejsca. — No, cóż, proszę pani. Rozejrzymy się i zobaczymy, co się da zrobić.

Co znaczyło, że zostałam odprawiona.

♦ ♦ ♦

Przyznaję, że mam dość duże wymagania. Podajcie mnie za to do sądu, jeśli chcecie.

Mój samochód, moje słodkie pieścidełko, to jaguar. To potężna, seksowna bestia. Edward chciał, żebym też kupiła merca — mówił, że to solidniejsza firma — ale nie dałam się przekonać.

Okrążyłam nasze rondo przed domem i zaparkowałam przed wejściem. Wysiadłam, ale gdy wetknęłam klucz w zamek, okazało się, że drzwi są niezamknięte.

Dziwne.

Otworzyłam je, ale gdybym starała się to zrobić dyskretnie, poniosłabym sromotną klęskę, bo wydały z siebie tak przeraźliwy pisk, jak nadepnięta psia zabawka. Wkroczyłam do środka, głośno stukając obcasami o marmurową posadzkę, i rozejrzałam się wokół, ale niczego ciekawego nie zobaczyłem. Dosłownie niczego, bo na razie przewieziono nam dopiero trochę rzeczy i ogromny hol był prawie pusty.

A potem usłyszałam kroki zbliżające się od strony pokoju.

Dreszcz przebiegł mi po plecach i zrobiłam krok do tyłu, gotowa rzucić się do ucieczki.

— Jen? To ty?

Energicznym krokiem wszedł do holu i na mój widok twarz mu się rozpromieniła.

— Hej, kochanie. Gdzieś ty się podziewała?

Miał około metr osiemdziesiąt wzrostu, bardzo ciemne włosy i dość przeciętny wygląd. Ani specjalnie odpychający, ani nadmiernie pociągający. I był kimś całkowicie mi obcym. Nigdy w życiu nie widziałam tego człowieka.

Rozsądna kobieta powinna rzucić się do ucieczki, ale uciekanie nigdy nie było w moim stylu.

— Kim pan jest? — warknęłam.

Spojrzał na mnie zdumiony.

— Żartujesz sobie?

— Za dwie sekundy zacznę wrzeszczeć — ostrzegłam go. — Kim pan jest?

— Jen, dobrze się czujesz?

— Kim pan jest?

Wyraz zdumienia na jego twarzy ustąpił miejsca niepewnemu uśmiechowi.

— No, więc dobrze, Jen, porozmawiajmy.

— O czym?

— Dlaczego wciąż jesteś wściekła? Myślałem, że już wszystko sobie wyjaśniliśmy.

— Dzwonię na policję.

Patrzył, jak podchodzę do telefonu, ale nic nie zrobił, by mnie powstrzymać.

— Ty mówisz poważnie.

— Oczywiście, że mówię poważnie. Kim pan jest?

Spojrzał na mnie z wyraźną troską.

— Jen, myślę, że będzie lepiej, jak usiądziesz.

Czy powinnam stąd wiać? Diabła tam! Zadzwonię do sierżanta Hardinga i zobaczymy, co wtedy ten facet zrobi. Podniosłam słuchawkę, ani na chwilę nie spuszczając go z oczu. Patrzył na mnie wciąż z tą samą mieszaniną niepewności i troski na twarzy. Zaczęłam wybierać numer, spojrzałam na stolik pod telefonem i aż mną zatrzęsło.

— Coś się stało, kochanie?

Prawie go nie słyszałam. Wyciągnęłam rękę i chwyciłam srebrny breloczek z kluczami. Breloczek Edwarda.

— Jen, przecież to tylko moje klucze — powiedział intruz.

Obróciłam się do niego.

— Skąd je masz?

— Daj już wreszcie spokój, dobrze? Przestań udawać, że nie poznajesz własnego męża.

Mojego męża?

Rzuciłam klucze i wybiegłam z domu — tyle jest warte moje zarzekanie się, że nigdy nie uciekam. Intruz podążył za mną, wołając za mną łagodnym, proszącym tonem. Skręciłam w lewo i ruszyłam w stronę garażu. Zajrzałam do środka i poczułam, jak w moim mózgu coś się niebezpiecznie napręża.

Wewnątrz stał niebieski mercedes 500, model z 1997 roku. Nowiutki. Rzuciłam okiem na tablicę rejestracyjną. New Jersey AYB 783.

Mężczyzna stanął za mną.

— Przecież to tylko mój samochód.

Odwróciłam się do niego twarzą.

— Nie wiem, kim pan jest i co pan kombinuje...

— Kombinuje? O czym ty, do diabła, mówisz?

— Skąd pan ma jego samochód?

— Jakiego jego?

— Edwarda!

— Jen, proszę cię, przestań. Zaczynasz mnie przerażać.

— Dzwonię na policję!

Potrząsnął głową w sposób, który miał oznaczać rezygnację.

— Proszę, dzwoń. Może od nich się dowiem, co to za kosmici pomieszali mojej żonie w głowie.

Ruszyłam w stronę domu, mężczyzna szedł parę kroków za mną. Zerkałam co chwilę za siebie, zastanawiając się, kiedy się na mnie rzuci, i szykując się na odparcie ataku. Ale nic takiego się nie wydarzyło. Byłam pewna, że nie pozwoli mi zadzwonić. Przecież z chwilą, gdy włączy się w to policja, jego maskarada się skończy i będzie po wszystkim.

Sięgnęłam po słuchawkę i poczułam, że ręka trzęsie mi się tak, jakbym trzymała wiertarkę udarową. Mężczyzna ruszył w moją stronę, ale gdy odskoczyłam, ku memu zdziwieniu uniósł ręce w geście poddania się i zawrócił.

— Cokolwiek zrobiłem złego, z góry przepraszam. Uwierz mi, Jen.

Po drugiej stronie ktoś podniósł słuchawkę.

— Policja Livingston — powiedział głos.

— Z sierżantem Hardingiem, proszę. Mówi Jennifer Kimball.

— Chwileczkę. — W słuchawce usłyszałam sygnał dzwonienia i po chwili rozległ się głos: — Harding.

— Panie sierżancie, tu Jennifer Kimball.

— Witam panią, pani Kimball. Odnalazła pani męża?

Poczułam się trochę jak skarżypyta, która idzie do nauczycielki na skargę i oczekuje, że włączenie w sprawę dorosłego da popalić łobuzowi, który ją zaczepił. Ale oszust udający Edwarda nawet nie drgnął. Stał bez ruchu jak kamienny posąg Rodina.

— Nie — powiedziałam wolno. — Ale do domu włamał się jakiś obcy mężczyzna.

— I wciąż tam jest?

— Stoi dwa kroki ode mnie. I podaje się za Edwarda.

— Pani męża? Nic nie rozumiem.

— Ani ja, panie sierżancie. Ma jego klucze, jego samochód i upiera się, że jest moim mężem.

Zapadła cisza.

— I co on teraz robi?

— Robi?

— Próbuje uciekać?

— Nie.

Zdawałam sobie sprawę, że dla Hardinga musi to brzmieć strasznie dziwacznie i że nie powinnam być tym zaskoczona. Ale w niczym mi to nie pomogło.

— Pani Kimball, czy mogłaby pani oddać mu słuchawkę?

— Jeśli pan sobie życzy.

Podałam słuchawkę intruzowi.

— Chce z panem rozmawiać.

— Świetnie — odparł, przejmując telefon. — Dobra, dość tych wygłupów — rzucił do słuchawki. — Kto mówi?

Ledwo docierał do mnie szmer głosu Hardinga w słuchawce, za to słowa intruza słyszałam głośno i wyraźnie.

— Co za policja? Słuchaj, już za daleko się posuwacie z tymi żartami. — Pauza. — Dobrze, zostawię na oczekiwaniu. — Nacisnął przycisk i przełączył się na drugą linię. — Co pan robi? — spytałam.

Twarz intruza miała kamienny wyraz.

— Ten twój wspólnik w telefonie twierdzi — powiedział, nie przestając naciskać klawisze — że jest sierżantem policji z komisariatu w Livingston. Więc dzwonię do nich, żeby raz na zawsze skończyć z tą maskaradą.

To mnie zdumiało. Jak daleko ma zamiar się jeszcze posunąć?

W milczeniu czekał na zgłoszenie się dyżurnego.

— Chciałbym rozmawiać z sierżantem Hardingiem — powiedział i odczekawszy chwilę rzucił: — Co? To znaczy, że pan naprawdę jest policjantem? O mój Boże. Bardzo przepraszam, panie sierżancie, ale coś bardzo dziwnego... Tak, oczywiście, nazywam się Edward Kimball. Nie, nie rozumiem, o co w tym wszystkim chodzi. Żona wyszła z domu rano i... Powiedziała, że ja co? — Odwrócił się i obrzucił mnie szczerze zatroskanym wzrokiem. Odwzajemniłam się spojrzeniem równie szczerze nasączonym jadem. — Panie sierżancie, nie wiem, co się tutaj dzieje... Tak, troszkę się poprztykaliśmy, ale... Świetnie, to dobry pomysł. Jen, sierżant chce z tobą rozmawiać. — Podał mi słuchawkę.

— Tak, panie sierżancie?

— Zaraz tam będę — oznajmił Harding. — Chce pani do mojego przyjazdu zostać na linii połączona z innym funkcjonariuszem?

— Przełączę na głośnomówiący — odparłam, nacisnęłam przycisk i odłożyłam słuchawkę. — Tylko proszę się pospieszyć.

— Już jadę.

— Będzie tu za parę minut — powiedział mężczyzna. — Jen, spróbuj przez ten czas troszkę się uspokoić.

— Niech pan da już spokój. I niech pan przestanie tak do mnie mówić.

— To znaczy jak?

— Jen. Edward mnie tak nazywa.

— Kochanie, posłuchaj. Wiem, ile nerwów kosztowała cię ta przeprowadzka, ale...

Coś tam jeszcze mówił, ale przestałam go słuchać, bo nagle wpadła mi do głowy genialna myśl. Jak wspomniałam, większość naszych rzeczy nie przyjechała jeszcze z Arizony, ale co nieco już tak — w tym pudło z osobistymi drobiazgami Edwarda. A jednym z nich — czymś, co od razu wypakował i postawił na nocnym stoliku obok łóżka — było nasze zdjęcie ślubne.

Zdjęcie, które będzie stanowić oczywisty dowód na to, że ten człowiek jest oszustem podszywającym się pod mojego męża. Koniec sprawy, drań powędruje za kratki za włamanie i naruszenie prywatności, a może za coś jeszcze znacznie gorszego.

— Jen?

Starałam się nawet uśmiechnąć.

— Idę na chwilę na górę, hm... kochanie.

Podjąć jego grę i dotrwać do końca — oto moja nowa taktyka.

— Dobrze. — Kiwnął głową. — Przy okazji ochlap sobie trochę buzię. Może ci to pomoże odzyskać równowagę.

— Ochlapię — zgodziłam się.

♦ ♦ ♦

Poszłam na górę, a nogi mi się plątały jak spaghetti. Przecież ten facet nie może chyba naprawdę liczyć na to, że

376

zajmie miejsce Edwarda. To pewnie jakiś wariat, zbieg z zakładu dla chorych psychicznie...

O Boże, a może o to właśnie chodzi? Może on naprawdę wierzy, że jest Edwardem. Może ukradł mu portfel i pod wpływem jakiegoś krótkiego spięcia w mózgu doszedł do wniosku, że jest moim mężem.

Zachowaj spokój, upomniałam się. Nie zdenerwuj go. Jeśli naprawdę jest walnięty, to nie można przewidzieć, jak się zachowa, jeśli będę uporczywie mu się sprzeciwiać. Niedługo przyjedzie tu sierżant Harding, więc zachowaj spokój.

— Jen, dobrze się czujesz?

Na dźwięk jego głosu aż podskoczyłam.

— Dużo lepiej! — odkrzyknęłam prawie radośnie, jak June Cleaver* na tabletkach rozweselających. — Zaraz wracam.

Podbiegłam na palcach do nocnego stolika przy łóżku Edwarda i poczułam ogromną ulgę na widok dobrze mi znanej srebrnej ramki. Wzięłam ją do ręki, spojrzałam na nasze zdjęcie ślubne i serce podeszło mi do gardła. Zamknęłam oczy, znów je otworzyłam, ale nic się nie zmieniło.

Fotografia przedstawiała mnie w białej koronkowej sukni, w której wyglądałam jak marzenie każdego pana młodego. Obok z opaloną, uśmiechniętą twarzą stał w czarnym smokingu z białą muszką i szerokim pasem na brzuchu intruz z dołu.

— Jen?

Upuściłam zdjęcie i usłyszałam brzęk tłukącego się szkła. Stał oparty o framugę drzwi sypialni z rękami złożonymi na piersiach i wyglądał jak ucieleśnienie spokoju.

---

* June Cleaver — fikcyjna postać z serialu telewizyjnego *Leave It to Beaver* — wiecznie pogodna i zadowolona z życia gospodyni domowa.

— Nie zbliżaj się — syknęłam.

— Nie denerwuj się, Jen. Jest już sierżant Harding.

Harding wyłonił się zza rogu jak zaanonsowany gość telewizyjnego talk-show.

— Witam, pani Kimball — powiedział, rozkładając ramiona. — To na czym polega problem?

— Ten człowiek podaje się za Edwarda — prychnęłam.

— Och, przestań już wreszcie — obruszył się mężczyzna. — Naprawdę przesadzasz.

— Gdzie pan spędził ostatnie dwie godziny? — zapytał Harding.

— Tu, w domu. Przepraszam za to, że podniosłem głos. Jen i ja byliśmy w trakcie rozpakowywania się. Dopiero co przeprowadziliśmy się tu z Arizony. Sierżancie, jest mi naprawdę bardzo przykro z powodu tego zamieszania. Mieliśmy rano niewielką scysję, ale myślałem, że jest już po wszystkim. Proszę — podszedł i podniósł ramkę z potłuczoną szybką — to jest nasze zdjęcie ślubne.

Harding przyjrzał się uważnie fotografii.

— Czy to jest pani zdjęcie ślubne, pani Kimball? — spytał.

— Musiał je jakoś zmajstrować — odparłam, kręcąc głową. — Jakiś trik fotograficzny czy coś w tym rodzaju. Jest mniej więcej tego samego wzrostu co Edward, ale poza tym są do siebie zupełnie niepodobni.

Fałszywy Edward zrobił krok do przodu.

— Jen, musisz spojrzeć prawdzie w oczy — odezwał się pojednawczym tonem. — Czy te wszystkie dokumenty też zmajstrowałem? — Podał Hardingowi portfel od Fendiego. Portfel od Fendiego należący do Edwarda! Dostał go ode mnie na urodziny. W środku znajdowały się trzy dokumenty ze zdjęciami. Wszystkie były wystawione na Edwarda Elai-

ne'a Kimballa i na wszystkich trzech widniała fotografia intruza.

Harding dokładnie je obejrzał, potem uniósł głowę i spojrzał na mnie.

— Są fałszywe — zapewniłam go. — Wszystkie trzy.

Harding pokiwał głową ze zrozumieniem, ale widać było, że nie traktuje mnie poważnie.

— Panie Kimball, pozwoli pan, że porozmawiam z żoną na osobności? — Czyli innymi słowy: Już ja tę pańską rozhisteryzowaną żonusię ustawię do pionu. To należy do moich obowiązków.

— On nie jest żadnym panem Kimballem — powiedziałam podniesionym głosem, cedząc słowa — a ja nie jestem jego żoną.

Harding zignorował moje słowa, nie spuszczając wzroku z „Edwarda", który kiwnął przyzwalająco głową i wyszedł z sypialni. Harding zamknął za nim drzwi, głęboko westchnął i potarł twarz.

— Zdaje sobie pani sprawę, pani Kimball, jak to wszystko wygląda, prawda?

— Jakbym się sama wpraszała do czubków — odparłam ponuro. — Ale tak nie jest. To nie jest Edward. W portfelu ma fałszywe dokumenty i coś zrobił z naszym zdjęciem ślubnym. To on musi być szaleńcem. To on... — Przerwałam, bo Harding trzymał coś w wyciągniętej ku mnie ręce. Rzeczywistość — coś, co zawsze stanowiło dla mnie niewzruszony punkt odniesienia — została wyraźnie zaburzona. — No nie...

— To jest fotografia męża, którą wręczyła mi pani nie dalej jak godzinę temu. Proszę spojrzeć...

Potrząsnęłam głową.

— Proszę spojrzeć, pani Kimball.

Spojrzałam. Na zdjęciu była twarz oszusta.

Zakręciło mi się w głowie i zrobiło mi się słabo, choć jeszcze nigdy w życiu nie zemdlałam. To niemożliwe, to po prostu niemożliwe...

— Istnieją dwa wyjaśnienia tego, co się tutaj dzieje — mówił dalej Harding. — Pierwsze jest takie, że jest pani chora, pani Kimball. Drugie, że jest pani rozkapryszoną histeryczką, która za wszelką cenę chce zwrócić na siebie uwagę. I proszę przyjąć do wiadomości, droga pani, że nie podoba mi się wciąganie policji do pani prywatnej opery mydlanej. — Z nieukrywanym obrzydzeniem cisnął ramkę ze zdjęciem na łóżko. — Proszę się zwrócić o pomoc do lekarzy, pani Kimball. Ja nie mam na to czasu.

Wymaszerował z sypialni, a ja stałam jak skamieniała. Gdzieś z oddali dobiegło mnie trzaśnięcie drzwi i męski głos.

— Jen? Wszystko w porządku, kochanie?

Wirowanie w głowie nie ustawało i wreszcie udało mi się zemdleć.

◆ ◆ ◆

Zawsze dużo śniłam. Od najmłodszych lat uczestniczyłam w przeróżnych nocnych awanturach, które nie znikały, gdy już się przebudziłam. Zawsze wszystko pamiętałam, co zresztą wcale nie było takie dobre. Nie twierdzę, że mam zdolności prorocze, i nie wierzę, że w snach widzimy swoją przyszłość, ale... Cóż, pozwólcie, że opowiem, co widziałam.

Stałam w jakimś zaułku, oglądając wszystko z daleka i czując się jak Jimmy Stewart w *Oknie na podwórze*. Wiedziałam, że nie będę mogła niczemu zapobiec, choćby mi groziło coś strasznego. Czułam otaczający mnie zewsząd smród gnijących śmieci. Wszędzie leżały kawałki gruzu, poprzewracane pojemniki ze śmieciami i kawałki szkła,

zupełnie jak ranni na polu bitwy. W głębi zaułka świeciła się żarówka, jedyne źródło światła w całej uliczce. Ruszyłam przed siebie.

Z daleka zobaczyłam mercedesa Edwarda. Zrobiłam jeszcze jeden krok i nagle ujrzałam dużo więcej. O kierownicę opierała się głowa Edwarda, a w każdym razie to, co z niej zostało. Ramiona miał zbroczone krwią, która spłynęła po desce rozdzielczej i utworzyła upiorną kałużę przy jego stopach.

A potem zobaczyłam, że w samochodzie jest ktoś jeszcze. Tylko kto? Wytężyłam wzrok i bez trudu go poznałam. I nawet mnie to specjalnie nie zdziwiło. To był ten oszust udający Edwarda. Na moich oczach sięgnął do kieszeni eleganckiego angielskiego garnituru Edwarda i wyciągnął z niego portfel. Wyjął pieniądze, przejrzał dokumenty, potem uniósł głowę i spojrzał prosto na mnie. Patrzył mi w oczy i uśmiechał się.

Usiadłam na łóżku, ciężko dysząc. Skórę miałam mokrą od potu.

— Lepiej się czujesz?

Intruz stał w otwartych drzwiach i przyglądał mi się z takim samym obleśnym uśmieszkiem, jak we śnie.

Zwlokłam się z łóżka i zrobiłam parę kroków w jego stronę.

— Proszę — zaczęłam, zła na siebie, że muszę go o cokolwiek prosić. — Powiedz, czego chcesz. Zrobię wszystko. Niech to się już wreszcie skończy...

Ruszył ku mnie, ale kiedy się cofnęłam, westchnął tylko i pokręcił głową.

— Muszę popracować — powiedział z rezygnacją w głosie. — Będę na dole w gabinecie.

I wtedy mnie olśniło. Już wiedziałam, jak mogę udowodnić, że ten człowiek jest oszustem. Ciotka Edwarda.

Rose Kimball jest jedyną żyjącą krewną Edwarda. Stara jędza ma dobrze po siedemdziesiątce i mieszka w Bostonie, ale byłam pewna, że w sekundę pozna, że ten facet nie jest jej bratankiem. Szczerze mówiąc, Rose i ja nie przypadłyśmy sobie szczególnie do gustu, a nazywając rzeczy po imieniu, babsztyl szczerze mnie nienawidził. Jak wiele innych osób utożsamiała urodę z polowaniem na majątek i od pierwszej chwili była moim wrogiem.

Ale teraz mogła stać się moim wybawieniem. Znała Edwarda lepiej niż ktokolwiek i po głosie pozna, że ten człowiek jest samozwańcem. Sięgnęłam po telefon i szybko wybrałam jej numer. Po czterech dzwonkach usłyszałam krótkie „Halo".

— Witaj, Rose.

— Witaj, Jennifer. — Mogłaby używać swojego głosu do mrożenia bitej śmietany na weselnym torcie. — Czym ci mogę służyć?

Ale tym razem jej odpychający ton wcale mnie nie zraził. Ważne było to, że bez trudu poznała mnie po głosie.

— Ktoś chce z tobą porozmawiać — rzuciłam do słuchawki, po czym zakryłam ją dłonią i zawołałam. — Edward! Twoja ciotka na linii.

Oszust podniósł słuchawkę na dole.

— Rose? To ty?

Łajdak znał nawet jej imię.

— Och, Edward, jak się cieszę, że dzwonisz.

Jakby piorun strzelił we mnie i całą wypełniającą mnie nadzieję.

— To nie Edward! — wrzasnęłam.

— Co ty pleciesz? — obruszyła się Rose.

— Nie zwracaj na nią uwagi, ciociu — powiedział oszust obrzydliwie opanowanym głosem. — Ostatnio Jen jest trochę nieswoja.

— Wcale nie jestem nieswoja! A ty wcale nie jesteś Edwardem! Powiedz mu to, Rose! Powiedz mu, że wiesz, że jest oszustem!

— Ani mi to w głowie — burknęła Rose. — Ostrzegałam cię przed nią, pamiętasz?

— Dojdzie do siebie, ciociu. Myślę, że to wszystko przez tę przeprowadzkę. A jak ty się czujesz?

Parę minut serdecznie sobie pogawędzili, potem równie serdecznie się pożegnali. Przez cały czas siedziałam ze słuchawką przy uchu i rozdziawionymi szeroko ustami. Głos oszusta nie był nawet trochę podobny do głosu Edwarda.

Czułam się tak, jakby moja głowa miała się za chwilę rozpaść. Wszystko to było bez sensu. Przed telefonem do Rose mogłam sobie jeszcze wyobrazić, jak uknuto cały spisek. Było to możliwe, choć mało racjonalne, bo ten mój sen podsunął mi ewentualne wyjaśnienie wszystkich dziwacznych wydarzeń z ostatnich godzin. Oszust po prostu pozbył się ciała Edwarda z samochodu i zajął jego miejsce. W jakiś sposób udało mu się spreparować fotografię ślubną, a może nawet przekupić Hardinga, który podmienił zdjęcia na dokumentach. Jak wspomniałam, nie brzmiało to zbyt racjonalnie, ale przynajmniej zawierało w sobie cień prawdopodobieństwa.

Jednak ta rozmowa z Rose wszystko ostatecznie rozwiała. Stara nigdy nie zgodziłaby się na udział w takiej intrydze. Nie można jej było przekupić (starucha miała więcej forsy niż sam Pan Bóg) i co ważniejsze, bezgranicznie kochała Edwarda. Nic nie skłoniłoby jej do udziału w takiej mistyfikacji, absolutnie nic i nikt, no, chyba że...

Ale nie, to zupełnie niemożliwe. Niemożliwe, irracjonalne i wręcz bzdurne. Lepiej w ogóle się nad tym nie zastanawiać... a skoro tak, to zostawała już tylko jedna, ostatnia

ewentualność. Ewentualność, która zdawała się coraz wyraźniej wskazywać na mnie swoim kościstym palcem. Może rzeczywiście postradałam zmysły.

Może przeżywam jakieś załamanie nerwowe. Nie da się podejść do czegoś takiego w pełni obiektywnie, ale tylko ktoś całkowicie pozbawiony wyobraźni nie zacząłby w tych okolicznościach zastanawiać się nad własnym zdrowiem psychicznym.

— Edward? — zawołałam słodziutko niczym Donna Reed* na sacharynie.

— Tak, kochanie?

— Wezmę teraz długą, gorącą kąpiel. Będziemy potem mogli porozmawiać?

— Z przyjemnością, kochanie. Nic się nie martw. Wszystko będzie dobrze. Zaopiekuję się tobą, kochanie.

O tak, już to widzę. W łazience puściłam wodę, ale nie miałam zamiaru wchodzić do wanny. Zeszłam na palcach na dół, przemknęłam po cichu obok gabinetu i wyszłam z domu. Chwilę później byłam już w garażu i wpatrywałam się w samochód Edwarda. Sama nie bardzo wiem, czego szukałam — może śladów krwi. W każdym razie czegoś, co by mi podsunęło jakieś logiczne rozwiązanie. Ale nic takiego nie znalazłam. Przedni fotel lśnił czystością, jak zawsze w samochodzie Edwarda. I tylko jeden szczegół się nie zgadzał.

Wnętrze było innego koloru.

Tapicerka samochodu Edwarda została zrobiona na specjalne zamówienie w kolorze bordo. Ten samochód — samochód oszusta — miał wnętrze popielate.

---

* Donna Reed (1926—1981), aktorka filmowa i telewizyjna (m.in. *Stąd do wieczności, Dallas*) znana z przesłodzonych ról.

Omal nie krzyknęłam z radości. To nie jest samochód Edwarda, ja nie zwariowałam, a człowiek w moim domu nie jest Edwardem. Poczułam ulgę, ale równocześnie część mojej świadomości aż zdrętwiała z przerażenia. Poczułam taki sam strach jak wtedy, gdy Rose upierała się, że naprawdę rozmawia ze swoim bratankiem. Bo istniał tylko jeden sposób na namówienie Rose do uczestnictwa w tym kłamstwie. Musiałby to zrobić sam Edward.

W końcu to z siebie wydusiłam, choć oczywiście wiedziałam, że to niemożliwe. Już prędzej byłam skłonna uwierzyć w to, że Rose dała się przekupić, niż że maczał w tym palce Edward. Ale im więcej o tym myślałam, tym bardziej mnie to dręczyło. Bo jak się odrzuci wszystko to, co niemożliwe, to co zostaje?

Po cichu otworzyłam drzwi jaguara i wślizgnęłam się do środka. Ruszając spod domu, zerknęłam w lusterko wsteczne i zobaczyłam siedzącego w gabinecie oszusta, który patrzył na mnie przez okno, jednocześnie rozmawiając przez telefon.

◆ ◆ ◆

Odnalezienie zaułka zajęło mi aż pół godziny, ale głównie dlatego, że chciałam mieć pewność, że nikt za mną nie jedzie. Gdy do niego dotarłam, wszystko było dokładnie tak, jak we śnie. Mrok, pojedyncza goła żarówka i smród, który nawet hienę przyprawiłby o mdłości.

Wstrzymując oddech, podbiegłam do kontenera na śmieci. Moi znajomi mieliby niezły ubaw, widząc, jak Jennifer Kimball łazi na czworakach po zaśmieconym zaułku i opędzając się od much, próbuje zajrzeć pod kontener ze śmieciami. Tyle że nie wiedzieli, co Jennifer Kimball przeszła ostatnio. Ale koniec z tym. Już nigdy więcej.

Tak długo grzebałam po omacku, aż w końcu natrafiłam

dłonią na coś metalowego i wyciągnęłam to spod kontenera. Rewolwer, a ściśle mówiąc smitha & wessona, kalibru .38. Sprawdziłam magazynek. Byłam niemal pewna, że znajdę w nim ślepaki, bo stanowiło to jedyne możliwe wyjaśnienie wszystkiego, co się wokół mnie działo. Wysypałam z magazynka tkwiące w nim pięć naboi. Wszystkie były prawdziwe. Ani jednego ślepego.

Wypuściłam z dłoni rewolwer, jakby mnie parzył żywym ogniem. Znowu wszystko straciło wszelki sens. Czułam się jak ktoś, kto budzi się rano i stwierdza, że wszystkie znane mu prawa natury przestały obowiązywać. Że „e" nie równa się już „mc kwadrat", Atlantyk jest stepem, a Ziemia płaska. A wyraźna dotąd linia między życiem a śmiercią uległa zatarciu.

Obeszłam narożnik i doznałam kolejnego szoku, który znów brutalnie podważył moje poczucie rzeczywistości. Dwa kroki dalej stał niebieski mercedes 500, model '97, nowiutki, z rejestracją z New Jersey AYB 783. Dokładnie taki sam jak w moim śnie.

Podeszłam bliżej i zajrzałam przez tylną szybę. W fotelu kierowcy tkwiło ciało z głową wspartą o kierownicę.

Z przerażeniem zdałam sobie sprawę, że moja dłoń sama wyciąga się do klamki i powoli otwiera drzwi. Przełknęłam ślinę i sięgnęłam ręką, by odciągnąć głowę do tyłu. W sekundowym przebłysku świadomości na widok zakrwawionej tapicerki w kolorze bordo przemknęło mi przez myśl pytanie, dlaczego Edward — skoro to on stał za tym wszystkim — nie udostępnił oszustowi swojego samochodu. I w tej samej sekundzie uzyskałam odpowiedź. Mercedes Edwarda stanowił dowód rzeczowy i był potrzebny do czegoś innego.

Głowa wsparta na kierownicy uniosła się sama i uśmiechnęła.

— Witam, pani Kimball.

Szarpnęłam się do tyłu tak gwałtownie, że potknęłam się o puszkę i runęłam jak długa na ziemię. Podnosząc się patrzyłam, jak rzekomy trup wysiada z samochodu i staje nade mną. I nagle wszystko nabrało sensu, fragmenty układanki wskoczyły na swoje miejsca i ułożyły się w obraz, który mnie jednak wcale nie ucieszył.

— To niemożliwe! — wykrzyknęłam, choć w głębi duszy wiedziałam, że to prawda. Tylko to do wszystkiego pasowało i wszystko wyjaśniało. Czyli jednak nie Edward stał za tym wszystkim. Edward naprawdę nie żył.

— Gra skończona, pani Kimball.

Za plecami sierżanta Hardinga — bo to on wysiadł z mercedesa — pojawił się policyjny radiowóz, wyskoczyło z niego dwóch mężczyzn po cywilnemu i wymierzyło we mnie pistolety. Jednym z nich był oszust podający się za Edwarda.

Odwróciłam głowę i spojrzałam na Hardinga.

— Nic nie...

— Rozumiem? — dokończył za mnie. — Myślę, że jednak tak. Znaleźliśmy tu ciało pani męża tej samej nocy, kiedy został zamordowany.

Pora odegrać słodką idiotkę.

— Zamordowany?

— I to przez panią, pani Kimball. Podobnie jak pani pierwszy mąż, którego pani też zamordowała.

Pora odegrać zrozpaczoną wdowę. W moim oku pojawiła się łza.

— Gary zginął w wypadku samochodowym.

— Tak, jego samochód wypadł z szosy i runął w przepaść — potwierdził Harding. — Tyle że to pani go tam zepchnęła. A potem zainkasowała pani pół miliona dolarów z jego polisy.

Wstrząśnięta. Urażona. Zdezorientowana.

— Co mi pan próbuje wmówić?

— Kiedy znaleźliśmy ciało Edwarda Kimballa — zaczął — w jego dokumentach wciąż jeszcze figurował wasz adres z Arizony. Jedynym awaryjnym numerem telefonu, jaki miał wpisany w razie wypadku, był telefon niejakiej pani Rose Kimball, ciotki zamieszkałej w Bostonie. Kiedy jej powiedzieliśmy, co się stało, od razu skierowała podejrzenie na panią. Ponieważ wielokrotnie zdarzało mi się słuchać ględzenia różnych starszych pań, specjalnie się nie przejąłem jej opowieścią, ale tylko do chwili, gdy pogrzebałem trochę w papierach. Okazało się, że Edward Kimball wykupił ostatnio kilka polis ubezpieczeniowych na życie łącznej wartości blisko trzech milionów dolarów. Wyobraża to sobie pani?

Czyli że mnie łajdak wykołował. Mnie!

— To o niczym nie świadczy.

— I znów ma pani rację. Wykazała pani w tej sprawie dużo sprytu. Wiedziała pani, że pod pozorem handlu międzynarodowego mąż w rzeczywistości rozprowadza narkotyki, dzięki czemu jego śmierć będzie wyglądać na porachunki mafijne. Ale tak jak Rose Kimball ja też podejrzewałem co innego. I wtedy narodził się pomysł powołania do życia drugiego Edwarda.

— Wciąż nie...

— I oczywiście miała pani rację. Zdjęcie ślubne zostało odpowiednio spreparowane, a dokumenty były policyjnymi falsyfikatami. Użyliśmy też identycznego mercedesa, tyle że nie udało nam się znaleźć egzemplarza z bordową tapicerką i musieliśmy się zadowolić wnętrzem popielatym.

— Chcieliście, żebym myślała, że Edward żyje?

Harding wzruszył ramionami.

— Zorganizowaliśmy dla pani taką sobie łamigłówkę, nic więcej. Bo wprawdzie wiedziała pani, że strzeliła mu pani w głowę, ale w wyniku tego wszystkiego opadły panią wątpliwości. Zaczęła się pani zastanawiać, czy pani mąż jednak jakimś cudem nie uniknął śmierci. Czy na przykład nie odkrył wcześniej pani planu i nie zorganizował mistyfikacji. Podmienił ostre naboje na ślepaki i za pomocą butelki keczupu zainscenizował krwawą jatkę. A teraz z pomocą wynajętego oszusta zaczyna panią dręczyć. Tak sobie pani pomyślała, prawda?

Byłam zbyt zajęta szukaniem wyjścia z pułapki, żeby zawracać sobie głowę odpowiadaniem na jego pytania.

Gęba aż mu pokraśniała od obrzydliwego zadowolenia.

— I dlatego przyjechała tu pani sprawdzić, czy w rewolwerze naprawdę są ślepaki i czy mąż naprawdę może żyć — kontynuował swą opowieść. — Wchodząc w ten zaułek, pani Kimball, ostatecznie się pani zdradziła. Bo tylko w jednej sytuacji mogła pani wiedzieć, gdzie leży rewolwer i gdzie w ogóle znajduje się ta uliczka. Jeśli to pani go zabiła.

W mroku rozbłysła iskierka światła.

— Mogłabym dostać papierosa, panie sierżancie? — Rzucił mi paczkę marlboro, a ja wyjęłam jednego i zapaliłam. Myślałam, że się zakrztuszę i zacznę zanosić kaszlem, bo nigdy w życiu nie miałam papierosa w ustach, ale ze zdumieniem stwierdziłam, że to całkiem fajne uczucie i że papieros mnie uspokaja. — A gdybym nie zaczęła podejrzewać Edwarda?

— Słucham?

— Przypuśćmy — ciągnęłam — że zamiast zastanawiać się, czy Edward żyje, zaczęłabym zastanawiać się nad stanem swojego umysłu. I gdyby mój i tak już zestresowany umysł nie poradził sobie z pańską bezlitosną intrygą?

Widać było, że Harding nie bardzo za mną nadąża. Zwróciłam się do mężczyzny, który udawał mojego męża.

— Edward, czy mógłbyś mnie już zabrać do domu?

— Hę?

Tak, najwyższy czas odegrać osobę nie w pełni władz umysłowych. Wyjść na ofiarę nadgorliwości policyjnej. Ławy przysięgłych to kochają. Wsunęłam rękę pod ramię męża.

— Edward, sierżant Harding chce mnie zamknąć. Twierdzi, że cię zabiłam. Ale przecież ty żyjesz i jesteś przy mnie. Wiesz przecież, że nigdy bym cię nie skrzywdziła. Kocham cię. Jesteś moim mężem. Oni myślą, że zrobiłam ci coś strasznego. Cóż, trzeba będzie rozejrzeć się za jakimś naprawdę dobrym adwokatem i wynająć go, żeby...

O AUTORACH

Ridley Pearson jako autor dwudziestu bestsellerowych powieści zdobył opinię twórcy pełnych inwencji opowieści, w których zdobyczom najnowszej technologii w rękach przestępców przeciwstawiane są nowoczesne techniki śledcze, a wszystko aż nadto przypomina prawdziwe sytuacje wzięte z życia. Myśl przewodnia jego powieści z 1995 *Chain of Evidence*, oparta na istnieniu genu zbrodni, stała się tematem zorganizowanej w tym samym roku konferencji naukowej genetyków, a wynikły tam spór trafił do gazet w całym kraju. W powieści *Nie do poznania* (1997) autor opisuje zbrodniarza podpalacza, który wykorzystuje najnowsze osiągnięcia techniki. Znany jest co najmniej jeden późniejszy przypadek śmierci, do której doszło dokładnie w takich samych okolicznościach, jak opisane w książce. Ridley, który był także koproducentem i scenarzystą programów dokumentalnych dla telewizji aktualnie pracuje nad serialem dla Showtime. Scenariusz dwugodzinnego filmu nakręconego dla telewizji ABC (maj 2003) oparto na jego powieści *Z dziennika Ellen Rimbauer*, która dotarła do pierwszego miejsca listy bestsellerów „New York Timesa". W 1991 Ridley stał się pierwszym Amerykaninem, któremu przyznano stypendium naukowe Raymond Chandler Fulbright na Uni-

wersytecie Oksfordzkim. Wychowany w Riverside, w stanie Connecticut, Ridley wraz z żoną Marcelle i dwiema córkami Paige i Storey dzielą czas między Północne Góry Skaliste a Środkowy Zachód.

Lee Child urodził się w 1954 w Coventry w Anglii, ale całą młodość spędził w pobliskim Birmingham. Studiował prawo w Sheffield i po krótkim okresie współpracy z teatrem podjął stałą pracę w Granada Television w Manchesterze, rozpoczynając osiemnastoletnią karierę na stanowisku dyrektora programowego w „złotych latach" brytyjskiej telewizji. Za jego czasów powstały tak słynne spektakle jak *Brideshead Revisited, Klejnot w koronie, Prime Suspect* czy *Cracker*. Gdy w wyniku reorganizacji dokonanej w 1995 został zwolniony, miał czterdzieści lat i jako namiętny miłośnik książek postanowił przekształcić sytuację, która dla wielu oznaczałaby życiowy kryzys, w życiowy sukces i wydawszy sześć dolarów na papier i ołówki, zasiadł do pisania *Poziomu śmierci*, swojej pierwszej powieści z Jackiem Reacherem. Książka odniosła niezwykły sukces i zapoczątkowała całą serię powieści, które z każdym nowym tytułem osiągają coraz większe nakłady i coraz większą popularność. Wolny czas Lee nadal poświęca czytaniu, słuchaniu muzyki i kibicowaniu drużynom Jankesów, Aston Villa i Olimpic Marsylia. Jest żonaty i ma dorosłą córkę. Mimo hołdowania zabójczej diecie i unikania wszelkich ćwiczeń fizycznych jest niezmiennie wysoki i szczupły.

Charles Ardai to przedsiębiorca, pisarz i wydawca w jednej osobie. Zdobył sławę jako twórca i dyrektor naczelny internetowej firmy JUNO, a niedawno założył wydawnictwo Hard Case Crime, które wydaje tanie, kieszonkowe powieści sensacyjne. Jego opowiadania ukazały się m.in. w „Ellery Queen's Mystery Magazine" i „Alfred Hitchcock's Mystery Magazine", w publikacjach dla miłośników gier w rodzaju „Computer Gaming Word" i „Electronic Games", a także w antologiach z cyklu „Best Mysteries of the Year" i „The

Year's Best Horror Stories". Pod jego redakcją ukazały się też liczne zbiory opowiadań, m.in. *The Return of The Black Widowers, Great Tales of Madness and the Macabre* i *Futurecrime*. Wydana w 2004 jego pierwsza powieść *Little Girl Lost* została nominowana przez Mystery Writers of America do nagrody Edgar Allan Poe Award oraz przez Private Eye Writers of America do nagrody Shamus Award. Wcześniej był też nominowany do Shamus Award za opowiadanie *Nobody Wins*.

Autor powieści sensacyjnych i kryminalnych oraz laureat nagrody literackiej **Brendan Dubois** zaczął karierę jako reporter prasowy w New Hampshire, gdzie się urodził i gdzie mieszka do dziś z żoną Moną, neurotyczną kotką Oreo i pogodnym angielskim spanielem springerem o imieniu Tucker. Wydana w 1994 pierwsza powieść DuBois *Dead Sand* była historią kryminalną osadzoną w realiach jego rodzinnego stanu. Po niej przyszły następne: *Black Tide, Shattered Shell, Killer Waves*, a ostatnio *Buried Dreams*. Wszystkie łączy postać Lewisa Cole'a, współpracującego z prasą byłego analityka Departamentu Obrony, który rozwikłuje tajemnicze zdarzenia w przybrzeżnych rejonach New Hampshire. DeBois jest autorem ponad siedemdziesięciu opowiadań, które ukazały się m.in. w „Playboyu" „Mary Higgins Clark Mystery Magazine", „Ellery Queen's Mystery Magazine" i „Alfred Hitchcock's Mystery Magazine", a także w licznych zbiorach premierowych opowiadań. W 1995 jego opowiadanie *The Necessary Brother* zdobyło Shamus Award — nagrodę przyznawaną przez Private Eye Writers of America dla najlepszego opowiadania roku. Analogiczną nagrodę za rok 2001 otrzymał od PWA za opowiadanie *The Road's End*. Był też trzykrotnie — ostatnio w 1997 — nominowany przez Mystery Writers of America do nagrody Edgar Allan Poe Award w kategorii krótkich opowiadań. Jedno z jego opowiadań zostało nominowane w 1997 do nagrody Anthony Award dla najlepszego sensacyjnego opowiadania roku.

Powieść *Intern* napisana przez **Bonnie Hearn Hill** wydana została przez MIRA Books w 2003. Jej następna powieść *Killer Body* ukazała się w twardej oprawie w 2004, a po niej wyszła *If It Bleeds*, która zapoczątkowała całą serię gazetowych thrillerów dla rynku masowego. Bonnie udziela się też jako prelegentka na krajowych konferencjach i jurorka w konkursach literackich, a także prowadzi prywatne warsztaty pisarskie w Fresno i internetowe kursy literackie w ramach Writer's Digest School.

Debiutancka powieść **Steve'a Hockensmitha** *Holmes on the Range* ukazała się nakładem wydawnictwa St. Martins's Minotaur na początku 2006. W książce występują dwaj kowboje wielbiący Sherlocka Holmesa i nieprzepuszczający żadnego numeru „Ellery Queen's Mystery Magazine", jeden nazywa się Big Red, drugi — Old Red Amlingmeyer. Ukazanie się dalszego ciągu ich przygód zapowiedziano na 2007. Jako wolny strzelec Hockensmith pisuje o przemyśle rozrywkowym do takich pism jak „Hollywood Reporter", „Chicago Tribune" i „Cinescape", a w „Alfred Hitchcok's Mystery Magazine" ukazuje się jego stała rubryka „Reel Crime", w której recenzuje ukazujące się na małym i dużym ekranie filmy sensacyjne. Jego przemyślenia o popkulturze i tym podobne rzeczy można poczytać na www.stevehockensmith.com.

Wyrzucony z Uniwersytetu Stanforda za radykalizm **William Kent Kruger** próbował szczęścia w wielu zawodach. Był drwalem, budowlańcem, dziennikarzem — wolnym strzelcem i badaczem akademickim, lecz w końcu poważnie zajął się pisarstwem. Napisał cykl powieści sensacyjnych z Corkiem O'Connorem, których akcja toczy się we wspaniałym rejonie Northwoods, w stanie Minnesota. Za swe opowiadania i powieści otrzymał wiele nagród, m.in. Anthony Award, Barry Award, Loft-McKnight Fiction Award i Minnesota Book Award. Mieszka w ukochanym St. Paul z żoną i dwójką dzieci.

Tim Maleeny uzyskał magisterium w Dartmouth College i MBA na Uniwersytecie Columbia, gdzie następnie podjął pracę wykładowcy marketingu i zachowań konsumenckich. Potem zajął się reklamą i został dyrektorem ds. strategii w jednej z czołowych agencji reklamowych. Choć w ramach swych obowiązków zawsze dużo pisał, od dwóch lat zajmuje się pisaniem utworów beletrystycznych i *Póki śmierć nas nie rozłączy* jest jednym z nich. Twierdzi, że jako syn chemika organika i pielęgniarki zakochał się w truciznach już w wieku pięciu lat, kiedy to podjął nieudaną próbę przeprowadzenia doświadczenia przy użyciu wszystkiego, co znalazł pod kuchennym zlewem — w tym papierowego kubka i płynu do przetykania rur. (Z perspektywy czasu przyznaje, że papierowy kubek nie był najlepszym pomysłem). Mieszka z żoną i dwójką dzieci w San Francisco, gdzie pracuje nad nową powieścią.

Głównym zajęciem **Ricka McMahana** jest praca agenta specjalnego w federalnej instytucji porządku publicznego, która działa w strukturach Departamentu Sprawiedliwości USA. W czasie wolnym pisze kryminały. Jego opowiadania ukazały się m.in. w *Over My Dead Body, Hardboiled, DAW's Year's Best Horror Anthology* i innych publikacjach. Jego kolejne opowiadania mają trafić do zaplanowanych zbiorów nowel kryminalnych *Derby Rotten Scoundrels 2, Fedora* i *High Tech Noire*.

Kristy Montee, pisząca pod pseudonimem **P. J. Parrish**, jest autorką wysoko ocenianych przez krytykę powieści kryminalnych z Louisem Kincaidem, które stworzyła wspólnie z siostrą, Kelly Nichols. Ich książki trafiły na listy bestsellerów „New York Timesa" i „USA Today" oraz zostały nominowane do Edgar Award przyznawanej przez Mystery Writers of America. Wielokrotnie nominowano je też do Anthony Award i Shamus Award przyznawanych przez Private Eye Writers of America. Wcześniej Kristy pracowała jako dziennikarka

dla gazet w rodzinnym Michigan, a następnie jako reporterka, autorka stałej rubryki, krytyk tańca i wreszcie wydawca w Fort Lauderdale. Karierę pisarki rozpoczęła w latach osiemdziesiątych ubiegłego wieku od napisania czterech kolejnych powieści dla kobiet, których akcja toczy się w środowisku dziennikarzy. *Jeden strzał* jest jej pierwszym opowiadaniem, jakie napisała od ukończenia ósmej klasy.

Tom Savage jest autorem czterech powieści sensacyjnych: *Precipice, The Inheritance, Scavenger* i *Valentine* (na podstawie tej ostatniej w wytwórni Warner Bros. powstał film z udziałem Davida Borenaza i Denise Richards). Pod pseudonimem T. J. Phillips napisał też dwie powieści detektywistyczne: *Dance of the Mongoose* i *Woman In the Dark*. Wcześniejsze opowiadania ukazywały się w „Alfred Hitchcock's Mystery Magazine" i w antologiach pod redakcją Lawrence'a Blocka i Michaela Connelly'ego. Mieszka w Nowym Jorku i pracuje w Murder Ink, najstarszej na świecie księgarni z literaturą sensacyjną.

Charles Todd to w rzeczywistości pisarski tandem matki i syna. Akcje ich książek rozgrywają się w Wielkiej Brytanii po I wojnie światowej. Ich najnowszą powieścią z serii z inspektorem Ianem Rutledge'em jest *A Cold Treachery* wydana przez Bantam, natomiast wydawnictwo William Morrow wydało w styczniu 2006 kolejną, zatytułowaną *A Long Shadow*. Ich adres internetowy to www.charlestodd.com. Oboje mieszkają na Wschodnim Wybrzeżu, gdzie Charles pełni funkcję sekretarza Mystery Writers of America i członka zarządu krajowego, a także prezesa oddziału na rejon południowo-wschodni. Caroline znana jest ze swych sukcesów w dziedzinie fotografii, zaangażowania w sprawy międzynarodowe oraz podróży do najdalszych zakątków globu. Cichym członkiem zespołu jest John, który zajmuje się finansami, korektą tekstów, prowadzeniem samochodu w ruchu lewostronnym, a nawet pieczeniem tortu czekoladowego, kiedy gonią terminy.

Tim Wohlforth opublikował ponad sześćdziesiąt opowiadań w czasopismach, e-zinach i zbiorach i w 2003 został nominowany do nagrody Pushcart. Jest też posiadaczem Certyfikatu Doskonałości wydanego przez Dana Literary Society. Mieszka w Oakland, w Kalifornii, i poświęca się bez reszty pisaniu. W 2004 ukazał się jego czarny kryminał No *Time to Mourn*, którego bohaterem jest prywatny detektyw Jim Wolf. Lee Child, autor bestsellerów z listy „New York Timesa", napisał o tej książce: „Jest jak cudowny, dwunastotaktowy blues — daje poczucie bezpieczeństwa dzięki dobrze znanej formie, a jednocześnie pozwala wsłuchiwać się w nową tonację i podniecająco świeże głosy". Jest też współautorem książki z dziedziny literatury faktu *On The Edge: Political Cults Right and Left*. Jego adres internetowy to www.timwohlforth.com.

Jeff Abbott (ur. 1963) z wykształcenia jest historykiem i filologiem. Po ukończeniu studiów pracował w agencji reklamowej. Karierę literacką rozpoczął w 1994 powieścią *Do Unto Others*, która zdobyła Agatha Christie Award i Macavity Award dla najlepszego debiutu. Kolejne książki przyniosły Abbottowi renomę znakomitego pisarza i liczne wyróżnienia, m.in. trzykrotną nominację do Edgar Award i dwukrotną do Anthony Award w kategorii thrillera. Jego dorobek obejmuje dziewięć powieści, m.in. *A Kiss Gone Bad* (2001), *Black Jack Point* (2002), *Cut and Run* (2003), *Panika* (2005) i *Fear* (2006). Na podstawie *Paniki*, przełomowej książki w literackiej karierze pisarza (czołowe miejsca na amerykańskich i angielskich listach bestsellerów), powstaje obraz kinowy.

Jim Fusilli jest autorem serii osadzonej w realiach Nowego Jorku, której bohaterem jest Terry Orr. Należą do niej *Closing Time, A Well Known Secret, Tribeca Blues* i *Hard, Hard City*, ta ostatnia zdobyła nagrodę Mystery Ink's Gumshoe Award dla najlepszej powieści roku 2004. Jim pisze też do „Wall Street Journal", gdzie od 1983 zamieszcza

recenzje z dziedziny muzyki rockowej i pop. Jest także współautorem audycji *All Things Considered* w Krajowej Rozgłośni Publicznej. W 2005 w Continuum ukazała się jego książka o Brianie Wilsonie i albumie Beach Boys *Pet Sounds*.

Laura Lippmann jest autorką serii powieści z Tess Monaghan, które wyróżniono nagrodami Edgar, Anthony, Agatha, Shamus i Nero Wolfe. Napisała też dwie nienależące do serii powieści kryminalne: *Every Secret Hing* i *To the Power of Three*, a jej opowiadania ukazały się w zbiorach *Dangerous Women, Murderer's Row, Tart Noir, The Cocaine Chronicles* i *Murder and All That Jazz*. Opowiadanie *The Shoeshine Man Regrets* trafiło do antologii najlepszych amerykańskich opowiadań sensacyjnych roku 2005. Jest byłą dziennikarką i mieszka w Baltimore.

Seria książek **R. L. Stine'a** pod wspólnym tytułem „Ulice strachu" uczyniła z niego jednego z najpoczytniejszych autorów literatury dziecięcej wszech czasów. Dla swych młodych czytelników napisał ponad trzysta książek pełnych strachów i humoru. Jego najnowsze thrillery dla dorosłych to *The Sitter* i *Eye Candy*, które ukazały się nakładem wydawnictwa Ballantine.

Jay Brandon łączy z powodzeniem dwie różne kariery zawodowe: wziętego adwokata w San Antonio, w Teksasie, i autora powieści sensacyjnych. Jako absolwent Uniwersytetu Johnsa Hopkinsa o specjalności literackiej i doświadczony pracownik biura prokuratora okręgu Bexar County i tamtejszego sądu apelacyjnego Jay wie, co pisze. W każdej jego powieści napotykamy skomplikowane w sensie prawnym ludzkie zachowania, okoliczności i wydarzenia, do których dodaje swoją umiejętność tworzenia klimatu tajemniczości i talent pisarski. Jest rodowitym Teksańczykiem, mieszka w San Antonio z żoną i trójką dzieci i dzieli swój czas między pisanie i praktykę adwokacką.

398

Harlan Coben zdobył uznanie w kręgu miłośników literatury sensacyjnej trzecią książką *Bez skrupułów*, opublikowaną w 1995. Jako jedyny współczesny autor otrzymał trzy najbardziej prestiżowe nagrody literackie przyznawane w kategorii powieści kryminalnej, w tym najważniejszą — Edgar Poe Award. Światowa popularność pisarza zaczęła się od thrillera *Nie mów nikomu* (2001) — bestsellera w USA i Europie (zekranizowanego w 2006 przez Guillaume Caneta). Kolejne powieści, za które otrzymał wielomilionowe zaliczki od wydawców — *Bez pożegnania* (2002), *Jedyna szansa* (2003), *Tylko jedno spojrzenie* (2004), *Niewinny* (2005) i *Obiecaj mi* (2006) — uczyniły go megagwiazdą gatunku i jednym z najchętniej czytanych autorów. W kwietniu 2007 ukazał się jego następny thriller — *The Woods*.

OBIECAJ MI
Harlan Coben

Sześć lat. Tyle czasu minęło, odkąd Myron Bolitar, agent sportowy i detektyw-amator, po raz ostatni grał rolę bohatera. Przez ten okres ani razu nie miał w ręku broni, a żaden z jego klientów nie został zamordowany. U boku nowej dziewczyny prowadzi spokojne i uporządkowane życie. Niestety, to co dobre, dobiega właśnie końca. A wszystko za sprawą jednego nocnego telefonu od przerażonej nastolatki... Spełniając swoją obietnicę, Myron jedzie po Aimee i odwozi ją do domu jej koleżanki na przedmieściach. Dziewczyna wysiada z samochodu i znika w ciemnościach. I przepada bez śladu. W podobnych okolicznościach zaginęła wcześniej inna nastolatka. Ucieczka z domu, porwanie czy zabójstwo? Dręczony wyrzutami sumienia Myron musi rozwikłać natrudniejszą zagadkę w swojej karierze...

PANIKA
Jeff Abbott

Życie młodego filmowca, Evana Cashera, nigdy nie układało się lepiej. Przynosząca sukcesy i satysfakcję praca, wspaniała dziewczyna, Carrie, kochający rodzice... Niespodziewany telefon od matki, która prosi go o natychmiastowy przyjazd do domu sprawia, iż jego rzeczywistość rozsypuje się w drobne kawałki. Evan znajduje matkę na kuchennej podłodze – brutalnie zamordowaną. Nim zdąży ogarnąć sytuację, sam ledwie unika śmierci. Nieznajomy mężczyzna ratuje mu życie, ale tajemnicza organizacja pozbawionych skrupułów zabójców nie odstępuje go ani o krok. Ojciec przepada bez wieści, Carrie przechodzi na stronę tajemniczych prześladowców. Evan staje twarzą w twarz z przerażającą prawdą – całe jego dotychczasowe życie było tylko iluzją, przemyślnie wyreżyserowaną fikcją, pajęczyną kłamstw. Dlaczego? Odpowiedź na to pytanie kryje się w przeszłości rodziny, ale dotarcie do niej nie będzie proste...

ECHO W PŁOMIENIACH
Lee Child

Teksas, środek upalnego lata. Za kierownicą samochodu, który zatrzymuje się koło Jacka Reachera, stojącego na poboczu drogi, siedzi samotna kobieta. Carmen Greer jest piękna i młoda. I panicznie boi się męża, bogatego właściciela pól naftowych w Echo. Na razie Sloop przebywa w więzieniu. Za kilka dni wyjdzie i wtedy prawdopodobnie zabije swoją żonę. Przerażona dziewczyna prosi, by Reacher uwolnił ją od męża – w najprostszy możliwy sposób. Jack zgadza się jej pomóc i wplątuje w spiralę zbrodni i kłamstw inspirowaną przez demony przeszłości. Kilka godzin po opuszczeniu celi Sloop ginie od kuli, a Carmen zostaje oskarżona o zabójstwo. Gra toczy się o wysoką stawkę. Zdany wyłącznie na siebie Reacher nie może nikomu zaufać – ani policji, ani prokuratorowi, ani rodzinie ofiary. Wszyscy są w coś uwikłani...